Das Vermächtnis des Hackers

Eine mörderische Liebesstory

Die Handlung der Geschichte ist frei erfunden. Ähnlichkeiten mit Firmen, lebenden oder verstorbenen Personen sind rein zufällig und unbeabsichtigt.

K. W. Robek

Das Vermächtnis des Hackers

Eine mörderische Liebesstory

Bibliografische Information der Deutschen Nationalbibliothek: Die Deutsche Nationalbibliothek verzeichnet diese Publikation in der Deutschen Nationalbibliografie; detaillierte bibliografische Daten sind im Internet über http://dnb.dnb.de abrufbar.

TWENTYSIX – Der Self-Publishing-Verlag
Eine Kooperation zwischen der Verlagsgruppe Random House und BoD – Books on Demand

© 2016 Klaus Wyrobek

Herstellung und Verlag:
BoD – Books on Demand, Norderstedt

ISBN: 978-3-740-72597-6

Kapitel 1

»Das war mal wieder eine geile Show.«

Zufrieden schaltet Lars Kinsley die Webcam aus und verlässt den Computer der schönen Unbekannten, welche er die letzte halbe Stunde beim Ausziehen und Zubettgehen beobachten konnte.

Das ist eine Tätigkeit, der Lars schon seit vielen Monaten nachgeht. Er verbringt den größten Teil des Abends damit, sich bei anderen Menschen im Computer aufzuhalten, um dort nach für ihn interessanten Informationen zu suchen.

Am liebsten schnüffelt er nach erotischen Fantasien, niedergeschrieben in E-Mails von hübschen Frauen an ihren Liebsten. Auch wird jede Bibliothek von Fotos und Videos ausführlich begutachtet, so erhalten die in den E-Mails geschriebenen Worte für ihn sogar ein Gesicht.

Der absolute Höhepunkt ist jedoch, wenn er durch die von ihm eingeschaltete Webcam nicht nur einen leeren Bürostuhl sieht.

So wie heute.

Lars ist ein Hacker.

Keiner, der große Ambitionen hat, die Welt mit seinen Fähigkeiten verändern zu wollen. Auch hat er nicht die Absicht, anderen Menschen oder Firmen materiellen Schaden zuzufügen.

Zumindest bis heute nicht.

Nein, eigentlich ist Lars nur ein Spanner.

Keiner, der nachts mit einem Fernglas in die Bäume klettert, um in andere Schlafzimmer blicken zu können.

Nein, das ist er nicht. Er ist sicher ein bisschen moderner und auch effektiver.

Lars arbeitet bei einem weltweit tätigen Industrieunternehmen als Systemanalytiker, mit anderen Worten, er kann programmieren.

In seiner Freizeit, und da hat er als Junggeselle eigentlich viel zu viel von, entwickelt er selbst kleine Computerspiele und stellt sie kostenfrei zur Nutzung ins Internet.

Aber dabei bleibt es nicht.

Um sich selbst zu beweisen, dass er mindestens genauso gut ist, wie seine berühmten Kollegen, entwickelt er einen eigenen Internet-Browser. Dieser sieht einem bestimmten Original zum verwechseln ähnlich, und nach Lars seinen eigenen Angaben ist er natürlich viel besser.

Und was macht man nun mit so einem Prachtstück, welches niemand haben möchte?

Richtig, man zwingt die Benutzer seiner Computerspielchen, auch seinen Browser kostenfrei zu benutzen.

Das ist relativ einfach, zumindest für ihn.

Ohne Wissen des Benutzers wird bei der Installation der Spiele automatisch sein Browser mit installiert. Der übernimmt dann ab sofort alle Funktionen des bisherigen Browsers auf dem Computer.

Und Lars sein Browser ist ja besser, er kann viel mehr. Zum Beispiel liefert er an Lars alle Computeradressen, Passwörter, Pin-Codes, Login-Daten und Surfgewohnheiten dieser Benutzer.

Daraus ergeben sich jetzt für Lars alle nur erdenklichen Möglichkeiten. So könnte er zum Beispiel Bankkonten plündern oder sich andere Vorteile verschaffen. Es reicht ihm aber, seiner geheimen Leidenschaft nachgehen zu können, nämlich andere Menschen zu belauschen, zu beobachten, auszuspionieren, sich ihrer Geheimnisse zu bemächtigen, um sich daran zu erfreuen und sich in Erregung zu versetzen.

»Das war wirklich eine heiße Show, hübsche Erscheinung, tolle Figur und geschmeidige Bewegungen. Schade, dass sie so früh das Licht ausgemacht hat.«

Aber Lars ist jetzt auf den Geschmack gekommen, seine Erwartungshaltung gestiegen.

»Heute scheint mal wieder einer dieser Glückstage zu sein. Am besten ist, ich probiere es gleich noch einmal.«

Routiniert hackt er einen weiteren Computer und tippt die Zugangsdaten ein, die ihm sein Browser vor langer Zeit einmal geliefert hat. Aber bereits nach wenigen Klicks wird er stutzig.

»Das ist ja eigenartig. Der Rechner ist online, aber seit vierzehn Tagen ist niemand mehr aktiv gewesen. Werden wohl im Urlaub sein und ihn nicht ausgeschaltet haben«, denkt sich Lars und will sich eigentlich schon abmelden.

»Ach, was soll's. Ich kann ja mal nachsehen, was da los ist«, wird er doch neugierig.

Da Lars niemanden vor dem Computer erwartet, schaltet er die im Bildschirm des Notebooks befindliche Webcam ein, ohne große Erwartungen daran zu knüpfen.

»Himmel herrje!«

Erschrocken fährt er auf seinem Stuhl zurück.

»Der sieht aber nicht mehr frisch aus.«

Damit hat Lars nicht gerechnet.

Durch die Webcam hat er Menschen schon in allen fremden Lebenslagen und Situationen gesehen, ob peinlich, ungeniert, erotisch, verletzlich, ja selbst erpressbar, wie auch immer. Aber das ist neu.

»Ein Toter!«

Die Worte kommen Lars nur kläglich und leise über die Lippen, und eigentlich will er den Computer wieder verlassen, aber dann denkt er sich:

»Davon mache ich mit der Webcam noch schnell ein Foto und lade es herunter, wer weiß, wozu ich es gebrauchen kann.«

Gesagt, getan.

Danach sucht er das Weite auf dem fremden Computer, nicht ohne stolz auf sich zu sein, wegen seiner Kaltschnäuzigkeit mit dem Foto.

Nun sitzt er hier vor seinem eigenem Rechner und schaut sich, am ganzen Leibe zitternd, dieses Bild an. Es dauert wirklich lange, bis er emotionslos und sachlich die Fakten, die ihm dieses Foto liefert, analysieren kann.

»Also, da sehe ich einen Mann, so um die 40 Jahre alt, bestimmt nur ein paar Jahre älter als ich. Na ja, jedenfalls lebt er nicht mehr. Blutspuren oder irgendwelche Fremdeinwirkungen kann ich nicht erkennen.

Er scheint ein gutes Leben geführt zu haben, seine Kleidung jedenfalls ist vom feinsten. Die Wohnung ist topp, das Mobiliar ist stylisch und ...«

Lars springt zurück.

Er reibt sich die Augen und schaut noch einmal genau auf das Foto. Aber kein Zweifel.

»Hinten in der Ecke, auf dem Couchtisch, dort steht eine Kaffeetasse«, stammelt er.

Und weil nicht sein kann, was nicht sein darf, weigern sich die nächsten Worte beharrlich, seine Lippen zu verlassen.

»Mit Kaffee.

Und der Kaffee dampft noch!«

Nach dem ersten Schock kommen Lars sofort erhebliche Zweifel wegen seiner ersten Einschätzung.

»Ist der vorhin gerade erst gestorben, oder schläft der etwa nur?«

Er schaut sich den Mann noch einmal genau an. Nein, der ist definitiv tot, und das nicht erst seit ein paar Stunden. Lars ist kein Mediziner, aber da er weiß, dass der Computer seit vierzehn Tagen nicht benutzt ist, tippt er das Todesdatum des Mannes auf diesen Zeitpunkt.

»Dann läuft da jemand durch die Wohnung, kocht sich sogar Kaffee, kennt sich demnach dort bestens aus, nimmt aber keinerlei Notiz von dem Toten und macht keine Meldung bei der Polizei.«

Trotz intensivstem Kraulen seiner Haare, findet Lars für dieses abnormale Verhalten keinerlei logische Erklärung.

»Seltsam.«

Er überlegt, ob er bei der Polizei anrufen soll. Das geht allerdings nur anonym, er kann ja schlecht erklären, wie er selbst an diese Informationen gekommen ist.

»Jetzt weiß ich endlich, wozu damals diese komischen Telefonzellen gut waren«, findet er langsam seinen Humor wieder, »um anonym zu bleiben.«

Aber er hat keine Idee, wo er bei sich in der Nähe eine Telefonzelle finden soll. Und wenn er das eigene Telefon benutzt, dann kann er sich gleich mit Namen melden. Außerdem, wo wohnt der Tote überhaupt?

»Ich kann der Polizei ja nicht die IP-Adresse vom Computer durchgeben. Da finden die den doch nie. Die wissen vielleicht nicht einmal, was eine IP-Adresse ist.«

Lars beschließt, dass es für heute erst einmal genug ist. Er ist müde, kann sich kaum noch konzentrieren und morgen ist auch noch ein Tag.

Aber an einen normalen Schlaf ist unter diesen Umständen natürlich nicht zu denken, deswegen verläuft die Nacht unruhig und mit den ersten Sonnenstrahlen ist Lars wieder aus dem Bett und setzt sich vor seinen Rechner.

Dass er sich beim Toten wieder einhackt, weil er im Rechner dessen Wohnadresse für die Polizei suchen will, ist nur eine fadenscheinige Ausrede, um sein Gewissen zu beruhigen. Fakt ist, dass er neugierig ist. Er will versuchen herauszufinden, was in dieser ominösen Wohnung wirklich passiert ist.

Als erstes schaltet er wieder die Kamera ein.

Alles scheint unverändert. Der Mann sitzt, beziehungsweise hängt immer noch so auf seinem Stuhl, wie gestern Abend. Toter geht es nicht.

»Die Kaffeetasse ist weg!«

Der Schreck fährt Lars in die Glieder, aber genauso schnell hat er sich auch wieder unter Kontrolle.

»Ist ja eigentlich nicht ungewöhnlich. Der Kaffee ist gestern erst kurz vor der Aufnahme dort abgesetzt worden, sonst hätte er nicht gedampft. Also wird ihn noch jemand getrunken haben«, beruhigt Lars sich selbst, »es wäre viel besorgniserregender, wenn der Kaffee schon wieder dampfen, und sogar unmöglich, wenn er das immer noch tun würde.«

Erleichtert und planstabsmäßig geht Lars jetzt ans Werk.

Er macht ein Foto ohne die Tasse und lädt es auf seinen eigenen Rechner. Die Kamera schaltet er zur Vorsicht aus, um der Gefahr zu entgehen, entdeckt zu werden.

Dann schaltet er sie doch wieder ein.

»Das war Blödsinn. Wenn der Kaffeetrinker dort noch sein sollte, kann ich ihn wenigstens sehen, und falls dieser die laufende Webcam bemerkt, weiß er immer noch nicht, wer ihn durch sie beobachtet.«

Da sich in der Wohnung des Toten absolut nichts rührt, beginnt Lars ein bisschen im Dokumentenordner des Computers herum zu stöbern.

»Ich werde verrückt. Das sieht aus, wie auf meinem Rechner«, stellt er nach wenigen Augenblicken überrascht fest.

In der Tat, es gibt hier eine Datei mit IP-Adressen von fremden Computern, und denen sind Namen, Anschriften, Passwörter, Pin-Codes, Login-Daten und was auch immer zugeordnet. Daten, die ihm sein bei den Benutzern unfreiwillig installierter Browser ebenfalls zur Verfügung stellt.

»Das war auch ein Hacker!«

Lars zuckt zusammen und ihm wird schlecht, ohne dass er eigentlich weiß, warum.

Ein Berufskollege, und dem ist es an den Kragen gegangen. Aber muss er sich deswegen jetzt fürchten, nur weil er auch ein Hacker ist? Sicher nicht, doch ein komisches Gefühl bleibt dennoch.

Schließlich gibt sich Lars damit zufrieden, dass Hacker ja grundsätzlich anonym tätig sind, und dass es darum sowieso schon selten ist, jemandem aus dieser Branche zu begegnen. Egal ob tot oder lebendig.

Aber Lars ist nun sehr neugierig geworden, mehr noch.

»Ich glaube, dass ich mich in meiner Berufsehre verletzt fühle, wenn dem etwas unnatürliches zugestoßen sein sollte.«

In Anbetracht dieses Ehrgefühls nimmt Lars die Angelegenheit jetzt selbst in die Hand. Die geplante Weiterleitung der Anschrift des Toten an die Polizei ist damit erst einmal vom Tisch, falls dazu überhaupt je die Absicht bestand.

Lars kopiert alles was er findet und was nicht nach Systemsoftware aussieht, erst einmal auf seinen eigenen Rechner. Dann sucht er nach dem Namen und der Anschrift des Toten. Es dauert nicht lange, bis er fündig geworden ist, der Name ist quasi überall gegenwärtig.

»Curt Svensson heißt der Gute, und er wohnt hier tatsächlich um die Ecke, keine zwanzig Kilometer entfernt. Das ist schon Zufall, es hätten ja auch fünfhundert Kilometer oder mehr sein können«, kommen Lars erste Bedenken, die er aber schnell wieder ausräumt, »ist aber praktisch, falls ich da einmal hinfahren sollte.«

Den Namen hat Lars schon irgendwo gehört, und wenn er darüber nachdenkt, sogar öfter. Aber er kann ihn im Moment leider nicht zuordnen, er hat auch nicht die Nerven und die nötige Ruhe dazu, doch was nicht ist, das kann ja noch werden.

Er sucht in jedem Fall erst einmal weiter, stochert wahllos in den Dateien herum, öffnet hier mal ein Dokument und liest sich dort mal etwas durch.

»Oh, eine Kopie eines Reisepasses.«

Lars traut seinen Augen nicht.

»Ein Reisepass ausgestellt auf einen Ido Vermolen. Und wenn ich mir das Passfoto so ansehe, dann ist das mein Kollege dort auf dem Stuhl.«

Lars ist ratlos, er hat keinerlei Idee, wie und wo er diese zwei unterschiedlichen Identifikationen einordnen soll.

»Die Wohnung und der Computer gehören eindeutig diesem Curt Svensson, der Tote muss allerdings Ido Vermolen sein.«

Das ist Fakt, und daraus leitet sich gleich wieder das nächste Fragezeichen ab.

»Wie kommt der Vermolen vor den Computer und seine Ausweiskopie in den Computer?«

Lars hat keine Ahnung, ihn beruhigt lediglich ein Umstand.

»Wenn der Svensson noch leben sollte, dann erklärt das zumindest den dampfenden Kaffee.«

Frauen beim abschminken zuzusehen ist einfacher und vor allem stressfrei.

»Ach, hätte ich doch gestern nach dem Striptease dieser schönen Unbekannten einfach aufgehört«, jammert er.

Aber nun ist es zu spät, jetzt muss und will er eigentlich auch da durch.

Er kopiert noch verschiedene andere Ordner, unter anderem mit Bildern und E-Mails, um dann erst einmal, zumindest für diesen Augenblick, Schluss zu machen.

Doch im E-Mail-Postfach fällt ihm auf, dass dort etwas in den Entwürfen abgespeichert ist.

»Vielleicht ist das ja die letzte Tätigkeit, die hier am Rechner ausgeführt und dann nicht beendet werden konnte?«

Neugierig öffnet er den Entwurf.

Lieber Berufskollege!
Erstaunt, dass ich Dich so anrede?
Mich überrascht es jedenfalls nicht, denn ich glaube, dass kein Branchenfremder in der Lage ist, diesen Entwurf, der als Nachricht an meinen Nachfolger gedacht ist, zu öffnen und zu lesen.
Ich habe mein Leben gelebt, und zwar in Saus und Braus, in vollen Zügen und mit allem Luxus, den man sich nur vorstellen kann. Wie heißt es doch so schön:
Sex, Drugs & Rock`n Roll

Dabei habe ich unsere Fähigkeiten ausgenutzt, wo es nur ging, habe der Welt meine Regeln aufgedrückt.
Aber irgendwann ist jedes Spiel zu Ende, wird der Boden zu heiß unter den Füßen, wollen die Leute ihr Geld oder ihre Frauen zurück oder sich für was auch immer einfach nur rächen.
Diese Notizen habe ich vorsorglich schon hier hinterlegt, weil ich nicht absehen kann, ob ich in der Lage sein werde, selbst Schluss zu machen, oder ob mir jemand zuvor kommt.
Aber eines ist sicher.
Curt Svensson ist tot.
Und lass die Finger von ihm, zu Deiner Sicherheit.
Aber Ido Vermolen lebt noch, irgendwo hier im Hintergrund.
Ich habe es etwas spannend gemacht, damit es dir nicht langweilig wird. Aber du wirst ihn schon finden, suche ihn in meinen Dateien, er hat all mein Vermögen und mein Know-how.
Aktiviere mit ihm vorsichtig die Beziehungen und Verbindungen von Curt.
Lebe als Ido weiter und halte Deinen eigenen Namen sauber.
Ziehe Dir meine Dateien auf Deinen Rechner und lösche sie dann vorsichtshalber bei mir.
Verwische Deine Spuren.
Bevor du gehst, starte noch das Programm 'Und Tschüss'.
Es gibt meinen Rechner frei, startet die auf mich gerichtete Webcam und die Verbindung zur Polizei.
Damit komme auch ich zur Ruhe.
Es war schön bei Euch und ich bereue nichts.
Ich würde es wieder so machen.
Dir viel Glück.
Dein Hacker Spotty

Lars ist fix und fertig, er weiß nicht, wo ihm sein Kopf steht. Er ließt die Nachricht bestimmt drei oder vier Mal durch, bis er so langsam begreift, worum es eigentlich geht.

»Also Ido hat sich selbst umgebracht, hat aber als Sven gelebt, somit ein klassisches Doppelleben geführt und lässt jetzt die Welt glauben, dass Sven tot ist«, zieht Lars das Resümee, »und nun soll ich mich zurückziehen und als Ido das Doppelleben weiter führen.«

Lars ist sich unsicher und zweifelt, benötigt mehr Zeit und Ruhe. Darum trifft er erst einmal eine Entscheidung. Er ruft bei seinem Arbeitgeber an und meldete sich für heute krank.

»Ich kann jetzt hier nicht einfach abbrechen und arbeiten gehen. Ich muss das nun durchziehen, kann mich sowieso nicht auf andere Dinge konzentrieren.«

Also macht sich Lars daran, sein begonnenes Werk zu vollenden. Er versucht dabei, alle Anweisungen der Nachricht chronologisch auszuführen.

Die Dateien hat er vorhin bereits kopiert, aber vorsichtshalber kontrolliert er noch einmal, dass alles auf seinem Rechner gelandet ist und dass er nichts vergessen hat.

Dann löscht er alle privaten Daten von Curt oder Ido, wie ihm das angeraten wurde. Auch sein Computerspiel und seinen Browser eliminiert er von der Platte, löscht den Papierkorb und die Historie und alles, was auf seinen Besuch deuten könnte.

Er startet das Programm 'Und Tschüss' und geht aus der Leitung.

Es ist Ruhe, gespenstige Stille.

»Ich werde nie wieder in den Rechner kommen, nie sehen, wer den Kaffee getrunken hat.

Das ist schon ein komisches Gefühl.«

Lars schließt seine Augen, um sich noch einmal auf die abgelaufenen Geschehnisse konzentrieren zu können.

Er realisiert so langsam, dass er sich nicht nur von dem Rechner verabschieden muss, sondern auch von seinem bisherigen Leben.

»Aber will ich das überhaupt?

Ich?

Als Hacker Spotty?«

Kapitel 2

»Sie benötigen ja schon eine Faltencreme.«

Lars stellt sich gerade vor, wie er Profit aus seiner Tätigkeit als Hacker schlagen kann.

»Okay, so könnte es gehen.«

Wenn er eine Frau dabei beobachtet, wie sie diese Creme benutzt, er sie dann mit ihrem wahren Alter konfrontiert, ihr das peinlich ist und sie ihn für seine Verschwiegenheit bezahlt.

Natürlich fährt man da keine hunderte von Kilometern für, aber es geht ja ums Prinzip.

In der Geschäftswelt geht es sicherlich um richtig viel Geld, und wer weiß, was für Falten mit welchen Cremes da überschminkt werden.

Und wenn da ein Schweigen bezahlt wird, spielen Spesen und Kilometer bestimmt keine Rolle mehr.

Aber das ist natürlich kriminell, und das will Lars eigentlich nicht werden. Er betrachtet seine Aktivitäten als Kavaliersdelikt, fügt niemandem einen Schaden zu, zumindest keinen finanziellen.

Obwohl, wenn er so darüber nachdenkt.

»Wenn die Frauen erfahren, dass ich sie beobachtet habe, werden sie sich wahrscheinlich ekeln, vielleicht nie mehr einen Computer sehen wollen. Es kann sogar sein, dass ihnen selbst ein richtiger Einbrecher lieber gewesen wäre.«

Spannen ist also auch nicht schön und im Endeffekt genauso kriminell. Aber was ist jetzt das Fazit seiner Gedanken?

Wenn schon kriminell, dann richtig?

Lars ist irritiert, sucht aber nicht nach einer Antwort, denn er bezweifelt sowieso, dass er die geeignete Person für die Aufgabe ist, die ihm Ido da stellt.

»Wenn ich in zerschlissenen Jeans und einem Moped zu einem Industriellen fahre, um von ihm Schweigegeld zu verlangen, ruft der im günstigsten Fall die Polizei an, um mich festnehmen zu lassen. Wenn ich Pech habe, kann ich mir gleich die Radieschen von unten ansehen.«

Natürlich ist das übertrieben formuliert, aber Lars ist sich sicher, dass er in der jetzigen Situation mit seinem Auto und auch bestem Anzug, genau so enden würde.

»Wenn du dich mit einem Gesprächspartner nicht auf einer finanziellen Ebene befindest, wirst du nicht akzeptiert. Da kannst du gleich das Handtuch in den Ring werfen, weil jede Verhandlung mit ihm von vorne herein zwecklos ist.«

Er überdenkt noch einmal seine Worte, ist sich aber letztlich absolut sicher.

»Es ist wie in jeder Branche. Wenn du dich selbständig machen willst, brauchst du Kapital. Ohne Geld geht überhaupt nichts. Und je höher du hinaus willst, desto mehr musst du im voraus investieren.«

Lars ist zwar nicht arm, aber für ein paar dubiose Experimente hat er kein Geld über. Außerdem müssen solche Aktionen geplant und vorbereitet werden, das kann man nicht nur Abends oder am Wochenende machen, und innerhalb der Woche muss er arbeiten.

»Also alles nur Träume«, sagt er sich und vertröstet sich auf später, wenn er sich auf die Suche nach Ido macht. Vielleicht findet er da ja wirklich etwas Startkapital.

Jetzt will er erst einmal herausfinden, wer dieser Curt Svensson war, beendet darum seine Träumereien, öffnet seine Augen wieder und geht ins Internet.

»Curt Svensson ... ein Klick auf Suchen ... und ... da ist er ja.«

Lars scrollt den Bildschirm einmal rauf und wieder runter, wirft einen raschen Blick auf das ihm angezeigte Ergebnis seiner Sucheingabe.

»Das dachte ich mir schon, da habe ich jetzt die freie Auswahl, und wie immer, die ältesten Kamellen als erstes. Nur weil die auf Grund ihres Alters schon länger und damit öfter angeklickt wurden, als die neueren Meldungen. Da muss ich mich jetzt wohl oder übel so langsam durchwühlen.«

Nach einer guten Stunde intensiver Recherche weiß Lars zumindest ungefähr, wer dieser Curt einmal war, er kann sich auch an einige der in diesen Artikeln behandelten Themen erinnern, aber schlauer geworden ist er dadurch nicht wesentlich.

Das meiste wird sowieso doppelt und dreifach angezeigt, nur von unterschiedlichen Verfassern beschrieben und kommentiert. Aber Lars kennt jetzt zumindest einige Stationen von Curts Leben, warum er dies nun aber beendet hat, darüber kann er leider keinerlei Hinweise finden.

»Wenn ich mal alle Informationen filtere und zusammenfasse, dann sitzt er im Aufsichtsrat von einigen großen Unternehmen. Darunter sind wenigstens ein Pharmakonzern und auch ein DAX-notiertes Unternehmen. Ob es sich hierbei um ein und die gleiche Firma handelt, konnte ich nicht feststellen. Außerdem hat er hervorragende Kontakte zur Politik und ist bekannt für seine Lobbyarbeit.«

Einen kurzen Moment stockt Lars in seiner Analyse, um sich noch einmal zu vergewissern.

»Genau, da steht es ja. Bei einigen Börsenaktionen wurde ihm die Nutzung von Insider-Informationen un-

terstellt, es konnte ihm aber nicht nachgewiesen werden. Wie auch immer.
Jedenfalls muss der Wert seines Wertpapierdepots enorm sein und das erklärt wiederum sein überdurchschnittlich hohes Sponsoring von einigen sozialen Einrichtungen und Sportvereinen.«

Lars geht seine Zusammenfassung gedanklich ein weiteres Mal durch. Okay, vielleicht hat er ein paar Kleinigkeiten nicht mit berücksichtigt, aber im Prinzip ist es das, was er gefunden hat.

Und das macht ihn stutzig.

»Seltsam, es gibt keinen Einstieg in dieses Leben.

Keine reiche Familie oder Erbschaft.

Kein Arbeitsleben, bei dem er sich auf der Leiter hochgearbeitet hat.

Nichts.«

Lars kann es nicht glauben, aber Curt Svensson sitzt mit einem Mal mir nichts, dir nichts, irgendwo im Aufsichtsrat.

Informationen über ihn, die älter als zwölf Jahre sind, gibt es einfach nicht.

»Und das alles funktioniert nicht, das kann nicht sein, da ist etwas nicht mit rechten Dingen zugegangen.

Ich komme als normal sterblicher nicht einfach so in einen Aufsichtsrat, Vorstand oder was auch immer, ich persönlich werde nicht einmal Abteilungsleiter.«

Lars lehnt sich zurück.

»Dann werden die Hinweise aus dieser Abschieds-E-Mail wohl tatsächlich der Wahrheit entsprechen. Er ist von einem Tag auf den anderen durch das Hacken von wem auch immer, zu Reichtum gekommen.«

Lars beginnt wieder in die Zukunft zu schauen, um nicht zu sagen, zu träumen.

»Es kommt natürlich darauf an, ob ich in den kopierten Dateien wirklich den verborgenen Schatz von diesem Ido finde. Aber wenn ja?«

Ganz langsam findet Lars wieder den Weg zurück in die Realität, und er sagt sich:

»Dann kann ich neben meiner Krankmeldung auch gleich die Kündigung schicken. Das wäre es doch.«

Mit einem Satz sitzt er wieder senkrecht vor seinem Bildschirm und er fragt sich, warum er mit der Schatzsuche nicht schon viel früher begonnen hat.

»Na ja, alles ist im Leben für irgendetwas gut, wer weiß, wofür die Erkenntnisse über Curt gut sind.«

Mit dieser positiven Grundeinstellung macht sich Lars ans Werk und sieht sich als erstes die Datei mit den ganzen IP-Adressen der fremden Computer an.

Mit jedem öffnen einer Adresse gelangt er auf ein Dokument mit allerlei Informationen, wie zum Beispiel Benutzernamen, Passwörtern, Pin-Codes, Telefon- und Kontonummern und so weiter. Von der Sache her also immer mehr oder weniger identische Inhalte.

Ihm fällt nichts außergewöhnliches auf.

»Soll ich mir jetzt jede einzelne IP-Adresse ansehen?«

Aber er spürt, dass es einfacher gehen muss, dass hier irgendwo die Lösung versteckt sein muss. Immer und immer wieder schaut er auf die Zahlen, dreht sie um, bildet Kombinationen, aber nichts. Was soll er nur daraus erkennen?

»Wenn das nun aber gar nicht alles IP-Adressen sind? Nur bestimmte Nummern, die als solche getarnt wurden?«

Er sieht sich die Zahlenkolonnen unter diesen Gesichtspunkten erneut an und hat schnell Erfolg.

»Wenn ich mich nicht irre, dann ist das eine Bankleitzahl.«

Die Bestätigung hat er schnell im Bankleitzahlenverzeichnis der Deutschen Bundesbank gefunden. Eine zufällige Übereinstimmung schließt Lars sofort aus, denn bei der Bankleitzahl handelt es sich um die der örtlichen Sparkasse.

Er öffnet das Dokument, und siehe da:

»Kontonummer und Pin-Code für das Online-Banking und die Nummer eines dortigen Bankschließfachs.«

Lars will schon vor Freude in die Luft springen, aber der Text unterhalb dieser Daten hält ihn noch davor zurück.

Aus Sicherheitsgründen sage ich Dir hier nicht, wo Du den Schlüssel zum Schließfach findest.
Aber Du schaffst das schon, und es ist wichtig.
Dort findest Du alles, um als Ido weiterleben zu können.
Und meine Bankkontonummer hast Du ja auch.
Viel Glück.

»Und ich dachte bereits, ich hätte es geschafft. Aber was nicht ist, das kann ja noch werden, denn das Grundprinzip des Versteckspiels habe ich ja verstanden.«

Unter diesen Gesichtspunkten macht sich Lars wieder an die Suche, um auch den zweiten Teil des Puzzles zu lösen. Aber Fehlanzeige. So schnell wie mit der Bankleitzahl geht es jetzt nicht.

Alle Bankleitzahlen sind 8-stellig, damit war diese kürzer als die anderen Nummern der Liste und stach deshalb sofort ins Auge. Aber die restlichen Nummern sind alle 10-stellig und was noch schlimmer ist, davon gibt es immerhin 13.857 Stück.

»Muss ich die jetzt alle einzeln öffnen?«

Lars will das unter keinen Umständen, das ist unter seinem Niveau, und als Systemanalytiker muss er schließlich logisch denken können.
»Also den Text noch einmal genau lesen, vielleicht ist die Lösung ja dort versteckt.«

... meine Bankkontonummer hast du ja ...

»Ja hallo! Wie blöd darf man sein, aber darauf muss man erst einmal kommen. Die Kontonummer ist ja auch 10-stellig.«
Ein kurzer Blick und Lars sieht die Nummer als IP-Adresse gespeichert. Er klickt sie an und öffnet das Dokument.
Als erstes blickt er auf ein Foto von einem Fahrradstand mit mehreren Fahrrädern, darunter steht der folgende Text:

Glückwunsch.
Du siehst auf dem Foto ein Fahrrad mit einer kleinen Werkzeugtasche am Sattel. Darin befindet sich der Schlüssel vom Banksafe.
Hole ihn dir einfach heraus, lass das Fahrrad stehen. Du findest es am Bahnhof im bewachten Fahrradparkhaus, ebenerdig, fünfte Reihe links im viert letzten Fahrradständer.
Ich musste es so kompliziert machen, denn sicherlich haben schon ganze Völkerstämme meine Wohnung nach dem Schlüssel durchsucht.
Mache meinem Namen keine Schande und lass mich in Dir weiter leben.
Ich passe von oben auf Dich auf.
Und endgültig tschüss.

Lars ist sichtlich gerührt und emotional erregt, er braucht erst einmal eine kleine Pause, muss alles etwas sacken lassen. Eine schöne Tasse Kaffee wird ihm sicher gut tun. Dabei kann er in Ruhe die nächsten Schritte bedenken.

Aber nach dem ersten Schluck sitzt er wieder vor dem Rechner.

»Online-Banking. Vielleicht bin ich ja schon Millionär?«

Im Nu ist er im Internet, lädt sich das entsprechende Programm der Sparkasse auf den Rechner und startet das Online-Banking.

Die Kontonummer und der Pin-Code werden akzeptiert und es dauert nur einen Moment, bis sich die Seite mit den Kontodaten öffnet.

Kontoinhaber = Ido Vermolen.
Saldo = 143,76 € Guthaben

Lars wird es schwindelig. Wie Seifenblasen zerplatzen seine nicht gelebten Träume. Wie in Trance meldet er sich wieder aus dem Programm ab.

Er weiß jetzt wirklich nicht, was er machen soll. Er ist maßlos enttäuscht und eine negative Stimmung breitet sich bei ihm aus. Aber dann klopft er sich mit der flachen Hand vor die Stirn.

»Wenn ich als Privatmann ein Millionenvermögen hätte, dann würde das nicht bei der örtlichen Sparkasse liegen, und mit Sicherheit nicht auf einem Girokonto. Das bringt zum einen keine Zinsen, zum anderen wüsste es, Bankgeheimnis hin oder her, bald die ganze Stadt.«

Lars widmet sich wieder in aller Ruhe seinem Kaffee. Und gefrühstückt hat er ja auch noch nicht.

»Erst einmal stärken, dann hole ich mir diesen Tresorschlüssel und fahre zur Sparkasse. Wenn das auch ein Reinfall ist, kann ich immer noch die Fotos von Curt, mit und ohne Kaffeetasse, der Polizei zukommen lassen.«

Auf dem Weg zum Fahrradparkhaus am Bahnhof kommt Lars durch die Straße, in der Curt sein Büro haben muss. Dieser Tatbestand macht ihn nun doch neugierig und kurz entschlossen hält er in der Nähe an, steigt aus und nimmt auf einer Bank platz, von der er das Haus gut einsehen kann.

Es sind drei Fenster zur Straße und daher weiß Lars nicht genau, wo sich das Büro von Curt befindet. Aber ein Auto fällt ihm auf, in dem zwei Personen sitzen und das Haus zu beobachten scheinen. Sie haben sich offensichtlich auf einen längeren Aufenthalt eingerichtet, denn Kaffee, Brötchen und Zeitung sind mit an Bord.

Sirengeheul nähert sich dem Haus in Form eines Polizei- und eines Krankenwagens. Polizisten und Sanitäter stürmen in das Haus und Lars kann deutlich Bewegungen hinter dem mittleren Fenster erkennen, wahrscheinlich aus Curts Büro.

Die zwei Typen in dem Auto beenden abrupt ihr Frühstück und verlassen unauffällig ihren Beobachtungsplatz. Sie fahren direkt an Lars vorbei und er kann sich das Kennzeichen des Fahrzeugs merken und notieren.

»Wer weiß, wofür hier alles gut ist«, sagt er sich und macht sich auf den Weg zum Bahnhof.

In diesem bewachten Parkhaus, das ausschließlich für Fahrräder gebaut ist, gibt es keinerlei Probleme, da Lars ja nicht mit einem Fahrrad das Gebäude verlassen will.

Das er in einer schlecht einsehbaren, und daher gut gewählten Ecke des Parkhauses, von einem Fahrrad den Inhalt einer kleinen Satteltasche entnimmt, bemerkt vom Wachpersonal niemand.

Wieder in seinem Auto angekommen, begutachtet Lars endlich seine Beute. In einem Putzlappen eingewickelt findet er tatsächlich Schraubenschlüssel und Flickzeug für Fahrräder, aber auch unverkennbar den Schlüssel für einen Safe, ein Schließfach oder ähnliches.

Die Pulsfrequenz und Nervosität nimmt bei Lars deutlich zu, denn einen Tresorraum von einer Bank kennt er höchstens aus dem Fernsehen.

»Aber was soll schon sein«, denkt er sich, »ich kenne alle Geheimzahlen auswendig, und falls sie den Ausweis sehen wollen, habe ich den halt vergessen, aber zufällig eine Kopie bei mir.«

Nachdem sich Lars so Mut zugesprochen hat, fährt er zur Sparkasse und betritt die Schalterhalle.

»Mein Name ist Ido Vermolen, ich möchte gerne zu meinem Schließfach.«

»Sehr gerne, wenn Sie bitte hier die Nummer und Ihr Passwort notieren würden«, sagt der Angestellte und reicht ihm ein kleines Formular und etwas misstrauisch geworden, da er diesen Ido natürlich noch nie gesehen hat, fragt er ganz beiläufig:

»Wie war noch Ihre Kontonummer, vielleicht kann ich auch nach Ihren Auszügen sehen.«

Aber Lars ist mit einem Mal die Souveränität in Person, er notiert die Nummer vom Safe und das Passwort, nennt dem Angestellten seine Kontonummer und sagt:

»Danke, Sie brauchen nicht nachsehen, es sei denn, es ist soeben etwas hinzu gekommen, zuhause waren es noch so ungefähr 143 Euro.«

Das überzeugt den Angestellten endgültig und er informiert seinen Abteilungsleiter, damit dieser dem Kundenwunsch Folge leisten kann. Wenig später geht er mit Lars beziehungsweise Ido über eine Wendeltreppe in den Keller.

Die große, schwere Tresortür ist bereits offen, nur eine Gittertür verhindert den direkten Zugang zum Tresorraum, in dem Lars jetzt mehrere lange Reihen von Schließfächern in unterschiedlichen Größen erkennen kann.

Nachdem beide ihre Schlüssel in das entsprechende Schließfach gesteckt und es damit geöffnet haben, entnimmt Lars eine große Metallkiste und stellt sie auf einen extra für die Kunden bereitgestellten Tisch. Der Abteilungsleiter verlässt den Tresorraum, verschließt aber die Gittertür und lässt Lars mit sich und der Welt alleine.

Vorsichtig und vor Neugierde platzend öffnet Lars den Deckel der Kiste. Sie ist voll.

Voll mit Wertpapieren aller Art, Briefen, Umschlägen, Formularen, Kredit- und EC-Karten, einem Pass, weiteren Schlüsseln und einigen Bündeln mit 50 Euro-Scheinen, schätzungsweise 50.000 Euro.

Lars hat jetzt nicht die Nerven, um sich alles im Detail zu betrachten, er nimmt seinen Aktenkoffer und verstaut dort alles. Die leere Metallkiste schiebt er wieder in das Schließfach und ruft nach dem Abteilungsleiter.

Mit seinem Koffer in der Hand verlässt Lars die Bank, geht schweißgebadet zu seinem Auto und steigt ein.

Sorgenvoll schaut er nach allen Seiten, ob ihm jemand gefolgt ist. Er sieht nichts, würde aber auch niemanden sehen, selbst wenn derjenige nur einen Meter von ihm entfernt stünde.

Sein Gesicht fühlt sich feucht an und er hat keine Ahnung, ob das noch vom Angstschweiß, oder schon von den Freudentränen kommt.

Nervös wie ein Fahranfänger auf seiner Jungfernfahrt startet er das Auto und fährt nach Hause.

Kapitel 3

»Ich bin völlig fertig.«

Lars ist endlich zuhause angekommen. Sofort lässt er die Jalousien an den Fenstern herunter, schließt alle Türen und verriegelt sie.

Auf der Heimfahrt hat er auch mehr nach möglichen Verfolgern Ausschau gehalten, als sich auf den Verkehr konzentriert.

Jetzt steht er in der Ecke seines Wohnzimmers und starrt auf den Schreibtisch mit dem Computer.

»Ich sehe Curt leblos davor auf dem Stuhl sitzen. Aber was hatte er geschrieben?«

Lars nimmt sich zur Sicherheit zum wiederholten Mal Curts Abschiedsbrief zur Hand und sucht darin eine bestimmte Passage.

... Ich würde es wieder so machen ...

»Na also, dann mal ran an den Speck.«

Er räumt den Esstisch frei und öffnet seinen Aktenkoffer. Am einfachsten und am schnellsten geht das Zählen des Geldes. Es sind tatsächlich 10 Banderolen je 5.000 Euro.

»50.000 Mäuse, das ist doch schon mal was, und dann auch noch in bar, da kann ich ja jetzt die Sau raus lassen«, lacht er und stapelt die Bündel in einer Ecke des Tisches.

Mit den festverzinslichen Schuldverschreibungen der Deutschen Bundesbank kann Lars im Moment überhaupt nichts anfangen. Er nimmt sie zur Kenntnis und legt sie neben das Bargeld.

Dazu kommen jetzt vier goldene Kreditkarten, je zwei Visa und zwei Mastercard, drei EC-Karten, davon eine für das Konto bei der Sparkasse, ein Schlüsselbund und noch zwei Tresorschlüssel, einen in der Art wie er ihn schon hat, und einen etwas kleineren, aber doch sehr stabilen Schlüssel.

Als nächstes entnimmt er seinem Koffer einen kleinen Stapel verschlossener und nummerierter Briefumschläge. Vier Stück an der Zahl. Er traut sich nicht, sie zu öffnen und legt sie einfach daneben.

Bleibt noch der größte Anteil des Kofferinhalts. Ein Stapel von Formularen und Briefen unterschiedlicher Firmen und Behörden, hand- und maschinengeschriebene Papierseiten und ein Schreiben, besser eine Bedienungsanleitung, ausgestellt von Ido.

War doch gar nicht so schwer, oder?
Also pass auf, dies sind jetzt, bis auf die vier Briefumschläge, die letzten Instruktionen von mir, dann musst Du alleine laufen.
Die Umschläge bleiben noch geschlossen. Umschlag 1 darfst Du öffnen, wenn Du die Punkte 1 + 2 dieses Schreibens erledigt hast. In jedem Umschlag findest Du eine Anweisung, wann Du den nächsten öffnen darfst. Halte dich daran, denn vorher stören die Informationen nur.

Punkt 1
Verkaufe oder kündige Deine Wohnung, Auto, Arbeitsstelle und alles andere was Geld kostet, Dich belastet oder Deine Aufmerksamkeit benötigt. Aber unauffällig und legal. Verlasse auch Familie, Frau, oder Freundin. Verwische in jedem Fall Deine bisherigen Spuren als Hacker.
Sei unbesorgt, Dein Vermögen liegt bereits jetzt im Millionenbereich.
Du wohnst danach in einer Eigentumswohnung in einem Hochhaus, die Adresse hängt am Schlüsselbund. Das wird Deine private Rückzugadresse unter Deinem

Namen. Dort findest Du alles was Du benötigst, und noch etwas: niemand kümmert sich dort darum, wann Du kommst oder gehst.
Die Wohnung ist auf Idos Namen eingetragen, in Umschlag 1 findest du Anweisungen, wie Du sie kostenfrei auf Deinen Namen umändern kannst.

Punkt 2
Miete Dir als Ido dort in der Nähe ein kleines Büro. Es muss alle technischen Anforderungen erfüllen, aber unauffällig, und von außen schlecht einsehbar sein. Hier arbeitest Du nur als Hacker Spotty.

Punkt 3
Nach Erledigung der obigen Punkte kaufst oder mietest Du Dir eine Luxuswohnung oder ein Haus, mit entsprechendem Auto und allem was dazu gehört. Hier wirst Du Dich als Ido bei Geschäftsleuten oder Freundinnen repräsentieren.
Ab sofort lebst Du für die Außenwelt nur noch als Ido. Ido ist absolut sauber, ist bisher nicht negativ aufgefallen oder registriert.

Alles weitere, auch was Du mit den Utensilien aus dem Banksafe machen kannst, findest Du, wenn die Zeit dafür reif ist, kurz und bündig in den Umschlägen beschrieben.

Ich wünsche Dir nochmal viel Glück.
Und sei vorsichtig.
Die Bahn, auf die Du Dich jetzt begibst, ist nicht nur schief, sie ist abschüssig kriminell.
Aber Du wirst damit bald in feinster Gesellschaft sein.
Dein Ido

Lars braucht erst einmal eine Pause. Er liest den Brief mehrmals, doch nach jedem Mal wird er ruhiger und gelassener.

»Eigentlich werde ich zu nichts gezwungen, es wird mir auch keine eilige Entscheidung abverlangt. Theoretisch könnte ich mir das Geld unter den Nagel reißen und den restlichen Kofferinhalt verbrennen.

Aber was ist danach und was habe ich davon?«

Lars benötigt nicht viel Zeit, um darauf die Antwort zu finden.

»Dann kann ich mir ein neues Auto leisten und laufe, ohne Perspektive und abhängig von meinem Arbeitgeber, bis zu meinem Lebensende als Marionette durch die Welt.

Wie ein Zombie. Wie jetzt auch.«

Und diese Tatsache, dass auch ein großer Geldbetrag nichts an seiner eintönigen Lebensweise verändern wird, ernüchtert ihn, gibt ihm aber auch die Kraft für seine Entscheidung.

»Ich beginne ein neues Leben, suche den Reiz, das Abenteuer und die Abwechslung, nehme die Millionen und die Frauen. Aber erst ab morgen.

Heute mache ich es mir als Lars noch einmal gemütlich und schlafe eine Nacht darüber.«

Er steckt sich ein paar Geldscheine ins Portemonnaie, packt bis auf den Brief alles wieder ordentlich in den Koffer, verstaut diesen unter seinem Sofa und geht in die Stadt zum Essen.

Da es die letzte Nacht doch etwas später geworden ist und Lars seinen Wecker ausgeschaltet hat, wird er erst durch das klingeln des Telefons geweckt.

Es ist sein Vorgesetzter, der sich um seinen Gesundheitszustand Sorgen macht und heute entweder noch ihn, oder eine Krankmeldung erwartet.

»Kann er kriegen«, sagt sich Lars nachdem er aufgelegt hat, »und zwar die Krankmeldung bis zum letzten Arbeitstag, aber auch die Kündigung.«

Für ihn ist die Entscheidung ja längst gefallen, also muss er sich mit seinem Chef nicht mehr herumärgern. Er macht sich sein Frühstück und beginnt in der Tageszeitung zu blättern.

Curt Svensson ein Mörder?

Der Bissen Brot bleibt Lars direkt im Hals stecken, die Titelzeile erschlägt ihn.

Daran hat er ja überhaupt nicht mehr gedacht, dass ja mittlerweile die Polizei, und damit auch die Presse, über den Toten informiert ist.

»Aber wieso ein Mörder, der ist doch selbst tot.«

So schnell kann Lars die Bedeutung dieser Titelzeile gar nicht verarbeiten. Im Nu überfliegt er den Text des Leitartikels und liest unter anderem zunächst bei den Fakten:

... wurden gestern in seiner Wohnung zwei Leichen gefunden, eine davon war Curt Svensson selbst ...

... einer noch unbekannte Person wurde in den Rücken geschossen, Curt Svensson wurde wahrscheinlich vergiftet ...

In der Rubrik von Analyse und Recherche, dessen Ergebnis den Journalisten zu seiner Überschrift verleitet haben mag, liest Lars:

... man kann nicht jemand vergiften und sich dann selbst in den Rücken schießen ...

... eine dritte Person wird nicht zwei verschiedene Tötungsmethoden wählen ...

... bleibt die Vermutung, dass Curt Svensson die noch unbekannte Person getötet, und sich dann selbst vergiftet hat ...

Lars schießen mehrere Fragen und Antworten zugleich durch den Kopf.

»War die andere Person auch schon seit wenigstens zwei Wochen tot?

Wenn ja, könnte Curt der Mörder gewesen sein.

Oder war der Kaffeetrinker der Mörder?

Dann gab es in der Tat wenigstens noch eine dritte Person.

Was war mit den zwei Typen in dem Auto?

Haben die dieser Person in den Rücken geschossen?«

Mit einem weiteren Toten hat Lars überhaupt nicht gerechnet, und solange Curt der Mörder gewesen sein könnte, meldet er sich höchstens krank, aber mit der Kündigung wartet er dann doch noch.

»Oder soll ich der Polizei die Fotos mit und ohne Kaffeetasse schicken? Vielleicht beschleunigt sich dadurch die Suche nach dem wahren Täter?«

Überzeugt ist Lars von dieser Idee jedenfalls nicht.

»Auf der anderen Seite hat Ido ja geschrieben, dass ich Curt vergessen soll, oder so ähnlich.

Ach, ich weiß auch nicht.«

Lars hat so ein bisschen der Mut verlassen, aber er kann ja nicht beim ersten Gegenwind die Flinte ins Korn werfen, darum zwingt er sich, die Situation noch einmal logisch zu analysieren.

»Curt rechnete mit Angreifern.

Ihm war nämlich unklar, ob er in der Lage sein würde, selbst Schluss zu machen, oder ob ihm jemand zuvor kommt.«

Das ist Fakt, das bestätigt sich Lars mehrmals, aber was kann oder muss er jetzt daraus schließen?

»Wenn man am Leben bleiben will, versucht man zu flüchten oder seinen Angreifer außer Gefecht zu setzen. Curt wollte sich aber lieber selbst töten, als seinen Angreifer. Er war lediglich besorgt, dass ihm dieser die Arbeit abnimmt.«

Lars kontrolliert und bestätigt sich nochmals, dass sein Resümee korrekt ist, und das bedeutet?

»Curt ist kein Mörder.«

Diese Erkenntnis beruhigt Lars ungemein und er spürt so langsam wieder den Tatendrang in sich wach werden.

Irgendetwas ist aber noch ungeklärt. Er nimmt die Fragen noch einmal durch, die ihm vorhin durch den Kopf gegangen sind.

»Genau, die zwei Typen im Auto. Das Kennzeichen, wo habe ich es mir notiert?«

Der Zettel ist schnell gefunden und zur Kraftfahrzeugzulassungsstelle hat er einen guten Draht. Ein Anruf und etwas Smalltalk reichen, und er hat den Namen und die Adresse vom Eigentümer dieses Fahrzeugs.

»Eine Detektei Stabinsky, na, die schaue ich mir im Netz erst einmal an.«

Lars geht an seinen Rechner und googelt nach diesem Namen.

»Also auf Grund dieser Ergebnisse, würde ich die mit nichts seriösem beauftragen. Jeder warnt vor diesem Unternehmen, ich finde nicht eine positive Rezension. Aber mit Sicherheit nehmen die jeden zweifelhaften Auftrag an, und solche werden bestimmt zur Zufriedenheit ausgeführt, jedoch von den Kunden nicht rezensiert.«

Lars findet eine Homepage der Firma. Sie umfasst nur eine Seite und ist nicht von Profis erstellt, darum entdeckt er relativ schnell eine Lücke, wie er den Rechner dieser Firma hacken könnte.

Aber er hackt nicht, er notiert sich nur alles. Er will dort nicht als Lars hacken, und er kann im Moment mit eventuellen Resultaten sowieso nichts anfangen.

Doch wenn das Gegner von Curt sind, dann könnten das auch seine werden, und dann ist es gut, diese Informationen zu besitzen.

»Jetzt bleiben nur noch die Fotos mit den Kaffeetassen. Die schicke ich vorerst nicht an die Polizei. Sollen die mit dem Fall klar kommen, wie sie wollen, ich für meinen Teil weiß, dass Curt nicht der Mörder ist, und das reicht mir.«

Lars reibt sich zufrieden und stolz über seine Recherche die Hände und scheint über visionäre Kenntnisse zu verfügen, als er sich denkt:

»Vielleicht kann ich die Fotos ja zu einem anderen Zeitpunkt für mich viel vorteilhafter verwenden.«

Damit ist für Lars das Thema Curt endgültig abgehakt, die Entscheidung über seine eigene Zukunft ja auch längst getroffen. Darum plant er jetzt, was er alles unternehmen muss, um die ersten beiden Punkte aus Idos Brief zu erfüllen.

»Frauen laufen mir bisher leider keine nach. Aber jeder Nachteil hat auch seinen Vorteil, also muss ich ihnen jetzt nicht weglaufen. Auch Familie habe ich nicht mehr und damit ist dieser Punkt bereits erledigt. Das war einfach.«

Lars erstellt jetzt seine Kündigungen für die Wohnung und die Firma, geht danach zum Hausarzt und lässt sich von ihm bis zu seinem letzten Arbeitstag krank schreiben.

Die Kündigungen und die Krankmeldung wirft er in den Briefkasten.

Neben der Post befindet sich das Büro der örtlichen Tageszeitung. Dort gibt Lars zwei Annoncen unter den folgenden Rubriken auf:

Autoverkauf
Wohnungsnachfolger gesucht

Lars findet, dass er damit einen großen Schritt in sein neues Leben bewältigt hat.

»Und morgen bin ich Ido und sehe mir mal meine neue Bleibe an.«

Kapitel 4

»Dieser Ausblick ist einfach fantastisch.«

Lars sitzt in seiner neuen Wohnung im 6. Stock eines Hochhauses mit einem wunderschönen Rundblick über einen Großteil der Stadt. Aber was diese Unterkunft so genial macht, dass ist die Anonymität, die Lars hier genießt. Niemand interessiert sich für ihn oder gar für die Tatsache, dass hier bis vor kurzem noch eine andere Person gewohnt hat.

Trotzdem macht es sich Lars zur Angewohnheit, dass er sich außerhalb seiner Wohnung und im Bereich des Hochhauses nur mit Baseballkappe und Brille bewegt. Ohne Verkleidung wird er in Zukunft nur noch als Ido auftreten, und keiner soll ihn hier später einmal als solchen identifizieren können.

Für seine alte Wohnung findet er problemlos einen Nachmieter. Bis zu seinem Umzug entfernt er seinen bei anderen Personen unfreiwillig installierten Browser wieder von deren Computern und sorgt auch dafür, dass sein Computerspiel vom Markt genommen wird. Der Hacker Lars ist damit von der Bildfläche verschwunden.

Sein eigenes Auto verkauft er, nicht zu einem guten Preis, dafür aber relativ schnell.

An seinem letzten Arbeitstag geht er noch einmal zu seiner Arbeitsstelle, um seine persönlichen Gegenstände abzuholen und sich von seinen ehemaligen Kollegen zu verabschieden. Auf die drängenden Fragen des 'Warum' sagt er ihnen, dass er ein Angebot im Ausland angenommen hat. So gewährleistet er, dass ihn niemand vermisst, beziehungsweise sucht, um ihn einmal zu irgendeiner Gelegenheit einzuladen.

Am anderen Ende der Stadt mietet sich Lars eine Einzimmerwohnung mit Küchenzeile und Bad, um sich dort als Hacker Spotty sein Büro einzurichten.

In einem in der Nähe des Büros befindlichen Parkhaus mietet er sich schon zwei Dauerparkplätze auf unterschiedlichen Parkebenen an, und zwar für die neuen und teilweise noch zu erwerbenden Autos für Lars und für Ido.

Außerdem soll das Parkhaus dazu dienen, nicht nur die Fahrzeuge der beiden zu wechseln, sondern auch deren Identität, denn um die entsprechende Person anzunehmen, kann man sich dafür auf der dortigen Toilette umziehen.

Wenn das Parkhaus als Spotty verlassen oder betreten wird, dann geschieht das zu Fuß, und zwar mit einer Perücke und Hornbrille.

»Die ersten Bedingungen habe ich alle erfüllt. Eigentlich ist jetzt genau der richtige Zeitpunkt, um den ersten Umschlag zu öffnen.«

Lars ist mit sich und der Welt zufrieden.

Er nimmt noch einen Schluck von seinem Rotwein, macht es sich im Sessel bequem, legt die Füße auf den dazugehörenden Hocker und öffnet den Briefumschlag mit der Nummer 1.

Hallo.
In der Küche steht auf dem Kühlschrank eine Mikrowelle. Nimm sie weg und Du findest dahinter einen kleinen Tresor.
Den Schlüssel dafür hast Du schon.
Dort findest Du Deine Autoschlüssel und alle dazugehörenden Papiere. Das Auto steht in der Tiefgarage auf einem zur Wohnung gehörenden Parkplatz.
Lasse es auf Deinen richtigen Namen umschreiben.

Diese Wohnung habe ich deswegen erworben, weil in dieser Stadt alle Ämter digitalisiert sind, und ich das Grundbuch- und Katasteramt hacken konnte.
Hier ist eine fiktive IP-Adresse:
45.236.821.17
In diesem Dokument findest Du die entsprechenden Informationen, um in den Dateien dieser Ämter die Wohnung auf Deinen Namen zu ändern.
Ohne Notar und Geld. Ist doch praktisch, oder?
Fordere von ihnen danach einfach einen neuen Grundbuchauszug an.
Unter dieser IP-Adresse findest Du aber noch weitere Informationen.
Zum Beispiel die Daten zum Hacken von zwei weiteren Banken. Die Kontonummern siehst Du auf den EC-Karten aus dem Bankschließfach. Ändere alle Konten und Depots von Ido auf Deinen richtigen Namen, und die von Curt auf Idos Namen. Dann lässt Du wegen Diebstahls die alten EC- und Kreditkarten sperren, und forderst neue an.
Geld findest Du dort genug um für Ido ein adäquates Luxusleben vorzubereiten.
Du hast noch einen weiteren Schlüssel für einen Banksafe. Der gehört zu Idos Bank. Er hat dort auch ein Wertpapierdepot. Die Nummern vom Safe und Depot findest Du unter der IP-Adresse. Im Safe liegt nur Bargeld, falls Du mal dringend Liquidität benötigst, und zwar so um eine halbe Million Euro.
Der Rest meines Besitztums befindet sich auf einem Schweizer Nummernkonto, dessen Nummer Du dort ebenfalls findest. Das Passwort teile ich Dir aus Sicherheitsgründen hier schon mit.
Es lautet: CurtIdoSpotty
Wenn Du dies alles erledigt hast, auch alle neuen Kreditkarten und Grundbuchauszüge in Händen hältst,

wenn dazu Haus und Auto gemäß dem Punkt 3 für Ido angeschafft sind, dann fängt der Spaß für Dich als Ido erst richtig an.
Dann öffne den Umschlag Nummer 2.

»Wahnsinn. So habe ich das nicht einmal zu träumen gewagt.«

Lars strahlt über sein ganzes Gesicht und so gut wie bisher alles vorbereitet und geplant ist, ist er sich sicher, dass auch diese Aufgaben reibungslos erledigt werden können.

»Endlich wieder ein Auto«, freut er sich, »das Leben ohne fahrbaren Untersatz ist doch komplizierter als ich dachte.«

Natürlich geht er sofort mit allen Tresorschlüsseln bewaffnet in die Küche und räumt die Mikrowelle an die Seite.

»Tatsache. Ein kleiner Geheimsafe, eingebaut in die Wand. Nicht schlecht.«

Lars öffnet ihn, entnimmt den Inhalt und überfliegt die Papiere.

»Da kann ich ja nicht meckern. Ein fünf Jahre alter 318er BMW. Komfortabel und nicht besonders auffällig, wenn ich damit als Lars unterwegs bin.

Dann will ich mich direkt mal an die Arbeit machen.«

Lars setzt sich eine der neu erworbenen Baseballkappen und die mit Fensterglas ausgestattete Brille auf, und begibt sich in die Tiefgarage auf die Suche nach seinem Auto.

Er erahnt es schon von weitem. Nicht an der Farbe, schwarz sind hier fast alle Fahrzeuge. Auch kann er das Nummernschild längst noch nicht erkennen. Nein, es ist der Staub, welcher das Auto durch den wochenlangen Stillstand bedeckt.

»Na, da machen wir doch erst einmal einen Besuch in der Waschstraße«, sagt Lars und klopft seinem neuen Gefährten auf den Kotflügel.

Danach fährt er in Richtung seines Büros und parkt in dem Parkhaus auf dem ersten seiner Dauerparkplätze, steigt aus und geht auf die Kundentoilette.

Als er sich vergewissert hat, alleine zu sein, wechselt er die Kappe gegen eine Perücke mit blonden und etwas längeren Haaren ein und tauscht seine bisherige Brille gegen eine dunkle Hornbrille aus.

So verlässt er das Parkhaus und geht nach einigen Metern in eine Seitenstraße, um als Spotty sein neues Büro aufzusuchen.

»Es ist schon erstaunlich, wie leichtfertig die Menschen mit ihren Computern und den darin gespeicherten Daten umgehen. Bei Privatpersonen kann ich ja eine gewisse Unerfahrenheit noch verstehen, aber bei Firmen, Behörden oder Banken, da sollten doch Profis für die nötige Sicherheit sorgen.«

Lars, oder eindeutiger gesagt Spotty, relativiert seine Aussage jedoch schnell wieder.

»Aber auf der anderen Seite, um einen Computer knacken zu können, stellt sich eigentlich nur die Frage, wie viel Zeit man zur Verfügung hat. Sicher ist auf die Dauer jedenfalls keiner.«

Die Anweisungen, die Spotty unter der Pseudo-IP-Adresse findet, sind so eindeutig, dass es keines großen Aufwands bedarf, um die Namen auf den Bankkonten, Depots und Grundbüchern entsprechend zu ändern.

Dann fordert er per Telefon neue Auszüge beim Grundbuchamt, und Kredit- und EC-Karten bei den Banken an.

»Das war's. Eigentlich ein Kinderspiel, so einfach hätte ich mir das nie vorgestellt.«

In Anbetracht dieser Tatsache, beginnt Spotty zu sinnieren.

»Wenn man bedenkt, wie gefährlich für sich selbst und für andere zum Beispiel so ein Bankraub ist, und wie hoch dann die Strafe ausfällt, wenn man erwischt wird. Und wenn man Pech hat, das alles nur für ein paar lausige Euros.

Auf der anderen Seite ist man durch geschicktes Hacken in der Lage, viel mehr Geld zu erbeuten, und das bei null Gefahr für andere Menschen und bei einem viel geringerem Strafmaß bei Misserfolgen.«

Bevor Spotty in das Parkhaus geht, sucht er in der Stadt noch ein Schreibwarengeschäft auf, um ein paar überregionale Zeitungen zu kaufen.

Danach verkleidet er sich von Spotty in Lars und fährt zur Kraftfahrzeugzulassungsstelle, um den BMW auf seinen Namen überschreiben zu lassen.

Zuhause angekommen, macht er es sich auf seinem Sofa wieder gemütlich und er studiert die erworbenen Zeitungen.

»Über den Tod von Curt und dem anderen Mann haben die Zeitungen in großen Lettern berichtet, da hatten sie eine Aufmachung, eine Schlagzeile und ihre Sensation.

Aber seither erfährt man nichts mehr, nicht eine Zeile, was aus deren Spekulationen und Vermutungen geworden ist. Als ob pure Informationen niemanden mehr interessieren, und das nennt sich dann auch noch Journalismus.«

Lars hat sich richtig in Rage geredet, aber einmal in Fahrt, ist er nicht mehr zu stoppen.

»Und Nachrichten sind noch schlimmer. Als Nachricht wird nur gemeldet, was von der Normalität abweicht, und das von morgens bis abends, abgelöst erst durch die nächste Sensation.

Dadurch entsteht der Eindruck, dass das abnormale schon normal geworden ist, auf der Welt nur noch Chaos, Terror und Krieg herrschen und wir nur noch von Unglücken, Katastrophen und sonstigem Ungemach umgeben sind.«

Nachdem sich Lars wieder abreagiert hat, sucht er im Autoteil der Zeitung nach einem Auto für Ido. Aber er findet absolut nichts, was ihm direkt ins Auge springt und ihm sagt: 'Das ist es.'

Und wenn er gezielt nach etwas suchen will, dann hat er keine Ahnung, wonach er suchen soll.

»Wie muss denn das Auto für Ido aussehen? Ich kenne ja noch gar nicht die Kreise, in denen er verkehren wird.«

Nachdem er Sportwagen, SUVs, überdimensionale Karossen und alles was nach neureich aussieht ausgeschlossen hat, kommt er zu folgendem Schluss.

»Es muss schon ein Auto sein, welches Erfolg suggeriert und trotzdem nicht zu protzig ist. Ausländische Fabrikate kommen wahrscheinlich nicht in Betracht, also bleiben nur ein großer Mercedes, Audi oder BMW. Vielleicht sogar ein Cabrio?«

Lars beschließt, bei den örtlichen Händlern dieser Marken demnächst einmal hineinzuschauen, und nach Vorführwagen und ähnlichem zu fragen.

Dann sind die Immobilien an der Reihe.

Was für eine Enttäuschung. Alle Häuser befinden sich laut Inserat in bester Lage, aber nirgends steht die Lage wirklich dabei, und wenn doch, dann sagt ihm diese nichts, da er sich in fremden Städten überhaupt nicht auskennt.

»Im Internet könnte ich jetzt gezielt suchen. Wer hat eigentlich den Teufel geritten, und mich Zeitungen kaufen lassen.«

Beim Zuschlagen der Zeitung springt ihm aber doch noch etwas ins Auge. Es ist nicht das Foto der Immobilie, sondern die Region, in der sich diese befindet. Lars sein Vorgesetzter hat nämlich mehrfach erwähnt, dass er im Falle eines Lottogewinns dort gerne wohnen würde.

»Dann fahre ich da morgen einfach hin, mal sehen, ob es dort wirklich schön ist. Vielleicht finde ich sogar etwas, oder zumindest einen Makler aus der Region, und wenn ich mich nicht irre, sind in der Nähe auch meine Autohändler ansässig.

Da kann ich wieder viele Klatschen mit einer Fliege fangen, oder so ähnlich.«

»Na, das nenne ich mal ein Häuschen.«

Lars ist mit dem Auto unterwegs in der Region, die sein ehemaliger Vorgesetzter so reizvoll findet. Von der Landstraße aus sieht er am Horizont eine Villa stehen, auf einer Anhöhe am Waldesrand in Hanglage.

»Das wäre es doch. Da fahre ich einfach mal hin und frage. Das 'Nein' habe ich auch, wenn ich nicht frage, das 'Ja' kann ich noch bekommen«, macht er sich selbst Mut.

Die Villa hält auch aus der Nähe das, was sie aus der Ferne verspricht. Von der Straße aus gelangt man ebenerdig in den oberen Teil des Gebäudes, und auf der Rückseite kommt man im unteren Teil ebenerdig über eine große Terrasse in den Landschaftsgarten mit Teichen und Brücken. Am anderen Ende des Grundstücks, hinter der letzten Brücke, sieht Lars ein Schwimmbad, einen barocken Pavillon und ein Gebäude, das aus Holzstämmen erbaut ist, wahrscheinlich eine Sauna.

»Okay, ein bisschen Farbe, alles etwas aufpäppeln, den Garten auf Vordermann bringen, sicherlich auch den Pool. Das nehme ich.

Wo ist die Kasse?«

Lars sieht im Garten einen alten Mann, der krampfhaft versucht, gegen den Wuchs der vielen Pflanzen und Blumen anzukämpfen. Aber diese wachsen ihm sprichwörtlich über den Kopf.

»Einen schönen Garten haben Sie«, ruft Lars über den Zaun, denn er hat sofort erkannt, dass dieser Mann kein Gärtner, sondern nur der Eigentümer sein kann.

»Hören Sie auf«, erwidert der Alte, sich seinen Rücken haltend, »viel zu viel Arbeit. Für mein Alter ist das nichts mehr, und was habe ich davon? Außer kaputten Knochen, nichts.«

Langsam kommt der Alte auf den Zaun zu geschlendert, sich freuend, dass er anscheinend etwas Abwechslung in seinen tristen Alltag bekommt. Sonst spricht ja kaum jemand mit ihm.

»In dem Schwimmbad ist auch seit drei Jahren niemand mehr gewesen. Seit die Kinder aus dem Haus sind, ist es ruhiger geworden, und seit meine Frau gestorben ist, bin ich froh, wenn ich in der Küche zurecht komme.«

»Und warum verkaufen Sie das Haus nicht?«

»Hören Sie auf. Darauf wartet das ganze Gesindel ja«, klagt der Alte, wild mit seinen Armen fuchtelnd und Lars merkt ihm auch deutlich seine Erregung an, »das Haus verkaufen, mich in ein Heim stecken, und sich von dem Geld dann einen schönen Lenz machen. Dafür habe ich nicht mein ganzen Leben schwer gearbeitet.«

»Verkaufen Ihre Kinder denn nach Ihrem Tod das Haus?« gibt sich Lars erstaunt.

»Natürlich, ich drehe mich ja deswegen jetzt schon im Grabe um. Aber was soll ich machen«, resigniert der Alte.

Lars hat eine vage Idee und versucht ganz nach dem Motto, 'wer nicht wagt, der nicht gewinnt', diese Idee direkt in einen mutigen Plan umzusetzen.

»Haben Sie schon einmal mit einem Schiff eine Kreuzfahrt unternommen?«

»Als meine Frau noch lebte, waren wir einmal im östlichen Mittelmeer«, schwärmt der Alte sofort, »nach Venedig, Sizilien, Istanbul, Athen. Das war der absolute Höhepunkt unseres Lebens. Dieser Service und Luxus, dieses Leben und Treiben auf der einen, und die Ruhe auf der anderen Seite. Herrlich.«

Sehnsuchtsvoll atmet der Alte tief durch und Lars führt seinen Plan noch weiter aus.

»Es gibt Kreuzfahrtschiffe, die fahren um die ganze Welt«, sagt er bedeutungsvoll zu ihm, »da muss man eigentlich nie mehr von Bord gehen. Es sei denn, man wechselt in einem Hafen das Schiff, um mal eine andere Route zu genießen.«

Lars wartet einen Moment, um dem Alten die Möglichkeit zu geben, Geschmack an seinen Worten und Gefallen an seiner Idee zu finden.

»New York, Karibik, Brasilien«, fährt Lars fort mit schwärmen, »oder Thailand, Japan, Singapur, Abu Dhabi, oder die Ostsee, das Nordkap.«

Die Augen des alten Mannes leuchten nun wie die Augen eines Kindes zu Weihnachten und Lars setzt noch einen oben drauf.

»Man braucht nie wieder kochen, nie mehr sauber machen, die Wäsche wird einem gewaschen und man kann sich den ganzen Tag mit netten, gutgelaunten

Menschen unterhalten. Das man dabei auch noch die ganze Welt zu sehen bekommt, muss ich gar nicht mehr erwähnen.«

Dass der Alte sein Vermögen nicht geschenkt bekommen hat, sondern dass hierfür eine gehörige Portion Intelligenz erforderlich war, merkt Lars schon an dessen Reaktion.

»Sie wollen also mein Haus kaufen, und es mit einer Kreuzfahrt bezahlen.«

»Die immerhin bis an Ihr Lebensende geht.«

»Und wenn Sie vor mir sterben?«

»Möglich ist alles«, ist Lars etwas überrascht, fängt sich jedoch schnell wieder, »aber ich setze Sie sowieso als Erben dieses Hauses ein.«

»Mich und auch meine Erben?«

»Genau.«

»Darf ich einmal zusammenfassen«, bekommt sich der Alte beinah nicht mehr unter Kontrolle, »Sie kaufen das Haus, bezahlen dafür kein Geld, sondern bis zu meinem Tod sämtliche Kreuzfahrten die ich unternehme. Wenn Sie sterben, geht das Haus wieder in meinen Besitz oder in den meiner Kinder.«

»Das ist noch alles etwas ins Unreine gesprochen, aber so habe ich mir das ungefähr vorgestellt.«

»Und wenn ich mal keine Lust auf Kreuzfahrt haben sollte, was ist dann?« kommen dem Alten dann doch die ersten Bedenken.

»Dann gehen Sie in ein Hotel Ihrer Wahl, das kommt doch auf dasselbe hinaus.«

»Stimmt. Ich würde sagen, einverstanden. Aber ich bespreche das noch einmal mit meinem Anwalt und lasse dann, falls nichts dagegen spricht, die Verträge aufsetzen. Wenn von Ihrer Seite noch Punkte zu bedenken sind, ich bin auch schon im Besitz eines Telefons.«

Lars wird von dem Alten ins Haus gebeten und er erhält dort noch eine Führung. Sie tauschen ihre Telefonnummern und Adressen aus und Lars macht sich wieder auf den Weg zu seinem Auto.

»Ich bin jetzt schon gespannt auf das dumme Gesicht meiner Kinder«, ruft der Alte ihm nach.

Lars will sich zuhause noch einmal alles genau durchrechnen, aber sein Gefühl sagt ihm, dass er hier im Prinzip nur Miete bezahlt und kein Bargeld auf den Tisch legen muss, was zu Lasten seiner Liquidität gehen würde. Der Vorteil gegenüber einer normalen Miete ist außerdem, dass ihm so niemand kündigen kann.

»Was für ein Tag«, denkt sich Lars, »bei dem Glück schenkt mir jetzt sicher auch noch jemand einen neuen Mercedes.«

Zielstrebig fährt er in Richtung eines Industrieviertels und sieht schon von weitem die blauen Fahnen mit dem weißen Stern.

Er parkt seinen BMW ganz frech beim Eingang zum Verkaufsbüro und geht hinein.

Niemand spricht ihn direkt an, aber Lars fühlt genau, dass er von dutzenden Verkäuferaugen aus allen Ecken des Raumes beobachtet und auch begutachtet wird. Er schlendert durch die Halle mit all den Wagen der unterschiedlichen Fahrzeugklassen. Jeder Verkäufer der ihm begegnet, nickt ihm freundlich zu, als würde er hier schon seit Jahren ein und aus gehen.

Und dann sieht er ihn.

Mit geöffnetem Dach steht ein anthrazitfarbenes Traumauto vor ihm und keine zehn Sekunden später ein genauso farbener Anzug in Form eines Verkäufers neben ihm.

»Das ist ein AMG SL 65. Steht aber nicht dran. Muss ja nicht jeder wissen.«

Lars geht langsam um das Auto ohne Notiz vom Verkäufer zu nehmen.

»12 Zylinder, 630 PS mit allen Extras.«

Lars geht weiter, streicht mit der Hand über den Lack und betrachtet die erhaltenen Informationen als Selbstverständlichkeit.

»Ledersitze mit Sitzheizung, Klimaanlage, Navigationsgerät, DVD-Spieler, Bordcomputer. Alles was das Herz begehrt.«

»Der ist aber nicht neu«, bemerkt Lars, als er einen ganz kleinen Kratzer am Lack feststellt, »ist das ein Vorführwagen?«

»Nein, das ist ein Firmenfahrzeug. Den hat unser Chef jetzt etwas über ein halbes Jahr gefahren. Er ist gerade mal 12.000 Kilometer gelaufen. Wenn Sie so wollen, dann ist er nur richtig eingefahren.«

»Und was soll er kosten?«

»Der Neupreis liegt bei über 255.000 Euro«, fühlt sich der Verkäufer bei der Frage merklich unwohl und will seine Antwort eigentlich noch weiter ausbauen.

»Um das zu erfahren, kann ich auch in einen Prospekt sehen. Dieser Wagen ist aber nicht neu und ich möchte gerne wissen, wie viel Geld Sie für dieses Fahrzeug verlangen«, fährt ihm Ido rücksichtslos über den Mund.

»Ich wollte nur ... ich meine ...», beginnt der Verkäufer etwas zu stottern, »wegen der Relation ... dem Geld, das Sie sparen können ... also dieser Wagen kostet 169.900 Euro.«

»Mit dem Kratzer?«

»Ich könnte Ihnen noch vier Winterreifen dazu geben.«

»Das gehört für mich zur Grundausstattung eines Autos, oder überlassen Sie mir als nächstes einen Verbandskasten?«

Ein gequältes Lächeln zieht über das Gesicht des nadelgestreiften Anzugträgers. Was soll er auch machen, wenn der Kunde meint, dass er lustig ist, muss er halt lachen.

»Was für Ihre Kalkulation sicher wichtig ist«, startet Lars einen neuen Versuch, »ich zahle in bar und gebe Ihnen auch kein Fahrzeug in Zahlung. Wie lautet jetzt Ihr letztes Angebot?«

Der Verkäufer ist am drucksen und weiß nicht so recht, wie er weiter vorgehen soll, ohne diesen Kunden direkt zu verlieren.

»Ich mache Ihnen einen Vorschlag«, kürzt Lars das Gespräch ab, »für unter 150.000 Euro wechselt das Fahrzeug den Besitzer. Besprechen Sie das in Ruhe mit Ihrem Vorgesetzten. Ich gebe Ihnen meine Telefonnummer und bis morgen die Zeit, sich bei mir zu melden.«

Lars verabschiedet sich höflich, steigt in seinen kleinen BMW und fährt irgendwie siegesgewiss nach Hause.

Kapitel 5

»Heute spielt sogar das Wetter mit«.

Lars sitzt in seinem neuen Mercedes, öffnet das Dach durch einen Knopfdruck, und fährt geräuschlos der Sonne entgegen.

»Was für ein Gefühl.

Liebe Welt, ich komme!«

Gestern Abend haben sie ihm das Auto gebracht und Lars bezahlt genau 149.995 Euro. Das heißt, eigentlich bezahlt Ido den Wagen, denn er ist auch auf ihn zugelassen.

Ebenso übernimmt Ido zu den abgesprochenen Bedingungen die Villa von dem alten Mann, der jetzt bereits auf einem Kreuzfahrtschiff in Richtung Dubai unterwegs ist.

Im und am Haus selbst, im Garten und am Pool ist zur Zeit eine Heerschar von Handwerkern und Gärtnern damit beschäftigt, alles wieder auf den neusten Stand der Technik und der Mode zu bringen.

Das alte Mobiliar überlässt Lars gemeinnützigen Verbänden, soweit sie es selbst für bedürftige Menschen gebrauchen können, der Rest geht auf den Sperrmüll.

Mit Beginn der nächsten Woche sollen alle Arbeiten abgeschlossen sein, dann wird die neue Küche aufgebaut und die Einrichtung für die anderen Zimmer geliefert.

Alles läuft nach Plan, es fehlt nur noch ein wichtiger Punkt. Lars muss sich selbst noch in Ido transformieren.

Okay, die Absicht ist ja, dass er als Ido keinerlei Verkleidung von Brillen, Perücken oder Mützen benötigt.

Aber Lars ist ein sportlicher Typ, läuft den Halbmarathon und ist Träger des schwarzen Gürtels, vierter Dan-Grad in Karate.

Das ist normalerweise ja kein Hindernis, vielleicht ist das aber der Grund, dass er keinen Wert auf gutes Aussehen und vorteilhafte Kleidung legt, und das wiederum ist die Ursache dafür, dass er in der Damenwelt bisher nicht gerade begehrt ist.

Doch ein Ido kann niemals in Sandalen, verschlissenen Jeans und verwaschenen T-Shirts durch die Gegend laufen, und schon gar nicht in dieser Aufmachung in einem Auto sitzen, das neu über eine viertel Million Euro kostet.

Darum genießt Lars noch ein paar Runden mit dem Roadster und fährt dann in die nächste Großstadt, um sich von Kopf bis Fuß entsprechend einzukleiden.

»Jetzt können die neuen Kreditkarten gleich einmal zeigen, was sie können«, denkt er sich, merkt aber ziemlich schnell, dass sich seine Kaufwut in Grenzen halten muss.

Nicht nur, dass er die Tüten und Pakete durch die Geschäfte tragen muss, sie müssen ja auch noch in das Auto passen, und er hat sich schließlich keinen Kombi angeschafft.

Als äußerst umständlich stellt sich auch die Prozedur in dem Parkhaus heraus. Mit all den Taschen erst einmal auf die Toilette, sich verkleiden, um dann mit dem BMW wieder wegfahren zu können. Nur hat Lars so viel eingekauft, dass er die ganze Zeremonie noch ein zweites Mal durchziehen muss.

»Das nächste Mal fahre ich gleich mit dem BMW zum Einkaufen«, sagt er sich, um sich aber sofort zu korrigieren, »ist auch nicht gut, ich muss ja irgendwann die Sachen aus dem Hochhaus in die Villa bringen. Also, Einkaufen geht erst wieder, wenn die

Hütte fertig ist. Eine Basisausstattung habe ich mir ja jetzt erst einmal angeschafft.«

Am Abend, bevor er sein Leben als Ido beginnen und in seine Villa einziehen kann, sitzt Lars wieder auf seinem Sofa im Hochhaus. Die Füße auf dem Hocker, ein Glas Rotwein in der linken Hand und den Umschlag Nummer 2 in der rechten Hand.
»Lars war fleißig, ich glaube, er kann sich zurückziehen, auf ein paar erholsame Momente hier in der Wohnung warten und die zukünftige Arbeit Ido oder Spotty überlassen.«
Zufrieden über sich selbst nimmt er einen Schluck vom Wein und öffnet das Couvert.
»Dann wollen wir mal sehen, was dieser Umschlag für Überraschungen bringt. Wenn ich mich nicht irre, dann wird es nun so langsam ernst.«

Hallo Ido.
Danke, dass Du durchgehalten hast und ich Dich deswegen mit meinem Namen anreden kann.
In dem Bankschließfach hast Du sicher einiges an Papieren, Briefen, Ausdrucken und Notizen gefunden. Darunter befindet sich ein großer Anteil von einem Pharmakonzern und einem Thorsten Bertmann.
Lies Dir alles gut durch, dann wirst Du merken, dass da einiges nicht korrekt zugeht.
Unter meiner IP-Adresse 27.234.157.88
siehst Du, wie Du den Konzern und auch das E-Mail Account von dem Bertmann hacken kannst.
Ich weiß nicht viel darüber, die Sache ist aber akut. Ich habe mich da jedenfalls noch nicht eingemischt, also für Dich die besten Startvoraussetzungen.
Curt hatte dort mal so einen ähnlichen Fall.

Mache es so, wie er damals. Nicht erpressen oder maßregeln, sondern kooperieren. Biete ihnen an, die Löcher in ihrem System zu finden und zu melden, dann zahlen sie von selbst und empfehlen Dich weiter.
Curt hat es zum Lobbyisten der Pharmaindustrie in den Bundestag geschafft.
Wenn Du hiermit nicht weiter kommen solltest, oder doch alles korrekt abläuft, oder Deine Zeit nicht ausgelastet ist, dann kannst Du zunächst den Umschlag mit der Nummern 3 öffnen, danach letztlich auch die Nummer 4.

»Hm, spannend klingt das ja gerade nicht und vom Hocker haut es einen schon gar nicht.«

Lars ist ein bisschen enttäuscht, geht aber trotzdem in seine Küche an den Tresor, wo er einen Großteil des Zettelsammelsuriums aus dem Banksafe verwahrt hat. Irgendwie hat er eine Aversion gegen diesen Papierberg, welchen er sich bisher geweigert hat, auch nur einmal anzusehen. Missmutig sortiert er die ihm angewiesenen Papiere heraus und geht wieder zurück auf sein Sofa.

»Ich nehme alles wieder zurück und behaupte das Gegenteil«, sagt er, nachdem er sich den größten Teil durchgelesen hat.

»Ich glaube, die versuchen ein chemisches oder künstliches Mittel mit aphrodisierenden Substanzen herzustellen, welches insbesondere bei Frauen wirken soll. Mit Libido steigender Wirkung, also mehr Lust auf Sex, oder einfach ein Potenzmittel«, zieht er seine Bilanz und kratzt sich nachdenklich am Kopf.

Das alleine ist natürlich noch nicht verwerflich, aber es gibt da in einigen E-Mails doch schon Schuldzuweisungen oder gar Beschimpfungen, die Lars aufhorchen lassen und die Curts Vermutung aus dem

Brief bestätigen, dass dort so manches nicht korrekt abläuft.

Auch sind da einige Fachbegriffe, die ihm völlig fremd sind, wie zum Beispiel ein Phenethylamin, und darüber darf sich Spotty morgen erst einmal schlau machen.

»Wenn ich das so richtig sehe, ist die jüngste Information, die mir hier vorliegt, wieder mehrere Wochen alt. Ich kann mir schon vorstellen, dass da ein Update interessant sein wird.«

Lars hat seine Enttäuschung über den Inhalt des Umschlags längst überwunden und Zuversicht, Neugierde und eine leichte Euphorie haben ihren Platz eingenommen.

»Dann gehe ich morgen, bevor ich meinen ersten offiziellen Tag als Ido in der Villa verbringe, noch einmal kurz als Spotty ins Büro.

Ich bin da doch neugierig.

Nicht nur auf das Potenzmittel für Frauen.«

Lars reibt sich freudig erregt die Hände und ein breites Grinsen durchzieht sein Gesicht, als er sich eingesteht:

»Ist ja fast spannender, als ihnen durch die Webcam zuzusehen.«

Spotty sitzt im Büro vor dem Bildschirm und sucht zunächst nach den fremden Begriffen, die er in den kopierten Briefen und E-Mails gefunden hat, ganz nach dem Motto:

»Wer von nichts Ahnung hat, kann auch nur über nichts mitreden.«

Nach Safran und Ginseng muss er nicht suchen, sie sind ihm schon bekannt als ungefährliche, natürlich aphrodisierende Mittel.

In diese Rubrik gesellen sich jetzt auch Muira Puama und Yohimbin, die aus der Rinde afrikanischer Bäume gewonnen werden und die Durchblutung in der Leistengegend fördern sollen.

»So, dann haben wir da noch dieses Ambra, das wird aus dem Verdauungstrakt von Pottwalen gewonnen. Es scheint ebenso wenig gefährlich zu sein«, sagt er sich und ordnet es in die gleiche Rubrik ein.

Dann sucht er nach dem besagten Phenethylamin und stellt fest, dass es ein Halluzinogen ist und Veränderungen im Denken und realitätsfremde Wahrnehmungen hervorrufen kann.

»Also demnach ist es eine Droge und hat grundsätzlich nichts mit Potenzsteigerung zu tun, es ist also nicht nur als gefährlich, sondern auch als kriminell einzuordnen«, analysiert er daraufhin mehr als nur besorgt.

Noch gefährlicher ist aber eine Gruppe, die nicht nur enormen, sondern zum Teil schon legendären Lustgewinn verspricht, welcher in zahlreichen Sagen und geschichtlichen Episoden bereits erwähnt wird.

Aber leider ist diese Gruppe als giftig oder sogar als hoch giftig einzustufen. Es handelt sich hierbei um ein Pulver aus dem Käfer 'Spanische Fliege', eine Krötensubstanz mit Namen Bufotenin, und um eine exotische Frucht, die man Stechapfel nennt.

»Aus all diesen Produkten scheinen sie einen Cocktail mixen zu wollen, oder sie versuchen, die aphrodisierenden Substanzen chemisch herzustellen, oder zum Beispiel dem Stechapfel sein Gift zu entziehen oder was auch immer«, zieht Spotty am Ende sein Resümee, und nachdem er sich seine Gedanken noch einmal kurz bestätigt hat, sagt er sehr zuversichtlich, »ich werde es bestimmt bald erfahren.«

Nachdem Spotty sein Wissen jetzt aufgefrischt hat, hackt er sich in den Pharmakonzern ein.

»Das ist schon ein komisches Gefühl. Immerhin ist es das erste Mal, dass ich dabei nicht auf der Suche nach hübschen Frauen bin, sondern einen Konzern hacke, der über ausreichend erfahrenes Personal im IT-Bereich verfügen sollte.«

Aber seine Sorgen, eventuell Spuren zu hinterlassen und damit erkannt und zurückverfolgt werden zu können, sind unbegründet. Er kann schalten und walten wie und wohin er will.

»Da regen sich die Firmen über Betriebsspionage auf, die müssten selbst bestraft werden«, fordert er vehement und liefert die Begründung auch gleich mit, »wenn ich eine Tasche mit Geld auf den Fahrersitz meines Autos lege und nicht einmal die Autotür schließe, werde ich auch wegen Verleitung zum Diebstahl mit verantwortlich gemacht.«

Seinen Ärger schluckt Spotty aber schnell wieder herunter.

»Was rege ich mich eigentlich auf, die haben selbst Schuld.«

Spotty meldet sich endlich im E-Mail-Account von diesem Thorsten Bertmann an. Hier muss er ansetzen, wenn er etwas finden will.

»Scheint ein hohes Tier im Konzern zu sein, wenn ich mir den Prioritätenschlüssel seines Accounts so ansehe.«

Damit er sich nicht zu lange im fremden System aufhält, kopiert er sich kurzerhand alles, was er dort finden kann, auf seinen eigenen Rechner.

»Man weiß ja nie«, ist er sich seiner Sache längst nicht hundert Prozent sicher und Erfahrung muss er erst sammeln, um sich ein Gefühle von Routine anzueignen.

Es gibt ein paar Mitarbeiter oder Kollegen, mit denen dieser Thorsten Bertmann einen regen E-Mail-Verkehr pflegt, und aus deren Accounts kopiert sich Spotty auch alle E-Mails.

»Das ist erst einmal genug Lesestoff, um wieder auf den laufenden Stand zu kommen. Das reicht jedenfalls für heute«, sagt er sich und verlässt wieder den Rechner des Pharmakonzerns.

Spotty druckt sich seine 'Beute' noch aus, verlässt das Büro, geht auf die Toilette vom Parkhaus, zaubert ein bisschen und fährt als Ido im Mercedes zur Villa.

Er hat sich die letzten Wochen richtig wohl gefühlt als Lars in seinem Appartement im Hochhaus, aber ab heute schläft er als Ido in seiner neu hergerichteten Villa.

Kapitel 6

»Ganz schön einsam hier draußen.«

Die erste Nacht, die Ido in seiner renovierten Villa zubringt, wird sicherlich nicht in die Geschichtsbücher eingehen.

Es ist zwar nach außen jeder Komfort in der Villa vorhanden, aber es fehlt noch an so vielen kleinen Dingen, welche das Leben nicht nur erträglich machen, sondern teilweise auch unentbehrlich und notwendig sind.

So fehlt es nicht nur an Bildern, Büchern und anderen Accessoires, es fehlt im Haus auch die Bettwäsche oder etwas zum Essen. Gerne würde Ido ein paar Bahnen in seinem Schwimmbad ziehen, aber es gibt noch keine Handtücher, geschweige denn Seife oder Zahnpasta.

Und so mal eben um die Ecke gehen, um zum Kaufmann oder Bäcker zu kommen, das funktioniert in dieser Gegend nicht.

»Daran hätte ich auch denken müssen, dass hier in dieser Beziehung tote Hose ist. Egal, dann fahre ich halt in die Stadt zum Einkaufen und frühstücken werde ich irgendwo unterwegs.«

Mit dem Kauf einer Tüte Milch, einigen Brötchen und ein paar anderen Kleinigkeiten ist es aber leider nicht getan. Ganze drei Tage ist Ido damit beschäftigt, seine Villa mit den notwendigsten Dingen zu versorgen, denn auch die schönste Küche verliert ihren Reiz, wenn die Schränke alle leer sind.

»Und diese doppelte Haushaltsführung kann ich nicht einmal von der Steuer absetzen. Ein Skandal ist das«, lästert er scherzhafterweise.

Aber das gröbste ist geschafft und so findet Ido endlich die Zeit, einmal die Ausdrucke des Pharmakonzern zu sichten und durchzuarbeiten.

»Ich gehe am besten chronologisch vor, mit dem ältesten Datum zuerst, und beginnen werde ich mit den E-Mails von diesem Bertmann.«

Die meisten Ausdrucke zerknüllt Ido und wirft sie in die Sofaecke.

»Die sind alle uninteressant.«

Aber er bildet auch zwei verschiedene Stapel mit Papieren, die zusammen gehören, das sind sozusagen Fortsetzungsromane. Vom kleineren Stapel überfliegt er noch einmal den Inhalt und legt ihn auch in die Sofaecke, zerknüllt die Papiere aber noch nicht.

»Scheint doch normales Tagesgeschäft zu sein«, sagt er, »aber dieser Stapel hat es in sich. Die E-Mails sind alle von oder an einen Victor Krämer.«

Ido liest die Schreiben noch einmal durch und markiert sich die relevanten Stellen mit einem farbigen Stift.

Bertmann: ... wie weit seit ihr mit der Frauenpower? ...

Krämer: ... ich denke, dass wir die richtige Zusammensetzung gefunden haben, unsere Testmäuse sind jedenfalls ganz geil ...

B: ... hört sich gut an, hoffentlich auf natürlicher Basis ...
... das lässt sich besser verkaufen ...

K: ... Ginseng und Safran kommt immer gut ...
... dazu noch Stechapfel und Spanische Fliege ...
... alternativ probieren wir es mit und ohne Phenethylamin ...

B: ... die Konkurrenz prahlt auch herum, dass sie ein Aphrodisiakum haben ...

... gibt es bei euch eine undichte Stelle? ...
... wir müssen jedenfalls vorher soweit sein ...
... testet es doch einmal an ein paar Frauen aus, sonst kommen wir zu spät damit auf den Markt ...

K: ... wir sind noch lange nicht so weit, um es am Menschen testen zu können ...

B: ... ihr sollt jetzt 40 Frauen nehmen und das Zeug ausprobieren ...

K: ... haben wir gemacht, das Ergebnis ist zu 95 % zufriedenstellend ...

B: ... was soll das heißen? Was ist mit den restlichen 5 %? ...

K: ... wahrscheinlich haben wir zu viel vom Stechapfel genommen ...

»Mist, nach Stechapfel habe ich doch gesucht«, ärgert sich Ido, »ich muss mich wirklich besser auf diesen Job konzentrieren und mir diese Dinge natürlich auch merken.«

Er strengt seine grauen Zellen noch einmal an und findet dann einen Zettel mit ein paar diesbezüglichen Notizen.

»Der ist hochgradig giftig, ach du Schei...benkleister«, ruft er.

Leider ist das die letzte ausgedruckte E-Mail, die ihm vorliegt. Sicher wird der Dialog aber weiter gehen, nur ist Ido die letzten drei Tage ja nicht im Büro gewesen.

Ido durchsucht noch die restlichen Papiere, die er sich ausgedruckt hat, denn da ist sicher auch das Postfach von diesem Krämer dabei.

»Den E-Mail-Verkehr mit Bertmann kann ich vergessen, den kenne ich ja schon ... dies ist alles schon alt und überholt ... das ist etwas anderes ... aber hier, da haben wir es. Da steht es schwarz auf weiß.«

Im letzten Bericht eines Mitarbeiters von Krämer, welcher die Tests auf Anweisung bei den 40 Frauen durchgeführt hat, steht unter anderem:

> *... sind zwei der weiblichen Testpersonen an den Folgen des Versuchs ums Leben gekommen ...*

»Na super. Spotty wird gebraucht, aber Ido richtet lieber seine Villa ein. Egal, es kann jetzt nur alles besser werden.«

Ido macht sich sofort auf den Weg ins Büro, nimmt sich auch vor, jetzt täglich zur 'Arbeit' zu fahren.

Es dauert nicht lange, und es ist nach wie vor sehr einfach, bis Spotty wieder in dem Postfach von Thorsten Bertmann ist. Der E-Mail-Verkehr ist nicht gelöscht, sodass er die Konversation mit Victor Krämer weiter verfolgen kann.

An den relevanten Stellen heißt es:

> *B: ... rede nicht um den heißen Brei ...*
> *... was weiß ich, was ein Stechapfel ist ...*
>
> *K: ... in jedem Fall aphrodisierend, die Frauen sind jetzt noch ganz wild ...*
> *... aber auch giftig ...*
> *... und im Zusammenhang mit einem uns noch unbekanntem Faktor, wie zum Beispiel Bluthochdruck, Allergien, Schweißfüßen oder was weiß ich, halt auch schon in sehr geringen Mengen tödlich ...*
>
> *B: ... was heißt das ??? ...*

> *K: ... dass zwei Frauen den Versuch nicht überlebt haben ...*
>
> *B: ... Scheiße ...*
> *...seht zu, dass nichts an die Öffentlichkeit gelangt ...*
> *... wenn es sein muss, zahlt die Angehörigen aus ...*
> *... stellt die Versuche erst einmal ein ...*

Spotty speichert sich die E-Mails und druckt sie auch aus. Das ist immerhin klassisches Beweismaterial. Aber er entsinnt sich auch seiner Spezialität, nämlich die Beobachtung von Menschen über und durch die Webcam, und mit ein paar Klicks ist diese eingeschaltet und das Bild auf seinen Schirm geleitet.

»Da ist er ja, unser Thorsten. Du musst wirklich schon weit oben in der Hierarchie angekommen sein. Nicht jeder hat so ein schönes, großes Büro und einen Bildschirm mit Webcam.

Aber dein Pech.

Bitte recht freundlich.«

Spotty wartet bis Thorsten Bertmann nicht direkt in die Kamera schaut, und macht dann einen Schnappschuss. Den kopiert er sich auch auf seinen Rechner und löscht das Foto bei Bertmann selbst.

»Das war das, und was mache ich jetzt?«

Spotty hat keine Ahnung, aber da er sich als Administrator in den Computer des Konzern eingehackt hat, hat er auf so ziemlich alles Zugriff, was sein Herz begehrt und so beginnt er, sich dort einmal vorsichtig, aber ziellos umzuschauen.

So sieht er zum Beispiel, dass ein Arbeitsplatz, welcher auf alle Dateien der Firma zugreifen darf, also vermutlich ein Mitglied des Vorstands, sich gerade alle möglichen Daten separat kopiert und im eigenen, geschützten Arbeitsbereich abspeichert.

»Das geht doch mit Sicherheit nicht mit rechten Dingen zu. Da ist doch irgendetwas faul», regt sich Spotty auch schon auf,»das rieche ich doch bis hier her. Den Kerl muss ich mir unbedingt aus der Nähe ansehen.«

Im Nu hat er sich auf dessen Arbeitsplatz angemeldet und schaltet direkt die Webcam ein.

»Ups, eine Frau. Na ja, warum auch nicht, und so zugeknöpft wie die ist, gehört sie bestimmt dem Vorstand an.«

Spotty macht schnell auch von dieser Person eine Aufnahme.

»Sie ist eigentlich nicht unattraktiv, wenn sie nicht so verbittert aussehen würde. Egal, ich werde sie ein bisschen kontrollieren, mal sehen, was sie hier so alles anstellt.«

Darum startet er ein Programm, das sich alle Aktionen, die sie an ihrem Arbeitsplatz durchführt, mit Datum und Uhrzeit notiert und speichert.

Spotty fällt eine Bemerkung von Bertmann ein, als dieser Krämer fragte, ob es bei ihm eine undichte Stelle gäbe, die Konkurrenz hätte da auch schon ein Produkt und so weiter.

»Das wäre ja der Hammer, wenn die mit der Konkurrenz zusammen arbeitet. Erst zwei Tote und dann auch noch Spionage, vielleicht sogar durch den eigenen Vorstand«, bekommt Spotty seine Erregung kaum in den Griff.

Unter diesen Gesichtspunkten sieht er sich die durch diese Frau kopierten Daten noch einmal genauer an.

»Das ist ja unglaublich. Die haben Angst, dass sie ihre Datei in dem eigenen Ordner nicht wiederfinden, oder wie soll ich das verstehen? Nennen die ihre Datei doch tatsächlich 'Formel Potenzmittel'«, kann er nur mit seinem Kopf schütteln, während sein Pulsschlag noch weiter ansteigt, »hier wird Datenklau tatsächlich jedem einfach gemacht.«

Und in der Tat.

Spotty ist kein Mediziner, aber das erkennt ein Blinder, dass das die Formel mit dem aphrodisierendem Mittel für Frauen ist. Und seinen Stechapfel findet er darin auch wieder.

»Was für ein Wespennest. Mehr fällt mir dazu nicht ein. Aber denen werde ich einen Strich durch die Rechnung machen.«

Spotty ist in Rage, Wut vernebelt seine Sinne und diese geistige Windstille verhindert, dass er einmal nachdenkt, bevor er diese hektische Tat ausführt.

Er verändert nämlich die Formel, welche sich diese Vorstandsfrau auf ihren Rechner kopiert hat, und zwar erhöht er den zu verwendenden Anteil des Stechapfels einfach mal um das Dreifache.

»Das wird dem Treiben hoffentlich ein Ende bereiten und ich bin gespannt auf die Auswirkungen«, reibt er sich die Hände.

So nehmen die Dinge ihren Lauf, derweil sich Spotty diese Formel zusammen mit seiner Aktionsliste und dem Foto der Frau, noch auf seinen Rechner holt.

Als letztes kopiert er sich die Telefonliste des Konzerns mit den direkten Durchwahlnummern.

Dann meldet er sich dort ab.

»Jetzt gehe ich erst etwas essen, dabei kann ich mir in Ruhe überlegen, was ich alles berücksichtigen und wie ich weiter vorgehen muss, und dann werde ich diesen Thorsten Bertmann einmal anrufen. Ich bin neugierig, was der zu sagen hat.«

»Ich habe Ihnen doch mitgeteilt, dass ich nicht gestört werden will«, knurrt Bertmann ins Telefon.

»Sind Sie immer so unhöflich gegenüber Ihren Kunden?« fragt Spotty zurück.

»Oh, Entschuldigung, aber normalerweise verbindet immer meine Sekretärin die Gespräche. Woher haben Sie denn meine Durchwahl und mit wem spreche ich?«

»Die Telefonnummern des Konzerns stehen in Ihrem Computer in der Telefonliste, und da ist die Ihre, schön säuberlich nach Namen sortiert, mit dabei. Und was mich betrifft, ich bin ein Freund, der es gut mit Ihnen meint.«

»Irgendwie habe ich das Gefühl, dass ich gleich erpresst werde«, erkennt Bertmann die Situation eigentlich ziemlich schnell.

»So dürfen Sie das nicht sehen, im Gegenteil. Schauen Sie, ich bin im Computergeschäft ein Profi, um dieses hässliche Wort Hacker einmal zu umgehen, und ich gehe in Ihrem Konzerncomputer ein und aus«, erklärt Spotty auf seine freundlichste Art.

»Das kann ja jeder behaupten, bei uns arbeiten zum Schutz diesbezüglich die besten Profis, die man überhaupt einstellen kann«, brüskiert sich Bertmann auf seine wahrscheinlich unfreundlichste Manier.

»Sie bekommen maximal die Qualität an Sicherheit, die Sie Ihren Leuten an Gehalt bezahlen wollen«, unterbricht Spotty direkt, »aber darum geht es nicht. Schauen Sie doch bitte einmal in Ihr E-Mail Postfach.«

»Ja und«, knurrt Bertmann.

»Ich schicke Ihnen jetzt ein Foto, das ich heute von Ihnen mit Ihrer Webcam aufgenommen habe.«

»Schlechte Qualität und eine leicht verzerrte Aufnahme«, meldet sich Bertmann nach eine Weile wieder, »nun gut, das beweist, dass Sie im Computer waren, aber weiter?«

»Weiter kann ich Ihnen ebenfalls beweisen, dass Ihr Konzern an einem aphrodisierenden Mittel für Frauen arbeitet.«

»Dann kommt jetzt sicher auch noch, dass Sie von dem bedauerlichen Unfall aus der Testphase wissen«, versucht Bertmann schon im Vorwege das Unglück mit den zwei Frauen herunter zu spielen und zu bagatellisieren.

»Ach Gott, wo gehobelt wird, da fallen auch Späne, oder nicht?« gibt sich Spotty gelassen.

»Wenn Sie das so sehen, meinetwegen, aber was wollen Sie dann von mir und vor allem, was wollen Sie mir gutes tun? Ich möchte nicht unhöflich sein, aber meine Zeit ist wirklich knapp bemessen.«

»Ich denke, dass ich es sicher gut mit Ihnen meine, wenn ich Ihnen erzähle, dass Ihr Konzern wegen des Potenzmittels ausspioniert wird, und ich kann Ihnen sogar sagen, durch wen. Darüber möchte ich mit Ihnen gerne persönlich sprechen und mit Ihnen einen Termin vereinbaren«, kommt Spotty endlich zum Kernpunkt seines Anrufs.

»Ich kann mir nicht vorstellen, dass das für uns so interessant ist, das Sie da mit mir darüber reden müssen«, ist Bertmann weiter unfreundlich und auffällig desinteressiert.

»Ich schicke Ihnen in Ihr Postfach auch von dieser Person ein Foto, welches ich ebenfalls heute aufgenommen habe. Danach können sie Ihre Entscheidung ja noch einmal überdenken«, bleibt Spotty ruhig und freundlich.

Es dauert wieder so ungefähr eine halbe Minute bis Bertmann sich ganz aufgeregt meldet.

»Wahnsinn, das kann nicht sein. Wann und wo treffen wir uns«, fragt er jetzt höchst interessiert und beinah flehentlich, »und ich bitte eindringlich um Diskretion. Ich hoffe, dass ich mich da voll auf Sie verlassen kann.«

»Mit Sicherheit, wenn das auf Gegenseitigkeit beruht«, erwidert Spotty und da er sich abends sowieso noch ein Karate Training in einem Sportclub von dieser Stadt ansehen will, schlägt er das dortige Sportlercafé als Treffpunkt vor.

»Ist in Ordnung. Gegen 17:00 Uhr? Ist das Recht? Und wie erkenne ich Sie?«, überschlägt Bertmann sich förmlich an Fragen, und ist nun auch die Freundlichkeit in Person.

»Ich bin um 17:00 Uhr dort und es reicht, wenn ich Sie erkenne«, antwortet Spotty, verabschiedet sich höflich und legt auf.

Kapitel 7

»Ach, da sitzt er ja schon.«

Ido ist pünktlich in seinem besten Nadelstreifen im Sportlercafé eingetroffen und er geht direkt auf seine Verabredung zu.

»Hallo Herr Bertmann, schön, dass Sie gekommen sind. Meine Name ist Vermolen, Ido Vermolen. Ich glaube, wir haben heute für 17:00 Uhr eine Absprache, oder?«

»Thorsten Bertmann, angenehm, ganz meinerseits, ja genau«, antwortet er, steht dabei auf und reicht Ido die Hand entgegen.

Die beiden Männer setzen sich artig gegenüber an den Tisch, taxieren sich unauffällig und winken erst einmal nach dem Kellner.

Jeder hat einen Berg von Fragen, die er eigentlich so schnell wie möglich beantwortet haben möchte, aber keiner hat zunächst den Mut, damit zu beginnen.

Ido wird jedoch bewusst, dass er um diese Unterredung gebeten hat, und deswegen sicher auch den Anfang machen muss.

»Ich denke mal, dass wir später diesen Tisch nicht als Gegner, sondern als Partner verlassen werden«, versucht Ido das Gespräch etwas aufgelockert zu starten, »auch wenn der Anfang vielleicht etwas holprig verlaufen sollte, immerhin kennen wir uns überhaupt nicht.«

Bertmann nickt zustimmend und gibt Ido damit zu verstehen, doch einfach los zu legen.

»Sie waren zunächst relativ reserviert, als ich um diese Unterredung bat. Das Eis schmolz erst, als ich Ihnen das Foto der Dame geschickt habe.«

»Das ist ja wohl auch logisch«, fährt Bertmann dazwischen und es gelingt ihm gerade noch, nicht aufbrausend zu wirken.

»Sie muss demnach eine führende Position in Ihrem Konzern einnehmen«, schlussfolgert Ido und als Bertmann sich weigert, erneut eine Bestätigung abzugeben, fährt er einfach fort, »mich interessiert also zunächst, wer diese Dame ist, und welche Funktionen sie beide im Unternehmen ausüben.«

»Sie kennen die Dame also gar nicht?« fragt Bertmann wirklich ungläubig.

»Sorry, nein. Ich dachte, mir die Suche danach ersparen zu können, da ich von Ihnen nicht nur den Namen, sondern dazu auch gleich die entsprechenden Hintergrundinformationen erwarte.«

Bertmann wirkt leicht genervt und es dauert schon eine Weile, bis er sich herablässt, um endlich die gewünschte Antwort zu geben.

»Frau Dr. Irmgard Volkert ist in unserem Konzern Mitglied des Vorstands und meine direkte Vorgesetzte. Ich selbst bin Leiter der Abteilung Forschung und Entwicklung.«

»Und würden gerne auf dem Stuhl Ihrer Vorgesetzten sitzen«, vollendet Ido einen vielleicht nur gedachten Satz.

»Eigentlich bin ich schon loyal, aber Sie sprachen von Spionage, und wenn Frau Dr. Volkert darin verwickelt sein sollte, ergeben sich für mich doch unerwartete Möglichkeiten«, windet sich Bertmann um seine Antwort, »aber bevor wir da in medias res gehen, möchte ich doch auch drei Worte über Sie erfahren, und wie Sie in den Besitz dieser Informationen kommen.«

»Ja, natürlich. Ich hätte mich gleich etwas besser vorstellen müssen«, entschuldigt sich Ido, »ich bin Unternehmensberater und unterweise große Konzerne erfolgreich darin, ihr Unternehmen gegen Spionage und Datenklau abzusichern.«

Da seine Worte weder Eindruck noch eine Reaktion hinterlassen, fährt Ido nach einer kurzen Pause wieder fort.

»Nebenberuflich bin ich Hacker, aber alleine, um die Sicherheit von potentiellen Neukunden zu überprüfen.«

»Heißt das konkret, dass Sie das machen, was ich nicht wahrhaben will?« und Bertmann sind die Fragezeichen auf seiner Stirn deutlich anzumerken.

»Das heißt es«, beruhigt ihn Ido, »aber wie ich schon am Telefon sagte, ich will Sie nicht erpressen, sondern gemeinsam mit Ihnen dafür sorgen, dass diese Lücken in Ihrem System geschlossen werden, und Sie in Zukunft sicher arbeiten können.«

»Ihre Bemühungen in Ehren, aber wie kommen Sie dabei auf mich? Ich habe mit Computern doch gar nichts zu tun«, empört sich Bertmann.

»Wenn ich Ihren Computerleuten die Lücke in dem System zeige, schließen sie diese, und ich kann mit der Suche von vorne beginnen. Das wäre nicht weiter schlimm, nur davon bekomme ich leider noch keine Butter auf mein Brot, und irgend wovon muss auch ich leben«, lässt Ido sein Klagelied hören und spielt den barmherzigen Samariter.

»Ach so, Sie suchen also die Empfehlung von ganz oben, oder besser noch, gleich den Auftrag von oben, stimmt´s?«

»Besser hätte ich es nicht formulieren können«, gratuliert Ido mit dem Kopf nickend.

»Okay, das Prinzip leuchtet mir ein, aber wieso sind Sie auf mich gekommen?«

»Weil Sie so leichtsinnig sind, und Ihr E-Mail-Postfach, bestückt mit zwei Leichen, nicht hin und wieder mal bereinigen«, maßregelt Ido.

»Verdammt, da habe ich jetzt gar nicht mehr daran gedacht. Stimmt, ja.«

»Sehen Sie, der Mensch kann vergessen oder ignorieren, der Computer benötigt dazu einen Befehl«, spielt Ido den Oberlehrer.

»Ist schon klar, nur werde ich Ihnen bei Ihrem Anliegen keine große Hilfe sein können. Diese Form von Aufträgen an Fremdfirmen müssen vom zuständigen Vorstand erteilt werden«, sagt Bertmann mit dem Ausdruck des Bedauerns und führt sich seine Kaffeetasse langsam an den Mund.

»Was Sie nicht sind, können Sie ja noch werden, oder?«

Bertmann kann sich gerade noch die Hand vor den Mund halten, sonst hätte er seinen Kaffee quer über den Tisch geprustet.

»Und damit ist der Kreis geschlossen, und wir sind wieder bei unserer Frau Doktor«, sagt Bertmann und wischt sich kurz mit einer Serviette seinen Mund und das Kinn sauber, »haben Sie da schon konkrete Beweise?«

Ido holt aus seiner Aktentasche die Kopie der Formel vom sogenannten Potenzmittel und reicht sie an Bertmann mit den Worten:

»Unter anderem hat sie sich diese Formel kopiert und wird sie jetzt wahrscheinlich weiterreichen wollen. Nur notwendig ist das ganze natürlich nicht gewesen, denn jeder, der ein bisschen mehr Ahnung von Computern hat, kann sich diese Informationen auch selbst besorgen.«

Und mit erhobener Stimme und erhobenem Zeigefinger ergänzt er:

»Was aber deutlich unterstreicht, wie erforderlich eine Sicherheitsüberprüfung Ihres Konzerns wirklich ist.«

»Das stelle ich auch nicht mehr in Frage. Nur einen Beweis dafür, dass Frau Dr. Volkert spioniert, haben wir damit noch nicht, denn ...«

Bertmann klopft sich an die Stirn und unterbricht seine eigene Rede:

»Jetzt wird mir einiges klar. Es hat schon einmal eine Anfrage an die Vorstände bezüglich einer externen Sicherheitsüberprüfung gegeben. Sie war es, die das kategorisch abgelehnt hat. Jetzt kenne ich auch den Grund.«

»So kann sie immer behaupten, dass sie sich diese Daten nur aus Besorgnis noch einmal extra kopiert hat. Die Formel muss sich die andere Firma wie auch immer selbst besorgt haben«, ergänzt Ido diese Überlegung von Bertmann, »vielleicht gibt es ja Lücken im Computersystem?«

»Das war´s dann wohl, oder wie sehen Sie das?« ist Bertmann die Enttäuschung deutlich ins Gesicht geschrieben.

»Noch lange nicht«, beruhigt Ido, »ich habe zwar damit gerechnet, dass sie die Formel per E-Mail weiter geben wird, wir dann unseren Beweis haben und auch das Konkurrenzunternehmen kennen, aber nach Ihren Ausführungen jetzt zu urteilen, wird sie die Formel nur ausdrucken und persönlich übergeben.«

»Sag ich doch, so ein Doktortitel setzt schon eine gewisse Grundintelligenz voraus«, kann Bertmann die zynische Bemerkung nicht unterlassen.

»Aber ich habe vorgesorgt.«

Ido wartet einige Sekunden, um die ganze Aufmerksamkeit von Bertmann zu erhalten.

»Ich habe die Formel verändert.«

Wenn Bertmann gerade Kaffee im Mund gehabt hätte, dann hätte er jetzt keine Hand mehr dazwischen bekommen. Es ist überhaupt ein Wunder, dass er nicht sogar vom Stuhl gefallen ist.

»Was haben Sie?« ruft er entgeistert mit aufgerissenen Augen, als würde ihm jeden Moment die Decke auf den Kopf fallen können.

»Die Formel verändert.«

»Sie können doch nicht einfach die Formel verändern.«

»Doch, konnte ich«, returniert Ido gelassen.

Und nach einer kurzen Kunstpause fügt er hinzu:

»Seien Sie froh, dass ich sie nicht für ihre Mitarbeiter verändert habe, sondern nur auf der Kopie von Ihrer Frau Doktor.«

»Ach so, ich dachte schon ... ah jetzt verstehe ich erst ... und was haben Sie verändert?«

»Den Anteil des Stechapfels um das dreifache erhöht«, erklärt Ido wie beiläufig und gibt sich dabei ganz gelassen.

»Ich werde verrückt«, schreit Bertmann durch das Café, um sich sofort die Hand vor den Mund zu halten, »es wird mir immer mehr bewusst, welche Gefahr da von außen auf uns eindringen kann.«

»Es ist noch nicht so lange her, da wussten Sie nicht einmal, was ein Stechapfel ist.«

»Stimmt, jetzt weiß ich aber sehr wohl, wie giftig seine Substanz ist. Also gut, das ist die eine Seite, Sie führen da, so hoffe ich, weiter nichts böses im Schilde. Ich vertraue Ihnen da gerne.«

Bertmann holt tief Luft und wird nachdenklich:

»Auf der anderen Seite, da ist die geänderte Formel bald in anderer Leute Hände.«

»Haben Sie da etwa Skrupel?« kann Ido seine Skepsis nicht verbergen.

»Muss ich welche haben?« fragt Bertmann und nach einer kurzen Pause, »sorry, ich bin normalerweise nicht begriffsstutzig, nur im Moment bin ich emotional so aufgeregt, dass ich mir nur schwer ein Bild machen kann, was das alles bedeutet und wie es weiter gehen soll oder kann.«

»Ich habe dafür vollstes Verständnis, mache Ihnen darum jetzt einen Vorschlag, wie wir weiter vorgehen sollten.«

Ido unterbricht kurz, um die Wichtigkeit seiner Worte zu unterstreichen.

»Wenn Sie aber je einmal auf dem Vorstandsstuhl von Frau Dr. Volkert Platz nehmen wollen, dann werden Sie diesen Vorschlag annehmen und natürlich ausführen müssen.«

»Eigentlich bin ich zu jeder Schandtat bereit, ich glaube, sonst wäre ich jetzt gar nicht hier«, macht Bertmann seinem Herzen endlich Luft.

»Na denn.«

Ido wirft noch einmal einen kurzen Blick durch das Lokal, als könnte es potentiellen Mithörer geben und senkt bedeutungsvoll seine Stimme.

»Morgen berichten Sie Ihrer Frau Dr. Volkert, dass die Tests abgeschlossen sind, dass die Formel steht, jetzt nur noch die gesetzlichen Vorschriften zu berücksichtigen sind, oder was auch immer. Sie wissen besser als ich, was Sie da sagen müssen.«

»Kein Problem«, gibt Bertmann wieder erste Lebenszeichen von sich.

»Wichtig ist für Sie nur, dass Sie alles nur mündlich weiter geben, man darf Ihnen diese Aussage hinterher nicht nachweisen können.«

Bertmann hebt nur seinen Daumen in die Höhe und nickt dazu.

»Intern lassen Sie Ihren Herrn Krämer ruhig weiter an dem Mittel forschen. Vielleicht wird es ja doch mal etwas mit dem Potenzschub für die Frauen«, lacht Ido und auch Bertmann freut sich mit ihm, »nur er soll sich alle Änderungen der Formeln nicht im Computer abspeichern, sondern so wie früher, mit Zetteln arbeiten.«

»Ist schon klar, ich kann Ihnen folgen. Das heißt dann weiter, dass wir nur noch warten müssen«, sinniert Bertmann.

»Bis in einem noch unbekannten Pharmakonzern ein Unglück passiert«, ergänzt Ido.

»Und bei der hohen Dosis Gift, wird wahrscheinlich keine der Testpersonen überleben. Und das sollte doch wirklich nicht mehr zu vertuschen sein«, räuspert sich Bertmann und ergänzt augenzwinkernd, »wie in unserem Fall.«

»Und wenn doch«, ist jetzt wieder Ido an der Reihe, »dann schicke ich die falsche Formel über die E-Mail-Adresse von Ihrer Frau Dr. Volkert an die hiesige Presse.«

»Sauber«, entfährt es Bertmann und nach einer kleinen Pause, »aber was sind eigentlich Ihre Intentionen, mal abgesehen von diesem Auftrag zur Sicherheitsüberprüfung. Ich kann mir nämlich nicht vorstellen, dass das bei Ihrem Potential schon das Ende der Fahnenstange sein soll.«

Ido richtet sich auf seinem Stuhl etwas auf und sagt, als sei es das selbstverständlichste der Welt:

»Ich werde einmal Mitglied des Aufsichtsrats werden.«

Es war an diesem Abend an dem kleinen Tisch im Sportlercafé eigentlich nie still, aber jetzt war dort Totenstille. Jeder der beiden Gäste ging seine Probleme,

Aufgaben, Pläne, Träume oder was auch immer gedanklich für sich durch.

»Sie hatten Recht«, beginnt Bertmann wieder das Gespräch, »wir sind jetzt Partner.«

Er steht auf, um Ido die Hand zu reichen.

»Und Partner sollten sich duzen«, steht Ido ebenfalls auf, nimmt die Hand seines Partners und sagt:

»Ich heiße für dich Ido.«

»Angenehm, ich bin Thorsten.«

»Dann würde ich sagen, haben wir für heute viel erreicht und morgen noch viel vor uns. Wir sollten es für diesen Moment gut sein lassen«, schlägt Ido unverzüglich vor.

»Das denke ich auch, aber wie kommunizieren wir zukünftig miteinander?«

»Wenn du erst auf dem anderen Stuhl sitzt, können wir zusammen rauschende Feste feiern. Bis dahin kennen wir uns aber nicht«, ermahnt Ido erst einmal.

»Ja und jetzt?« unterbricht ihn Thorsten.

»Ich schreibe dir einfach in dein Postfach. Wenn du es gelesen hast, dann bitte sofort löschen. Deine Antworten, Fragen oder Meldungen lässt du einfach in den Entwürfen stehen, wenn ich sie gelesen habe, lösche ich sie.«

»Das klingt simpel, ist es wahrscheinlich auch«, stellt Thorsten fest.

»Und du musst keine Angst haben, ich sehe täglich in dein Postfach.«

»Ist natürlich auch ein mulmiges Gefühl, wenn man nicht seine Hose herunter lassen kann, ohne dass du es siehst«, gesteht Thorsten.

»Du weißt, dass ich es sehe«, gibt Ido zur Antwort, »aber deine Frau Doktor lässt sie herunter, ohne dass sie weiß, dass ich es sehe.«

Ohne zu wissen, wie Recht Ido mit dieser Bemerkung haben wird, verabschieden sich die beiden Partner voneinander.

Jeder drückt noch einmal seine Freude darüber aus, den anderen kennengelernt zu haben und beide wünschen sich für die Zukunft eine gute Zusammenarbeit.

Kapitel 8

»Séparée, Magazin für weibliche Lust.«

Spottys Mundwinkel fallen nach unten und machen keinerlei Anstalten, sich wieder zu schließen.

Eigentlich ist er heute morgen gut gelaunt gegen 10:00 Uhr im Büro angekommen.

»Ich bin einmal gespannt, ob Frau Doktor sich die Formel nur ausdruckt, oder sie doch per E-Mail verschickt.«

Mit diesen Worten hackt er sich auf ihren Arbeitsplatz und sieht sofort, dass sie gerade im Internet auf der Homepage dieser Zeitschrift ist.

»Das ist doch ein Frauenmagazin mit Bildern von nackten Männern oder so«, denkt sich Spotty und will schon die Webcam einschalten, »halt, halt, erst die Arbeit und dann vielleicht das Vergnügen, wenn es überhaupt eins wird.«

Er schaut in die Liste seines Programms, welches alle Aktionen des Arbeitsplatzes festhält, und durchsucht diese.

»Da ist es ja. In der Tat, heute morgen um 08:57 Uhr hat sie sich die Formel ausgedruckt.

Und was ist das, um 08:01 Uhr kam ein E-Mail von Thorsten?«

Spotty öffnet das E-Mail sofort und überfliegt es ganz kurz.

»Ach so, da hat er nur um ein kurzfristiges Gespräch gebeten, ihr dann sicher gesagt, dass die Formel steht. Das läuft also alles wie verabredet.«

Spotty beschließt, jetzt doch einmal die Webcam einzuschalten, zumal Frau Dr. Volkert immer noch auf der gleichen Seite im Internet zu sein scheint.

»Das gibt es nicht.«

Nächtelang hat sich Spotty, da natürlich als Lars, wie ein Spanner von einem Bildschirm zum nächsten gehangelt, um vielleicht mal eine Frau beim abschminken, oder maximal leicht bekleidet an der Kamera vorbei huschen zu sehen.

Zu seinem Leidwesen stehen die Computer ja so gut wie nie in den Schlafzimmern.

Und jetzt das.

Frau Dr. Volkert sitzt, oder besser gesagt, hängt in ihrem Bürostuhl, den Rock hochgezogen, die Bluse aufgeknöpft, eine Hand spielt zwischen ihren Schenkeln und die andere knetet ihre Busen.

Ihre Augen starren auf den Bildschirm, wahrscheinlich auf ein Foto eines nackten Mannes, und ihre Zunge benässt sich lasziv die Lippen.

Spotty kann sich vor Erregung kaum noch halten. Wie in Trance macht er erst ein Foto und schaltet dann die Kamera auf Videobetrieb um.

Als die Frau auf seinem Schirm sich gekonnt in Ekstase und schließlich zum Orgasmus gespielt hat, macht Spotty schnell noch ein paar Fotos und meldet sich aus dem ganzen System ab.

Es dauert, bis sich der Puls bei ihm wieder normalisiert hat.

»Auf so etwas habe ich eigentlich mein ganzes Leben gehofft.

Und nun? War es das?

Ist das Leben jetzt vorbei?«

Er schaut sich das Video und auch die Fotos noch einmal an.

»Was habe ich nun davon, wenn ich täglich kontrolliere, ob sich dieses Schauspiel vielleicht wiederholt? Nichts. Ich kann mir ja das Video ansehen.

Und befriedigt mich das Video?

Sicher nicht.«

Spotty läuft in seinen vier Wänden auf und ab. Ein Entschluss reift bei ihm, über dessen Konsequenzen er sich versucht, im Klaren zu sein. Dann hat er seine Entscheidung getroffen.
»Ich will die Frau in natura.«

Spotty setzt sich wieder und er muss unwillkürlich anfangen, über sich und sein eigenes Leben nachzudenken, zumindest was Frauen betrifft.
Seine Erlebnisse mit dem anderen Geschlecht lassen sich noch leicht an den Fingern einer Hand abzählen und sind alles andere als erfolgreich, weil die Frauen, die sich ihm hingeben, nicht seinem Ideal entsprechen. Er hat auch nicht die Absicht eine feste Beziehung einzugehen, aber hin und wieder eine sexuelle Befriedigung, das wäre nicht schlecht.
Das Problem dabei ist allerdings, dass Spotty nicht in der Lage ist, eine Frau diesbezüglich in Erregung zu versetzen, sie müsste das schon selbst machen können, vielleicht sogar ihn erregen.
Und wenn Frau Dr. Volkert schon wild bei Fotos von Männern wird, dann müsste sie ja vielleicht auch bei ihm ... ???
»Aber irgendwie geht das jetzt doch nicht mehr«, wird er unsanft aus seinem Traum gerissen, »ich bin mit Thorsten Bertmann ja gerade dabei, an ihrem Stuhl zu sägen.«
Spotty dreht wieder Kreise im Büro oder läuft im Zickzack von einer Ecke in die andere.
»Ich kann sie ja mal mit einem dieser Fotos kompromittieren. Dann sehe ich ja, wie sie reagiert und dann kann ich immer noch entscheiden, wie ich weiter verfahre.«
Spotty hat sich selbst erst einmal beruhigt, obwohl er eigentlich weiß, wie es ausgehen wird. Aber das will

er sich nicht eingestehen. Er sucht ihre Nummer aus dem Telefonverzeichnis des Konzerns und ruft an.

»Ja, Beatrice, was gibt es?«
»Was für eine Stimme«, säuselt Spotty ganz aufrichtig, obwohl er etwas ganz anderes sagen wollte.
»Oh, Entschuldigung, ich dachte, es wäre meine Sekretärin. Mit wem spreche ich und was kann ich für Sie tun?«
»Wenn Sie einfach erst einmal in ihr Postfach sehen wollen, da finden Sie ein Foto von sich«, sagt Spotty in einer Weise, die um einiges freundlicher erscheint, als er es von sich gewohnt ist.
»Oh«, kommt nach einer Weile die spärliche Reaktion.
Spotty kann die Schamröte durch die Telefonleitung spüren und er geniert sich maßlos.
»Wollen Sie mich damit erpressen?«
»Nein, ich würde mich lediglich freuen, wenn Sie mich genauso befriedigen könnten, wie Sie es bei sich selbst getan haben.«
Bums, da ist der Satz draußen. Spotty ist über sich nicht nur erstaunt, nein, er ist sogar stolz auf sich selbst. Diese Direktheit, diesen ungeheuerlichen Mut zur Ehrlichkeit, das hat er sich überhaupt nicht zugetraut.
»Und wenn nicht?« fragt sie vorsichtig.
»Dann würde ich das sehr bedauerlich finden, aber dann hätte ich Pech gehabt.«
Frau Dr. Volkert spürt so langsam, wie die Erregung in ihrem Körper zunimmt.
»Wozu brauche ich Männer«, hat sie sich immer wieder gesagt, »ich kann mich genauso gut oder sogar besser selbst befriedigen.«

Aber jetzt soll sie einen Mann befriedigen, einen, den sie nicht kennt, vielleicht auch noch nie gesehen hat. Das ist neu, das macht sie wild. Einem Mann ihren sexuellen Willen aufzwingen, sie kann es kaum erwarten.

»Ich bin einverstanden, aber unter zwei Bedingungen.«

Für Spotty ist die Antwort nach einer langen Zeit der Stille wie eine Erlösung.

»Ich höre«, bekommt er gerade noch heraus, ohne dabei vor Aufregung ins stottern zu geraten.

»Keinerlei Erpressung mit diesem Foto, wobei ich es schon als solche empfinden würde, wenn Sie mich zu einem Treffen auffordern«, trägt Frau Doktor resolut eine Bedingung vor, »ich bestimme, wann, wo und vor allem, dass wir uns treffen.«

»Okay, vielleicht können wir einmal ein Zeichen vereinbaren, dass Sie zumindest sehen können, dass meine Ampel auf grün steht.«

»Sie scheinen Humor zu haben, nicht schlecht für einen Mann, den ich nie zu Gesicht bekommen möchte.«

»Ist das Ihre zweite Forderung?« kann sich Spotty die Frage nicht verkneifen, »und wie soll das funktionieren?«

»Bedecken Sie einfach ihr Gesicht, ich möchte Sie als irgendeinen Mann verführen, nicht als ein Individuum. Ich möchte nicht rot anlaufen müssen, wenn ich Ihnen einmal begegnen sollte. Ist das deutlich?«

»Einverstanden, ich werde für Sie immer anonym bleiben.«

»Und wie kann ich Ihnen meine Nachricht zukommen lassen?« fragt Frau Doktor.

»In Ihrem Postfach werden Sie vielleicht einen Entwurf von mir finden, mit dem Text 'Grün'. Den können

Sie ergänzen, oder einen neuen Entwurf speichern mit dem Text 'Ich will' und Ort, Datum und Uhrzeit noch hinzufügen«, versucht Spotty eine mögliche Lösung vorzuschlagen.

»Nun gut, ich möchte mich da gar nicht tiefer hinein denken, das können wir zukünftig gerne so machen«, erklärt Frau Doktor, der dieser Vorschlag mehr als nur kompliziert erscheint, »für unser erstes Treffen sage ich jetzt ganz einfach mal, bis heute Abend 19.00 Uhr bei mir.«

»Abgemacht, ich bin pünktlich«, kommt Spotty fasst wieder ins stottern.

»Die Adresse werden Sie ja wohl finden, und denken Sie daran, wenn Sie gegen die Bedingungen verstoßen, könnte es sein, dass Sie bei dem Treffen danach, ohne Ihre Manneskraft nach Hause müssen.«

Frau Dr. Volkert legt auf und Spotty ist sprachlos, wie vor den Kopf geschlagen, obwohl er vor Freude an die Decke springen könnte.

Bevor er sich aus dem System des Konzerns abmeldet, sucht er sich aber noch die Adresse seiner neuen Leidenschaft heraus.

Auch hinterlässt er Thorsten schnell die Mitteilung, dass die Formel lediglich ausgedruckt wurde.

»Hätte das noch besser laufen können?«

Spotty vollführt jetzt endlich Freudentänze, jeder Indianerstamm würde ihn heute sicher als Ehrenmitglied aufnehmen.

»Sie wird mir vielleicht einmal bei einem Treffen erzählen, dass sie entlassen wird, ohne zu wissen, dass ich mit dafür verantwortlich bin.«

Kaum ausgesprochen stutzt er über seine eigenen Worte, denn die setzen ja unweigerlich eine Partnerschaft mit Thorsten Bertmann voraus.

»Falls ich den Plan mit ihm überhaupt durchziehen werde«, ergänzt er darum.

»Jedenfalls kann ich mir alle Entscheidungen für die Zukunft noch offen halten. Was will ich mehr.«

Er überlegt noch, ob er als Lars, Spotty oder Ido heute Abend erscheinen soll. Da er sich aber sowieso unter einer Maske verstecken muss, scheint ihm die Frage unerheblich zu sein.

Die Entscheidung fällt auf Ido, darum fährt er nach Hause, um dort nach einem Verkleidungsutensil zu suchen, und auch sein Badezimmer möchte er noch einmal ausgiebig belegen.

Um Punkt 19:00 Uhr steht Ido vor der Tür von Frau Dr. Volkert. Er sieht aus wie ein Radikaler aus der autonomen Szene, mit einer dunklen Strumpfhose über seinem Gesicht, in die nur Löcher für die Augen und den Mund hineingeschnitten sind.

Ido findet sich perfekt und er fühlt sich prächtig. An seinem Körperbau gibt es ja nichts zu bemängeln, er ist athletisch und Kampfsport erprobt, auch auf seine sonstigen Gliedmaße wäre jeder andere stolz.

Sein Problem ist halt sein nicht gerade vorteilhaftes Gesicht. Akne in der Jugend hat es vernarbt aussehen lassen, hinzu kommt aus dieser Zeit eine kleine Narbe auf der rechten Wange, die er sich bei einem Fahrradunfall zugezogen hat.

Aber diese Probleme sind durch seine Maske verdeckt, und so drückt ein selbstbewusster Modellathlet auf die Klingel an der Tür.

Frau Dr. Volkert öffnet und Ido hält sich unwillkürlich am Türrahmen fest. Er hat sie ja bisher nur durch die Webcam gesehen, und zwar mit einer mehr oder weniger streng geknoteten Frisur.

Aber jetzt steht sie mit offenen Haaren in einem ebensolchen Bademantel vor ihm, duftend wie ein Meer aus Rosen, leicht ihren Kopf schüttelnd, sodass ihre Haarpracht wild wogend mal die eine und mal die andere Seite ihres Gesichts bedeckt, und sie haucht:

»Kommen Sie doch herein.«

Ido schafft es gerade so eben, über die Türschwelle zu treten und die Tür hinter sich zu schließen, da sind bereits alle Vorsätze und Vorstellungen von 'erst einmal setzen, etwas trinken und dann mal weiter sehen' über den Haufen geworfen.

Der Bademantel fällt und zwei Hände betasten und erforschen Idos Körper. Zunächst ist ihm das sogar etwas unangenehm, das liegt aber lediglich an dem für ihn überraschend schnellen Start der Begierden und an der nicht vorhandenen Vorbereitungszeit.

Aber dann packt auch er zu.

So einen Körper hat er noch nie gesehen, was bei seinem Mangel an Erfahrung ja nichts heißen muss, aber in der Tat ist diese Reinheit, Eleganz und Perfektion nur noch schwer zu überbieten.

Ido streichelt die ihm angebotenen Formen und Kurven, während ihm selbst die Kleider im wahrsten Sinne des Wortes vom Leibe gerissen werden.

»Das ist kein Mann, das ist ein Traum von Mann«, stammelt Frau Dr. Volkert, »schöner als jedes Foto, das ich bisher von einem solchen gesehen habe. Von denen in natura mal ganz zu schweigen.«

Auch sie begrüßt jeden seiner vielen Muskeln durch küssen und versucht seinen Waschbrettbauch zu bekneten.

Ekstase ist nur ein schwaches Wort, um auszudrücken, was hier gerade zwischen diesen beiden Menschen, die sich heute zum ersten Mal sehen, passiert.

Es ist keine Frage der Zeit, es geschieht unmittelbar, dass sie sich küssend auf dem Fußboden wälzen und sich lieben.

Und als alle Sinne zurückkehren, Wahrnehmungen wieder aufgenommen werden und ihre Schreie sich in zufriedenes Stöhnen abschwächen, liegen sie sich tief umarmt und glückselig in den Armen.

»Entschuldigung«, beginnt Frau Dr. Volkert nach einer Weile der Entspannung und Tränen laufen über ihr Gesicht, welche sie sich an Idos Maske trocknet.

»Ich habe gedacht, hin und wieder mal einen Mann verwöhnen oder gar befriedigen, das ist vielleicht eine schöne Abwechslung. Es ist mir nicht bewusst gewesen, dass ich selbst die Befriedigung durch einen Mann vermisse. Erst als ich Sie gesehen habe, ist bei mir das Verlangen danach gereift.«

Frau Dr. Volkert streichelt Ido zärtlich und ein wohliges Kribbeln durchzieht seinen gesamten Körper. Dann knabbert sie durch die Maske vorsichtig an seinem Ohrläppchen und flüstert:

»Es war schön, und ohne dass der heutige Abend schon zu Ende sein muss, möchte ich das Postfach überspringen. Ich möchte Sie hier wieder sehen und jetzt schon für morgen Abend um die gleiche Zeit bestellen.«

Ido nickt nur kurz. Er hat sich vorgenommen, nicht zu sprechen bis er diese Maske abnehmen darf, zumindest versucht er, diesen Vorsatz so lange wie möglich aufrecht zu erhalten.

Jedenfalls genießt er es, diesen wunderschönen Körper nicht nur sehen, sondern auch berühren, streicheln, massieren, küssen und lieben zu dürfen. Auch er wird in dieser Hinsicht nach allen Regeln der Kunst verwöhnt.

Und so wird es noch ein langer Abend, an dem nicht ein einziges Mal das Wort Liebe fällt, diese aber dafür mehrmals und ausgiebig betrieben wird.

Kapitel 9

»Herrlich, mit einer Frau schlafen zu können, ohne Süßholz raspeln zu müssen.«

Ido ist nun hin und wieder bei Frau Dr. Volkert zu Besuch. Es ist schön mit ihr. Es ist keine richtige Beziehung, denn sie beschränken sich ausschließlich auf körperliche Liebe.

»Wir suchen und brauchen weiter keine Gemeinsamkeiten, über welche wir dann später vielleicht sogar in Streit geraten«, ist in diesem Punkt ihr beider Tenor.

Doch es bereitet Ido Sorgen, dass sich mit der Weitergabe der Formel sicherlich bald dunkle Wolken am Horizont zeigen werden. So kann es nicht weiter gehen, er will nicht warten, bis das Kind in den Brunnen gefallen ist.

»Ich habe da echt ein Problem, das es so schnell wie möglich zu lösen gilt. Ich habe in dem Konzern sowohl einen Geschäfts-, als auch einen Sexualpartner, und die arbeiten zwar zusammen, aber nicht miteinander, sondern mit ziemlich unlauteren Mitteln gegeneinander.«

Ido realisiert, dass er das Problem selbst herauf beschworen hat und er diesem zur Auflösung unweigerlich einmal ins Auge sehen muss.

»Und ich kann machen was ich will, früher oder später muss ich einen von den beiden fallen lassen, und ich denke, dass ich das so schnell wie möglich klären sollte.«

Ido versucht, die Vor- und Nachteile heraus zu arbeiten und sich das zukünftige Zusammensein mit einem der beiden vorzustellen.

»Einfacher wird es mit Thorsten. Ich gehe lediglich nicht mehr zu meiner Frau Doktor, und alles läuft seinen Gang. Nur mein persönlicher Zugewinn ist dann gleich Null, und ob sich Thorsten als Vorstand so etablieren kann, um mich für den Aufsichtsrat zu empfehlen, bleibt fraglich.«

Bei dem Gedanken an diese Partnerschaft bricht Ido nicht gerade in Euphorie aus.

»Mit meiner Frau Doktor wird es persönlich schöner und auch karrieremäßig sicher erfolgreicher. Nur weiß sie noch nicht, was ich von ihr weiß oder will, und ich weiß noch nicht, was ihre Intensionen bei der Spionage mit der Formel sind. Und wie es dann mit Thorsten weiter gehen soll, ist auch noch offen.«

Ido favorisiert eindeutig eine Zusammenarbeit mit Frau Dr. Volkert. Allerdings beruht die bisherige lediglich auf dem Gebiet der Sexualität, und für eine Ausdehnung auf Geschäftsebene muss er sie erst noch überzeugen. Und das ist nicht ohne Gefahr.

»Wenn ich das zu ungeschickt anstelle, sie das vielleicht ablehnt, sich dann mit Thorsten zusammen schließt, dann habe ich verdammt schlechte Karten. Entweder bin ich dann aus dem Spiel, oder die beiden verzocken sich und werden entlassen.«

Ido hat die Situation richtig erkannt und daraus schlussfolgert er:

»Ich muss Frau Dr. Volkert unbedingt auf meine Seite ziehen, von allen anderen Varianten habe ich persönlich nichts.«

Nach reiflicher Überlegung entschließt er sich, bei ihr im Büro anzurufen.

»Ja bitte.«

»Hallo, hier spricht der Mann mit der Maske«, sagt Ido und er hört, wie die Frequenz der Atmung auf der anderen Seite der Leitung ansteigt.

»Oh, welche Überraschung», säuselt sie zunächst, wird dann jedoch sehr sachlich, »ich darf aber vorab gleich an unsere Abmachung erinnern. Womit habe ich die Ehre?«

»An unseren Vereinbarungen möchte ich auch nichts ändern, höchstens meinen Dank und die Zufriedenheit über den bisherigen Ablauf ausdrücken«, flirtet Ido und probiert sein Glück auf die charmante Tour.

»Ich könnte Ihnen durch das Telefon ins Ohr beißen, obwohl ich das ja noch nie gesehen habe. Also raus mit der Sprache, was gibt es.«

Diese burschikose Art und Weise von seiner Frau Doktor gefällt Ido besonders gut.

»Ich falle direkt mit der Tür ins Haus. Wir müssen uns unbedingt treffen, und zwar ohne Maske und an neutralem Ort, damit wir nicht gleich wieder der Sucht der Liebe erliegen.«

»Das haben Sie schön gesagt«, flötet sie zurück, »aber warum?«

»Falls Sie eine Formel für ein aphrodisierendes Mittel für Frauen weiter geleitet haben sollten, dann schweben Sie in großer Gefahr und weiter möchte ich hier am Telefon nicht darüber sprechen.«

Es ist still in der Leitung, selbst die Atmung scheint bei Frau Doktor ausgesetzt zu haben. Schließlich antwortet sie:

»Und falls ja, was schlagen Sie vor.«

»Ich stehe heute Abend zu unserer normalerweise vereinbarten Zeit mit einem dunklen Mercedes Cabrio pünktlich vor Ihrer Tür. Falls ja, steigen Sie ein.«

»Und falls nein?«

»Falls nein, setze ich fünf Minuten später meine Maske auf, und klingele an Ihrer Tür.«

»Ihre Anweisungen sind immer klar und deutlich. Ich könnte mir auch vorstellen, mit Ihnen geschäftlich zusammenzuarbeiten«, sagt sie, holt jetzt hörbar tief Luft und legt auf.

»Das hört sich doch gut an«, denkt sich Ido, »ich glaube, ich habe schon gewonnen. Jetzt bin ich aber noch gespannt, was wir mit Thorsten machen.«

Ido muss vor der Haustür von Frau Dr. Volkert nicht lange in seinem Auto warten. Es ist 19:01 Uhr, als sie zu ihm in den Wagen steigt.

»Für so einen Mann ist das genau das richtige Auto«, sagt sie, beugt sich zu ihm und gibt ihm einen Kuss auf die Wange, »und was für ein Profil. Ganze Völker von Schmetterlingen machen sich in meinem Bauch auf Wanderschaft.«

»Sie scherzen.«

Mehr fällt Ido nicht ein, denn er ist zu sehr damit beschäftigt, die in seinem Gesicht aufkommende Röte zu verbergen.

»Ich meine es ernst. Fahren Sie jetzt nur nicht an einen einsamen Ort, dann werde ich nämlich über Sie herfallen. Ich ärgere mich jetzt schon über meine dusselige Entscheidung, Sie nur in Maske sehen gewollt zu haben.«

Ido fährt mit Frau Dr. Volkert in ein thailändisches Restaurant, in dem es abends nie übermäßig voll ist. Die einzige Erklärung dafür ist, dass es dort tagsüber ständig ausgebucht ist, denn es gibt auch eine hervorragende Mittagskarte.

Jedenfalls finden sie ein schönes Plätzchen an dem sie sich ungestört unterhalten können, die Schmetterlinge von Frau Dr. Volkert aber trotzdem noch auf ihren Einsatz warten müssen.

Nachdem das Essen bestellt und der Wein an den Tisch serviert ist, hebt Ido das Glas und sagt:

»Eigentlich wird es uns keiner Glauben, dass wir uns lieben bis die Wände wackeln, wir aber unsere Namen nicht kennen und uns noch mit 'Sie' anreden.«

Verlegen senkt Frau Doktor Volkert ihren Kopf und ihre Augenlider.

»Ich darf mich dir vorstellen, mein Name ist Ido Vermolen. Für dich natürlich Ido.«

»Meinen Namen kennst du sicherlich. Ich heiße für dich ab jetzt nur Irmi«, sagt Frau Dr. Volkert, hebt auch ihr Glas, stößt mit Ido an, nimmt einen Schluck und gibt ihm einen dicken Kuss.

»Ido, ein schöner und ungewöhnlicher Name. Sicher auch für später einmal eine interessante Geschichte, nur jetzt möchte ich erst einmal erfahren, wie du in meinen Computer kommst, und was du dort treibst.«

»Das ist in der Tat ein guter Anfang«, bestätigt ihr Ido und beginnt über seine Unternehmensberatung zu erzählen.

Ungefähr die Story, die er Thorsten Bertmann erzählt hat. Auch, dass er sich mit ihm schon einmal getroffen hat, weil er eine Erklärung für die zwei Toten gefordert hat.

Neu ist allerdings, dass Thorsten angeblich schon lange am Stuhl von Irmi sägt und er Ido in den Verwaltungsrat bringen will, wenn er selbst erst einmal im Vorstand ist und Ido ihm gegenüber loyal bleibt.

»Wir müssen sowieso ein neues Mitglied für den Verwaltungsrat bei Gericht bestellen, als Nachfolger für den verstorbenen Curt Svensson. Nur welche Person in dem Antrag vorgeschlagen wird, das bestimme immer noch ich«, unterbricht ihn Irmi ganz aufgebracht.

Ido wird in diesem Moment bewusst, sich richtig entschieden zu haben und kann sich ein schmunzeln kaum verkneifen. Er entscheidet sich aber dafür, Nachfragen zu den Themen Verwaltungsrat und Curt Svensson auf einen späteren Zeitpunkt zu verschieben.

»Wieso meint der überhaupt, an meinem Stuhl sägen zu können?« kann sich Irmi immer noch nicht beruhigen.

»Er hat bemerkt, dass du Beziehungen zu einer Konkurrenzfirma unterhältst und will dir die zwei Toten jetzt irgendwie anlasten.«

»Mach dir mal keine Sorgen, dazu ist der überhaupt nicht in der Lage«, wiegelt Irmi ab und beruhigt sich langsam wieder.

»Da wäre ich mir nicht so sicher.«

»Wieso?« zuckt Irmi zusammen, denn sie bemerkt auch Idos erhobenen Zeigefinger.

»Ich habe zu Beginn ja nur aus Neugierde durch die Webcam auf deinen Schreibtisch geschaut. Was ich da gesehen habe, habe ich dir ja gezeigt.«

»Du Spanner«, unterbricht ihn Irmi sofort mit einem scherzhaften, aber unschuldigem Lächeln und erneut gesenkten Augenlidern, alles Gebärden, die sie selbst erst einmal von einer aufkommenden Bedrohung ablenken sollen.

»Immerhin haben wir spannendes erlebt, und das Leben hat für mich einen neuen Sinn erhalten«, kann Ido nicht anders, als sein Herz etwas auszuschütten.

»Ich danke dir.«

»Natürlich habe ich mir seither Sorgen um dich gemacht, habe darum etwas tiefer in den Dateien geschnüffelt. Das Ergebnis ist eigentlich niederschmetternd.«

»Okay, ich habe Daten kopiert«, geht Irmi erneut dazwischen, jetzt allerdings erregt und hellwach, bereit, dieser Bedrohung ins Auge zu sehen, »aber das Weiterleiten kann mir keiner nachweisen, und von den zwei Toten bei den Testversuchen habe ich zu dem Zeitpunkt nichts gewusst.«

»Und wenn es jetzt beim Konkurrenten auch Tote gibt?« fragt Ido mit einem unverkennbar süffisantem Unterton in seiner Stimme.

»Das ist doch eher unwahrscheinlich und wird dann sicher vertuscht. Außerdem sind diese Tests bei denen auch bald abgeschlossen und passiert ist bisher nichts.«

»Das habe ich mir in der Form auch erst gedacht. Nur bin ich heute auf zwei verschiedene Formeln gestoßen«, fügt Ido ganz lapidar und im gleichen Tonfall hinzu.

Aber die Wirkung der Worte ist nicht zu übertreffen. Irmi ist schockiert, blickt für einige Sekunden nervös um sich, möchte aufstehen, schreien, weg laufen, fängt sich langsam wieder und fragt ganz leise und ungläubig:

»Auf was bist du? Mach mich nicht schwach, das kann nicht sein.«

»Doch. Da ist eine gültige Formel, obwohl mit der keiner etwas anfangen kann, weil es auf Grund dieser Tests die zwei Toten gab, und eine zweite Formel, die sie dich haben kopieren lassen.«

»Und worin besteht der Unterschied in den beiden Formeln?« kommt die klägliche und Unheil ahnende Frage von Irmi nachdem sie Idos Erklärung analysiert und die Bedeutung verstanden hat.

»Den Anteil des Stechapfels haben sie um das dreifache erhöht.«

»Stechapfel ist äußerst giftig. War der alte Anteil schon die Ursache für die zwei Toten?«

»Leider«, bedauert Ido und legt zärtlich eine Hand auf Irmis Schulter.

»Nimm mich heute Abend so oft, bis mir die Luft weg bleibt, ab morgen sitze ich sowieso im Knast und darf es mir wieder selbst besorgen.«

Irmi zittert am ganzen Körper, denn der Schock sitzt tief.

Der Kellner kommt und bringt ihnen das Essen. Ein sehr günstiger Moment, um alles noch einmal zu bedenken und sacken zu lassen. So kaut jeder gedankenverloren vor sich hin.

»Ich könnte dich fressen«, kommt ohne Vorankündigung Irmis Äußerung, »ich weiß nicht warum, aber ich bin auf einmal kein bisschen mehr nervös. Ich fühle es genau, du bist der Mann, der mir die Lösung jetzt präsentieren wird, und was immer es auch ist, ich bin dabei.«

»Ohne Einschränkung?« möchte Ido vorsichtshalber wissen.

»Und wenn wir beide dafür Bonnie und Clyde spielen müssen.«

Ido schmunzelt und er genießt das Vertrauen, das ihm jetzt schon entgegen gebracht wird.

»Darauf wird es hinaus laufen«, sagt er nachdem er seinen vorgefassten Plan endgültig fertig geschmiedet hat, »und es wird mir ein Vergnügen sein, dich aus diesem Sumpf herausziehen zu dürfen.«

Irmi würde am liebsten aufspringen und Ido zumindest umarmen, aber sie sieht, dass er im Moment nur mit seinem Plan beschäftigt ist.

»Aber fangen wir der Reihe nach an«, fährt er fort, ohne Irmis Gefühlsregung zu bemerken, »ich brauche den Firmennamen, Benutzernamen und das Passwort von der Person, der du die Formel gegeben hast. Und zwar heute Abend noch.«

»Ich rufe sie nach dem Essen direkt an, und wofür brauchst du die Daten?«

»Ich hacke mich bei denen ein, und lege ihr in das Postfach unter dem Datum unseres ersten Treffens ein E-Mail von Bertmann, mit der falschen Formel als Beilage.«

»Wahnsinn, so wird man immer annehmen, dass er ihr Kontaktmann ist«, erwachen so langsam wieder Irmis Lebensgeister.

»Und wenn das nicht reicht, oder da keiner hinter kommen will, kann ich das E-Mail auch noch an die Polizei und Presse schicken.«

»Ich sehe mit Vergnügen, dass du diesbezüglich keinerlei Skrupel hegst«, freut sich Irmi.

»Das ist nicht das Problem, nur was machen wir mit Bertmann?«

Dieser Punkt, für den Ido bisher noch keine Lösung gefunden hat, bereitet ihm am meisten Sorgen.

»Der wird berechtigterweise jeden Kontakt mit dem Unternehmen abstreiten.«

»Der macht irgendwie Selbstmord, wegen der vielen Toten, die er dann auf dem Gewissen haben wird«, schlägt Irmi ohne zu zögern vor.

Ido verschlägt es die Sprache, erkennt aber auch sofort, dass das der einzige Lösungsweg ist, um selbst ungeschoren davon zu kommen. Und wenn Irmi das übernimmt, dann ist das nicht sein Problem.

Jedenfalls reibt er sich vor Freude in Gedanken die Hände.

»Ihr habt doch sicher Mittel, von denen eine Dosis reicht, um nie wieder wach zu werden«, hat er eine Idee.

»Natürlich, ich kann die ordern, nur steht das dann auch so im Computer, und jeder kann nachvollziehen, dass ich das Mittel besorgt habe«, gibt Irmi zu bedenken.

»Kein Problem, das ist dann meine Aufgabe, Besteller und Empfänger auf Bertmann selbst zu ändern«, beruhigt Ido, »du musst ihm nur das Mittel bei einer Besprechung in deinem Büro verabreichen.«

»Und wenn es vorbei ist, die Packung in seine Jackentasche stecken, ohne Fingerabdrücke«, ergänzt Irmi routinemäßig..

»Ich hinterlasse dann in Bertmanns Postfach einen Abschiedsbrief, in dem am Ende steht, dass er das Mittel genommen hat und sich noch von seiner Vorgesetzten verabschieden will.«

»Und ich sage dann aus, dass er unangemeldet herein kam, irgendetwas von Entschuldigung erzählt hat, und dann zusammengebrochen und verstorben ist.«

»Gut mitgedacht, Bonnie.«

»Guter Plan, Clyde«

Nach dem Essen besorgt Irmi die Daten von ihrer Kontaktperson beim Konkurrenten und Ido macht sich auf den Weg ins Büro, um die besprochenen Punkte zu erledigen.

Die ersten Vorbereitungen des Plans sind damit getroffen.

Den nächsten Morgen besorgt sich Irmi ein Mittel, das zum legalen Suizid eingesetzt werden kann und Ido ändert im Computer den Besteller und Empfänger auf den Namen von Bertmann, nicht ohne vorher für sich noch eine Kopie mit den tatsächlichen Namen angefertigt zu haben.

»Man kann ja nie wissen, wofür das einmal gut sein kann«, ist sein fast schon legendärer Gedanke.

Auch löscht er alle kopierten Dateien und Daten, die sich Irmi irgendwann einmal angelegt hat und er überprüft, dass von ihm keinerlei Spuren mehr in den Postfächern der beiden zu finden sind.

Bertmanns Abschiedsbrief bereitet er vor, sodass er diesen zum richtigen Zeitpunkt nur noch entsprechend platzieren muss.

Jetzt beginnt die Zeit des Wartens, des Wartens auf irgendeine schreckliche Nachricht, die leider nicht mehr zu verhindern ist.

Kapitel 10

Tragödie bei Tests im Pharmakonzern

Als Ido morgens die Überschrift in der Tageszeitung liest, wird ihm richtig flau in der Magengegend. Er hat nicht den Mut den Artikel zu lesen, damit die Zahl der Toten, für die er mit verantwortlich ist, für ihn möglichst anonym bleibt. Als er die Zeitung weglegen will, fällt ihm lediglich noch ein kleiner Auszug ins Auge:

... die Hälfte der Teilnehmer hat den Test letztlich nicht überlebt.
Ob die andere Hälfte nur noch lebt,
weil sie anstelle des potenzsteigernden Mittels
ein Placebo erhalten hat, konnte noch nicht geklärt werden ...

Ido wird es schlecht und er wirft die Zeitung in die Sofaecke. Er muss sich konzentrieren, kann sich keine Sentimentalitäten erlauben, dafür ist es jetzt schon viel zu spät. Es bleibt ihm nichts anderes übrig, als umgehend ins Büro zu fahren.

Es ist für Spotty neu, er muss es noch lernen. Aber wenn er in diesem Geschäft überleben will, darf er keine Skrupel haben und diese schon gar nicht zeigen. Doch er befindet sich auf dem richtigen Weg.
Darum sind ab dem Moment, als er am Computer den Powerknopf einschaltet, bei ihm zumindest alle Gefühlsregungen ausgeschaltet.
Mit roboterartiger Genauigkeit führt er seine Anweisungen aus, meldet sich gleichzeitig auf Irmis und

Thorstens Arbeitsplatz an, um jederzeit auf jede Eventualität reagieren zu können.

»Sag mir Bescheid, wenn du so weit bist, die Polizei hat soeben heraus bekommen, dass die Formel von Thorsten Bertmann geschickt wurde«, liest er in Irmis Entwürfen.

»Alles klar, ich bin soweit«, schickt Spotty zurück.

Keine fünf Minuten später erscheint der Text:

»Er ist da.«

Spotty wechselt auf den Arbeitsplatz von Thorsten und hinterlässt in seinen Entwürfen den für ihn angefertigten Abschiedsbrief, welchen er auch sichtbar auf den Bildschirm stellt.

Abschiedsbrief
Ich habe vor ein paar Tagen erfahren, dass ich aus Versehen die falsche Formel für unser in der Entwicklung stehendes Aphrodisiakum an die Konkurrenz weiter gegeben habe.
Allein die Tatsache der Weitergabe ist schon Schande genug. Aber eine Formel aus den ersten Versuchsreihen mit Mäusen zu senden, bei welcher der giftige Anteil des Stechapfels noch viel zu hoch war, ist unverzeihlich.
Leider war der Fehler nicht mehr zu korrigieren.
Ich ziehe hieraus meine Konsequenzen.
Suizid ist die einzige Lösung.
Ich habe mir ein entsprechendes Mittel in der Firma besorgt. Ich nehme es jetzt ein und gehe zu Frau Dr. Volkert, um zu beichten und mich bei Ihr für meine unrühmlichen Taten persönlich zu entschuldigen.
Mein aufrichtiges Beileid auch an die Hinterbliebenen der unschuldigen Opfer.
Thorsten Bertmann

»Das wäre geschafft«, atmet Spotty erleichtert auf, »jetzt kann ich nur noch hoffen und darauf warten, dass bei Irmi ebenfalls alles glatt verläuft.«

Gedankenverloren sieht er einige Augenblicke später in die Entwürfe von Irmi, findet aber keine neue Nachricht.

Auch nach 10 Minuten noch nicht.

Spotty wird nervös.

»Wenn sie sich nicht meldet, soll ich den Abschiedsbrief wieder löschen. Okay, das haben wir vereinbart, aber nicht abgesprochen, wie lange ich dafür warten muss.«

Spotty schlägt sich mit der flachen Hand vor die Stirn.

»Was weiß ich, wie schnell das Mittel wirkt, und wann er überhaupt seinen Kaffee trinkt.«

Spotty tigert durch sein Büro, bei jeder Runde auf den Bildschirm starrend. Aber jeder Blick ist eine Fehlanzeige, keine neue Nachricht.

Aus lauter Verzweiflung überprüft er die Internetverbindung, aber da ist alles in Ordnung.

20 Minuten sind vorüber.

Spotty ist dem Wahnsinn nahe. Er malt sich alle möglichen Situationen aus, wie und was alles in ihrem Plan misslingen kann. Mehrmals ist er kurz davor, den Brief wieder zu löschen, und mit jeder Entscheidung, es nicht zu tun, kommt er einem Herzinfarkt ein Stück näher.

Bevor er den Abschiedsbrief wirklich löschen will, möchte er noch eine letzte Runde durch das Büro drehen, doch da sieht er im Augenwinkel eine Bewegung auf dem Bildschirm.

»Erledigt!«

Dieses Wort steht dort so einsam und alleine, dass die Kombination der Buchstaben irgendwie bedrohlich auf ihn wirkt.

Aber trotzdem ist es eine Erlösung, und wenn vom Herzen wirklich Steine fallen könnten, dann wäre jetzt im Fußboden ein großes Loch zu der unter dem Büro liegenden Etage.

»Da muss ich noch viel cooler und abgeklärter werden«, denkt er sich und löscht dieses unwiderrufliche Wort in den Entwürfen von Irmi.

So sieht auch sie, dass bei ihm, mit welchem Stress auch immer, alles nach Plan gelaufen ist.

Die nächsten Tage sind nicht einfach. Es ist viel Polizei präsent und es sind viele Fragen zu beantworten. Aber am Ende steht fest, dass Thorsten Bertmann Selbstmord begangen hat, mit ihm der Schuldige für die Weiterleitung der Formel gefunden ist, es keine Mitwisser oder gar Mittäter innerhalb des Konzerns gibt und damit der Fall erledigt ist.

Zumindest für Irmi und Ido.

Im Konkurrenzkonzern sieht die Lage allerdings anders aus. Dort rollen Köpfe und werden leitende Angestellte verhaftet und angeklagt, weil sie eine Formel unrechtmäßig erworben und an Menschen ausprobiert haben, ohne vorher die vorgeschriebenen Versuchsreihen selbst auszuführen, sondern sich darauf verlassen haben, dass das bereits geschehen ist.

Allmählich kehrt wieder Ruhe in den Alltag und Victor Krämer wird der Nachfolger von Thorsten Bertmann. Viel mehr ändert sich nicht, wenn man einmal von Irmi und Ido absieht.

Irmi, die sich nach wie vor gerne einmal selbst befriedigt und Ido dabei über die Webcam zuschauen lässt, ist jetzt häufig bei Ido in der Villa zu Gast.

Ihre Beziehung zueinander hat sich intensiviert.

Nicht was die Liebe betrifft, da ist es bei der sexuellen Befriedigung geblieben, und dort hat die Begierde auch etwas nachgelassen. Man kann auf den anderen zurückgreifen, wenn man ihn braucht, ist ihm aber zu nichts verpflichtet, keine Rechenschaft schuldig und nicht sexuell abhängig von ihm.

Aber erfolgreicher kann eine Zusammenarbeit auf geschäftlicher Ebene kaum sein.

»Hier habe ich endlich den Rahmen gefunden, der mir auf Grund meiner gesellschaftlichen Stellung auch zusteht«, sagt Irmi aus voller Überzeugung und zeigt auf die Villa mit dem Schwimmbad, der Sauna und dem prächtigen Garten.

Zu Gast bei den beiden sind alsbald nicht nur Irmis Vorstandskollegen mit ihren Partnern, sondern auch wichtige Kunden des Konzerns, Ärztevertreter und selbst Politiker. Sie feiern teilweise rauschende Feste bei denen manchmal, auch unter dem Einfluss des Alkoholkonsums, die Grenzen des Erlaubten überschritten werden.

Insbesondere in der Sauna animieren Irmi und Ido ihre Gäste zu Spielchen, deren Regeln nicht unbedingt konform der gängigen Sittenlehre verlaufen. Sie stellen das dabei aber so geschickt an, dass sich hinterher jedes Mal die Gäste als schuldige Verursacher der Peinlichkeiten fühlen.

Dieses Schuldbewusstsein führt die Gäste schließlich in die Abhängigkeit von Irmis und Idos Verschwiegenheit.

Und diese so angenehme und schon vertraute Verschwiegenheit führt nicht selten zur Wiederholung des

Schuldgefühls und damit zum Anspruch auf eine Revanchierung durch ihre Gäste.

Und revanchiert wird sich bei Irmi und Ido durch die Erteilung von Aufträgen, den Ausbau des Netzwerks, das steigen des Ansehens in der Gesellschaft und der Bonität bei Bankern und Börsianern.

»Diese Feierei geht ins Geld, und finanziell profitiert der Konzern am meisten davon. Da habe ich erst einmal für Abhilfe gesorgt«, beginnt Irmi das Gespräch, als sie von der Arbeit kommt.

»Das hört sich schon mal gut an«, frohlockt Ido, »was hast du angestellt?«

»Du erhältst morgen einen Auftrag, quasi einen Dauerauftrag zur Überprüfung und Absicherung unseres IT-Systems.«

»Also eine Legalisierung dessen, was ich ohnehin schon mache«, stellt Ido erleichtert fest.

»Nur sollst du die Fehlerquellen nicht ausnutzen, sondern melden«, empört sich Irmi.

»Und wem soll ich melden, wie er dir durch die Webcam zusehen kann?«

Ido hebt in Erwartung eines fliegenden Gegenstandes instinktiv die Arme in die Höhe, aber Irmi bleibt ruhig.

»Nein, dieses Privileg hast du dir ganz alleine verdient, und ich möchte auch nicht, dass du das abschaffst oder verrätst.«

»Das heißt, ich melde unwichtige Fehler, um meine Arbeit zu rechtfertigen. Was für uns wichtig ist oder werden könnte, verschweige ich und wir benutzen es für uns«, resümiert Ido.

»So ungefähr«, bestätigt ihm Irmi.

»Mal eine andere Frage«, beginnt Ido zu drucksen, »bekommst du eigentlich eine Umsatzprovision oder irgend etwas in der Richtung?«

»Ja schon, eine Vergütung auf eine eventuelle Umsatzsteigerung gegenüber dem Vorjahr.«

»Na, dann werde ich doch dafür sorgen, dass euer Konkurrent seine Umsätze an euch verliert«, verkündet Ido stolz.

»Wenn du es schaffst, dass er der Insolvenz entgegen geht, und wir ihn günstig übernehmen können, gibt es einen extra Bonus, auch für dich.«

»Dann kannst du bei euch schon mal eine dicke Lippe riskieren.«

»Wie meinst du das jetzt?« stutzt Irmi und sieht Ido mit fragenden Blicken an.

»Lass die Produktion schon mal hoch fahren in der Erwartung des steigenden Umsatzes.«

»Du hast gut reden«, beklagt sich Irmi, »womit soll ich das bitteschön begründen?«

»Sag voraus, dass durch die Panne mit dem Potenzmittel die Kunden eures Konkurrenten das Vertrauen in diesen Konzern verlieren, und dann zu euch wechseln werden.«

»Wir müssen nur ordentlich für unsere ähnlichen Produkte die Werbetrommel rühren«, steigt Irmi vor Begeisterung ein, »und selbst wenn unser Vertrieb nicht mitziehen sollte, wenn es stimmt was ich vorhersage, wird mein Wort mehr Bedeutung erhalten und das nächste Mal hören sie dann in jedem Fall auf mich.«

»Vertraue mir, ich regele das schon«, versucht Ido noch zu überzeugen.

»Wenn das funktioniert, bringe ich dich in den Aufsichtsrat, und zwar als meinen persönlichen Berater«, begeistert sich Irmi aber bereits, »darauf kannst du dich verlassen.«

»Na, dann solltest du schon mal den Sekt kalt stellen lassen«, scherzt Ido, »ich fange morgen sofort mit der Arbeit an.«

Kaum hat er jedoch ausgesprochen, assoziiert er, dass er zum Thema Aufsichtsrat an Irmi noch offene Fragen hat.

»Aber noch einmal zum Aufsichtsrat. Du hast einmal erwähnt, dass dieser Curt Svensson bei euch im Aufsichtsrat gesessen hat.«

»Ja, den sollst du ja dann ersetzen.«

»Ich habe von seinem Tod in der Zeitung gelesen, auch dass da noch eine zweite Leiche war und so weiter, dann aber wie immer, nichts mehr gelesen oder gehört. Weißt du da näheres?«

»Svensson hat bei uns für Dr. Kesselhoff gearbeitet, du hast ihn ja kennen gelernt, unser Vorstandsmitglied für den Bereich Vertrieb«, erinnert sich Irmi nach kurzer Überlegung, »übrigens solltest du mit dem ruhig öfter in Kontakt treten, wenn du für mehr Umsatz bei uns sorgst, profitiert er am meisten davon.«

»Gut, dass du das erwähnst, ist aber auch logisch, wenn er für den Vertrieb verantwortlich ist«, bestätigt Ido.

»Aber zurück zum Svensson. Er war eigentlich sehr beliebt und auch erfolgreich für uns tätig, hat viel Lobbyarbeit im Bundestag verrichtet«, versucht Irmi wieder auf das Gesprächsthema zu kommen.

»Das ist sicherlich auch ein Job, der mir gut zu Gesicht stehen würde.«

»Dir steht doch alles gut«, lacht Irmi, als sie sich über die Zweideutigkeit ihrer Aussage im klaren wird, »und wenn du dich anstrengst, wer weiß.«

»Oh, wenn ich mich erst einmal anstrenge, dann kann ich mich ja überhaupt nicht mehr retten«, schlägt Ido in die gleiche Kerbe.

»Doch lieber wieder zum Svensson«, lenkt Irmi schnell ab, »ich habe keine Ahnung woher er gekommen ist, er war mit einem Mal da, eigentlich genau so wie du.«

»Und was weißt du über seinen Tod?«

»Eigenartig«, stutzt Irmi, »jetzt wo du danach fragst. Er ist an dem gleichen Mittel gestorben, das ich Thorsten Bertmann gegeben habe.«

Irmi hält sich die Hand vor den Mund und ihre Gedanken schweifen ins Uferlose.

»Er wird doch nicht mit jemandem Kaffee getrunken haben müssen?« lässt Irmi die Frage nicht mehr in Ruhe.

»Meinst du wirklich?« ist Ido verunsichert und er bekommt so auf die Schnelle die ganzen damaligen Vorgänge gar nicht auf die Reihe, dass da aber eine Kaffeetasse war, das ist mehr als deutlich.

»Im Kaffee ist das Mittel völlig geschmacksneutral, das merkt kein Mensch«, bekräftigt Irmi noch einmal mit Nachdruck.

»Ich kann es mir aber nicht vorstellen, ich denke, dass er das Mittel selbst genommen hat«, erinnert sich Ido jetzt seiner damaligen Analyse.

»Aber die zweite Leiche«, fügt Irmi zur Unterstützung ihrer These an, »das war ein bekanntes Mitglied der Drogen- und Schutzgeldmafia.«

»Und der hat mit ihm Kaffee getrunken und sich dann in den Rücken geschossen?« kann sich Ido diese zynische Frage nicht verkneifen.

»Wir werden nie erfahren, wie es wirklich war, und solange die Polizei so arbeitet, wie im Fall Bertmann, ist das auch gut so«, beschließt Irmi endgültig dieses Thema.

»Da du gerade die Polizei erwähnt hast«, fällt Ido ein, »ihr habt da durch eure Versuche ja auch zwei Leichen im Keller. Falls aus dem Test noch irgendwelche Medikamente existieren sollten, sammle sie lieber ein, bevor sie in falsche Hände gelangen.«

Irmi gibt Ido Recht und verspricht ihm, das den nächsten Morgen sofort zu überprüfen, wünscht ihm viel Erfolg bei seinen Bemühungen, den Konkurrenzkonzern in die Insolvenz zu treiben und verabschiedet sich von ihm.

Kapitel 11

»Und schon bin ich im System.«

Spotty hat ja noch die Benutzerdaten von Irmis Kontaktperson. Darüber meldet er sich jetzt an und inspiziert den Rechner des Konkurrenzkonzerns.

»Dann will ich doch mal sehen, was ich hier alles anstellen kann, um den Laden so schnell wie möglich in den Ruin zu treiben.«

Vorsichtig versucht er, sich in der Programmstruktur des Unternehmens zurecht zu finden.

»Das beste wird sein, wenn ich mit den normalen Programmen der Stammdatenpflege beginne, da kann ich bestimmt am meisten durcheinander bringen.«

Und so beginnt Spotty damit, sich die Daten der Kunden anzusehen, die vom Konzern beliefert werden.

Hier entdeckt er einen sogenannten Bonitätsschlüssel und ist sofort begeistert, denn ein Schlüssel mit dem Wert 5 bedeutet, dass die Bestellungen des Kunden nicht bearbeitet werden und dieser eine E-Mail mit dem folgenden Text erhält:

'Leider können wir aus verwaltungstechnischen Gründen Ihre Bestellungen nur noch gegen Vorkasse bearbeiten.'

»Das ist doch prima, diesen Schlüssel werde ich bei allen Kunden einsetzen, ich glaube nicht, dass dann noch viele Bestellungen eingehen werden.«

Spotty ist in seinem Element.

Den Schlüssel Zahlungsziel setzt er überall so, dass die Kunden ihre Rechnungen erst nach drei Monaten bezahlen müssen und Mahnungen werden ab heute auch an keine einzige Firma mehr geschrieben.

Bei den Lieferanten des Konzerns ändert er dagegen das Zahlungsziel so ab, dass dieser alle erhaltenen Rechnungen sofort bezahlen muss. Außerdem löscht er eventuell getroffene Skonto- und Rabattvereinbarungen.

Nicht genug damit, legt Spotty auch noch einen neuen Lieferanten mit den Daten einer nicht existierenden Firma an, deren Bankverbindung aber seltsamerweise mit seiner eigenen übereinstimmt.

Am meisten Spaß bereitet ihm jedoch der Artikelstamm. Dort verändert er willkürlich die Verkaufspreise um bis auf den dreifachen Preis.

Zufrieden mit seinem bisher angerichtetem Chaos schaut er sich nun die bereits eingegangenen und noch nicht bearbeiteten Bestellungen an.

»Oh wie schade, die müssen wir leider zurückschicken«, gerät Spotty richtig in Verzückung, »und das schöne ist ja, dass alle meine geänderten Anweisungen vom Computer und den Mitarbeitern widerspruchslos angenommen und ausgeführt werden.«

Und so schickt er jede trotz allem noch neu eingehenden Bestellung mit dem folgenden Text an den Kunden zurück::

'Dieser Artikel ist bis auf unbestimmte Zeit nicht mehr lieferbar.'

»Wenn eine Bestellung schon bearbeitet ist, geht sie in den Versand, was können wir denn hier noch durcheinander bringen?«

Spotty ist wie im Rausch und so verändert er auch dort noch einiges. Die heute auszuliefernde Ware für den Kunden A, wird zum Beispiel an den Kunden B geliefert und umgekehrt.

»Und wie sieht es aus, wenn wirklich keine Ware mehr auf Lager ist und beim Lieferanten neu bestellt werden muss?«

Es dauert keine Sekunde und Spotty hat die Idee, die jede seiner bisherigen Transaktionen ganz klar in den Schatten stellt.

»Es gibt ein Programm, das die Differenz aus dem tatsächlichem Bestand und einem festgelegtem maximalem Lagerbestand automatisch bei dem Lieferanten bestellt.

Da müssen wir nur diesen maximalen Lagerbestand bei jedem Artikel auf das doppelte erhöhen, und dann ...«

Es dauert keine viertel Stunde, und ein von Spotty schnell erstelltes Programm führt diese Verdoppelung durch.

»... dann bestellen wir doch einfach die fehlende Ware, als dringend natürlich.«

Spotty zieht noch einmal das Resümee seiner Aktivitäten.

»Das Warenlager wird in seiner Kapazität gesprengt, die dafür zu begleichenden Rechnungen dürften die Liquidität erheblich einschränken, zumal auf der Kundenseite keine Zahlungseingänge und auch keine Bestellungen mehr eingehen sollten.

Hinzu kommt das zu erwartende Chaos durch die falschen Preise und verkehrten Warenlieferungen.«

Spotty ist richtig stolz auf seine Arbeit und das Ergebnis kann sich seiner Meinung nach sehen lassen.

»Das wird die Kunden vertreiben oder zumindest verärgern, und da es nicht abgestellt werden kann, letztlich doch vertreiben.«

Für den Fall, dass ihm jemand ins Handwerk pfuschen sollte, hat Spotty auch vorgesorgt.

113

»Sollte jemand den Ursprungszustand wieder herstellen wollen, dann bin ich erneut zur Stelle, und zwar so lange, bis sie das Handtuch werfen.«

Er will sich schon abmelden, da stutzt er über seine eigenen Worte.

»Ursprungszustand. Wie blöd kann man sein. Den habe ich mit einer Rücksicherung natürlich schnell wieder hergestellt«, macht er sich Vorwürfe über seine eigene Nachlässigkeit, »also, dann sichern wir mal alle Daten, damit sind die jetzt im Original und in der Kopie identisch, sodass sich eine Rücksicherung auch erübrigen wird.«

Durchaus erschöpft verlässt Spotty den Konkurrenzkonzern, wechselt auf den Arbeitsplatz von Irmi und hofft, durch die Webcam für seinen anstrengenden Tag belohnt zu werden.

Leider nein.

»Schöne Frau, sie sind so zugeknöpft«, schickt er in ihr Postfach.

Sie zeigt ihm die eingesammelten Reste des aphrodisierenden Mittels und schreibt zurück:

»Wenn du nicht in einer halben Stunde bei mir bist, dann schlucke ich die Pillen. Auch wenn ich dann vor Geilheit wahrscheinlich den schönsten aller Tode sterben werde.«

Aber Spotty beeilt sich.

Spottys Arbeit wirkt sich relativ schnell aus.

Vor der Warenannahme des Konkurrenten stehen und liefern die LKWs in langen Reihen, obwohl die Lagerhallen bis zum Rand gefüllt sind.

Auf der anderen Seite des Konzerngeländes stehen auch LKWs, aber die eigenen, und die sind leer. Keine Aufträge.

Und unter die vielen Rechnungen für die eingegangene Ware mischt Spotty natürlich auch immer mal wieder eine Rechnung der fiktiven Firma und weist diese auch direkt zur Zahlung an. Seinem Konto tut das gut und für die angestrebte Insolvenz des Konzerns macht Kleinvieh auch Mist.

Und in Irmis Konzern?
Irmis Prophezeiungen treffen in einem Maße ein, die so niemand erwartet hat. Nicht nur, dass sie den Umsatzverlust des Konkurrenten als Zugewinn buchen können, nein, die Kunden tätigen auch Hamsterkäufe, wahrscheinlich eine Folge von Spottys

'auf unbestimmte Zeit nicht mehr lieferbar'.

Erklären kann sich das trotzdem keiner so richtig und alles wird am Ende auf den guten 'Riecher' von Frau Dr. Volkerts neuem Berater, einem gewissen Herrn Ido Vermolen geschoben, dessen Dienste man sich doch unbedingt sichern sollte.

Und wie sieht es eigentlich mit Idos Partys aus?
Hier kann man getrost behaupten, dass sie im Laufe der Zeit legendär geworden sind. Seine Einladungen werden gerne angenommen, zeigen sie doch dem Gast, dass dieser zum Establishment gehört.
In der Villa werden rauschende Feste gefeiert und freundschaftliche Kontakte geschmiedet, sowohl im geschäftlichen, wie im privaten Bereich.
»Ich habe gehört, dass Sie sich hervorragend mit Computern auskennen«, wird Ido von Frau Kesselhoff, der Gattin von Irmis Vorstandskollegen, auf der nächsten Party gefragt.

»Es wird immer viel übertrieben, aber in diesem Fall stimmt der Ruf, der mir vorauseilt«, antwortet Ido artig.

»Ach«, stöhnt die Gattin, »ich möchte meinen Computer nicht nur immer selbst benutzen, denn mein Mann kommt da nicht mehr hinein, und für andere ist das bisher immer irgendwie zu kompliziert oder ihnen fehlt der Mut.«

»Dann können das meines Erachtens unmöglich Experten sein«, ist Ido durchaus bereit, auf das anzügliche Angebot einzugehen.

»Wer kennt sich denn heutzutage mit der weiblichen Form eines Computers überhaupt noch richtig aus?« haucht Frau Kesselhoff und klimpert aufreizend mit ihren künstlichen Wimpern.

»Ich schaue mir Ihr bestes Stück gerne einmal näher an«, verspricht ihr Ido und da sich ihr Gatte herzlich wenig um seine Frau kümmert, betätigt er in unbeobachteten Momenten schon einmal ein bisschen den Startknopf ihres Computers.

»Ich werde mich durch Empfehlungen bei Ihnen zu revanchieren wissen«, sagt Frau Kesselhoff einige Tage später zu Ido.

Zumindest liegt auf ihrem Nachttisch ein iPad, vielleicht kann man ja deswegen bestätigen, dass Ido sich um die Computerprobleme gekümmert hat.

Jedenfalls ist der Einfluss von Frau Kesselhoff auf die Entscheidungen ihres Gatten nicht unerheblich.

So kommt es, dass der gesamte Vorstand zustimmt, bei Gericht den Antrag zu stellen, Ido Vermolen als Aufsichtsratsmitglied für den ausgeschiedenen Curt Svensson zu bestellen.

Auch ist der aus den Partys entstandene Freundeskreis bei diesen Feiern natürlich ständig mit Politikern und Lobbyisten in Kontakt, beziehungsweise gehören diese dem Freundeskreis bereits an.

Es wird mit ihnen viel über die Lobbyarbeit geredet und diskutiert. Dabei fällt immer wieder negativ der Name eines oppositionellen Politikers, der in den Ausschüssen ständig versucht, die angestrebten Ziele der Pharmaindustrie zu blockieren: Fred Vandenbocke ist sein Name.

»Dem kann man doch einfach einen Riegel vorschieben«, behauptet Ido, als einige der anwesenden Lobbyisten sich wieder über diesen Politiker beschweren.

»Mit dem Mund kann man alles. Aber in der Realität sieht vieles anders aus. Lobbyarbeit ist kein Spiel und nicht auf die Schnelle erledigt und der Vandenbocke hat auch seine Schäfchen um sich versammelt, die ihn unterstützen«, braust ein Lobbyist von ihnen in heller Erregung auf.

»Wie wollen Sie denn verhindern, dass er seine Arbeit gegen uns fortsetzt?« versucht ein anderer, wieder zum Kern der Diskussion zurück zu finden.

»Ganz einfach, diffamieren.«

»Genau. Ganz einfach«, echauffiert sich sofort der nächste der anwesenden Lobbyisten, ohne Ido auch nur den Hauch einer Chance zu geben, um seine Aussage weiter zu konkretisieren, »machen Sie mal. Wenn Sie das hinbekommen, dann sind Sie bei uns im Club dabei.«

Diese Aussage wird von allen anderen Personen nicht nur bestätigt, sondern Ido ist ja sowieso irgendwie prädestiniert für die Lobbyarbeit und so weiter und so fort.

»Dann werde ich mich halt etwas um Ihren Herrn Vandenbocke kümmern und dann auf Ihre Aussage zurückkommen«, beendet Ido dieses Gesprächsthema erst einmal.

In einer späteren Unterredung mit Dr. Kesselhoff erfährt Ido, dass der Konkurrenzkonzern mit schweren Liquiditätsproblemen und erheblichen Umsatzeinbußen zu kämpfen hat.

»Wir haben ja schon Gespräche bezüglich einer eventuellen Übernahme geführt«, berichtet Dr. Kesselhoff, der dafür als Verantwortlicher von Seiten des Konzerns auserkoren ist, »und zwar durchweg positive Gespräche, selbst beim Bundeskartellamt haben wir schon vorgefühlt und man steht auch dort einer Fusion nicht abweisend gegenüber.«

»Aber irgendwo drückt noch ein Schuh, oder?« unterbricht ihn Ido.

»Ja sicher, und zwar dort, wo er immer drückt, beim Preis«, lacht Dr. Kesselhoff, »aber dieses Mal ist es nicht die Diskussion um einige Prozente mehr oder weniger. Nein, ich glaube, dass die Basis für diese Verhandlungen, nämlich die uns von denen vorgelegte Zwischenbilanz, nicht korrekt und im Wert viel zu hoch ist.«

»Sie meinen sicher den Wert des Warenlagers?«

»Genau, der kann nicht stimmen. Der ist sogar etwas höher als unser eigener Wert, obwohl das Unternehmen nur halb so groß ist wie wir«, stimmt Dr. Kesselhoff sofort zu, bevor ihm auffällt, »Sie wissen darüber Bescheid und sind involviert?«

»Selbstverständlich Herr Doktor«, bestätigt Ido und fährt unterstützt durch wilde Gesten fort, »was denken Sie, wo deren Liquiditätsengpass herkommt?

Die haben diesen Warenbestand tatsächlich eingekauft, die Zwischenbilanz ist also korrekt.«

»Aber wie kann denn so etwas passieren, das verstehe ich ja nun überhaupt nicht.«

»Wie ich aus gut unterrichteten Kreisen erfahren habe, war das ein Fehler im Programm des Bestellwesens.«

»Ist das so?« unterbricht Dr. Kesselhoff leicht irritiert.

»Ja, aber ich habe nicht nur das erfahren, ich könnte auch veranlassen, dass der Warenbestandswert wieder zurück gesetzt wird auf ungefähr den Wert der Vorjahresbilanz.«

»Das heißt, die Verhandlungsbasis senkt sich im Preis, obwohl der alte Warenwert korrekt ist und wir den später wieder richtig stellen können?« kann es Dr. Kesselhoff nicht glauben.

»Genau, darum meine konkrete Frage«, wird Ido im Tonfall etwas leiser, »damit die Verhandlungen zu einem erfolgreichen Abschluss kommen, müsste sich der Warenwert um welchen Betrag verringern?«

Dr. Kesselhoff windet sich in Gedanken wie ein Aal.

Es würde völlig reichen, wenn er im Konzern nur einmal andeutet, dass eine ausländische Firma eine Übernahme des Konkurrenten plant, und einer Fusion, auch mit diesem Wert, stünde nichts mehr im Wege.

Er ist es allerdings leid, für den Konzern immer nur die großen Deals einzufahren, ohne davon selbst profitieren zu können. Darum sagt er letztlich doch in voller Überzeugung:

»Zweihundert Millionen Euro.«

»Das ist aber mal eine Hausnummer«, rutscht es Ido heraus und er fährt vorsichtig fort, »ich möchte mit Ihnen gerne eine Vereinbarung treffen, bei der jeder von uns profitiert. Darf ich Ihnen diese einmal vorstellen?«

Auch Dr. Kesselhoff sieht sich nach eventuellen Zuhörern um, bevor er seine Zustimmung gibt.

»Bei der nächsten Verhandlung liegt eine neue Zwischenbilanz vor, bei der der Warenwert um mehr als zweihundert Millionen Euro niedriger sein wird. Aber noch einmal, der eigentliche Wert bleibt unverändert, Ihr Konzern wird dafür die Ware bei der Fusion erhalten.«

Ido sieht sich noch einmal kurz um, tritt etwas näher an Dr. Kesselhoff heran und atmet für den entscheidenden Satz tief durch:

»Nur bin ich der Meinung, dass alles was über diesen Betrag hinaus eingespart wird, bei uns bleiben sollte.«

»Wie meinen Sie das?« stehen dem armen Doktor die Schweißperlen auf der Stirn.

»Die Einsparung lässt sich aus der Differenz der beiden Zwischenbilanzen leicht ermitteln. Der Betrag über zweihundert Millionen ist genau die Summe, welche Sie an mich zu überweisen haben«, führt Ido seinen Vorschlag weiter aus, »wie Sie das buchungstechnisch regeln, das ist ihre Aufgabe.«

»Ja, und wo bleibe ich?« empört sich Dr. Kesselhoff ohne auf Idos weitere Ausführungen zu warten.

»Moment doch«, beruhigt ihn Ido, »ich möchte nur nicht, dass man vielleicht einmal nachvollziehen kann, dass Sie sich bei dem Deal selbst bereichert haben.«

»Ach so, ich verstehe.«

»Von dem Betrag gebe ich Ihnen natürlich die Hälfte wieder völlig unauffällig zurück. Von meinem Anteil bediene ich wiederum zur Hälfte meinen Informanten und Sie mit Ihrem Anteil Frau Dr. Volkert.«

Dr. Kesselhoff ist sofort Feuer und Flamme. Das ist genau das, was ihm auch zusteht, was er aber nie wagt, auch einzufordern oder sich anzueignen. Am liebsten möchte er sofort für morgen eine Versammlung einberufen.

»Sie haben mein Wort, genauso machen wir das. Wenn es Ihnen gelingt ... also ich meine ... haben Sie denn schon eine Idee, auf welche Summe sich unser Differenzbetrag belaufen wird?«

»Vierundzwanzig Millionen Euro«, kommt trocken die Antwort von Ido.

Dr. Kesselhoff sucht Halt und es fällt ihm im Moment schwer, diesen Betrag durch vier zu dividieren, um sich seinen eigenen Anteil zu errechnen. Er ist viel zu nervös.

»Gut«, beginnt er nach einem Augenblick der Besinnung, »Sie geben mir bitte eine unauffällige E-Mail, wenn Sie mit ihrer Arbeit fertig sind und informieren auch bitte Frau Dr. Volkert über diese Absprache. Ansonsten erwarte ich natürlich von allen Seiten strikte Diskretion.«

»Es freut mich, mit Ihnen Geschäfte machen zu dürfen«, gibt Ido zur Antwort und besiegelt damit die Vereinbarung.

Kapitel 12

»Sechs Millionen für Ido und sechs für Spotty.«

Spotty klopft sich vor Freude auf die Schenkel, als er den nächsten Tag wieder im Büro sitzt.

»Da weiß man doch, wofür man arbeitet«, sagt er sich, »und Irmi bekommt auch sechs Millionen ab, und das beste daran ist, dass ich ihr das gestern noch gar nicht erzählen konnte.«

Freudig erregt, meldet er sich sofort bei ihr und beginnt zu chatten.

»Irmi, Traum meiner schlaflosen Nächte, bist du schon im Büro?«

»Na du Spanner, schon wach? Ich habe gestern zu viel getrunken, ich habe Kopfweh und bleibe deshalb heute zugeknöpft.«

»Was würdest du machen, wenn ich dir sechs gebe?«

»Du meinst Sex.«

»Nein sechs.«

»Was sechs?«

»Sechs Millionen Euro.«

»Ach soooo! Na dann, dann würde ich nackend in den Bildschirm kriechen, und wenn es sein muss, mit dem Hintern zuerst«, schreibt Irmi und kann sich vor Lachen kaum halten.

»Wenn ich mir das bildlich vorstelle«, muss auch Spotty lachen, »dann würde ich sagen, fang mal an.«

Es entsteht ein Moment der Funkstille auf den beiden Rechnern, Irmi kann nicht glauben, was sie da gerade gelesen hat.

»Meinst du das im Ernst?«

»Das meine ich.«

Irmi fällt vor Aufregung fast vom Stuhl. Sie möchte natürlich sofort wissen, wieso und warum und woher, aber Spotty gibt ihr nur ein paar Stichworte und beteuert, ihr den Rest aus Sicherheitsgründen nur persönlich mitteilen zu wollen.

»Dann mache ich jetzt krank und wir treffen uns in einer halben Stunde bei mir.«

»Du kannst gerne schon nach Hause fahren, etwas leckeres zum Essen zubereiten, Champagner kalt stellen und dich flockig machen.«

»Und du?« unterbricht ihn Irmi.

»Ich muss für das Geld leider noch ein bisschen arbeiten.«

»Mach nicht zu lange«, flachst ihm Irmi mit einigen Smileys zurück, »sonst hast du so einen schlechten Stundenlohn.«

»Hast Recht«, schreibt Ido, »ich bin um 13:30 Uhr bei dir, geht das in Ordnung?«

»Ich werde die Minuten zählen bis dahin, aber für jede Sekunde, die du zu spät bist, bekommst du einen Peit ....«, sie löscht den ganzen Satz schnell wieder und schreibt nur, »Ja, natürlich.«

»Lieber nicht«, denkt sie sich, »bei dem bin ich mir nicht so sicher, vielleicht steht er auf Peitschenhiebe und kommt nachher tatsächlich erst nach 14:00 Uhr hier angeschneit.«

Spotty hat jetzt noch viel zu erledigen.

Sofort ist er wieder im System des konkurrierenden Konzerns. Er halbiert als erstes den maximalen Lagerbestand von jedem Artikel, sodass wieder der Wert gespeichert ist, der vor seiner Transaktion der Verdoppelung Gültigkeit besaß.

Weil der tatsächliche Lagerbestand allerdings im Normalfall nie höher sein kann, als das, was man dort maximal gelagert haben darf, gleicht er diesen Wert darauf an.

Da für eine Zwischenbilanz keine Inventurdaten zur Verfügung stehen, wird zur Ermittlung des Warenwerts der letzte Einkaufspreis mit dem tatsächlichen Lagerbestand aus dem Computer multipliziert.

Und da dieser ja ebenfalls in etwa halbiert ist, weist nun die neue Zwischenbilanz einen Warenwert aus, der um über 224,8 Millionen Euro niedriger ist.

»Meine an Dr. Kesselhoff abgegebene Schätzung ist demnach sehr präzise gewesen«, freut sich Spotty.

Er sucht im System noch nach gespeicherten Bilanzen und Lagerlisten und tauscht die alten Daten gegen die neuen aus.

Er vergisst auch nicht, Dr. Kesselhoff über die Erledigung seiner Arbeit eine Nachricht per E-Mail zu senden. Um selbst sicher vor Eventualitäten zu sein, wählt er dafür einen verschlüsselten Text:

Ihr Horoskop sagt, dass dies eine gute Woche wird, um Verhandlungen neu zu starten.

Damit ist zumindest diese Aufgabe für den heutigen Tag erfolgreich abgeschlossen, aber er hat sich ja noch mehr vorgenommen.

»Was stelle ich eigentlich mit diesem Vandenbocke an?«

Bis zum Mittag ist noch genügend Zeit und Spotty erinnert sich an die Zusage, die er den Lobbyisten gegeben hat.

»Ich würde sagen, erst einmal schauen, was das Internet so hergibt.«

Neben Wohnadresse, Geburts- und Einschulungsdatum findet er auch eine Homepage. Klein, fein, selbstgemacht und wie sich herausstellt, mit dem Geburtsdatum als Passwort hinterlegt.

»Irgendwie sind die Leute selbst schuld«, denkt sich Spotty während er sich im Rechner von Fred Vandenbocke anmeldet, »das Geburtsdatum scheint die einzige Zahlenkombination zu sein, welche sie nicht vergessen.«

Um der Polizei möglichst viele Spuren für ihre spätere Recherche zu hinterlassen, sucht er dort auffällig viel nach den Begriffen Pädophilie, Kinderfoto, Kinderporno und Kindersex. Insbesondere in außereuropäischen Ländern wird Spotty fündig. Alles was er kostenlos an Bildmaterial bekommen kann, lädt er auf Vandenbockes Rechner in einen extra dafür neu angelegten Ordner.

Bei jedem neuen Foto ändert er das Datum der Speicherung auf einen anderen und weiter zurückliegenden Zeitpunkt ab, sodass für Fremde der Eindruck entsteht, dass hier über einen langen Zeitraum kontinuierlich Fotos gesucht und gespeichert wurden.

Um nach außen schneller an viel Bildmaterial zu kommen, kopiert er die Fotos, teilweise sogar mehrfach, und speichert sie unter einem anderem Datum und anderer Bezeichnung erneut ab.

»Ausschlaggebend für ein Urteil über Pädophilie ist alleine die Anzahl der Fotos, niemand wird sich jedes einzelne ansehen wollen, um doppelte Fotos von der Gesamtzahl wieder abziehen zu können.«

Als Spotty auf diese Art mehr als tausend Fotos in dem Ordner gesammelt hat, legt er an verschiedenen Stellen noch mehrere Kopien des kompletten Ordners unter anderen Namen und mit geringfügigen Veränderungen an. Dadurch vervielfacht er nochmals die Gesamtzahl der Fotos.

Dann setzt er ein Werbemail auf, in dem Fred Vandenbocke als Absender diese Fotos zum Kauf anbietet.

Zwei Fotos werden dort im Anhang als Beispiel mitgeschickt.

Dieses Pseudo-Werbemail inklusive Fotos druckt Spotty aus, schwärzt die überhaupt nicht vorhandene Empfängeradresse und schickt den Ausdruck anonym per Post an die private Adresse des Chefredakteurs einer überregionalen Tageszeitung und an den Leiter einer großen Polizeidienststelle.

Dazu verfasst er im wesentlichen den folgenden Begleittext:

... dieses E-Mail habe ich von diesem pädophilen Schwein erhalten ...

»Das sollte reichen«, begutachtet Spotty sein Werk, überprüft noch einmal, dass er auf dem fremden Rechner keine Spuren hinterlassen hat, und sieht auf seine Uhr.

»Oh, ich muss mich sputen, sonst komme ich zu spät zum Sektempfang.«

Schnell verlässt Spotty das Büro in Richtung Parkhaustoilette, wirft noch die beiden Briefe in den Briefkasten, um danach als Ido mit dem Mercedes in Richtung Irmi zu fahren.

»Der Geldbriefträger ist da«, begrüßt sie ihn mit offenen Armen, »entschuldige, dass ich dich nicht gleich so empfange, wie du es sicher verdient hast, obwohl jedes einzelne Gramm meines Körpers nach dir verlangt. Aber meine Neugierde ist leider stärker und lässt keine Konzentration auf dich zu.«

Irmi hat wie versprochen ein herrliches Essen zubereitet und so sitzen die beiden am Esstisch und Ido berichtet ihr über die getroffene Vereinbarung mit Dr.

Kesselhoff und seine heute morgen durchgeführten Interventionen.

Irmi ist mit einer leichten, offenen Bluse bekleidet und trägt auch keinen BH, und so bemerkt Ido mit der Zeit, wie sich unter Irmis Bluse ihr Busen bei jedem Atemzug hebt und senkt.

Unbewusst, aber fasziniert von diesem Anblick, liegen seine Augen an dieser Stelle vor Anker und die Hand mit der Gabel versucht blind den Weg zum Mund zu finden.

Irmi bemerkt diesen glasigen Blick erst, als Ido den Essensvorgang vollständig einstellt, um nicht seine Augen auf den Teller richten zu müssen.

Und Irmi stoppt ebenfalls mit dem Essen. Wenn sie sich im Büro vor ihrem Bildschirm betastet, hat sie sich oft gewünscht, in die Augen von Ido sehen zu können. Zu sehen wie er reagiert, ob mit Desinteresse, Lustlosigkeit, Gleichgültigkeit oder mit Empathie, Leidenschaft, oder wie auch immer.

Jetzt sieht sie den Glanz, die Freude und die Wollust in seinen Augen und sie bemerkt, wie sich in ihrem Körper ein Gefühl von Glückseligkeit, Zufriedenheit und Anerkennung ausbreitet. Ihre Brüste schwellen an, sie kann es an Idos Augen sehen. Sie sieht sich selbst in seinen Augen und sieht sich immer näher kommen. Lust und Verlangen haben Besitz von ihr ergriffen und ihr Blick vernebelt sich.

Idos Augen sind nach wie vor auf Irmis Busen gerichtet und sie registrieren gierig die Tatsache, dass dieser sich nach jedem Atemzug nicht mehr senkt, sondern nur noch hebt. Der oberste noch geschlossene Knopf der Bluse steht kurz davor, sich von ihr loszureißen. Wie oft hat er in seinem Leben von solch einer Situation geträumt. Er kann es nicht fassen. Die Sinne schwinden ihm, seine Augen gehen näher darauf zu, jetzt muss er es fassen können.

Irmi kann sich nicht mehr sehen, denn ihre Augen schließen sich. Sie hört nur ganz schwach das Geräusch eines stürzenden Esstisches, überlagert durch den Glockenklang des fallenden Porzellans und der zerberstenden Gläser. Ihre Brüste suchen nach Freiheit und zersprengen die Knopfleiste.

Sie fällt von ihrem Stuhl, wird aber gleichzeitig von zwei starken Armen gehalten, gedrückt, geknetet und gestreichelt.

Sie kämpft mit einer fremden Zunge um den Platz in ihrem eigenen Mund und erobert sich selbst fremdes Terrain zurück. Sie fühlt den wohligen Druck zwischen ihren Schenkeln, klammert sich mit den Beinen fest, um diesen zu erwidern, verliert ihre Sinne während sie ihren Körper verlässt.

Als Ido wieder zu sich kommt, sieht er nicht das Chaos, in dem sie liegen, er sieht in das zufrieden strahlende Gesicht von Irmi. Er streichelt sie an ihren erogenen Zonen und sie windet sich lustvoll aber befriedigt in seinen Armen.

»Diesen Gesichtsausdruck malen und in den Louvre hängen«, denkt sich Ido, »und dir wird die Mona Lisa nach geworfen.«

Es dauert noch eine Ewigkeit bis Irmi ihre Augen öffnet und Tränen des Glücks über ihre Wangen rinnen.

»Ich habe eigentlich immer gedacht«, beginnt sie schluchzend, mit einer leisen und zärtlichen Stimme zu erzählen, »dass ich ein ziemlich abgeklärter, cooler Typ bin. Wenn andere vom siebten Himmel erzählt haben, dachte ich mir nur, dass das Spinner sind.«

»Und jetzt hast du den siebten Himmel selbst gesehen?«

»Ich weiß nicht, wie ich es beschreiben soll. Im siebten Himmel war ich schnell, wie mit einer Rakete. Aber dann ging es noch ein paar Stockwerke höher und ich konnte von oben sehen, wie schön dieser Himmel ist und welches Privileg ich habe, um das beobachten und erkennen zu dürfen.«

»Ich bin kein Poet, habe leider nicht das Talent meine Gefühle so schön auszudrücken, wie du es eben getan hast. Aber du kannst dir sicher sein, dass ich die Reise mit dir zusammen angetreten habe«, versucht Ido sich etwas in Romantik.

»Es geht nicht schöner«, verkündet Irmi mit verblüffender Sicherheit, »selbst wenn nicht nur der Tisch, sondern meinetwegen das ganze Haus dabei einstürzen würde, es kann und wird nicht mehr schöner werden.«

»Aber vielleicht noch genauso schön«, wendet Ido ein, der sich durchaus vorstellen kann, diese ganze Szene irgendwann noch einmal zu wiederholen.

»Das funktioniert nicht«, bestreitet Irmi, »ich habe soeben den Sinn des Lebens kennen gelernt, den kannst du kein zweites Mal kennen lernen.«

»Wie macht sich der Sinn des Lebens denn für dich bemerkbar?« stellt sich Ido neugierig, obwohl er die Aussage eigentlich grundsätzlich anzweifelt.

»Ich bin irgendwie bis obenhin zufrieden, befriedigt, was weiß ich. Die ganze Ungeduld ist verschwunden, das Ungewisse, die Angst auf das, was vielleicht noch kommt, egal ob positiv oder negativ.«

»Das hört sich im ersten Moment nicht schlecht an«, korrigiert Ido nun seinen Zweifel, »macht mir allerdings Sorgen.«

»Inwiefern?« fragt Irmi überrascht.

»Das hört sich so an, als könntest du mit dem Leben jetzt abschließen.«

»Das ist es. Du hast Recht«, bestätigt Irmi sofort, »wenn es jetzt so weit wäre, wäre es auch gut, ich habe alles gehabt, ich bin bereit zu gehen. Aber ich muss es nicht, ich werde noch jede Minute genießen, und zwar unbeschwert.«

»Nur dass du dich von deinem eigenem Leben nicht mehr unter Druck setzen lässt«, versucht Ido zu erklären.

»Ich freue mich und danke dir«, schluchzt Irmi, »dass du dich so einfühlsam in meine Situation versetzen kannst.«

Ido nimmt Irmi in den Arm, steht mit ihr auf und sie schauen sich in die Augen. Sie küssen sich zärtlich und Irmi schlägt ihre Beine um seine Hüfte. Sie lieben sich gefühlvoll, lachend und scherzend und vor allem ohne jede Intension, das Erlebnis von soeben noch einmal erreichen oder gar toppen zu wollen.

Irgendwann machen sich die beiden daran, ihren angerichteten Schaden zu beseitigen, beziehungsweise zu reparieren.

»Ich werde morgen Dr. Kesselhoff anrufen müssen, dass er sich mit der Auszahlung zu beeilen hat, ich benötige dringend ein neues Esszimmer«, lacht Irmi.

Als Tisch und Stühle wieder stehen, die Scherben aufgefegt, Champagner und Essensreste aufgewischt sind, sieht Ido eine Plastiktüte mit Medikamenten auf dem Schrank liegen.

»Sind das die restlichen Potenzmittel aus der Forschungsabteilung?« fragt er.

»Wie kommst du denn darauf«, antwortet ihm Irmi kopfschüttelnd, »die habe ich doch heute alle selbst genommen. Hast du denn nicht gemerkt, wie geil ich war?«

Erst als sie das verdutzte Gesicht von Ido und die bei ihm aufkommende Verzweiflung und Angst sieht, sagt sie lachend:

»Reingefallen. Ja das sind sie.«

»Du Scheusal!« ruft Ido.

Und als Irmi den durch die Luft fliegenden Putzlappen abwehrt, ergänzt sie:

»Du kannst sie mitnehmen, ich will sie hier überhaupt nicht liegen haben.«

Ido steckt sie ein und Irmi fragt ganz beiläufig:

»Was machen wir eigentlich mit so viel Geld?«

»Sammeln«, ist das einzige, was Ido dazu einfällt.

»Und wofür?«

»Keine Ahnung. Hast du Kinder oder Familie?«

»Nein.«

»Dann schenken wir es an Bedürftige«, sagt Ido und bemerkt, dass so seine Arbeit als Spotty wieder einen Sinn bekommt.

Denn eigentlich könnte er sich auch einfach zurück lehnen und das Leben genießen, Geld hat er bereits mehr als genug. Er hat sich manchmal sowieso schon gefragt, warum er das hier alles macht und auf sich nimmt.

»Dann bist du ab jetzt der neue Robin Hood«, hört er Irmi sagen.

»Gute Idee, dann aber in einer modernen Ausführung«, lacht Ido.

Kapitel 13

Politiker bietet Fotos von nackten Kindern zum Kauf an!

»Geht doch«, sagt sich Spotty, als er die Headline der Tageszeitung liest. Es ist wirklich das Thema des Tages und Ido hat es auch schon mindestens dreimal in den Nachrichten gehört.

... die Wohnung und die Büros des Bundestagsabgeordneten Fred Vandenbocke sind gestern von der Polizei durchsucht und Gegenstände, unter anderem auch Computer, wurden beschlagnahmt ...

... es sollen sich mehrere tausend Fotos von überwiegend nackten Kindern auf den Computern befinden ...

... es ist dieses Jahr bereits der zweite Politiker, dessen Karriere wegen seiner pädophilen Neigungen zerstört wird ...

»Wie das mit dem armen Kerl ausgeht, interessiert mich eigentlich wenig, wichtig ist seine Diffamierung. Bei den Lobbyisten hat er jedenfalls jetzt nichts mehr zu sagen, falls er dort überhaupt noch einmal erscheint«, stellt Spotty fest.

Dass Ido seine Lobbyarbeit für die Pharmaindustrie im Bundestag bald aufnehmen kann, ist damit beschlossene Sache.

Daraus werden sich wieder neue Kontakte für Ido und sicher auch neue Möglichkeiten für Spotty ergeben. Dafür ist jedenfalls der Grundstein gelegt und den zukünftigen Anforderungen sehen 'beide' ganz gelassen entgegen.

Heute interessiert Spotty aber ein ganz anderes Thema, und zwar die Übernahme des konkurrierenden Pharmakonzerns.

Die Verträge sind seit gestern in trockenen Tüchern, unter Dach und Fach, oder einfach nur unterschrieben. Das Bundeskartellamt hat seine Zustimmung gegeben. Alles ging rasend schnell und der Grund dafür ist die katastrophale Lage, ja man kann sagen, der Absturz des ehemaligen Konkurrenten.

Wie auch immer, heute werden die vereinbarten Zahlungen getätigt und Spotty erwartet auf seinem Schweizer Konto einen Eingang von 24,8 Millionen Euro. Davon hat er jeweils 6,2 Millionen an Irmi und an Dr. Kesselhoff weiter zu leiten, die sich dafür extra in der Schweiz ein Nummernkonto angelegt haben.

Die Zeit vergeht.

»Wenn man auf etwas wartet, was passiert dann? Genau. Nichts.«

Spotty schaltet wieder das Radio ein. Er hatte es ausgeschaltet weil er die halbstündige immer gleiche Meldung über diesen pädophilen Politiker nicht mehr hören konnte. Aber ihm ist langweilig, es ist zu ruhig und er wird nervös. Etwas Musik wird ihn vielleicht auf andere Gedanken bringen.

»Eigentlich müsste das Geld schon avisiert sein, aber Fehlanzeige.«

Dann dringen Worte aus dem Radio an sein Ohr, die ihn aufhorchen lassen, aber als er konzentriert zuhören will, ist die Meldung schon zu Ende und es kommt wieder dieser Vandenbocke.

... Fusionsverhandlung ... Vorstand ... Entführung ... Dr. Kesselhoff ...

Das sind die Bruchstücke, die Spotty meint gehört zu haben, aber die reichen, um ihn in Panik zu versetzen. Wobei Panik vielleicht der falsche Ausdruck ist, weil er sofort konstruktiv zu handeln beginnt. Es ist eher Wut, und zwar in sehr aggressiver Form.

»Wer glaubt, dass der entführt ist, den müssen sie mit dem Klammerbeutel gepudert haben«, schimpft er vor sich hin, während er versucht, Irmi anzurufen, »der ist mit dem Geld über alle Berge abgehauen.«

Irmi ist telefonisch nicht zu erreichen, wahrscheinlich in irgendwelchen Krisenbesprechungen bezüglich der Entführung.

Spotty meldet sich auf dem Arbeitsplatz von Dr. Kesselhoff an.

Hilfe, die wollen mich entführen !!!

Dieser Text steht auf seinem Bildschirm, darum wohl die Aufregung, und ein Vorstandsmitglied wird das ja wohl nicht schreiben, wenn es nicht stimmt.

»Das er fast 25 Mille unterschlägt, weiß ja keiner und von Computern haben sie keine Ahnung, sonst würden sie sehen, dass der Text schon gestern Abend geschrieben wurde«, zieht Spotty sein Resümee.

»Mist, der Vogel ist ausgeflogen.«

Spotty versucht in den gespeicherten Daten irgendeinen Hinweis darauf zu finden, was dieser Dr. Kesselhoff für Pläne geschmiedet haben könnte, aber er kann nichts entdecken.

»Ich hätte mit ihm auch absprechen müssen, wie er diese Transaktion durchführen will«, macht er sich Vorwürfe, »na ja, wenn er sich nicht daran hält, nutzt einem das Wissen auch nichts mehr.«

Jetzt ist guter Rat teuer.

»Vielleicht finde ich ja etwas bei ihm zuhause auf dem privaten Rechner.«

Spotty überlegt, was er am besten anstellen kann, um diese Überprüfung zu ermöglichen.

»Ich war ja schon einmal im Computer von seiner Frau, das war aber ein anderer Zugang, der war offen und nicht gesperrt, eher eine Art 'Plug and Play', also anschließen und loslegen«, erinnert er sich, »und ich muss unter allen Umständen versuchen, jetzt den richtigen Zugang zu aktivieren.«

Dass Dr. Kesselhoff sich vor seinem Verschwinden nicht von seiner Frau, Haus, Hof und was sonst noch alles dazu gehört, verabschiedet hat, ist logisch und Spotty sofort klar. Entführte nehmen nichts mit und melden sich nicht ab. Es besteht also die Möglichkeit, dass seine Frau seine Abwesenheit noch gar nicht bemerkt hat.

»Die Entführung steht sowieso auf sehr wackeligen und kurzen Beinen. Irgendwann müsste ja auch eine Lösegeldforderung eingehen, das wird aber nicht geschehen. Weil er dabei unweigerlich Spuren hinterlässt, wird er darauf verzichten.«

Je länger Spotty jetzt nachdenkt, desto sicherer ist er in seiner Überzeugung.

»Der täuscht das alles nur vor, um uns eine falsche Fährte zu legen, und damit Zeit für seine Flucht zu gewinnen. Es gilt also, möglichst wenig Zeit zu verlieren, wenn ich ihn noch erwischen will.«

Spotty ruft bei Frau Kesselhoff an und als sie sich meldet, flirtet er ihr ins Telefon:

»Hier spricht Ido Vermolen, ich war schon so lange nicht mehr bei dir, ich glaube, dein Computer benötigt mal wieder eine Inspektion.«

»Ja welch ein Zufall, ich bin gerade dabei, die selbst durchzuführen, aber irgendwie habe ich nicht das richtige Werkzeug dafür. Wenn du dich beeilst, dann ist der Motor noch schön warm.«

»Ich bin gleich bei dir«, ruft Spotty, legt auf und rennt in Richtung Parkhaus.

Es dauert keine viertel Stunde, bis er im Hause Kesselhoff ankommt und klingelt. Die Dame des Hauses öffnet ihm im Negligee, doch Ido lässt sie erst gar nicht zu Wort kommen.

»Sie haben deinen Mann entführt, ich habe es eben im Autoradio gehört. Schrecklich. Schalte mal das Fernsehen ein, oder das Radio. Ruf mal in der Firma an.«

Frau Kesselhoff schließt hinter Ido die Tür und geht direkt auf ihn zu.

»Erst den Überspannungsableiter einbauen, sonst explodiert der Computer unkontrolliert, und davon hat schließlich keiner etwas«, widerspricht sie Idos Anweisungen.

Zum Glück hat Frau Kesselhoff selbst schon gut vorgearbeitet, sodass Ido sich ungewohnt schnell um sein eigentliches Anliegen kümmern kann.

»Ruf du jetzt bitte im Büro an und frag, ob es neue Erkenntnisse gibt, ich schau derweil in euren Rechner, vielleicht finde ich da ja Hinweise.«

»Das Passwort klebt auf einem Zettel unter der Tastatur«, sagt Frau Kesselhoff während sie zum Telefon geht.

Ido hat sich problemlos angemeldet und er beginnt auch sofort mit der Suche nach Auffälligkeiten, dass heißt, eigentlich ist es keine Suche, denn schon beim ersten Blick in den E-Mail-Ordner fallen ihm die vielen Schriftwechsel mit einem Reisebüro auf.

»Also, das ist eindeutig. Er ist mit der Bahn in die Schweiz unterwegs«, sagt Ido leise zu sich selbst, als er den ersten Teil der Briefe gelesen hat, »und zwar nach

Chur. Dann bin ich mir auch sicher, dass er das Geld in bar bei sich hat, wird es dort irgendwo einzahlen.«

Dann stellt Ido fest, dass Dr. Kesselhoff nicht nur wegen dem Geld in die Schweiz gefahren ist, sondern bei einem Veranstalter eine mehrtägige Reise gebucht hat.

»Er fährt nämlich morgen weiter mit dem Glacier-Express nach Zermatt, scheint sich seiner Sache ziemlich sicher zu sein und erfüllt sich erst mal einen alten Traum.«

Und als er die Reservierungsbestätigung für drei Übernachtungen findet, ist sein Entschluss unumstößlich gefasst.

»Da werde ich morgen Abend in dem Hotel auf ihn warten. So leicht lasse ich mir die Butter nicht vom Brot nehmen.«

Falls er eventuell irgendwas übersehen haben sollte, notiert sich Ido zur Sicherheit noch das Login und die IP-Adresse.

»Im Büro gibt es nichts neues«, kommt Frau Kesselhoff auf Ido zu, »es gibt weder ein Bekennerschreiben, noch eine Lösegeldforderung. Es sind dort alle einfach nur ratlos.«

Sie lässt sich in das Sofa fallen und schließt ihre Augen. Wahrscheinlich realisiert sie erst jetzt den Ernst der Lage.

»Ich zahle in jedem Fall keinen Cent«, sagt sie völlig unerwartet und Ido setzt sich traumatisiert hin, »sollen sie ihn doch erschießen, dann kannst du wenigstens jeden Tag meinen Computer inspizieren.«

»Die Dame ist ja nicht uninteressant, aber jeden Tag, und immer der gleiche Computer«, denkt sich Ido noch, aber da ist es schon zu spät.

»Vorhin, das war nur ein kurzer Boxenstopp, jetzt wird richtig gearbeitet«, steht sie auf einmal entblößt vor ihm, fasst ihn bei der Hand und zieht ihn ins Schlafzimmer.

»Ich muss ja erst morgen Abend in Zermatt sein«, denkt sich Ido und geht mit.

Aber so verlockend dieser Seitensprung auch ist, so anstrengend ist die dazu gehörende Frau.

»Ich will dich«, haucht sie bereits zum wiederholten Mal, während Ido sich hastig zum Aufbruch fertig macht.

»Wenn er morgen noch nicht da ist, dann musst du wieder kommen«, fordert sie.

»Morgen geht gar nicht«, bedauert Ido, aber Frau Kesselhoff besteht auf seiner Anwesenheit.

Ido geht die Frau gehörig auf die Nerven und er befürchtet, dass er sie für den Rest seines Lebens nicht mehr los wird. Doch da fällt ihm ein, dass er noch etwas in seiner Jackentasche hat.

»Pass auf, ich habe hier einen Seelentröster für dich. Wenn ich morgen um 10:00 Uhr noch nicht da bin, dann nimmst du diese drei Tabletten zusammen mit einem Glas Wasser ein«, sagt Ido und legt ihr das aphrodisierende Mittel auf den Nachttisch.

»Und das soll helfen?«

»Eine unwahrscheinliche Hilfe, um deinen Computer selbst wieder in Gang zu bekommen, und gegen Abend schaue ich dann mit Sicherheit wieder nach dem Rechten.«

Unter diesen Voraussetzungen darf Ido das Haus der Familie Kesselhoff verlassen.

Während er sich auf den Weg zu Irmi macht, sieht er im Rückspiegel einen Polizeiwagen vor das Haus fahren.

»Ups, daran habe ich ja gar nicht gedacht, dass die Polizei hier auch ihre Untersuchungen und Vernehmungen machen wird. Da habe ich aber richtig Glück gehabt.«

Und das Glück bleibt Ido treu, denn er steht nicht vergebens vor Irmis Haus, sie ist kurz vor ihm zuhause eingetroffen. Natürlich ist sie mit den Nerven so langsam am Ende, denn ihr Arbeitstag hatte durch die Aufregung über die Entführung sicherlich keinen normalen Ablauf.

»Schön, dass du kommst«, beginnt sie auch sofort nach dem Öffnen der Tür zu berichten, »du ahnst nicht, was passiert ist. Ich habe dir auch ständig Nachrichten hinterlassen, aber leider keine Reaktion von dir gehört.«

Aber bevor Ido auch nur den Hauch einer Chance hat, um ihr zu antworten, fragt sie schon weiter.

»Wo warst du denn? Ich habe mir richtig Sorgen um dich gemacht.«

»Willst du mir jetzt erzählen, was passiert ist, oder soll ich dir beichten, wo ich war?« bleibt Ido so unheimlich kühl und abgeklärt, dass Irmi unweigerlich ein Schauer den Rücken herunter läuft und sie verstummen lässt.

»Oder soll ich dir lieber den Unterschied erzählen zwischen dem, was ihr glaubt, dass passiert ist, und dem, was wirklich abgelaufen ist?«

Irmi fasst Ido bei der Hand, zieht ihn ins Wohnzimmer auf die Couch und sagt:

»Auf der einen Seite machst du mich jetzt wieder völlig fertig, aber anderseits merke ich zum wiederholten Mal, dass alle Aufregungen des Tages eigentlich immer überflüssig sind, dass du irgendwann die logische Erklärung und Auflösung einfach so präsentieren kannst.«

Dann gibt sie Ido einen Kuss und haucht:

»Du bist ein Phänomen. Also, ich höre.«

»Dein Tag war sicherlich grauenvoll. Ich möchte auch nicht in deiner Haut gesteckt haben«, beginnt Ido erst einmal mit tröstenden Worten.

»Danke«, unterbricht sie ihn schluchzend während eine Träne ihre Wange befeuchtet, »danke, dass ich bei dir auch mal schwach sein darf. Es ist verdammt anstrengend, den ganzen Tag hart und unerbittlich zu sein und eine Entscheidung nach der anderen treffen zu müssen.«

Ido küsst ihr die Träne von der Wange.

»Wenn du in einem Boxring stehst, kannst du dich nur mit den Schlägen beschäftigen, die da auf dich einprasseln, du hast dabei aber keine Möglichkeit zu überprüfen, was sich gerade außerhalb des Rings zusammenbraut.«

»Du als Zuschauer kannst dir aber einen genauen Überblick verschaffen, falls du die Fähigkeiten dazu besitzt, denn dir haut der Boxer die Augen ja nicht blau«, ergänzt Irmi die Analyse und gibt Ido ebenfalls ein Küsschen.

»Also heute morgen habe ich schon von der Entführung in den Nachrichten gehört«, beginnt dann Ido zu berichten.

»Sorry, aber in der Firma haben wir kein Radio an, das konnte ich nicht wissen.«

»Ist ja auch kein Vorwurf. Übrigens habe ich sogar versucht, dich anzurufen. Mir war aber schnell klar, dass du den ganzen Tag in irgendwelchen Krisenstäben beschäftigt sein wirst.«

»Das kannst du laut sagen, wenn man schon nicht weiß, was man machen soll, muss man wenigstens Hektik verbreiten«, bringt Irmi die Situation im Konzern auf den Punkt.

»Ich war auf Dr. Kesselhoffs Arbeitsplatz, habe dort direkt gesehen, dass er seinen Hilferuf schon gestern Abend geschrieben hat.«

»Waaaaas?« schreit Irmi, »heißt das, dass er gar nicht entführt ist?«

»Du sagst es, und er ist mit unseren Millionen durchgebrannt.«

Nachdem Irmi ein paar Sekunden überlegt hat, stellt sie völlig richtig fest:

»Und darauf kommt natürlich auch niemand, weil außer uns beiden die Millionen keiner vermisst ...

... so ein Mist.«

Es herrscht irgendwie eine Atmosphäre von stiller Trauer und Irmis Augen sehen Ido fragend und nach einer Lösung suchend an.

»Ich habe auf seinem Rechner nichts weiter gefunden und bin dann zu ihm nach Hause gefahren«, errät Ido Irmis Blick, »seine Frau wusste von der Entführung noch nichts, es war ihr aber offensichtlich auch egal.«

Ido weiß, dass sein nächster Satz für Irmi nicht einfach wird, darum versucht er ihn, nur mehr oder weniger beiläufig zu erwähnen.

»Ich habe sie etwas bezirzen müssen und kam so in Dr. Kesselhoffs privaten Rechner.«

»Bezirzen, das ich nicht lache. Wahrscheinlich hat sie ohnmächtig auf dem Bettvorleger gelegen«, unterbricht Irmi in einem wütenden Redeschwall, der erahnen lässt, dass da doch etwas Eifersucht mit im Spiel sein könnte.

»Hauptsache das Resultat stimmt, unser lieber Dr. Kesselhoff ist nämlich mit dem Geld in die Schweiz abgehauen.«

»Dieses Schwein«, entfährt es Irmi, die noch immer in Rage ist und sie hält sich vor Schreck über diese Äußerung einen Moment die Hand vor den Mund, »weißt du auch wohin?«

»Aber ja, er ist heute in Chur und fährt morgen mit dem Glacier-Express nach Zermatt. Er hat sich dort noch für drei Nächte in ein Hotel einquartiert, möchte vielleicht zum Matterhorn klettern, oder was weiß ich.«

»Und du fährst da morgen natürlich auch hin, und holst unser Geld zurück«, fordert Irmi energisch, und nach genauer Überlegung sagt sie, »und seinen Anteil gleich mit.«

»Wenn du das sagst, dann muss ich das wohl so machen«, lacht Ido.

»Dich als Freund und Partner zu haben, bedeutet einfach unbeschwert leben zu können«, ordnet Irmi die Antwort natürlich richtig ein, »wenn du gesehen hättest, was in der Firma für ein Tohuwabohu veranstaltet wurde, verstehst du, wie sehr ich deine Art zu schätzen weiß.«

»Ich danke dir, darf dir das Kompliment aber direkt zurück geben, denn über diese Ruhe und Sicherheit verfüge ich erst, seit ich dich als Hafen und Ankerplatz gefunden habe.«

Und als ob diese sentimentale Anwandlung noch nicht reicht, fügt er nach einer Weile wie in Trance noch hinzu:

»Seit ich deinen Körper sehen darf, macht mir das Leben Spaß, seit ich ihn berühren darf, macht das Leben einen Sinn, und seit ich in ihm sein darf, ist das Leben lebenswert.«

»Wenn du jetzt auch noch romantisch wirst, dann will ich dich ja nur noch in mir haben«, haucht Irmi auf ihre burschikose Art zurück und sie beginnt sofort und nicht gerade behutsam, sich und Ido der Kleider zu entledigen.

»Vorsichtig«, warnt Ido, »die Kesselhoff hat heute auch schon versucht, mir die Kleider vom Leib zu reißen.«

»Und was hast du mit ihr gemacht?« beschleicht Irmi eine gewisse Vorahnung.

»Ich habe ihr drei von den Potenztabletten gegeben und gesagt, dass sie es damit auch alleine schaffen wird.«

»Oh oh, wenn das mal gut geht«, sind die letzten deutlich vernehmbaren Worte, die an diesem Abend von den beiden noch zu hören sind.

Kapitel 14

»Vorsicht ist die Mutter der Porzellankiste.«
Bevor Ido in die Schweiz fährt, geht er noch einmal ins Büro.
»Wenn bei der Polizei jemand auf die Idee kommt, Dr. Kesselhoffs privaten Computer zu untersuchen, dann merken die auch sofort, dass der nicht entführt ist. Und dann sind die vielleicht schneller in Zermatt als ich, was aber bedeutet, dass wir unser Geld in den Wind schreiben können.«
Die Computerdaten hat sich Ido ja notiert, also ist es für Spotty ein leichtes, dorthin zu gelangen. Er kopiert sich den gesamten E-Mail-Verkehr und die Dokumentenmappe auf den eigenen Rechner und löscht bei Dr. Kesselhoff alles, inklusive des Papierkorbs.
Und da Ido bei seinem Besuch im Hause Kesselhoff zeitlich begrenzt war, untersucht Spotty die Daten jetzt alle genau und intensiv.
»Die Bank in der Schweiz kennen wir schon mal. Es ist die gleiche, die Irmi und ich auch haben. Da hat er also meine Empfehlung angenommen.
Jetzt weiß ich auch, warum er mir die Kontonummer nicht gegeben hat.
'Das hat noch Zeit', hat er immer gesagt.
Der hat das von vorne herein so geplant.«
Spotty sucht weiter und findet tatsächlich einen Ordner mit dem Namen 'Logins' und beim Öffnen macht er eine interessante Entdeckung.
»Die Benutzernamen der Logins sind oft unterschiedlich, sie werden meistens vom Betreiber der jeweiligen Seite vorgegeben.
Aber die Passwörter der gespeicherten Logins sind alle identisch. Und nicht nur, dass es immerhin zwölf

Stück sind, nein, es ist auch dasselbe, welches unter der Tastatur vom Computer klebte.«

Spotty krault sich nachdenklich durch die Haare.

»Das erhöht natürlich die Wahrscheinlichkeit, dass er für sein Konto in der Schweiz auch dieses Passwort benutzt. Jetzt fehlt mir nur noch die Kontonummer selbst.«

Spotty ist sich hundert Prozent sicher, die Nummer hier auch irgendwo finden zu können, denn wenn jemand sich keine Passwörter merken kann, muss er sich auch eine neue zehnstellige Kontonummer irgendwo notieren. Nur wo?

»Wenn die hier noch nicht gespeichert ist, muss er sie noch auf einem Kärtchen oder Zettel bei sich tragen, anders geht das bei ihm nicht.«

Spotty blickt auf seine Uhr. Mit diesen Informationen und Erkenntnissen muss er sich zufrieden geben und so verlässt er das Büro und Ido begibt sich auf den Weg in die Schweiz, nach Zermatt.

Es führt nur eine Straße in Richtung Zermatt und das ist eine Sackgasse, man kommt nur bis kurz vor die Stadt, muss dann wieder zurück. Wer dort hinein will, muss seinen Wagen circa fünf Kilometer vorher in einem Parkhaus abstellen. Von hier führt dann eine Bahn durch einen Tunnel mitten ins Zentrum.

Zermatt ist also eine komplett autofreie Stadt. Lediglich einige Elektrofahrzeuge aus dem Bereich von Feuerwehr, Polizei, Krankenhaus und Müllentsorgung dürfen durch die engen und von den Touristen bevölkerten Straßen fahren.

Ido muss, wie jeder andere auch, seinen Wagen im Parkhaus abstellen. Er könnte jetzt die Strecke zu Fuß zurücklegen, hätte es vielleicht sogar getan, aber da die Parkgebühr auch die Fahrt mit dem Shuttle-Zug beinhaltet, entschließt er sich doch für die nur etwa zehnminütige Bahnreise.

Und er hat noch eine Idee. Dr. Kesselhoff kennt zwar Ido, aber nicht Spotty, und darum setzt er sich Spottys Perücke und Hornbrille, welche er immer im Auto in einer Aktentasche bei sich führt, als Tarnung auf.

In der Bahnhofshalle versucht Ido auf einem Lageplan das Schlosshotel ausfindig zu machen, in dem sich Dr. Kesselhoff ein Zimmer reserviert hat. Es gelingt ihm sofort, da dieses Hotel nicht nur zu den nobelsten Adressen des Ortes gehört, sondern auch in unmittelbarer Nähe des Bahnhofs liegt.

Er will sich gerade auf den Weg dorthin begeben, da fährt auf dem Nebengleis der Glacier-Express ein.

Ido hat keine Ahnung, wie viele von diesen Zügen pro Tag in Zermatt ankommen, aber er verbirgt sich trotz seiner Maskerade etwas hinter einem Pfeiler und beobachtet die angekommenen Fahrgäste.

»Ach, wen haben wir denn da?«

Ido erkennt Dr. Kesselhoff sofort. Er zieht in der einen Hand einen kleinen Trolley-Koffer hinter sich her und in der anderen hält er einen Stadtplan, eine Skizze oder ähnliches.

»Da brauche ich ihm ja nur zu folgen«, denkt sich Ido, »er wird den Weg schon finden.«

Im Schlosshotel an der Rezeption stellt sich Ido direkt hinter Dr. Kesselhoff an.

»Einen schönen guten Tag, mein Name ist Dr. Kesselhoff, ich habe für drei Nächte ein Zimmer reserviert«, sagt er zur Rezeptionistin.

Sie schaut in ihren Computer, lässt Dr. Kesselhoff ein Formular ausfüllen, dreht sich um, nimmt einen

Schlüssel aus einem der vielen kleinen Fächer an der Rückwand, gibt diesen an den Pagen weiter und sagt:

»Zimmer Nummer 322, Herr Doktor. Der Page wird Ihnen den Weg weisen. Ich wünsche Ihnen einen angenehmen Aufenthalt.«

»Ich habe noch eine Frage. Ich möchte morgen zur Hörnlihütte wandern, haben Sie da vielleicht eine Karte, auf der die Route verzeichnet ist?«

»Leider nein, aber Sie können so einen Plan hier in fast jedem zweiten Geschäft käuflich erwerben«, gibt die Rezeptionistin artig Antwort.

Dr. Kesselhoff wendet sich dem Pagen zu und geht. Ido ist diesbezüglich leider eine Sekunde zu spät.

»Womit kann ich Ihnen dienen?« fragt die Dame hinter dem Tresen.

»Äh, also, ich hätte gerne ein Zimmer«, stottert Ido vor Überraschung.

»Sie haben nicht reserviert, nehme ich an?«

»Leider nein.«

»Dann tut es mir leid. Ich fürchte, dass Sie dann in Zermatt auch ein Problem bekommen werden«, macht ihm die freundliche Dame Mut.

Ido bedankt sich und verlässt erleichtert das Hotel. Er hat alle Informationen, die er benötigt, und übernachten will er nicht in diesem Hotel, die Gefahr wäre viel zu groß, zufällig noch von Dr. Kesselhoff erkannt zu werden.

Er erwirbt sich zunächst auch eine Karte mit der Aufstiegsroute zur Basisstation des Matterhorns, der Hörnlihütte. Mit der Suche nach einer Übernachtungsmöglichkeit hat Ido allerdings wirklich seine Probleme. Nur durch Zufall wird ihm ein kleines Zimmer in einer Pension angeboten und er nimmt dieses gerne an.

Der Schlaf in dieser Nacht ist kurz, denn zu oft geht Ido seinen Plan für den nächsten Tag unter Berücksichtigung aller Eventualitäten durch.

Am nächsten Morgen rechnet er die Übernachtung in seiner Pension ab, lässt seine Reisetasche aber dort noch unter Aufsicht stehen. Dann begibt er sich wieder in das Schlosshotel.

Hinter der Rezeption arbeitet heute anderes Personal als gestern Abend. Das beruhigt ihn und auch der Zimmerschlüssel 322 liegt in seinem Kästchen, woraus Ido schließt, dass Dr. Kesselhoff bereits auf Wanderschaft ist.

»Zimmer Nummer 322, Dr. Kesselhoff, meinen Schlüssel bitte«, fordert er in eindringlichem Ton und er erhält diesen auch ohne Probleme.

Er fährt mit dem Fahrstuhl in den dritten Stock, betritt das Zimmer, hängt das Schild 'Bitte nicht stören' von außen an die Tür, lässt den Schlüssel von innen im Türschloss stecken und verriegelt diese noch zusätzlich. Das Zimmer ist leer und das Zimmermädchen war noch nicht zum Reinigen da gewesen.

Wie es Ido logischerweise vermutet hat, ist Dr. Kesselhoff nicht im Anzug zum Wandern gegangen, sondern dieser hängt ordentlich im Schrank. In der Innentasche des Jacketts findet er den Reisepass und die Brieftasche von Dr. Kesselhoff.

»Hier ist ja das gute Stück, der Einzahlungsbeleg auf sein Schweizer Bankkonto über 24.750.000 Euro, ausgestellt am gestrigen Tag.«

Natürlich steht auf dem Beleg auch die Kontonummer, die Dr. Kesselhoff sich ja geweigert hat, Ido auszuhändigen.

»Da haben wir ja fast alles zusammen, das restliche Geld finde ich aber auch noch, zehn Bündel Geldscheine schleppst du nicht mit aufs Matterhorn.«

Ido sucht im Koffer, Bad, Schreibtisch, Schrank, Bett, ja selbst in der Minibar, leider vergeblich. Auch unter dem Bett und auf dem Balkon wird er nicht fündig.

Schließlich findet er doch 49.500 Euro im obersten Fach des Kleiderschranks, eingewickelt in einer zusätzlichen Wolldecke für kalte Winternächte und für Gäste, die gerne frieren.

»Das kommt davon, wenn man zu geizig ist, sich einen Safe zu mieten«, kann sich Ido die Bemerkung nicht verkneifen.

Aber Ido ändert jetzt spontan seinen Plan.

Er packt das Geld und alle Gegenstände aus dem Bad und aus dem Schrank, die Dr. Kesselhoff gehören könnten, in den Koffer, verlässt damit das Zimmer und geht zur Rezeption.

»Dr. Kesselhoff ist mein Name. Es tut mir schrecklich leid, aber es ist etwas dazwischen gekommen. Ich muss Sie leider heute schon verlassen und möchte auschecken«, erklärt er dort mit Trauermiene.

Es wird ihm die Rechnung erstellt, das Bedauern bezüglich der Abreise ausgedrückt mit der gleichzeitigen Hoffnung auf einen erneuten Aufenthalt in dem Schlosshotel.

Ido zahlt bar, verlässt das Hotel, holt seine Reisetasche aus der Pension ab und geht zum Bahnhof. Der Shuttle-Zug zum Parkhaus fährt alle zwanzig Minuten hin und zurück, und so verstaut Ido Koffer und Tasche erst einmal in seinem Auto. Das erleichtert das Wandern.

Dann macht er sich auf den Weg zur Hörnlihütte.

»Dr. Kesselhoff hat im Hotel ausgecheckt, sie werden ihn nicht vermissen. Sonst vermisst ihn auch niemand, denn er gilt ja als entführt. Sein Pass und die sonstigen Papiere sind in meinem Besitz, niemand kann ihn hier in der Schweiz identifizieren.«

Ido reibt sich die Hände.

»Jetzt muss ich nur noch auf halbem Wege, an einer engen und unübersichtlichen, aber steilen Stelle darauf warten, dass er wieder von der Hütte herunterkommt.«

Nach über einer Stunde des stetig bergan Wanderns, wird es noch steiler und Ido muss schon etwas klettern. Es sind nicht viele Menschen unterwegs, zumindest nicht mehr hier oben. Zur Hütte hinauf geht um diese Tageszeit normalerweise niemand mehr und entgegen gekommen ist ihm bisher erst eine einzige Person.

Dann findet er endlich eine geeignete Stelle. Keine Schlucht, dazu ist er noch nicht hoch genug, aber doch einen Abhang, welcher lang und tief genug ist, dass man ihn von hier nicht einsehen kann.

Was aber das wichtigste ist, durch ausrutschen oder einen falschen Tritt, könnte man schon ohne Fremdeinwirkung dort hinunter fallen.

Ido geht noch ein Stück weiter bis zu einer Stelle, an der er den von oben kommenden Weg etwas einsehen kann. Das ist nicht überall möglich, denn dieser schlängelt sich serpentinenartig um den Berg und die Sicht wird auch oft durch Felsvorsprünge und einzelne Bäume oder Büsche versperrt. Er setzt sich auf einen größeren Stein und wartet dort.

Nach einer halben Stunde kommt ein Pärchen nach unten und es führt mit Ido ein kurzes Gespräch, da es sich um seinen Gesundheitszustand sorgt. Nachdem er ihnen bestätigt, dass es ihm gut geht und er nur eine kleine Pause macht, gehen sie weiter.

Zwanzig Minuten später sieht Ido einen einzelnen Mann nach unten kommen.

»Das könnte Dr. Kesselhoff sein.«

Dann ist die Sicht eine Zeit verdeckt, aber bald müsste er um die Ecke auf ihn zu kommen.

Ido erkennt am Hang noch zwei Männer auf dem Weg nach unten, sie folgen in einem Abstand von vielleicht fünf Gehminuten.

»Wenn das jetzt der Doktor ist, dann habe ich nicht viel Zeit. Ich wollte eigentlich noch wissen, warum er das getan hat, auch noch einmal nach dem Passwort vom Nummernkonto fragen, aber das geht jetzt halt nicht mehr.«

Die Person kommt um die Ecke des Weges gewandert und Ido erkennt Dr. Kesselhoff sofort. Er lässt ihn an sich vorbei gehen. Im Gegensatz zu dem Pärchen, hat dieser lediglich ein kurzes Nicken für den müden Wanderer Ido übrig, der ihm dann nach einigen Metern folgt.

»Dr. Kesselhoff!?!«

Dr. Kesselhoff dreht sich um und erstarrt mit weit aufgerissenen Augen und Mund. Er will etwas sagen, er will weglaufen, aber nichts geht mehr. Seine Befehlszentrale ist im Moment außer Betrieb.

Ido geht noch ein paar Schritte auf ihn zu, holt mit seinem Arm kurz und schnell aus und seine durch Karate gestählte Handkante trifft Dr. Kesselhoff völlig unvorbereitet seitlich im Genick.

Unwillkürlich sackt er mit verdrehten Augen in die Knie und auf den Boden. Auch die Atmung ist jetzt außer Betrieb, und zwar nicht nur für einen Moment.

Ido durchsucht noch schnell alle Taschen nach Identifikationshinweisen oder was auch immer. Er findet neben Kleingeld noch 175 Euro, steckt davon 25 Euro wieder zurück.

»Es soll ja nicht wie ein Raubüberfall aussehen«, denkt er sich.

Ansonsten hat Dr. Kesselhoff nichts bei sich. Doch, in einer Seitentasche findet Ido noch ein Foto. Irgendeine Villa umsäumt von Palmen in der Südsee oder Karibik. Ido nimmt es vorsichtshalber an sich.

Dann hebt er den leblosen Körper hoch, nimmt ihn auf seine Schulter und geht mit ihm noch ungefähr zehn Meter bis zu der zuvor ausgewählten Stelle.

Ein kräftiger Stoß und Dr. Kesselhoff fliegt kopfüber den Abhang hinunter. Die Zweige eines Busches geben dem Körper kurz nach, biegen sich wieder zurück und versperren jeden Blick in weitere Tiefen. Einige Sekunden später ist auch wieder die geräuschlose Stille auf dem Weg vom Matterhorn eingekehrt.

Ido dreht sich noch einmal nach allen Seiten um, es ist niemand zu sehen, auch die zwei Wanderer noch nicht. Er klopft etwas gedankenverloren an seiner Kleidung herum, findet auch keinerlei Kampfspuren die es zu beseitigen gilt, und macht sich auf den Weg bergab in Richtung Zermatt.

»Das ging doch wie geschmiert«, denkt sich Ido, »jetzt kann ich nur noch hoffen, dass ich mit meiner Einschätzung bezüglich des Passwortes richtig liege.

Ich denke, dass ich heute noch bis Zürich komme, dort werde ich übernachten und morgen früh bei der Bank mein Glück probieren.«

Der Abstieg von einem Berg ist doch merklich schneller als der Weg nach oben, zumal Ido durch seinen erfolgreich ausgeführten Plan noch extra beflügelt wird.

Keine dreiviertel Stunde später steht er in der Bahnhofshalle von Zermatt und nimmt den nächsten Shuttle zum Parkhaus.

Leise vor sich hin pfeifend geht er in Richtung seines Autos, doch das Pfeifen stoppt abrupt.

»Hier muss er doch irgendwo stehen.«

Ido schaut sich wild nach allen Seiten um und der Schreck fährt in all seine Glieder. Sofort malt er sich alle möglichen Horror-Szenarien aus, aber dann erkennt er seinen Fehler.

»Oh, ich muss noch ein Stockwerk höher. Herrje, das wäre es gewesen.«

Sein Puls normalisiert sich erst wieder, als er eine Etage höher seinen Mercedes unversehrt stehen sieht. Die Erleichterung ist ihm direkt anzumerken.

Er öffnet den Kofferraum und ihm wird schwindelig.

»Er ist leer. Die Koffer sind weg«, ist das letzte was er noch sagen kann.

Er sackt auf den Boden, sich rücklings an sein Auto lehnend.

Kapitel 15

»Das darf doch alles nicht wahr sein.«

Es dauert eine gefühlte Ewigkeit bis Ido langsam zu sich kommt und seine Schaltzentrale wieder anfängt zu arbeiten.

»Okay, das lässt sich jetzt nicht mehr ändern, mit jammern komme ich nicht weiter.«

Er überlegt, was er als erstes wissen, feststellen oder unternehmen muss. Die Antwort ist schnell gefunden und scheint logisch zu sein.

»Also, welcher Schaden ist angerichtet und welcher kann noch angerichtet werden.«

Ido versucht trotz seiner innerlichen Unruhe und Wut eine möglichst genaue Analyse zu ziehen.

»Meine Sachen aus der Reisetasche sind weg. Was war da außer Kleidung noch drin?«

Er fasst sich an die Brust und ist erleichtert.

»Meine Brieftasche mit den Papieren habe ich bei mir. Ah, Mist«, beginnt er zu fluchen, »meinen Reisepass habe ich ja vorsichtshalber auch mitgenommen, und der ist in dem kleinen Seitenfach der Reisetasche. Das ist nicht gut.«

Ido möchte sich am liebsten in ein Mauseloch verkriechen, aber es hilft nichts. Er konzentriert sich darauf, was alles in Dr. Kesselhoffs Trolley gefunden werden kann.

»Das Bargeld. Da habe ich zwar am längsten nach gesucht, es ist aber mit Sicherheit am leichtesten zu verschmerzen.«

Ido hegt sogar die Hoffnung, dass die Diebe sich so über das Geld freuen, dass sie den Rest sofort wegwerfen. Aber wenn der Finder des Trolleys die Sachen dann zur Polizei bringt? Ido will darüber doch nicht weiter nachdenken und sucht lieber nach Fakten.

»Der Reisepass von Dr. Kesselhoff. Wenn hier in der Schweiz auch über seine angebliche Entführung in der Presse berichtet wurde, dann könnte das brenzlich werden.«

Ido wird es wieder schwarz vor Augen.

»Und wenn sie meinen Reisepass daneben halten, wissen sie auch, wer ihn entführt hat«, hadert er, »und ein eventuelles Lösegeld haben sie dann auch schon gefunden.«

Ido fällt es schwer noch irgendeinen konstruktiven Gedanken zu fassen. Aber Lösegeld und nicht einmal 50.000 Euro? Da fehlt doch noch etwas?

»Verdammt, der Einzahlungsbeleg!« ist Ido auf einmal wieder hellwach, »die Kontonummer habe ich natürlich nicht im Kopf und die Diebe kennen das Passwort nicht. Damit kommt niemand mehr an das Geld und eine Schweizer Bank ist für immer um fast 25 Millionen Euro reicher.«

Es steigt wieder diese völlige Leere in Idos Kopf und so sitzt er bestimmt schon zehn Minuten an sein Auto gelehnt, bis er sich erneut beginnt, Vorwürfe zu machen.

»Eigentlich kann man alles verkraften. Okay, ich habe das Geld nicht mehr, weder auf dem Konto, noch in bar, ich habe es aber vorher auch nicht gehabt. Wenn nur mein verdammter Reisepass nicht in der Seitentasche liegen würde.«

Ido ist in seinem Tatendrang blockiert, er kann nicht aktiv nach dem Pass suchen oder ihn gar als vermisst melden. Er kann nur warten, ob er überhaupt gefunden wird und wenn ja, von wem.

»Und erst dann kann ich entscheiden, wie ich reagieren muss. Schrecklich. Ich kann mir höchstens ein paar Eventualitäten zurecht denken.«

»Sind Sie Dr. Kesselhoff?«

Ido, der immer noch neben seinem Auto sitzt, spürt sofort die Gefahr und will aufspringen, aber zu spät.

Zwei junge Männer mit Messern bewaffnet, halten ihn in Schach.

»Ganz ruhig, und ganz vorsichtig aufstehen«, sagt einer der beiden, »einfach mit uns mitgehen, dann passiert auch nichts.«

Als Ido einmal steht, hätte er die zwei durchaus überwältigen können, auch Messer sind da für ihn kein Problem.

»Aber dann muss ich die Koffer selbst suchen, und so bringen die mich bestimmt zu ihnen«, denkt er sich, denn dass es sich bei den beiden um die Diebe handelt, ist für ihn mehr als nur deutlich.

»Und wie muss ich nun reagieren? Reicht es, ihnen die Koffer wieder wegzunehmen, oder können mir die beiden gefährlich werden?« überlegt Ido während er mit ihnen mitgeht, »sie kennen den Namen Dr. Kesselhoff und vielleicht auch meinen, sicher das Autokennzeichen. Sie könnten mich in einem möglichen Prozess als Zeugen belasten.«

Darum ist seine Entscheidung schnell getroffen.

»Das ist zu viel.«

Ido wird auf der anderen Seite des Parkhausdecks auf die Rücksitzbank eines alten Ford Mondeos gedrängt, flankiert von den beiden Männern. Der Sprecher von ihnen holt die Brieftasche von Dr. Kesselhoff hervor und entnimmt ihr den Einzahlungsbeleg auf das Nummernkonto.

»Wir hätten gerne das Passwort zu diesem Konto, oder sonst!« sagt er und drückt Ido das Messer an die Kehle.

»Es besteht fast nur aus Sonderzeichen, und ich verwechsele ständig, ob es 'Dr.,/&"§' oder 'Dr.,/§"&'

oder so ähnlich ist«, röchelt Ido vorsichtig, um sich nicht durch das Messer am Kehlkopf zu verletzen.

Die beiden Männer sehen sich ratlos an und Ido merkt, dass sie sich bei der Verteilung der Intelligenz sicher nicht vor gedrängelt haben. Vorsichtshalber ergänzt er noch:

»Ich habe es mir aber aufgeschrieben. Der Zettel ist entweder im Koffer oder noch im Handschuhfach vom Auto.«

»Deine Klamotten liegen hinten im Auto, das ist kein Problem«, sagt der Sprecher und zu dem Kollegen gewandt, »hol sie mal her.«

»Hast du denn gar keine Angst mit mir hier alleine im Auto zu sitzen«, fragt Ido ganz freundlich, als der Kollege den Rücksitz verlassen hat.

»Warum sollte ich«, kommt hochnäsig die Antwort vom Sprecher.

Aber genau in dem Augenblick, als er seine Nase nach oben hebt und damit für eine Sekunde Ido aus den Augen verliert, bekommt er mit dem Ellenbogen einen Schlag versetzt, der ihn bewegungsunfähig macht. Ein zweiter gezielter Hieb macht ihn bewusstlos, lässt ihn aber so verkrampfen, dass er immer noch sein Messer fest umschlungen hält.

Ido steigt aus dem Wagen und ist mit einem weiteren Schlag genau in dem Moment zur Stelle, als der Kollege mit seinem Kopf und dem Trolley wieder aus dem Kofferraum kommt.

Ido sieht sich um. Es sind weiter keine Menschen auf dem Parkdeck. Er nimmt das vom Kollegen auf die Erde gefallene Messer mit seinem Taschentuch auf, geht auf die Rückbank und steckt es dem dort noch immer liegendem Sprecher in die Brust.

Den Kollegen zieht er auf die Rückbank und drückt ihn so auf den Sprecher, dass ihm dessen verkrampft in der Hand liegendes Messer ins Herz sticht. Ein bisschen nachhelfen und drücken muss Ido schon, aber letztlich funktioniert sein Vorhaben.

»So, dem seinen Arm noch in die Richtung seines Messers legen und die Kampfszene sieht perfekt aus. Zumindest für mich.«

Ido sammelt seine Sachen ein, kontrolliert noch schnell, ob Pässe, Brieftaschen, Geld und Einzahlungsbeleg vorhanden sind. Dann nimmt er ein Bündel des Bargelds, zieht die Banderole ab, und verteilt diese 5.000 Euro auf der Rücksitzbank.

»Sie müssen ja auch einen Grund haben, weswegen sie sich gegenseitig umbringen«, sagt er süffisant, nimmt seine Sachen, schließt die Türen vom Ford, geht zum Mercedes und will schon in Richtung Zürich fahren.

Aber Ido hat noch eine Idee.

Er fährt erst noch am Ford vorbei, und legt den Trolley von Dr. Kesselhoff geöffnet auf den Beifahrersitz, und zwar mit Brieftasche und Reisepass, aber dafür von Fingerabdrücken bereinigt und natürlich ohne weiteres Geld und auch ohne den Einzahlungsbeleg.

»Wenn Dr. Kesselhoff schon entführt wurde, dann muss es ja auch wenigstens Entführer geben«, freut er sich über seinen Einfall, »und ich bin außerdem eventuelle Beweisstücke los.«

Damit verschwindet Ido endgültig aus Zermatt.

Es ist spät, als Ido in Zürich ankommt. Aber in den gehobenen Hotels ist eigentlich immer ein Zimmer zu bekommen. Nur schlafen fällt ihm schwer.

»Ich habe an einem Tag drei Menschen auf dem Gewissen«, denkt er sich, »aber eigentlich haben sie alle selbst schuld. Ich habe nicht angefangen, ich habe mir nichts vorzuwerfen.«

Damit beruhigt er sich in Bezug auf seine mittlerweile zugelegte Skrupellosigkeit.

»Nur in den Karateclub gehe ich nicht mehr, dort habe ich nichts mehr zu suchen, deren Ehrenkodex habe ich heute mehr als nur verletzt.«

Und bevor er doch noch ein bisschen Schlaf findet, sagt er:

»Sei es drum, wie heißt es doch so schön: Ist der Ruf erst ruiniert, lebt es sich ganz ungeniert.«

Erst am nächsten Morgen beim Frühstück kommen ihm wieder einige Zweifel, und zwar in Bezug auf das Passwort vom Nummernkonto.

»Vielleicht sollte ich nicht sofort Geld abheben oder transferieren, sondern einfach nur darum bitten, das Passwort ändern zu dürfen?«

Die Idee gefällt ihm. Wenn es dann nicht stimmen sollte, fühlt sich das nicht gleich so wie ein Betrugsversuch an.

»Ich kann dann ja 'CurtIdoSpotty' einsetzen, dann ist es mit meinem anderen Konto identisch. Ich muss auch später kein Geld übertragen, dann habe ich halt zwei Konten, macht doch nichts, oder?«

Da ist er mit sich noch nicht ganz im Reinen, das hat aber auch Zeit. Spätestens, bis er das Geld auf Irmis Konto überweisen muss.

»Jetzt oder nie«, sagt er sich, steht vom Frühstückstisch auf und macht sich mutig auf den kurzen Weg zur Bank.

Eigentlich muss er nicht weit laufen, oder gar mit dem Auto fahren, eine Filiale der Bank ist genau auf der anderen Straßenseite des Hotels. Nur um dort hin zu gelangen, muss er erst fünfhundert Meter bis zu einer Fußgängerampel und dann die Strecke auf der anderen Straßenseite wieder zurück gehen.

Als er endlich die Schalterhalle betritt, beschleicht ihn sofort das Gefühl, beobachtet zu werden. Wie damals beim Kauf seines Autos, nur dieses Mal fühlt er sich als Bankräuber. Die Blicke lassen erst nach, als er an einen Schalter tritt und keine Pistole zückt. Zumindest ist das Idos Eindruck.

»Guten Tag«, sagt er und legt diesen ominösen Einzahlungsbeleg vor, »ich habe bei Ihnen vorgestern Geld auf mein Konto eingezahlt. Mir ist aber mein Passwort zu unsicher, könnte ich das eventuell bei Ihnen ändern?«

»Selbstverständlich«, erklärt ihm der Angestellte und gibt ihm ein Formular, auf dem Ido das alte und neue Passwort eintragen soll.

Idos Hand beginnt zu zittern, ihm wird klar, dass er hier mit ein paar Karateschlägen nichts mehr verändern kann, falls etwas schief gehen sollte. Hier gibt es nur eine Regel:

»Ist das alte Passwort falsch, dann ist das Geld für immer weg.«

Ido schiebt den ausgefüllten Zettel wieder zurück und harrt der Dinge, die da kommen können.

Der Angestellte schaut auf seinen Bildschirm, dann auf das Formular und wieder zurück. Danach wendet er sich direkt an Ido, dem natürlich im Geiste sofort alle Felle wegschwimmen.

»Ist das ein 'n' oder ein 'r'?« fragt der Bankier.

»Jetzt bloß nichts falsch machen«, fleht Ido, blickt auf den Zettel und erkennt überhaupt nichts, irgendwie ist vor seinen Augen alles verschwommen.

»Sorry, meine Brille«, stammelt er geistesgegenwärtig, klopft sich auf alle möglichen Taschen vom Anzug und kramt schließlich einen Zettel hervor, auf dem er sich seinerzeit das Passwort von Dr. Kesselhoffs Tastatur notiert hat.

»Bitte schauen Sie selbst«, sagt er während ihm der Schweiß den Rücken herunter läuft.

»Ja, ein 'r'«, sagt der Angestellte, »dann ist das in Ordnung.«

Ido fällt das ganze Matterhorn vom Herzen.

»Alles nur durch logisches Denken erreicht«, sagt er sich leise und fragt dann:

»Wie lange dauert es, bis ich das neue Passwort verwenden kann, falls es sein muss?«

»Zehn Sekunden«, schmunzelt der Angestellte über Idos unkundige Frage, »bis ich es eingegeben habe. Sie müssen dann auch noch eine Probebuchung vornehmen, um sicher zu gehen, dass ich mich nicht vertippt habe.«

Alles geht weiter reibungslos vonstatten und Ido verlässt die Bankfiliale mit einem Puls, der bereits an der Oberkante der Unterlippe angekommen ist. Jetzt noch Geld auf Irmis Konto zu überweisen, hat er nicht den Mut.

Dafür fährt er später mit dem Auto noch bei einer andere Filiale vorbei und überweist Irmi zehn Millionen Euro auf ihr Konto.

Alles ohne Probleme.

Sie sind im Besitz des Vermögens.

Ido hat eine runde Summe veranschlagt, jetzt auseinander zu dividieren, wie viel jedem zusteht, dazu hat er nicht mehr die Nerven.

Den Rest lässt er auf dem Konto stehen, so hat er zwar zwei Konten, aber wie gesagt, schaden kann es ja nicht.

Dann darf sich Ido endlich auf den Weg nach Hause machen. Unterwegs hält er zwangsläufig an, um zu tanken. Und da sich ein leichtes Hungergefühl einschleicht und auch ein Toilettengang angeraten ist, parkt er das Auto und geht in die Raststätte.

Auf dem Weg kommt er unweigerlich an einem Zeitungsständer vorbei, voll gefüllt mit allerlei Boulevardblättern.

Doch was er dort auf den Titelseiten sieht, verschlägt ihm den Atem.

Ein Foto.

»Frau Kesselhoff ... tot ... und nackend ... und mit schwarzem Balken vor der Brust.«

Aber der dazu gehörende Text gibt ihm endgültig den Rest:

Sie hat es nicht ausgehalten.
Einen Tag ohne ihren entführten Mann
und sie hat sich zu Tode befriedigt.

Ido ist der Appetit vergangen. Eines dieser Blätter wegen zusätzlicher Informationen zu erwerben hat er nicht vor. Das hat er noch nie getan und wird er aus Prinzip auch nie tun.

»Da verzichte ich lieber auf deren sensationelles Halbwissen.«

Er geht nur auf die Toilette und fährt ohne zu essen weiter.

»In den letzten Tagen ist es ja für einige knüppeldick gekommen.

Ich glaube, ich fahre erst einmal bei Irmi vorbei, um mich auf den neuesten Wissensstand zu bringen. Und sie natürlich auch.«

Kapitel 16

»Gott sei Dank, da bist du ja.«
Irmi ist völlig aufgelöst und mit ihren Nerven fast am Ende.
»Ich habe mir solche Sorgen um dich gemacht. So geht das auch nicht weiter. Morgen wird für jeden ein Prepaid Handy gekauft. Wir brauchen da ja weiter keine Gespräche mit zu führen, es auch niemandem sagen oder zeigen. Aber diese Ungewissheit, nein, nicht noch einmal«, schimpft sie ohne Luft zu holen los, »ich bin tausend Tode gestorben.«
Irmi hätte noch eine halbe Stunde weiter gezetert, wenn Ido sie jetzt nicht unterbrochen hätte.
»Ich besitze leider nicht tausend, sondern nur einen Tod, aber dem habe ich auch etwas ins Auge sehen dürfen.«
Schweigen.
»Sorry«, schluchzt Irmi nach einer gefühlten Ewigkeit des Nachdenkens, »ich kann hier nicht einmal die Zeit mit Warten überbrücken, während du ...«
Weiter kommt sie nicht. Alleine die Vorstellung, was Ido alles hätte passieren können, überwältigt sie. Ihre Knie knicken ein und Ido muss sie auffangen und festhalten. Er setzt sie auf das Sofa und bringt ihr etwas Wasser zum Trinken.
»Danke, es ist schon wieder besser. Bitte erzähle mir, was alles geschehen ist.«
»Man soll ja immer mit positiven Berichten anfangen«, beginnt Ido, und holt aus seinem Jackett den Einzahlungsbeleg für Irmis Konto, »du bist genau um zehn Millionen Euro reicher.«
»Die würden mich aber nicht glücklich machen, wenn dir etwas zugestoßen wäre«, beklagt sich Irmi.

»Dann hätte ich erst gar nicht in die Schweiz fahren dürfen«, argumentiert Ido folgerichtig, »und wenn ich wegen dem Geld schon mein Leben riskiere, du dich dann nicht einmal darüber freust, bleibe ich das nächste Mal auch besser zuhause.«

Und als ob das noch nicht genug ist, setzt er noch einen oben drauf:

»Außerdem hättest du dann das Geld nicht bekommen, wenn mir etwas passiert wäre.«

»Ich freue mich, ich freue mich«, nimmt Irmi Ido in den Arm und drückt und küsst ihn, »ich habe mich nur unglücklich ausgedrückt, ich freue mich halt mehr über dich und deine Rückkehr, als über das Geld.«

Und wie kann einem eine Frau ihre Freude besser zum Ausdruck bringen, als durch ihren nackten Körper, der sich lustvoll den eigenen Lenden nähert.

Aber wie schön es auch immer ist, irgendwann kommt dann der Zeitpunkt, wo die Realität einen wieder wach ruft, und die offenen und drängenden Fragen um eine Antwort verlangen.

»Das Positive haben wir gehabt«, beginnt Irmi wieder das Gespräch, während sie Ido gefühlvoll durch sein Haar streicht, »aber freiwillig wirst du das Geld sicher nicht bekommen haben. Also, was ist dir alles widerfahren?«

Ido muss sich zusammen reißen. Es ist so schön, einfach auf Irmis weicher, warmer Haut zu liegen und zu träumen. Es bereitet dagegen zumindest ein Unwohlsein, sich die Geschehnisse der letzten Tage wieder ins Gedächtnis rufen zu müssen.

Aber es muss sein.

»Durch dieses aphrodisierende Potenzmittel sind viele Frauen gestorben, das ist sicherlich nur indirekt unsere Schuld«, holt Ido weit aus, »Frau Kesselhoff hat es auch nicht überlebt, oder?«

»Das sollte sie ja wohl auch nicht, wenn ich dich richtig verstanden habe«, wendet Irmi ein, »allerdings ist niemand dahinter gekommen, dass sie sich im Prinzip durch ein Medikament vergiftet hat. Die andere Version von der Selbstbefriedigung ist ja auch viel interessanter.«

»Ich habe das Foto in den Zeitungen gesehen. Es sah zwar schrecklich, aber dennoch sehr überzeugend aus.«

»Ich glaube, dass dich das Zeug vor Geilheit schon verrückt macht, bevor es dir endgültig den Rest gibt«, trifft Irmi ihre Analyse.

Für einen Moment ist sie sich nicht sicher, ob sie nicht auch einmal eine Tablette nehmen sollte. Neugierig wäre sie schon, kann sich aber nicht vorstellen, dass es dadurch noch eine Steigerung ihrer Begierden gibt. Sie hat ja Ido, sieht ihn, fühlt ihn, hört ihn und wird durch ihn wieder in die Realität gerufen.

»Thorsten Bertmann hat zwar direkt durch uns, aber indirekt auch wegen des Mittels seinen Selbstmord vorgenommen«, versucht Ido eine Art Zusammenfassung ihrer gemeinsamen Erfolgsgeschichte zu erstellen.

»Und wer ist unsere Nummer drei?« ist Irmi wieder bei der Sache und versteht auch sofort den Sinn dieser Aufzählung.

»Dr. Kesselhoff.«

»Der arme, wie konnte denn das passieren?« amüsiert sich Irmi beinah darüber.

»Seine Entführer haben von ihm zwar 5.000 Euro erpressen können, haben ihn dann aber doch unterhalb des Matterhorns einen Abhang hinunter stürzen lassen.«

»Hat man die Entführer denn wenigstens fassen können?«

»Leider alle beide nur noch tot. Sie haben sich wohl wegen des Geldes gestritten und sich gegenseitig umgebracht«, erklärt und bedauert Ido.

»Dann sind wir jetzt also bei fünf. Wie viele hatten Bonnie und Clyde?« möchte Irmi wissen.

»Keine Ahnung, ich glaube dreizehn.«

Dann erzählt Ido aber den tatsächlichen Ablauf der Geschehnisse in den letzten zwei Tagen.

Irmi ist schockiert, hält sich teilweise Mund und Ohren zu und möchte weiter nichts, als Ido in jeder erdenklichen Form über seine Erlebnisse hinweg trösten.

Einige dieser erdenklichen Formen des Trosts nimmt Ido auch dankend an.

So wie Ido in Kurzform die Geschehnisse an Irmi berichtet hat, ist auch die offizielle Darstellung der Polizei. Nachdem die zwei toten Männer in ihrem Ford neben dem Reisepass von Dr. Kesselhoff gefunden wurden, findet man den Doktor nach ein paar Tagen intensiver Suche in den Bergen auch.

Damit ist der Fall 'Familie Kesselhoff' für die Polizei endgültig abgeschlossen.

Einige Tage später sucht Spotty noch einmal in den kopierten Unterlagen aus Dr. Kesselhoffs Rechner, nachdem ihm das Foto mit der Villa am Palmenstrand wieder in die Finger gefallen ist.

»Vielleicht ist da ja unsere nächste Urlaubsreise noch irgendwo versteckt«, hofft Spotty, kann aber diesbezüglich leider nichts entdecken.

»War sicher nur ein Traum von ihm, welchen er sich jetzt mit dem Geld erfüllen wollte«, denkt Spotty und kommt zu dem Ergebnis, »was für ein Idiot, dafür hätten sechs Millionen auch gereicht.«

Aber ein paar andere E-Mails und Speicherungen, über die er bei der Suche auch stolpert, machen Spotty nachdenklich.

»Curt war ja in unserem Konzern kein Unbekannter. Laut Irmi hat er nur mit Dr. Kesselhoff zusammen gearbeitet, doch seine Arbeit wird sich im wesentlichen nicht von meiner unterscheiden haben«, brummelt er vor sich hin.

Leider geben ihm die Schriftstücke kein vollständiges Bild wieder, nur aus Fragmenten kann er erkennen, dass es zwischen den beiden zu Streitigkeiten gekommen sein muss.

Aber ein Satz aus einem E-Mail an einen aus der Adresse nicht zu identifizierenden Empfänger, lässt Spotty stutzen.

... wenn du nicht bald mit Curt aufräumst, dann mache ich das selbst ...

Als Lars damals Curt das erste Mal durch die Webcam leblos auf seinem Stuhl gesehen hat, da ist dieses E-Mail genau zwei Tage alt gewesen.

»Ist der Kaffeetrinker vielleicht dieser Unbekannte gewesen, oder war es Dr. Kesselhoff selbst?«

Spotty notiert sich die E-Mail-Adresse, vielleicht bekommt er ja doch einmal heraus, wem sie gehört.

»Allerdings soll ich ja die Finger von Curt lassen. Jedenfalls muss ich aufpassen, es könnte sein, dass doch einige Leute nicht an eine Entführung von Dr. Kesselhoff glauben.«

Spotty meldet sich bei Irmi am Arbeitsplatz an. Sie bemerkt es sofort und bittet ihn, sie auch anzurufen.

»Was ist los, oh meine Zugeknöpfte«, albert Spotty herum.

»Ich habe keine Lust mehr, um zu arbeiten«, fällt sie direkt mit der Tür ins Haus, »ich will mein Leben genießen. Es geht mir schon lange so, ich arbeite eigentlich nur noch wegen dir.«

»Wegen mir?«

»Weil du mich doch so gerne beobachtest, und weil mich das so scharf macht, wenn du zuschaust.«

»Das wäre schon ein Verlust, wenn ich dich nicht mehr durch die Webcam beobachten kann«, stellt Spotty enttäuscht fest.

»Aber ich kann mir doch auch einen Computer zuhause hinstellen, oder meinetwegen eine Videokamera laufen lassen. Zuhause kann ich doch den ganzen Tag nackend herum laufen, wenn du es möchtest.«

»Das wird dir mit der Zeit noch langweiliger werden, als jetzt die Arbeit. Komm, sei ehrlich, was ist der wirkliche Grund?« beharrt Spotty.

»Ich möchte mit dir zusammen leben.«

Entweder ist die Überraschung zu groß, oder die Freude hält sich bei Spotty in Grenzen, jedenfalls herrscht Funkstille und darum argumentiert Irmi sofort weiter:

»Ich möchte das Leben genießen, ich möchte mit dir verreisen, ich möchte bedürftigen Menschen helfen, ich möchte sehen, wie sie sich freuen, ich möchte die Welt gerechter machen, ich möchte den Mächtigen das Geld wegnehmen, damit ich alles was ich jetzt gesagt habe, noch intensiver machen und erleben kann.«

»Und du meinst, wir vertragen uns?«

»Wir haben die selben Interessen, geschäftlich, privat und sexuell, wir vertrauen uns, wir können zusammen oder alleine sein und wir stören uns nicht gegenseitig.«

Es ist erneut lange ruhig in der Telefonleitung und bei Irmi macht sich schon eine traurige und depressive Stimmung breit.

»Wenn ich dich dann jeden Tag lieben kann, müsste ich mich doch auf meinen Geisteszustand untersuchen lassen, wenn ich mich auf Dauer mit einer Webcam zufrieden geben würde.«

»Ist das ein Ja?« überschlägt sich Irmis Stimme vor gleichzeitiger Überraschung und Freude.

»Es ist ein Ja«, bestätigt ihr Ido, »aber bitte nur mit einem überlegten Rückzug aus dem Konzern. Wir müssen erst darüber nachdenken, welche Vorteile wir uns für unsere Zukunftspläne noch durch deine Position sichern können.«

Und Irmi nutzt noch diverse Vorteile.

Sie besorgt sich zum Beispiel alle möglichen Medikamente, unter anderem auch das Mittel, welches sie Bertmann verabreicht hat, klagt über gesundheitliche Probleme und beantragt schließlich erfolgreich den vorzeitigen Ruhestand, was finanziell auch zukünftig für eine gewisse Sicherheit sorgt.

Sie zieht zu Ido in die Villa, behält aber noch ihre eigene Immobilie.

Ido hat mittlerweile auch schon seine erste Aufsichtsratssitzung hinter sich, das heißt, außer Geld kassieren und neue wichtige Menschen kennen lernen, ist da nicht viel passiert.

Da Irmi nicht mehr arbeitet, hat Ido die aktive Lobbyarbeit dankend beendet, steht aber bei Bedarf gerne für einzelne Aktivitäten zur Verfügung. Ihm reicht sowieso die Pflege der Kontakte mit den Politikern, aktiv hinter den Kulissen des Bundestags zu arbeiten, war eh nicht seine Intension gewesen.

Seit einigen Tagen bemüht sich Spotty schon intensiv, hinter die Arbeit und Aufgaben von allen möglichen karitativen oder gemeinnützigen Verbänden, Hilfsorganisationen, Stiftungen und so weiter zu blicken.

Durch das Raster fällt jeder, der mit den zur Verfügung stehenden Geldern nicht zweckgebunden umgeht, sie verschwenderisch verwendet, einen zu großen Verwaltungsapparat beschäftigt oder sonst wie unangenehm auffällt.

Wer die Prüfung übersteht, erhält eine Spende, deren Höhe abhängig vom zur Zeit zu verwaltendem Geschäftsvolumen ist. Auch private Organisationen, deren Arbeit Irmi und Ido für wichtig erachten, die aber von der Öffentlichkeit bisher wenig Beachtung finden, kommen auf diese Spendenliste.

Die Empfänger dieser Spenden müssen sich lediglich verpflichten, die Spende nicht öffentlich oder sonst wie publik zu machen. Eine Spendenquittung braucht ebenfalls nicht ausgestellt zu werden, da ihnen der tatsächliche Spender nicht einmal bekannt gemacht wird. Dass das Geld nur zweckgebunden verwendet werden darf, ist eine selbstverständliche Forderung.

So verteilen die beiden Wohltäter anonym und als unerkannte Robin Hoods, von ihrem Vermögen über zwanzig Millionen Euro wieder an Bedürftige.

»Sieh nur diese Freude«, sagt Irmi, als die beiden nach einer heimlichen Geldübergabe an eine Behinderteneinrichtung sowohl die Behinderten, als auch deren Betreuer gemeinsam im Kreise tanzen und lachen sehen.

»Alleine dafür haben sich alle Mühen und Gefahren gelohnt«, bestätigt ihr Ido, nimmt sich ein Taschentuch, putzt sich seine Nase und damit auch gleichzeitig eine Träne weg.

Nach der Verteilung eines Großteils des Vermögens ist wieder etwas Ruhe eingekehrt, wenngleich die Feiern und Partys in der Villa immer noch spektakulär sind. Es werden weiter viele Kontakte geknüpft, das Netzwerk mächtig ausgebaut.
Aber es spielt sich in dem Kreis nirgendwo etwas unlauteres ab, und es geschehen keine Dinge, aus denen Spotty Profit ziehen könnte.

Ido fährt in das Parkhaus, kommt aber nicht als Spotty von der Toilette, sondern als Lars. Er steigt in den verstaubten BMW und fährt mit dem Umweg über die Waschstraße in seine Wohnung im Hochhaus.
Ihm ist es nicht unbedingt langweilig, aber er vermisst doch ein bisschen die Aktion und Aufregung, außerdem ist er neugierig. Er möchte wissen, was ihn in Zukunft noch alles erwartet. Darum öffnet er den Tresor und nimmt die beiden noch verschlossenen Umschläge Nummer 3 und 4 heraus.
Zur Vorsicht liest er noch einmal das Ende vom Brief aus Umschlag Nummer 2, und sieht sich leider nicht bestätigt, dass er, wenn ihm mehr oder weniger langweilig ist, diese beiden Umschläge zugleich öffnen kann.
»Dann mache ich halt nur einen auf«, beschließt er voller Tatendrang.
Auch findet er noch eine Flasche Rotwein, setzt sich traditionsgemäß auf das Sofa, legt seine Füße auf den Hocker, nimmt einen Schluck vom Wein, schaut durchs Fenster auf die Dächer der Stadt, um dann Umschlag Nummer 3 zu öffnen.

Hallo Ido.
Ich hoffe, Dein neues Leben macht Dir Spaß.
Keine Idee, ob Du schon Geld verdient hast, jetzt geht es in dieser Richtung aber wirklich los.
Gehe auf IP-Adresse 17.471.147.88
Du wirst jetzt Börsianer.
Nirgends kannst Du so viel Geld verdienen (oder verlieren) wie an der Börse.
Mit illegalen Insider-Informationen kannst Du allerdings nur verdienen.
Unter der IP-Adresse findest Du den Zugang zu namhaften und/oder ertragreichen deutschen Aktiengesellschaften.
Entsprechende Briefe, Informationen und Notizen liegen mit im Schließfach.
Ebenfalls dort findest Du die Adressen und auch Telefonnummern von Börsenspekulanten oder Personen, denen Du Dein Wissen dann verkaufen kannst.
Sei nicht zu billig, es werden täglich Billionen von Euros oder Dollars an den Börsen umgesetzt.
Und Insider-Infos sind Gold wert.
Ich wünsche Dir viel Erfolg.

»Das hört sich nur im ersten Augenblick nicht aufregend an«, denkt sich Lars, »aber da steckt doch viel Potential drin. Auch unter Berücksichtigung der vielen Kontakte, die ich schon geknüpft habe.«

Und als er sich seine Partygäste vor sein geistiges Auge holt, steigt bei ihm die Zuversicht.

»Ich glaube, da ist so mancher dabei, der für einen Tipp ordentlich bezahlt, in was für Währungen oder Ware auch immer. Es wird bestimmt spannend werden, einen Teil dieses Börsensumpfes trocken zu legen.«

Lars ist mit der Aussicht auf die neuen Aufgaben zufrieden und es ist für ihn kein Problem, den Umschlag Nummer 4 ungeöffnet wieder in den Tresor zurück legen zu müssen.

Für heute genießt er jedoch erst einmal den köstlichen Rotwein und die wunderschöne Aussicht aus dem Hochhaus auf die Dächer der Stadt.

Kapitel 17

»Wenn ich mich nicht irre, dann werde ich gerade verfolgt.«

Ido schaut mit einem Auge ständig in den Rückspiegel seines Autos. Er befindet sich gerade vor dem Parkhaus, wollte eigentlich ins Büro, fährt jetzt aber logischerweise erst einmal weiter, dreht ein paar Runden um das Häuserviertel und das andere Auto folgt ihm artig.

In einer unbelebten Seitenstraße parkt Ido, steigt aus, schaut sich etwas um und geht weiter. Das andere Auto parkt ebenfalls, es steigt aber niemand aus, zumindest soweit Ido es beobachten kann. Er geht einmal ums Viereck und kommt von hinten wieder zu den beiden Autos.

Es ist ein VW Passat in dem eine Person sitzt, mit einer Fotokamera in der Hand, den Blick stur nach vorne in die Richtung gerichtet, in die Ido verschwunden ist. Ido merkt sich das Kennzeichen, geht aber wieder zurück.

»Ich möchte einmal annehmen, dass ich heute das erste Mal verfolgt werde. Dann wollen die sicher auch wissen, wo mein Büro ist, wo ich hingehe, oder was ich mache. Da kommt man aber nicht hinter, wenn man im Auto sitzen bleibt. Also muss ...«

Weiter kommt Ido nicht mit seiner Analyse.

»Da ist er«, ermutigt er sich selbst.

Es ist ihm doch eine Person gefolgt, und er kann gerade noch erkennen, wie diese sich in einem Hauseingang versteckt hält.

Ido schaut sich um und wartet, da noch ein Passant die Straße entlang kommt. Maximal noch zehn Schritte, dann muss dieser entweder nach rechts oder links abbiegen. Jetzt ist der Weg frei und Ido geht in Richtung des Hauseingangs.

Der Fremde hält sich dort immer noch versteckt, mit dem Rücken an die Wand gelehnt.

»Tut mir Leid, liebe Karatefreunde«, bittet Ido kurz und leise um Verzeihung.

Ein paar schnelle, letzte Schritte, ein Sprung in den Hauseingang und schon tritt er mit dem Fuß gegen das rechte Knie des Mannes, sodass es knackt und dieser auf den Boden sackt.

»Der ist erst einmal für eine Weile außer Gefecht, nur möchte ich mir das Gewimmer über sein kaputtes Knie nicht mit anhören«, sagt Ido und versetzt ihm mit dem Handballen noch einen leichten Stoß in die Rippen, sodass jetzt Ruhe herrscht.

Danach durchsucht er den Fremden kurz nach Handys, Kameras und so weiter. Als er nichts findet, geht er wieder zu dem VW, stellt auf dem Weg dorthin erleichtert fest, dass sich hier zur Zeit keine weiteren Personen aufhalten.

Ohne jede Vorankündigung öffnet Ido abrupt die Fahrertür des VWs, wartet einen Augenblick bis der überraschte Fahrer seinen Mund wieder schließt und schlägt dann einmal kurz und trocken zu.

»Nicht, dass der arme Kerl sich noch auf die Zunge beißt«, sagt Ido süffisant.

Der Fahrer liegt über der Mittelkonsole und auf dem Beifahrersitz und schläft ganz friedlich. Ido nimmt die Fotokamera an sich, findet noch ein Handy und an der Frontscheibe eine Videokamera. Dann zieht er den Autoschlüssel samt Schlüsselbund ab, schließt die Tür und verschwindet mit seiner Beute in den Mercedes.

Bevor er losfährt, entfernt er schnell die Speicherkarten aus allen Geräten und steckt sie in die Jackentasche. Die Recherche über das Fahrzeugkennzeichen kann er sich auch sparen, am Schlüsselbund hängt ein Werbeschildchen mit der Aufschrift:

Wer hilft in allen Lebenslagen?
Detektei Stabinsky fragen!

Ido fährt nicht ins Büro. Eigentlich wollte Spotty dort mit der Bearbeitung des dritten Umschlagbriefes beginnen, aber das muss Zeit haben.

»Ich glaube, ich sollte mich jetzt erst einmal etwas zurück ziehen, denen die Lust an der Arbeit nehmen«, beschließt er und fährt zur Villa.

Auf dem Weg dorthin entsorgt er das Handy und die Kameras, indem er sie auf einer Brücke unauffällig in den Fluss fallen lässt.

Ido möchte Irmi überraschen und schleicht sich ins Haus. Er sucht sie allerdings zuerst vergebens, findet sie dann im Schlafzimmer. Der erste Anblick erinnert ihn an die Fotos von Frau Kesselhoff. Er macht sich auch sofort Sorgen in Bezug auf den Restbestand dieser Potenzpillen, aber Irmi ist wach und begrüßt ihn freundlich:

»Welche Überraschung, aber schön, dass du kommst. Ich habe alleine keine Lust, willst du mir helfen?«

»Was hältst du davon, wenn wir für drei oder vier Wochen in die Karibik fliegen und uns dort an einem einsamen Strand ... im kristallklaren ... türkisfarbenen ... warmen Meer vergnügen?«

Mit einem Satz ist Irmi aus dem Bett. In ihrer ganzen Pracht steht sie aufgeregt wippend vor ihm:

»Meinst du das im Ernst?«

»Wenn dein Busen weiter so vor meinen Augen auf und ab tanzt, dann wird das allerdings heute nichts mehr.«

»Wir können ja auch morgen fliegen«, sagt sie, springt auf Idos Arm und zieht ihn so mit sich auf das Bett.

Erst eine gute Stunde später, als sie so vor sich hinträumt, eigentlich die ganze Welt umarmen könnte, kommen ihr die ersten Zweifel über Idos spontanen Urlaubswunsch.

»Wenn ich nicht völlig daneben liege, dann muss da irgendetwas nicht in Ordnung sein«, kommt sie zum Ergebnis.

Sie muss Ido auch erst aus seinen Träumen wecken und fragt ihn dann ganz liebevoll:

»Was ist passiert? Warum müssen wir hier mit einem Mal weg?«

Ido rekelt sich noch ein bisschen, dreht sich auf den Rücken und zieht sich Irmi auf seinen Bauch. Er genießt ihre Brüste noch einen Moment auf seiner Brust, schaut ihr in die Augen und sagt leise:

»Ich wurde auf dem Weg ins Büro erst von einem Auto und dann von einer Person verfolgt.«

Irmi will aufspringen, aber Ido hat das einkalkuliert und hält sie fest, indem er seine Beine um ihren prallen Po schlingt. So kommt sie nur etwas hoch, indem sie sich mit ihren Armen aufstützt.

»Du musst dir keine Sorgen machen, es ist alles geregelt«, sagt er und nimmt Irmis Brustwarzen, die sich jetzt aufreizend vor seine Nase gesellt haben, zärtlich zwischen seine Lippen, »ich will nur einfach meine Ruhe, habe im Moment keine Lust, mich bei jedem Schritt umdrehen zu müssen.«

Irmi kann ihm nicht antworten, ihre Brustwarzen wollen zerspringen, die in ihr aufkommende Erregung schnürt ihr die Atmung zu, ihre Augen schließen sich und ihre Hände krallen sich im Bettlaken fest. Sie kann sich nur noch an die Worte:

'Schritt umdrehen müssen'

erinnern und dementsprechend handelt sie.

»Schöner kann es dort gar nicht werden, aber sicherlich ist es einmal etwas anderes«, sagt eine vor Glück und Zufriedenheit strahlende Irmi, wirft ein Kopfkissen auf den immer noch schlafenden Ido und ruft:

»Aufstehen, Koffer packen!«

So schnell geht es zwar nicht, aber nach einem langen Telefonat mit dem Reisebüro, haben sie doch einen Last Minute Flug für den nächsten Tag von Frankfurt nach Bridgetown auf die Insel Barbados in der Karibik buchen können. Vier volle Wochen in einem Fünf-Sterne-Hotel, direkt am Strand gelegen, in einer Suite mit Meerblick.

Es gibt sicherlich schlechtere Möglichkeiten, seinen Urlaub verbringen zu müssen.

Da eine Nagelfeile auf dem Flug aus Sicherheitsgründen nicht mit im Handgepäck transportiert werden darf, muss Irmi doch einen Koffer packen. Ansonsten hätte sie ihn nicht benötigt.

»Ich habe überhaupt nichts zum Anziehen«, ist nämlich ihre Aussage, als sie vor dem offenen Kleiderschrank steht.

Irgendwie arrangieren sich die beiden aber doch, denn Ido weißt auf mögliche Probleme hin, wenn Irmi während der fast ganztägigen Anreise ständig nackend neben ihm sitzen, beziehungsweise laufen sollte.

»Dann will ich mal irgendetwas mitnehmen und anziehen«, sagt sie, »sonst hängst du während der ganzen Zeit nur an der Milchbar.«

Den nächsten Morgen machen sich die beiden schon früh auf den Weg zum Flughafen und starten reibungslos in ihren ersten gemeinsamen Urlaub.

Während dieser Zeit fahren aufgeregte Mitarbeiter einer nicht sonderlich geschätzten Detektei durch die Straßen ihres Heimatortes, auf der vergeblichen Suche nach einem anthrazitfarbenen Mercedes.

Auch stellen sie wegen der entwendeten Büroschlüssel, welche am Schlüsselbund des Autos hingen, nachts Wachen vor der Firma auf. Geld für neue Schlösser finden sie eine unnütze und verschwenderische Ausgabe.

Aber egal wie jemand sein Geld verdient, irgendwann muss jeder wieder damit anfangen, konstruktiv zu arbeiten. So lässt erst die Euphorie, dann die Lust und dann die Laune nach, um am Ende erst die Wache am Büro, und dann die Suche nach dem Auto einzustellen und nur noch auf den Zufall zu hoffen.

Ido und Irmi genießen ihren Urlaub, liegen am Pool oder meistens am Puderzuckerstrand, fahren mit dem Jeep über die grüne Insel oder mit dem Katamaran zu Nachbarstränden, wandern in den tropischen Regenwald, belegen einen Golfkurs und lernen das Tauchen, schwimmen mit Schildkröten, schlendern über Märkte und durch Boutiquen und besuchen auch kleine Kinder in ihrer Grundschulklasse.

Das Wetter ist fantastisch. Sie werden fünf Mal pro Tag mit den feinsten Mahlzeiten und den ganzen Tag mit Cocktails, Champagner und sonstigen Getränken versorgt.

Ihre Zimmer werden gereinigt, ihre Wäsche auf Verlangen gewaschen und gebügelt. Ständig ist ein Bediensteter des Hotels in ihrer Rufweite.

Es mangelt ihnen an nichts.

»Eigentlich könnten wir doch immer hier wohnen, oder?« ist logischerweise irgendwann die berechtigte Frage von Irmi.

»Hält dich denn nichts an zuhause fest?«

»Doch, der Winter. Da musst du nämlich immer minutenlang an mir herum fummeln, bis du mich ausgepackt hast«, lacht sie, »hier hast du das Bikinioberteil in einer halben Sekunde abgesprengt.«

»Viel ist es ja nicht und die Winter werden auch immer milder«, erklärt Ido traurig.

»Nein, zuhause ist es auch schön, ich glaube, mir fehlt nur eine Aufgabe. Wenn du nichts zu tun hast, wirst du faul und willst gar nichts mehr unternehmen, dich nur noch bedienen lassen, wie halt hier im Urlaub.«

»Dann müssen wir mal sehen, dass wir für dich eine Arbeit finden. Das ganze Jahr hier wohnen, finde ich nämlich langweilig. Ohne Kultur und ohne Freunde, irgendwann hast du alles gesehen und in der Regenzeit oder Hurrikan-Saison möchte ich hier auch nicht unbedingt sein.«

»Hast schon recht, war ja auch nur so eine spontane Idee von mir«, beschwichtigt Irmi.

»Aber Urlaub können wir öfter mal machen. Das kann hier sein, muss es aber nicht. Es gibt sicher auf der Welt auch noch andere schöne Plätzchen für uns beide.«

Damit ist der Frieden wieder hergestellt und die beiden laufen in das herrlich warme, türkisfarbene Wasser der Karibik. Sie sind alleine im Meer und vom Strand besteht keine Möglichkeit zu beobachten, was sich unterhalb der Wasseroberfläche zwischen den beiden alles abspielt.

Aber böse Zungen behaupten, dass es nicht erst Winter werden muss, damit Ido minutenlang an Irmi herum fummeln kann.

Doch auch die schönste Zeit geht einmal zu Ende, natürlich auch die Urlaubszeit. Und so stehen die beiden wieder irgendwann in ihrer Villa und wissen nicht so recht, was sie dort sollen.

»Früher habe ich immer scherzhafterweise gesagt, dass man mich wieder anlernen muss, wenn ich länger als zwei Wochen weg war«, erzählt Ido, »aber im Moment glaube ich, dass du mich nicht einmal nach meinem Namen fragen darfst. Ich fürchte, dass ich selbst den vergessen habe.«

»Es ist alles so weit weg, so unwirklich«, bestätigt ihm Irmi, »das kommt vielleicht auch durch die lange Rückreise. Von Tür zu Tür sind wir insgesamt doch 22 Stunden unterwegs gewesen. Lass uns erst mal richtig ausschlafen. Morgen sieht alles schon wieder viel besser aus.«

Da der Kühlschrank leer, beziehungsweise die noch vorhandenen Lebensmittel verdorben sind, gehen sie den nächsten Morgen erst zum Brunchen, dann zum Einkaufen. Auf dem Parkplatz des Supermarkts hat Ido wieder dieses komische Gefühl, beobachtet zu werden. Zum Glück scheint es nicht so zu sein, aber Ido ist durch diesen Tatbestand wieder in die Realität zurück gerufen worden.

»So kann ich nicht weiter leben. Ich kann auch nicht immer weglaufen. Ich muss das versuchen, zu klären«, sagt er sich, während sie in den Supermarkt gehen und er probiert zumindest erst einmal eine Übergangslösung zu finden.

»Es ist zwar gegen meine aufgestellte Regel, aber es ist besser als nichts und etwas anderes fällt mir nicht ein«, versucht er sich selbst zu überzeugen und seinen Plan zu rechtfertigen.

»Ich fahre morgen nicht mit dem Mercedes in das Büro, sondern auf Lars seinen Parkplatz ins Hochhaus und dann erst mit dem Taxi ins Büro. Nach Hause kann ich dann mit dem BMW fahren. Ich werde Irmi sagen, dass das ein Leihwagen ist, weil der Mercedes in die Werkstatt musste. Für ein paar Tage wird das gehen, dann muss ich das geklärt haben.«

Ido geht das Vorhaben gedanklich noch einmal kurz durch.

»Das könnte klappen. Wenn die Detektei allerdings schon das Büro ausfindig gemacht hat, dann ist danach auch die Immunität von Lars aufgehoben. Ich muss das Risiko aber eingehen, mit dem Mercedes durch die Stadt zu fahren, ist noch gefährlicher.«

Plötzlich bleibt Ido stehen. Er muss sich kurz konzentrieren, überlegen was er gerade macht und wo er gerade ist.

»Okay, ich stehe mit einem Einkaufswagen hier im Supermarkt irgendwo bei den Spirituosen, aber habe ich da nicht meinen Namen gehört?« fragt er sich, fährt dabei mit der Hand durchs Haar, sucht und dreht sich wie ein Brummkreisel im Kreis, »und wo um alles in der Welt ist Irmi?«

Ido schaut hilflos in die Gänge bis er erneut die Durchsage hört:

*Der kleine Ido möchte bitte mit dem Einkaufswagen zu seiner Mama an die Kasse 1 kommen.
Ich wiederhole ...*

Mit rotem Kopf, aber möglichst unauffällig fährt Ido zur Kasse 1. Einige Kunden stehen dort bereits mit grinsenden Gesichtern. Ido geht auf Irmi zu, nimmt sie in den Arm und flüstert ihr ins Ohr:

»Das bekommst du von mir aber irgendwann wieder zurück, Mama.«

Kapitel 18

»Die Detektive sind jedenfalls nicht von Dr. Kesselhoffs Männern beauftragt.«

Spotty sitzt jetzt im Büro.

So wie er es geplant hat, ist er mit dem Taxi bis hier in die Nähe gefahren, hat sich dann als Spotty verkleidet und ist unbehelligt im Büro angekommen. Er hat auch auf der Straße noch vergeblich nach Personen Ausschau gehalten, die probieren, möglichst unauffällig in ihrem Auto zu sitzen.

Er versucht gerade zu analysieren, wer ihn jetzt beschatten lässt.

»Dr. Kesselhoff war schon bei mir in der Villa. Falls er überhaupt eine Gruppe von Männern befehligt hat, müssten sie wissen, wo sie mich finden können. Sie können nicht der Auftraggeber sein, denn dort sucht mich niemand.«

Das ist schon einmal eine feststehende Tatsache, die er akzeptieren muss und darum überlegt und recherchiert er weiter.

»Diese Stabinskys haben schon bei Curt spioniert, wie kommen die jetzt auf mich?«

Spotty hat dafür keinerlei Erklärung, probiert aber noch einmal die damalige Situation bei Curt zu eruieren.

»Der Mann von Dr. Kesselhoff war entweder der Kaffeetrinker oder der Tote. Da mich in der Nähe der Villa niemand sucht, plädiere ich mal für den Toten. Das wäre für mich in jedem Fall die bessere Variante, da ich dann wenigstens dort weiter in Ruhe wohnen kann.«

Spotty fällt dieses ominöse E-Mail wieder ein, das Dr. Kesselhoff mit der Aufforderung, mit Curt endlich aufzuräumen, verschickt hat.

An diese Adresse probiert er jetzt ebenfalls ein E-Mail zu schicken, mit lediglich ein paar Hieroglyphen im Text.

»Na prima, da habe ich jetzt Sicherheit«, freut er sich, denn das E-Mail kommt bereits noch kurzer Zeit als unzustellbar zurück.

»Den gibt es nicht mehr, damit dürften wir den Toten haben. Er gehört weswegen und warum auch immer zu Dr. Kesselhoff.«

Merkwürdigerweise interessiert es Spotty nicht sonderlich, den Toten eventuell identifiziert zu haben, ihn beschäftigt eher die Frage, wer ihm in den Rücken geschossen hat?

»Ein Schuss in den Rücken ist brutal, lässt einem als Opfer keinerlei Chance und darum ist es schon von Vorteil, wenn man so einen Gegenspieler wenigstens kennt.

Aber kommen die Leute aus der Detektei für so einen Mord in Frage?«

Spotty schüttelt seinen Kopf.

»Die spielen nur mit Kameras, nicht mit Pistolen. Wenn ich nur an den Angsthasen im Hauseingang denke. Der hat sich verhalten wie ein Kaninchen vor der Schlange.«

Spotty überlegt noch einmal quer und zieht dann sein Resümee.

»Den Mörder von Dr. Kesselhoffs Mann kenne ich nicht. Er aber auch nicht mich. Wir haben keinerlei Berührungspunkte, zumindest bis jetzt noch nicht.

Detektei Stabinsky leistet reine Detektivarbeit. Es bleibt zu klären für wen sie arbeiten, dann komme ich vielleicht auch dahinter, warum sie mich jetzt beschatten.«

Einmal so kurz in sich kehren hat in jedem Fall etwas für sich. Es bereinigt das Gehirn. Es schwirren keine diffusen Gedanken, Sorgen oder ähnliches mehr herum und man kann wieder zielgerichtet arbeiten.

Doch genau in dem Augenblick, als alles geklärt und analysiert scheint, fällt Spotty ein Gespräch ein, das er mit Irmi über Curt geführt hat.

»Der unbekannte Tote ist von der Drogen- und Schutzgeldmafia«, hat sie gesagt.

»Ich werde hier noch verrückt«, ruft Spotty, der keine Lust hat, alles noch einmal von vorne zu bedenken, »das ganze Rätselraten, Fachsimpeln und Theoretisieren hat doch keinen Sinn, ich brauche Fakten, und zwar schnell.«

Aber Lösungen lassen sich nicht erzwingen, das weiß auch Spotty und so versucht er sich etwas abzulenken, dabei eine gedankliche Einbahnstraße zu verlassen, in die er vielleicht geraten ist.

Er spielt ein paar Runden Solitär und Sudoku auf dem Computer, das macht seinen Kopf wieder frei, und wie auf Bestellung fallen ihm die schon vor seinem Urlaub aus den Kameras der Detektei erbeuteten Speicherkarten ein.

»Warum habe ich mir die eigentlich nicht schon längst angesehen?« fragt er sich, hat aber keine echte Erklärung dafür, »lag wahrscheinlich alles an der kurzfristigen Abreise in den Urlaub, und danach waren sie einfach aus dem Kopf.«

In einem Jackett findet er die Speicherkarten, ist auch erleichtert, dass er dieses nicht mit in den Urlaub genommen und dort, wie einige andere Kleidungsstücke, hat reinigen lassen.

Spotty beschließt, sich zunächst die Aufnahme von der Videokamera anzusehen.

»Es fängt damit an, dass sie hinter mir herfahren ... jetzt ist mein Kfz-Kennzeichen deutlich zu erkennen ... jetzt hält er hinter mir an ... und da hüpft der Typ hinter mir her, wie so ein Eichhörnchen von Baum zu Baum ... das war's.«

Leicht enttäuscht über das unspektakuläre Resultat nimmt er die Karte vom Handy. Ohne den Pincode kann er damit zwar nicht telefonieren, aber den Speicherinhalt ansehen, das funktioniert.

»An dem Tag haben sie dreimal versucht, im eigenen Büro anzurufen, jedes mal ohne Gesprächszeit, also hat keiner abgenommen oder es war besetzt.«

Spotty lässt sich das noch einmal durch den Kopf gehen, bevor ihm die Bedeutung klar wird.

»Wenn die beiden Typen mein Kennzeichen nicht auswendig gelernt haben, und danach sehen die nicht aus, dann kennt es immer noch keiner. Das ist schon mal beruhigend zu wissen.«

Außer den vergeblichen Versuchen mit dem Büro haben die Detektive laut Anrufliste nur drei weitere Telefonate geführt.

»Die Nummern schreibe ich mir mal auf, da mache ich nachher im Internet die Rückwärtssuche, dann sehe ich, mit wem sie telefoniert haben.«

Als letzte Speicherkarte begutachtet Spotty die Fotos. Natürlich sieht er ganz oft sein Kennzeichen, aber da kann die Detektei nichts mehr mit anfangen, da er ja die Speicherkarte hat und sie die Fotos nicht sehen können.

»Ei wer ist denn das? Die beiden kenne ich doch.«

Außer seinem Kennzeichen sieht Spotty noch eine ganze Fotoserie eines Liebespärchens.

»Der Mann war schon einmal auf einer Party in der Villa. Dann aber nicht mit dieser Frau, obwohl sie mir auch bekannt vor kommt«, stellt er fest, kommt aber trotz intensivem Überlegen nicht weiter, »Irmi wird den Mann bestimmt wieder erkennen.«

Spotty druckt sich zwei der Fotos aus. Auf einem sind der Mann und die Frau genau zu erkennen und auf dem anderen Foto küssen die beiden sich leidenschaftlich.

»So, das waren die Speicherkarten, dann will ich jetzt mal sehen, wen die noch angerufen haben.«

Er startet die Rückwärtssuche, bei der man den Namen des Teilnehmers zu einer Telefonnummer heraus bekommen kann. Die erste Nummer ist privat, wahrscheinlich die Mutter, Frau oder Freundin von einem der beiden Männer.

Die zweite gehört zu einem Industriekonzern. Es kostet Spotty viel Mühe, das herauszufinden, da die gespeicherte Nummer eine Durchwahlnummer ist, und eine Rückverfolgung nur mit der Nummer der Zentrale gelingt.

Als Spotty den Teilnehmernamen der dritten Nummer sieht, ist ihm auch klar, wer der Mann auf den Fotos ist. Ein Politiker, und nicht nur irgend einer, sondern der gewählte Landrat vom örtlichen Landkreis. Die Telefonnummer ist von seiner Frau, wahrscheinlich lässt sie ihn beschatten.

»Mal sehen, für wen von den beiden die Fotos mehr Geld wert sind«, frohlockt Spotty.

Nachdem alle Nebenkriegsschauplätze abgearbeitet sind, hackt Spotty sich in den Rechner der Detektei Stabinsky. Den Zugang dorthin hat sich ja schon Lars notiert gehabt, nur da bestand noch keine Notwendigkeit, ihn auch zu benutzen.

Unter den E-Mails findet Spotty dieses Mal nichts von Interesse, dafür aber unter den geschriebenen Rechnungen.

»Da ist wieder dieser Industriekonzern, der auch schon auf der Anrufliste des Handys steht. Das muss alles nichts mit mir zu tun haben, aber ich speichere mir die Rechnung mal ab.«

Spotty sucht weiter und findet schließlich einen Ordner mit Namen 'Verträge'. Alles nur Aufträge wegen Seitensprüngen oder anderer Ehegeschichten. Immerhin auch der Vertrag mit der Frau vom Landrat. Auch der wird gespeichert.

»Und wen haben wir hier? Unseren Industriekonzern«, sagt Spotty noch ganz fröhlich.

Die Fröhlichkeit vergeht ihm aber, als er zwar keinen richtig unterschriebenen Vertrag, aber ein als Auftrag kopiertes E-Mail des Konzerns vorfindet und er in Ausschnitten folgendes lesen muss:

... hatten wir Sie damals beauftragt, Curt Svensson zu beschatten ...

... seinen Tod haben Sie erfolgreich festgestellt und belegen können ...

... wir beauftragen Sie heute, einen gewissen Ido Vermolen, Halter eines anthrazitfarbenen Mercedes Cabrio zu beschatten ...

»Was um alles in der Welt habe ich diesem Konzern angetan, dass die mich beschatten lassen?« regt sich Spotty auf, aber eine Erklärung findet er dafür nicht.

»Also ist der Name Ido jetzt doch nicht mehr so sauber. Naja, beschmutzt ist er noch nicht, wird aber vielleicht schon mit Curt in Verbindung gebracht«, ist erst einmal das, was er diesem Schreiben entnehmen kann.

Spotty speichert und druckt es sich natürlich auch aus und er fragt sich, was er als nächstes unternehmen muss.

»Ich rufe erst einmal die Durchwahl in diesem Konzern an. Mal sehen wer sich meldet, vielleicht habe ich dann ja einen Namen. Ich brauche ja nicht mit ihm zu sprechen, kann ja einfach wieder auflegen.«

Spotty wählt die Nummer und lauscht.

»Dr. Kesselhoff!«

Spotty fällt fast so was von in Ohnmacht, dass er beinah nicht mehr in der Lage ist, das Gespräch beziehungsweise die Leitung zu unterbrechen.

Bis vor zehn Minuten war alles so klar, so deutlich, so gut recherchiert und analysiert. Und jetzt?

Chaos im Gehirn.

»Nein, jetzt ist bei mir alles außer Betrieb. Was für ein Hammer. Das bedeutet jetzt tatsächlich, alles zu den Akten zu legen und noch einmal von vorne zu beginnen.«

Aber wenn er nicht einmal weiß, wo er steht, kann er auch nicht wissen, wo vorne ist und in welche Richtung er gehen muss.

»Ich weiß nicht weiter, der Publikumsjoker nutzt mir jetzt auch nichts, ich nehme den Telefonjoker«, sagt sich Spotty scherzhafterweise in Anlehnung an ein Fernseh-Quiz.

Es dauert in dieser Situation doch merklich länger bis Spotty dahinter kommt, dass dieser Scherz nicht so abwegig ist und wen er als Joker anrufen muss.

»Natürlich, das war zwar nur als Galgenhumor gedacht, aber ich werde das mit Irmi besprechen, sie kennt diese ganzen Kesselhoffs sicher besser. Nur nicht am Telefon.«

Er ruft kurz Irmi an, um ihr seine Ankunft anzukündigen.

»Knöpfe dich bitte zu, wir müssen ein Krisengespräch führen. Außerdem komme ich im Leihwagen. Bis gleich.«

Irmi hat keine Chance, ihm eine Frage zu stellen. Als sie es versucht, ist das Gespräch schon beendet und Ido schon auf dem Weg nach Hause. Da steht sie nun und macht sich Gedanken und Sorgen.

Auf der Fahrt zur Villa hat Ido lange überlegt, ob er Irmi in sein Doppelleben einweihen, und ihr beichten soll, dass er eigentlich Lars heißt.

Er traut sich aber nicht.

»Was ist los?
Warum kommst du mit einem Leihwagen?
Hattest du einen Unfall?
Ist dir etwas passiert?
Bist du verletzt?«

Irmi muss ihre Sorgen und Fragen sofort los werden, mögliche Antworten sind erst einmal sekundär.

»Nein, deswegen komme ich nicht. Am Auto ist nur irgend ein Teil kaputt, welches nicht auf Lager liegt, deswegen der BMW als Ersatz«, versucht Ido sie erst einmal zu beruhigen.

»Und warum geben sie dir einen BMW?«

»Den hatten sie gerade angekauft, ein anderes Auto stand nicht zur Verfügung. Es ist reiner Zufall, dass die Autoreparatur mit etwas anderem zusammen gefallen ist«, stottert Ido seine Ausrede zusammen.

»Na gut, aber was kann dich bitteschön so aus der Bahn werfen, dass du völlig fertig und überhastet nach Hause kommst«, versucht Irmi ihre Neugierde endlich zu beruhigen.

»Dr. Kesselhoff.«

Das sitzt, und nicht nur das, auch Irmi sitzt, und zwar mit offenem Mund. Von ihrer leicht und lockeren Art, so nach dem Motto, wo drückt denn der Schuh, ist nichts mehr vorhanden. Auch bei ihr sind panikartige Ansätze zu erkennen.

»Ich erzähle dir am besten meinen heutigen Tagesablauf vom Büro«, beginnt Ido ganz bedacht und langsam, »höre dir bitte alles ohne Kommentar oder Fragen an. Wenn ich fertig bin, dann müssen wir gemeinsam versuchen herauszufinden, was mir passiert sein könnte, was der Stand der Dinge ist, und was noch passieren kann.«

Irmi nickt nur, den Mund immer noch nicht geschlossen und Ido erzählt die Geschehnisse inklusive seiner dabei erzielten Analysen, Meinungen und Ergebnisse, bis hin zum letzten von ihm geführten Telefonat.

»Dass das unser Dr. Kesselhoff ist, der sich gemeldet hat, will ich mal ausschließen«, beginnt Irmi nach einer Pause mit gespenstiger Stille und schaut Ido dabei in die Augen, »so einen Bock kannst du gar nicht geschossen haben. Aber dass das jemand ist, der nur zufällig so heißt, glaube ich auch nicht.«

Und als Irmi aus ihren Worten die Schlussfolgerung zieht, sagt sie voller Stolz und Zuversicht:

»Du solltest vielleicht erst einmal erkunden, ob er noch einen Bruder oder Sohn hat.«

»Das ist doch mal ein Ansatz«, bestätigt Ido, gibt seiner Irmi einen Kuss und geht sofort an sein Handy, um nach dem Namen 'Dr. Kesselhoff' zu googeln.

Es dauert nicht lange, bis er die angezeigten Ergebnisse ausgewertet hat.

»Es gibt einen Dr. Hans Kesselhoff und einen Dr. Herbert Kesselhoff.«

»Hans, das ist unser«, bestätigt Irmi sofort.

»Stimmt, von dem habe ich in der Schweiz auch den Reisepass in der Hand gehalten.«

Nur ein paar Sekunden später fragt Ido vorsichtshalber:

»Aber du sitzt gut, oder?«

»Ja, warum?«

»Weil beide Kesselhoffs den selben Geburtsort und dasselbe Geburtsdatum haben.«

Die Antwort wird zwar von Irmi sofort aufgenommen, bis diese aber definitiv ausgewertet ist, vergeht doch einige Zeit. Das Ergebnis muss von ihrem Gehirn erst noch mehrere Male auf die Richtigkeit untersucht werden.

»Sind das Zwillinge?« fragt sie ungläubig, da sie auch jetzt noch an dem Resultat ihrer Auswertung zweifelt.

»Genau«, nickt Ido, »und wenn das eineiige Zwillinge sind, die diesen Tatbestand vielleicht geschickt für sich ausgenutzt haben, dann können wir jetzt jedes Gespräch, jede Handlung, eigentlich alles was sie betrifft, nach einmal hinterfragen.«

»Hinterher ist man ja immer schlauer«, fängt Irmi gleich an zu berichten, »denn ich habe mich früher schon manches Mal gefragt, was mit ihm los ist. Da wusste er auf einmal nicht mehr, was wir einen Tag vorher besprochen hatten, wollte das den nächsten Tag aber wieder nicht zugeben.«

»Du meinst, dass sie einfach mal die Rollen getauscht haben?« will es Ido nicht glauben.

»Ja, Bäumchen wechsle dich, heute bin ich mal Industriekonzern und du Pharmavorstand. Jetzt wo ich weiß, dass es einen Zwillingsbruder gibt, bin ich mir der Sache hundert Prozent sicher.«

Die beiden sehen sich ziemlich ratlos in die Augen. Zwar scheint des Rätsels Lösung geknackt zu sein, aber über die daraus resultierenden Konsequenzen sind sie sich noch lange nicht im klaren.

»Kann es sein, dass die sich so ähnlich gesehen haben, dass selbst deren Frauen keinen Unterschied festgestellt haben?« ist Ido als erster wieder so weit, einen Gedankengang weiter zu verfolgen.

»Das ist möglich, ich habe keine Ahnung. Warum fragst du?«

»Na, auf der einen Party habe ich doch mit der Frau Kesselhoff schon mehr als nur geflirtet. Da habe ich mich schon gewundert, dass sich ihr Mann überhaupt nicht um sie kümmert.«

»Du meinst, da war sein Bruder mit ihr auf der Feier?« will es Irmi nicht wahr haben.

»Exakt.«

Und mit einem Mal fällt alles wie ein Schleier von Idos Augen, wird ihm alles klar und deutlich, aber zugleich wird ihm auch wieder schlecht und schwarz vor Augen.

»Dadurch, dass sein Bruder damals in der Villa war, weiß unser Doktor nicht, wo ich wohne, und muss darum jetzt die Detektive beauftragen.«

Aber kaum hat er ausgesprochen, fallen die nächsten Schleier, denn wenn er einen Punkt als Tatsache akzeptiert, dann sind die weiteren Schlussfolgerungen nur logisch.

»Und er hat seinen Bruder mit dem Geld in die Schweiz geschickt. Nach dem Motto:

Zahl das mal ein und mach dir dort ein paar schöne Tage«, ruft, ja schreit er durch die Villa und klopft sich fassungslos vor die Stirn.

»Um die Entführung vorzutäuschen, dann selbst abzuhauen und sich dadurch einen gehörigen zeitlichen Vorsprung zu verschaffen«, bestätigt ihm Irmi seine These.

»Von der vorgetäuschten Entführung hat der Bruder aber nichts gewusst. Darum war der auch so entspannt und sorglos. Ich fasse es nicht«, ruft Ido und kann sich gerade noch beherrschen, um nicht mit seiner Faust auf den Tisch zu schlagen.

»Und unser Doktor war da schon über alle Berge«, ergänzt Irmi, »musste nach dem Tod seines Bruders aber wieder zurück kommen, sonst hätten auf einmal alle beide gefehlt.«

»Anstatt selbst als entführt und verschollen zu gelten, ist sein Bruder tot, muss er jetzt auf dem Stuhl von ihm sitzen, hat keine Ahnung von dem Job, kommt nicht mehr an das Geld und sinnt nach Rache«, zieht Ido das Resümee.

Die Situation ist zwar nicht so angenehm, aber Ido hat sie richtig erkannt und eingeschätzt. Jetzt liegt es an ihm, entsprechend zu reagieren.

»Jedenfalls kann ich jetzt nicht mehr ins offene Messer laufen«, sagt er sich und das beruhigt ihn, zumindest für heute.

Kapitel 19

»Wie blind muss man sein?«
Spotty sitzt wieder im Büro und sieht sich noch einmal das ausgedruckte Auftrags-E-Mail vom Industriekonzern an die Detektei an.
Dort steht am Ende des E-Mails:

Mit freundlichen Grüßen
Ihr
Dr. H. Kesselhoff

»Da habe ich mich gestern so darüber aufgeregt, dass die mich beschatten sollen, dass ich gar nicht alles bis zum Schluss gelesen habe«, ärgert sich Spotty zunächst, meint dann jedoch:
»Na ja, ist nicht so schlimm, dass ich das erst heute sehe, ich hätte mich sonst gestern nur schon eine viertel Stunde früher erschrocken.«
Dafür untersucht er einen anderen Punkt des E-Mails jetzt aber noch weiter.
»Die Detektei wurde ja schon einmal beauftragt, um Curt zu beschatten. Vielleicht finde ich ja eine Art Abschlussprotokoll zu diesem Vorgang?«
Spotty geht wieder auf den Rechner der Detektei Stabinsky und findet hier relativ schnell einen Ordner 'Erledigte Vorgänge' und darunter auch den damaligen Auftrag vom Industriekonzern.
»Der Auftrag zur Beschattung von Curt ist von Dr. Herbert Kesselhoff verfasst, meine Beschattung hat aber ein Dr. H. Kesselhoff beauftragt. Also Hans, den Namen Herbert hat er sich doch nicht zu schreiben getraut.«
Spotty holt ein paar Mal tief Luft.

»Damit liegen wir mit unserer Einschätzung jedenfalls richtig. Unser Dr. Kesselhoff lebt noch, ich habe am Matterhorn seinen Bruder erwischt.«

In der Beilage zur Rechnung an den Konzern findet Spotty tatsächlich eine Kopie aller Berichte der Detektei, aufgeführt darin die erzielten Ergebnisse ihrer Beschattungsarbeit.

»Im ersten Bericht geben sie die Büroadresse von Curt weiter, dann ein paar Mal, dass er kommt und geht, dann nur noch, dass er sich immer noch im Büro aufhält.«

Ungefähr in dieser Form werden alle Berichte erstellt, bis einen Tag bevor Curts Rechner von Lars gehackt wird. Ab da kommt Bewegung in ihre Meldungen.

... ein unbekannter Mann kommt die Straße entlang und geht in das Haus ...

... ein Auto parkt genau vor dem Haus, ein Mann steigt aus und geht ebenfalls in das Haus ...

... der Autofahrer kommt wieder zurück und fährt weg ...

... der Unbekannte ist bis jetzt nicht wieder aus dem Haus gekommen ...

Unter dem Datum des nächsten Tages steht folgendes protokolliert:

... da niemand mehr herauskommt, gehen wir jetzt mal vorsichtig dort hin und sehen nach ...

... die Tür war nicht abgeschlossen, der Unbekannte Besucher lag tot auf dem Boden, in den Rücken geschossen ...

... der zu Beschattende ist ebenfalls tot, wohl schon länger, keine Todesursache festzustellen ...

Noch einen Tag später lautet dann ihr letzter Bericht:

... jetzt kommt die Polizei, wir beenden die Observation ...

Spotty kopiert sich alles und liest es auch noch ein zweites Mal durch.

»Ach, das Kennzeichen vom dort geparkten Auto haben sie auch durchgegeben«, freut sich Spotty über die nachträgliche Entdeckung.

Er hat so seine Vermutung und ruft sofort Irmi auf dem Handy an.

»Hallo Irmi, sag mal, Dr. Kesselhoff hatte doch bestimmt einen Firmenwagen, oder?« fragt er überfallartig ohne ein einleitendes Wort.

»Natürlich.«

»Dann erkundige dich mal nach dem Kennzeichen und schicke es mir bitte per SMS.«

Ido legt auf und Irmi steht da wie angewurzelt mit ihrem Talent, befolgt aber artig Idos Auftrag.

Als Spotty keine fünf Minuten später die Nachricht von ihr erhält, ruft er nur noch:

»Bingo! Dr. Hans Kesselhoff persönlich war der Autofahrer und damit höchstwahrscheinlich der Mörder vom Unbekannten.«

Wie oft hat Spotty versucht, die Geschehnisse um Curts Tod zu analysieren und auf wie viel verschiedene Varianten von Resultaten ist er dabei gekommen.

»Jetzt ist endlich alles deutlich.

Curt war, wie ich es schon vermutet habe, bereits tot. Er hat sich selbst das Leben genommen.«

Spotty fühlt eine Art Genugtuung, dass er mit seiner Analyse richtig lag, und nicht die Presse, die Curt für einen Mörder hielt. Er fragt sich auch für einen Moment, wie wohl sein Leben weiter verlaufen wäre, wenn er dieser Pressemeldung geglaubt hätte. Dann schüttelt er sich aber kurz und konzentriert sich wieder auf die Tatsachen von heute.

»Also, der noch Unbekannte war zum falschen Zeitpunkt am falschen Platz. Das hat ihm ein Loch in den Rücken eingebracht. Vielleicht wollte er Curt auch umbringen, jedenfalls war er Dr. Kesselhoff im Weg, oder der hat ihn im ersten Moment für Curt gehalten.

Der Kaffeetrinker war dann wohl einer der beiden unbedarften Detektive.«

Spotty lehnt sich zurück, schließt die Augen und versucht sich über sein weiteres Vorgehen im klaren zu werden. Wie immer führen viele Wege nach Rom, man muss sich allerdings für einen von ihnen definitiv entscheiden.

»Und diesen dann auch konsequent durchziehen«, ermutigt sich Spotty.

Die gesammelten Informationen der Detektei jetzt an die Polizei weiter zu leiten, hat keinen Sinn. Diese Spur führt zu Dr. Hans Kesselhoff und der ist offiziell bereits tot.

»Mein Dr. Kesselhoff heißt aber für die Polizei Herbert, und der ist völlig unschuldig«, erkennt er folgerichtig und beginnt seinen gewählten Plan in die Tat umzusetzen.

»Ich muss erst einmal dafür sorgen, dass mich diese Detektei nicht mehr verfolgt. Dr. Kesselhoff ... «, stutzt Spotty in Anbetracht der Tatsache, dass es da ja nun zwei von gibt oder gab, »ich nenne sie jetzt nur noch bei ihren Vornamen. Also Hans darf unter keinen

Umständen meine Büro- oder Wohnanschrift erfahren.«

Spotty befindet sich ja immer noch auf dem Rechner der Detektei und er setzt in deren E-Mail-Eingang eine E-Mail vom Industriekonzern, abgesandt von Dr. H. Kesselhoff, in der dieser der Detektei unter anderem folgendes mitteilt:

... wir den erteilten Auftrag zur Beschattung von Ido Vermolen per sofort zurück ziehen ...

... wir bedanken uns für Ihre Bemühungen und bitten Sie, uns Ihre Rechnung per E-Mail zukommen zu lassen ...

Dann leitet er alle zukünftigen E-Mails des Industriekonzerns, welche von dort kommen oder nach dort gesandt werden, auf seine eigene, private E-Mail-Adresse um.

»Okay, deren Rechnung muss ich nun bezahlen, aber das ist es mir wert. Dafür habe ich jetzt wieder Ruhe, und was noch besser ist, Hans bekommt nun nicht mehr die Meldungen von der Detektei, sondern von mir.«

Um sich vielleicht auch selbst etwas anzuspornen, ergänzt er mit leicht wütendem Unterton:

»Und da fällt mir im Laufe der Zeit schon das passende ein, dass dieser falsche Doktor ein für alle Mal seine Finger von mir lassen wird.«

Spotty ist mit sich zufrieden und meldet sich zuhause auf dem eigenen Rechner an. Aber leider, wie so oft in letzter Zeit, sitzt Irmi nicht davor. Im Schlafzimmer ist es halt bequemer.

»Ich muss wieder Geld besorgen«, denkt er sich, »dann kann sie es wieder an Bedürftige verteilen. Das macht ihr Spaß, dann hat sie etwas zu tun und sitzt auch wieder vor dem Bildschirm. Und unsere Welt ist wieder in Ordnung.«

Zum Thema Geld besorgen. Da fällt Spotty wieder ein, dass er ja noch gar nicht den Umschlag Nummer 3 richtig angefangen hat, zu bearbeiten.

»Da soll ich ja Börsianer werden und reichlich Geld verdienen. Das passt doch, also dann mal keine Müdigkeit vortäuschen.«

Er geht in die Datei mit den IP-Adressen und öffnet die im Brief des Umschlags angegebene Adresse.

Auf den ersten Blick Firmen über Firmen mit den dazu gehörenden Namen, Telefonnummern, E-Mail-Adressen, Passwörtern und was auch immer. Zu jeder Firma oder jedem Namen kann er noch weitere Informationen und Details abrufen.

»Da hat Curt gute Arbeit geleistet und sein ganzes Wissen in diese Infos gelegt.

Aber wen haben wir denn da?«

Spotty klopft sich vor zynischer Begeisterung auf die Schenkel.

»Unseren Industriekonzern.

Na, das ist ja mal eine Überraschung, ich kann ja keinen Meter mehr laufen, ohne dass ich über diesen Verein stolpere.«

Er öffnet sofort die Zusatzinformationen zum Konzern und überfliegt sie.

... Ansprechpartner ist Dr. Herbert Kesselhoff ...

... Vorsicht, gibt Insider Informationen auch an seinen Zwillingsbruder weiter ...

... der ist Vorstand in unserem Pharmakonzern ...

... oder sie tauschen ihren Arbeitsplatz aus, anders kann ich mir manche Vorgänge nicht erklären ...

... habe sie um über 200.000 Euro betrogen, was sie mir sehr übel nehmen ...

»Wenn Hans dafür schon einen Mord begehen will, dann kann ich mir ja ungefähr vorstellen, was er mit mir vor hat«, sinniert Spotty.

Doch komischerweise beunruhigt ihn das nicht im geringsten, eine andere Überlegung allerdings um so mehr.

»Wenn Curt davon ausgegangen wäre, dass ihm die Kesselhoffs nach dem Leben trachten, dann hätte er das hier anders notiert. So eine große Gefahr, dass er seinem Leben lieber selbst ein Ende setzt, stellen sie für ihn mit Sicherheit nicht dar.«

Und da dies für Spotty Fakt ist, gibt es auch eine sich daraus resultierende Schlussfolgerung:

»Curts eigentliche Bedrohung kann nur der Unbekannte Tote gewesen sein, dem Hans freundlicherweise in den Rücken geschossen hat.«

Da Spotty mit dieser Person bisher keinerlei Berührungspunkte zu haben scheint, konzentriert er sich wieder auf Hans.

»Gut, was dort steht ist jetzt bekannt, was passiert wäre, wenn ich den Brief früher bearbeitet hätte, ist hypothetisch. Es ist jetzt so wie es ist, und es ist damit gut so.«

Spotty reizt es jetzt natürlich, dem Rechner des Industriekonzerns einen Besuch abzustatten. Die Daten dazu hat ihm Curt alle geliefert und es bereitet Spotty auch keinerlei Probleme, sein Vorhaben in die Tat umzusetzen. Für den Konzern als Besuchsobjekt hat er allerdings heute kein Interesse, das gilt ausschließlich dem Arbeitsplatz von Dr. Herbert Kesselhoff.

»Ich möchte wirklich zu gerne sehen, welche Figur Hans am Schreibtisch von seinem Bruder abgibt.«

Doch der Zugang zum Account mit den von Curt zur Verfügung gestellten Daten wird ihm verwehrt.

Benutzername oder Passwort fehlerhaft

Spotty erinnert sich, das Hans überall dasselbe Passwort benutzt hat.

»Vielleicht hat er das von Herbert ja schon geändert«, sagt sich Spotty und benutzt das Passwort, welches ihm auch schon bei der Bank in der Schweiz geholfen hat.

Und tatsächlich, beim nächsten Login-Versuch ist Spotty auf dem Arbeitsplatz von Hans.

»Ein bisschen mulmiges Gefühl habe ich schon dabei, einem Gegner oder vielleicht sogar Todfeind, in die Augen sehen zu können«, denkt sich Spotty, als er die Webcam einschaltet.

Dieses Gefühl verstärkt sich um ein vielfaches, als er in ein leeres und verwaistes Arbeitszimmer blickt.

»Wenn er nicht am Platz ist, könnte er theoretisch jetzt sogar hinter mir stehen«, sorgt er sich, dreht sich sogar einmal um und schaut durch sein Büro.

Da das ungute Gefühl bleibt, kopiert er sich schnell alle E-Mails und sonstigen Dokumente auf seinen eigenen Rechner und verlässt wieder den Konzern. Augen für den ganzen Wust an Daten hat er im Augenblick aber nicht.

Angeregt durch sein Gefühl hat er nun die Befürchtung, dass Hans ihn auf eigene Faust suchen wird, wenn er von der Detektei keine erfolgversprechenden Ergebnisse bekommt.

»Ich muss ihm unbedingt eine entsprechende Meldung über eine Beschattung zukommen lassen.«

Darum meldet er sich wieder bei der Detektei an und schickt Hans per E-Mail den folgenden Observationsbericht. Die Weiterleitung auf seine eigene Adresse hat er dafür natürlich zwischenzeitlich entfernt.

... wir haben das Auto gesichtet und erfolgreich bis auf einen Parkplatz verfolgt ...

... er selbst war danach für über drei Stunden in einem Haus ...

... kontrollieren jetzt, ob er nur einmalig dort war, oder ob er sich dort öfter aufhält ...

»So, die Nachricht dürfte ihn für heute erst einmal beschäftigen«, atmet Spotty laut hörbar und erleichtert auf.

Er will sich schon wieder abmelden, da sieht er im Eingang des Postfachs der Detektei eine E-Mail von der Frau des Landrats.

... vielen Dank für die gesandten Fotos ...

... ich möchte meinen Mann mit der Schlampe in flagranti erwischen ...

... bitte finden Sie heraus, wo sie wohnt, und wann er immer zu ihr geht ...

Bei Spotty reift ein Plan. Dafür veranlasst er zunächst auch hier, dass der gesamte E-Mail-Verkehr zwischen der Detektei Stabinsky und Frau Landrat nicht an den jeweiligen Empfänger geht, sondern an ihn umgeleitet wird.

Dann sucht er nach der Telefonnummer von Frau Landrat und ruft sie spontan an.

»Ja bitte«, meldet sie sich nicht gerade höflich, »mit wem spreche ich?«

»Ich rufe von der Detektei Stabinsky an. Können Sie im Moment ungestört sprechen? Wenn nein, legen Sie einfach auf, ich melde mich dann später erneut bei Ihnen.«

»Nein, ich bin alleine.«

»Hervorragend. Wir versuchen ja gerade die Adresse von der Frau ausfindig zu machen, die sich an Ihren Gatten heran gemacht hat«, beginnt Spotty in der Hoffnung, mit dieser Wortwahl das Eis gleich brechen zu können, »ich habe Ihnen da einen Vorschlag zu unterbreiten.«

»Die kann den alten Sack haben, von seinem Geld bekommt sie aber nicht einen Cent«, kommt die doch etwas überraschende Antwort von der Frau.

»Dann haben wir beide die gleiche Kragenweite«, geht Spotty direkt aufs Ganze, »da meinem Vorschlag schon eine gewisse Brisanz unterstellt werden kann, möchte ich mit Ihnen darüber gerne persönlich sprechen.«

Da von Frau Landrat eine Reaktion auf sein Anliegen ausbleibt, ergänzt er:

»Ist das möglich?«

»Ich bin morgen ab 10:00 Uhr für den restlichen Tag alleine, Sie dürfen mich gerne besuchen kommen«, beginnt Frau Landrat ihren rauen Ton in eine flirtende Stimmlage zu verändern.

»Hervorragend, ich möchte Sie nur in Ihrem eigenen Interesse darum bitten, mit niemandem darüber zu reden oder zu schreiben, auch nicht mit Personen aus unserem eigenem Hause«, ergänzt Spotty noch einmal besorgt und eindringlich.

»Jetzt muss ich nur noch wissen, mit wem ich wohl sprechen darf, denn Ihren Namen haben Sie mir noch nicht genannt«, bemerkt Frau Landrat scharfsinnig, aber sehr freundlich.

»Nennen Sie mich einfach Ferdinand.«

»Angenehm, ich heiße Veronika«, haucht Frau Landrat nur noch ins Telefon.

»Dann wünsche ich Ihnen bis morgen eine schöne Zeit«, verabschiedet sich Spotty ebenso freundlich und legt auf.

Kapitel 20

»Einen schönen guten Morgen Ferdinand.«
Was für ein Empfang.

Frau Landrat steht morgens um 10 Uhr in Abendgarderobe in ihrer Eingangstür des Hauses und begrüßt Ido auf das herzlichste. Ein aufreizender Duft nach Chanel N° 5 durchzieht den gesamten Wohnbereich, insbesondere auch Frau Landrat selbst.

»Veronika«, schmeichelt Ido, indem er Frau Landrat wohlwollend von oben bis unten betrachtet, und er sagt zu ihr, ohne im geringsten übertreiben zu müssen, »was für eine Erscheinung.«

Veronika wirft noch schnell einen Blick auf die Parkfläche vor dem Haus, sieht dort Idos Auto, und in ihrem Ferdinand sofort ihren Traummann, zumindest für heute.

Ido weiß natürlich um die Situation mit dem Gatten von Veronika und dem logischerweise sich daraus ergebenden Liebesentzug. Er realisiert auch folgerichtig, dass er auf das Flirten von Veronika nur entsprechend reagieren muss, um seine eigenen Ziele erfolgreich durchsetzen zu können.

»Du bist mir ja ein toller Detektiv«, beginnt Veronika auch sofort ihre Charmeoffensive, »wie hast du heraus gefunden, dass ich heute meinen schwachen Tag habe?«

Ido hat eigentlich vor, erst einmal mit Veronika ins Gespräch über seine Pläne zu kommen, doch ohne sich über die Konsequenzen im Klaren zu sein, sagt er:

»Da schlägt halt meine Wünschelrute immer aus, und sie weist mir so den Weg.«

»Dann will ich ihr den Weg nicht versperren«, ruft Veronika wild vor Sinnen, reißt sich ihr Abendkleid vom Leib und lässt so ihren Busen der Erdanziehungskraft gehorchen.

'Halb zog sie ihn, halb sank er hin', hat Goethe in seinem 'Der Fischer' so schön gedichtet.

Nun, in diesem Fall ist es um Ido nicht gleich geschehen, auch ist er noch zu sehen, allerdings nur im Schlafzimmer.

Es ist bereits Mittagszeit, als Ido endlich die Gelegenheit findet, über seine Pläne zu sprechen.

»Willst du deinen Mann eigentlich wieder zurück haben«, beginnt er vorsichtig.

»Das kommt auch auf Klein Ferdinand an.«

Ido erschrickt und erinnert sich an das Theater, das er mit Frau Kesselhoff hatte und welches er unter keinen Umständen wiederholt haben möchte.

»Den kannst du ganz außen vor lassen, der möchte mit Sicherheit auch mal sporadisch wieder zum Einsatz kommen, aber als Dauerauftrag ist er bereits ausgebucht.«

Die Enttäuschung ist Veronika deutlich anzumerken und bevor sie eventuell eine falsche Entscheidung treffen kann, greift Ido zu einer List.

»Weißt du, ich bin schon Detektiv, aber nicht von der Detektei Stabinsky.«

»Nicht?« ruft Veronika, springt auf und wilde Schreckensszenarien schwirren unsortiert durch ihren Kopf.

»Leider nein, dein Gatte hat mich beauftragt, für einen Grund zu sorgen, damit er nach seiner eingereichten Scheidung dir keinen Unterhalt mehr zahlen muss.«

Veronika stürzt sich auf Ido und versucht, ihn zu würgen, doch er küsst sie. Zuerst mehr oder weniger erzwungen, dann aber langsam immer leidenschaftlicher werdend, bis sich zum Schluss beide Seiten küssend in den Armen liegen.

Veronika hat während des Kusses erkannt, dass ihre einzige Chance darin besteht, diesen Detektiv auf ihre Seite zu ziehen, indem sie ihm ihre Liebe und ihren Körper anbietet.

»Ein guter und erfahrener Liebhaber, wie du es bist«, lässt Veronika noch während des Kusses beim zwischenzeitlichen Luft holen ihren Charme spielen, »pflegt seine Beziehungen. Wenn auch nur sporadisch, wie du es ausdrückst, aber er wirft sie nicht über Bord, denn dazu war es heute einfach viel zu schön zwischen uns.«

Nach der Fortsetzung des Liebesspiels, lockert Ido die Umarmung, setzt sich aufrecht hin und denkt für Veronika noch über einen Plan nach, mit dem er schon fertig das Haus betreten hat.

»Ich zähle dir jetzt einmal drei Alternativen für deine Zukunft auf. Für eine davon musst du dich am Ende definitiv entscheiden.«

Veronika nickt nur und das Wort 'Alternativen' lässt sie hoffen, dass ihre körperlichen Bemühungen nicht vergeblich gewesen sind.

»Erstens. Dein Mann erhält dieses Video«, und er zeigt sein Handy, ohne es allerdings diesbezüglich benutzt zu haben, »das heißt, er beantragt die Scheidung und in Anbetracht seiner Funktion und Position besteht die Möglichkeit, dass du nicht einen Cent vom Vermögen, oder gar Unterhalt erhältst.«

»Abgelehnt«, sagt Veronika und kümmert sich vorsichtshalber liebevoll um Klein Ferdinand.

»Zweitens. Ich schweige wie ein Gentleman und du reichst auf Grund unserer Fotos die Scheidung ein. Das Vermögen wird wahrscheinlich geteilt und du bekommst Unterhalt.«

»Das hört sich aber viel besser an und Klein Ferdinand wird da sicher auch von profitieren.«

»Drittens«, stöhnt Ido und hofft auch diesen Punkt noch darlegen zu können, bevor sein Klein Ferdinand nach seinem Recht ruft, »deinem Gatten und seiner Freundin passiert ein Unglück und er kommt nie mehr zurück. Dann bekommst du das gesamte Vermögen, seine Lebensversicherung und die Pension.«

»Das nehme ich«, haucht Veronika mit vollem Mund.

»Ein Geschäft ist nur dann ein Geschäft«, beginnt Ido nach einer kurzen Pause der Ruhe wieder, »wenn beide Seiten eins machen.«

»Und das bedeutet?« sieht ihn Veronika mit fragenden Augen an.

»Bei der ersten Variante bekomme ich von deinem Mann 50.000 Euro. Bei den beiden anderen Möglichkeiten bekomme ich dich.«

»Und ich bin dir die Summe nicht Wert?« und Veronikas bitterböser Blick lässt Ido seine Antwort noch einmal überdenken.

»Natürlich, aber das Preis-Leistungs-Verhältnis stimmt nicht mehr. Während sich dein Gewinn überproportional steigert, bleibe ich bei meinem Wert stehen.«

Da seine bisherigen Worte nicht sonderlich überzeugen, ergänzt er einen Augenblick später:

»Und auf ein Unglück der beiden musst du wahrscheinlich solange warten, bis sie beim Rammeln mal gemeinsam einen Herzinfarkt bekommen.«

Das sitzt endlich.

Und Veronika realisiert sehr schnell, dass sie den Tatsachen nun mal ins Auge sehen muss.

»Okay, du hast Recht. Du musst aber auch verstehen, dass ich keine Möglichkeit hatte, mich damit auseinander zu setzen. Deswegen jetzt meine vielleicht etwas naive Reaktion.«

»So schlimm ist es nun auch wieder nicht«, versucht Ido zu beschwichtigen.

»Nein, nun lass uns mal Nägel mit Köpfen machen. Wie viel Geld forderst du bei der dritten Variante?« dringt Veronika jetzt resolut auf eine Entscheidung.

»Gehen wir einmal davon aus, dass du bei einer Scheidung die Hälfte des Vermögens bekommst. Bei der Lösung Nummer drei bekommst du aber alles und die Lebensversicherung noch dazu«, zählt Ido zunächst die Fakten auf, »also ich finde, dass es nicht mehr wie Recht ist, wenn wir uns deinen Mehrgewinn teilen.«

»Das hört sich fair an, wenn wir davon ausgehen, dass Unterhalt und Pension identisch sein werden. Und doch habe ich ein Problem«, druckst Veronika, die im Moment nicht weiß, wie sie das Kind beim Namen nennen soll.

»Immer heraus mit der Sprache, was jetzt nicht auf den Tisch kommt, wird dich sonst den Rest deines Lebens ärgern.«

»Es ist die Liquidität«, kommt es zaghaft über ihre Lippen und da Ido ihr keinen Anlass bietet, sich dafür schämen zu müssen, fährt sie erleichtert fort, »das Vermögen besteht kaum aus Bargeld, sondern nur aus Sachwerten. Ich müsste also ein Haus beleihen, um dich auszahlen zu können, was aber meinerseits wiederum mit Kosten verbunden ist.«

Ido grübelt ein wenig, denn er möchte Veronikas Situation nicht ausnutzen, nur etwas von ihrem Kuchen abbekommen.

»Nenne doch einfach mal die Zahlen, vielleicht kommen wir dann schneller weiter.«

»Nach meinen Untersuchungen und Feststellungen beläuft sich unser Vermögen auf rund vier Millionen Euro und es besteht eine Lebensversicherung für meinen Mann über eine Million Euro«, kann Veronika ihm die Daten, welche sie bereits gut recherchiert und auswendig gelernt hat, auch sofort benennen.

Ido rechnet kurz und macht den folgenden Vorschlag:

»Von dem Vermögen würde mir demnach eine Million Euro zustehen, von der Versicherung eine halbe Million Euro.«

Veronika nickt nur zustimmend mit dem Kopf.

»Wir vereinbaren jetzt folgendes. Ich bekomme von dir für die dritte Alternative insgesamt eine Million Euro, fällig bei und mit der Auszahlung der Lebensversicherungspolice.«

»Deal«, ruft Veronika vor Freude.

»Moment«, unterbricht Ido, »aber da ist noch eine wichtige Bedingung.«

Veronika wird es schwarz vor Augen, denn sie befürchtet noch unerfüllbare Forderungen. Es hätte alles so schön werden können und sie sieht ihren Ferdinand flehentlich an.

»Solange du keinen neuen Romeo gefunden hast, möchte ich dich gerne sporadisch besuchen dürfen. Denn ein guter Liebhaber wirft eine hübsche Frau nicht einfach über Bord, wenn ich dafür mal deine eigenen Worte verwenden darf.«

Veronika fällt erneut über Ido her, dieses Mal aber direkt mit einem Kuss, und sie bedankt sich bei Ido mit allen ihr zur Verfügung stehenden Zärtlichkeiten.

Bevor Ido ins Büro zurück fährt, gibt er Veronika noch den Rat, alle Fotos und E-Mails von der Detektei zu vernichten und sich so zu verhalten, als wisse sie nichts von den Seitensprüngen ihres Gatten.

Auch vergisst er nicht, vorsorglich nach dem Kfz-Kennzeichen vom Auto ihres Ehemanns zu fragen und es sich zu notieren.

»Datum und Uhrzeit des Unglücks werde ich dir jedenfalls rechtzeitig durchgeben, sodass du dir dafür vorsichtshalber ein gutes Alibi verschaffen kannst«, sagt er Veronika zum Abschied.

Im Büro angekommen, sieht Spotty erst einmal in sein eigenes E-Mail-Postfach.

»Oh, Hans hat sich gemeldet«, freut er sich, denn das gibt ihm die Gewissheit, dass Hans der Detektei noch vertraut und nicht beginnt, auf eigene Faust zu recherchieren.

Das kurz und knapp gehaltene E-Mail selbst, treibt ihm aber zu Recht die Schweißperlen auf die Stirn.

... bitte geben sie mir umgehend das Kennzeichen des Fahrzeugs durch ...

... es ist mir egal, ob er sich dort einmalig oder öfter aufhält, ob es sein Büro oder die Geliebte ist, ich bitte um die genaue Anschrift des Aufenthaltsortes ...

... der Mann hat mein ganzes Leben ruiniert, ich will ihn haben ...

»Einen Tag kann ich Hans vielleicht noch warten lassen, wenn dann die Detektei mit dem Landrat nicht weiter ist, bekomme ich sicher ein Problem.

Hans muss nur einmal bei Stabinsky anrufen und der ganze Schwindel fliegt sowieso auf, und das wäre doch sehr schade.«

Spotty meldet sich zuhause an und sieht Irmi vor dem Bildschirm sitzen. Er hat ihr erzählt, dass sie sich bald wieder als barmherzige Samariterin betätigen, und sich um potentielle Spendenempfänger kümmern kann. Außerdem soll sie überprüfen, ob die bisherigen Empfänger das gespendete Geld auch zweckgebunden verwenden.

Er überlegt, ob er ihr einen Hinweis über seine Anwesenheit geben soll, verkneift es sich aber.

»Mein Bedarf ist da für heute gedeckt, auch wenn Irmis Körperteile nicht der Erdanziehungskraft folgen können, beziehungsweise es noch nicht wollen.«

Dann entschließt er sich aber doch zum Kontakt, will sich allerdings bemühen, diesen kurz und knapp nur auf geschäftlicher Basis zu führen.

»Kannst du für übernächstes Wochenende eine Party bei uns arrangieren?« fragt er.

»Aber gerne doch, und wen darf ich einladen und aus welchem Grund?«

»Den Grund kannst du dir einfallen lassen, gerne auch mit Saunabesuch, du weißt schon. Lade die üblichen Verdächtigen ein, eine Liste mit neuen Gästen bringe ich dir heute Abend mit.«

Über die Informationen aus Curts drittem Umschlag und Adressdaten, die sich Spotty aus dem Internet besorgt, stellt er schnell eine Liste der neu einzuladenden Gäste zusammen.

Was er ihnen auf der Feier aber anbieten will, nämlich sein Insiderwissen über börsennotierte Unternehmen und über sonstige Geschehnisse, die für den Kurs einer Aktie von Bedeutung sind, muss er sich bis dahin allerdings erst noch aneignen.

»Warum fange ich damit eigentlich nicht mal an«, fragt er sich, »ich habe heute bestimmt noch zwei bis drei Stunden Zeit dafür.«

Spotty kehrt in sich, hackt verschiedene Computer aus Curts Informationen, liest E-Mails und Briefe und stellt fest, dass er sich nichts merken kann. Er ist viel zu nervös und unruhig, um etwas Neues konzentriert bearbeiten zu können.

»Was da jetzt rechts rein geht, geht links wieder raus«, flucht er.

Leicht erbost über sich, versucht er jedoch, sich zu rechtfertigen.

»Schuld sind Hans und der Landrat.

Wenn ich da meinen Plan nicht schnell über die Bühne bringe, dann nutzt mir das Wissen einer ganzen Enzyklopädie nichts mehr und meine nächste Party findet auf dem Friedhof statt.«

Spotty verlässt den Computer und sucht nach den Fotos vom Landrat und seiner Freundin.

»Um die Freundin habe ich mich noch gar nicht gekümmert, obwohl ich sie irgend woher meine zu kennen«, bemerkt er während er sich das Foto genauer betrachtet.

Die Gegend, die Häuser, gut, das muss hier in der Nähe sein. Man fährt für einen Kuss ja auch nicht um die halbe Welt. Auf der anderen Seite, wann gibt man sich als Liebespaar normalerweise in jedem Fall einen Kuss?

»Bei der Begrüßung und beim Abschied«, klopft sich Spotty auf den Schenkel, »dann könnte einer der beiden hier wohnen, und der Landrat ist es nicht.«

Unter diesen Gesichtspunkten sieht er noch einmal auf das Foto.

»Die Straße könnte hier vielleicht parallel zum Büro verlaufen, und der alte, rote Opel Astra, bei dem sie stehen, das könnte vielleicht ... nein, das ist er ... die Frau hat im Parkhaus den Parkplatz neben meinem BMW«, springt Spotty auf und schlägt mit seinem Handrücken auf das Foto, »die habe ich dort schon mal gesehen, was heißt gesehen, die ist mir aufgefallen. Bei der tollen Figur.«

Spotty schweift mit seinen Gedanken für einen Augenblick ab, legt vielleicht sogar so etwas wie eine Gedenkminute ein, konzentriert sich dann aber wieder auf das Foto.

»Dann müssen die Leute von Stabinsky doch auch wissen, wo sie wohnt. Das Foto ist ja nun schon einige Tage alt«, will er sich eigentlich aufregen, beschließt aber, »dann will ich mal hoffen, dass sie Veronika nun mitteilen, wann und wo die sich immer treffen, sonst stelle ich mich morgen an ihren Parkplatz und folge ihr selbst bis zu ihrer Wohnung.«

Spotty hat den Gedanken noch nicht abgeschlossen, da beschleichen ihn schon wieder Zweifel.

»Wenn ich Detektiv spiele und die Frau verfolge, dann muss ich auch irgendwann mal zu ihrem Parkplatz kommen. Und in dem gleichen Parkhaus, zum Glück aber auf einem anderen Parkdeck, steht auch der Mercedes, den sie so verzweifelt suchen.«

Spottys Gedanken schwirren wild durcheinander, ohne dass er sie ordnen oder konkretisieren kann.

»Und wenn ich Pech habe«, theoretisiert er weiter, merkt dann aber selbst, dass es keinen Zweck hat, sich künstlich aufzuregen, »ach, den Auftrag zur Beschattung habe ich ja storniert und warum sollten sie sich nicht daran halten.«

Irgendwann hat er seine Nerven wieder vollständig unter Kontrolle und er stellt dadurch noch erleichtert fest:

»Außerdem bekomme ich ja deren Berichte, wenn sie doch welche schreiben sollten, und dann kann ich ja entsprechend reagieren.«

Spotty hat sein eigentlich selbst aufgebauschtes Problem kaum abgehakt, da hört er einen kleinen Piepton, das Zeichen für einen Eingang in sein E-Mail-Postfach.

Kapitel 21

»Oh, ein E-Mail an Veronika.«
In der Hoffnung, dass die Detektei Stabinsky erfolgreiches zu vermelden hat, öffnet Spotty das an ihn umgeleitete E-Mail und liest unter anderem:

... die Anschrift der Geliebten lautet:
Friedrichstraße 17
2. Stock
Petra Schneider ...

... Ihr Mann wird sich definitiv bei der Dame am
Donnerstag ab 19 Uhr wieder aufhalten ...

»Na bitte«, freut sich Spotty und reibt sich die Hände, »ich habe doch gewusst, dass die Frau hier um die Ecke wohnt. Dann wollen wir mal die Rädchen ins Rollen bringen.«
Als erstes ändert er den Empfänger des E-Mails von Veronikas Adresse auf die von Hans ab. Dann ergänzt er den Text noch mit dem Kfz-Kennzeichen vom Auto des Landrats.
Aus dem gemeinsamen Foto des Pärchens schneidet er den Landrat aus und fügt den Rest nur mit der Frau, als Beilage ans E-Mail. Hinter den Namen Petra Schneider setzt er noch '(siehe Foto)'.
Dieses E-Mail sendet er dann an Hans.

»Das war Hans, jetzt ist Veronika an der Reihe«, atmet Spotty einmal tief durch.
Er informiert sie kurz, dass sie sich für übermorgen Abend mit möglichst vielen Freundinnen verabreden und sich dabei auch völlig normal verhalten

soll. Für das in den Tagen danach entstehende Chaos wünscht er ihr alle Kraft.

Er selbst wird sich bei ihr frühestens wieder in einem Monat melden, wenn sich die Wogen über den Verlust ihres Gatten geglättet haben.

Als letztes beantwortet er im Namen von Veronika das E-Mail der Detektei von soeben. Nach kurzer Überlegung schreibt er:

Für Ihre geleistete Arbeit möchte ich mich an dieser Stelle recht herzlich Bedanken.
Ich habe noch eine Bitte, und zwar möchte ich, dass Sie am Donnerstag zwischen 18 und 21 Uhr von jedem Auto, das dort parkt, von jeder Person, die da aussteigt oder einsteigt, und von jeder Person, die ins Haus geht oder es verlässt, ein Foto machen, und zwar mit Datum und Uhrzeit.
Die Fotos schicken Sie mir bitte noch am selben Abend per E-Mail zu.
Sie dürfen Ihre Rechnung gerne beifügen, denn mein Auftrag ist danach beendet.
Nochmals vielen Dank für Ihre Mühe und Diskretion.

Nachdem Spotty auch diese E-Mail abgeschickt hat, lehnt er sich zurück und überprüft gedanklich noch einmal seine Interventionen.

»Habe ich wirklich an alles gedacht? Nichts vergessen? Selbst der kleinste Fehler könnte fatale Auswirkungen haben.«

Spotty muss schmunzeln.

»Eigentlich ist alles wie beim programmieren. Du musst alle Eventualitäten berücksichtigen. Nicht nur die normal zu erwartenden, sondern auch die durch fehlerhafte Eingaben oder Bearbeitungen auftretenden Situationen.«

Spotty überträgt seine Gedanken über die Programmierung auf den Donnerstag Abend.

»Was da alles für unvorhergesehene Fälle eintreten können«, schlägt er seine Hände über dem Kopf zusammen, will sich darin aber nicht weiter vertiefen, »lass Hans nur mal mit dem Fahrrad kommen, oder gar nicht, weil ihm der nächste Donnerstag besser passt.«

Spotty tröstet sich damit, dass ein Programm auf Jahre fehlerfrei funktionieren muss, für seinen Plan reicht aber eine einmalige Ausführung.

»Es ist alles so geplant, wie es in 95 % der Fälle ablaufen wird, und bei dem Prozentsatz kann man nicht mehr nur von Glück sprechen, aber trotzdem muss man es haben«, und nach einer erneuten Pause des Nachdenkens, »man darf es nur nicht herausfordern wollen.«

Spotty geht ins Internet und sucht nach Veranstaltungshinweisen für Donnerstag Abend, denn es kann nicht verkehrt sein, vorsichtshalber ein Alibi zu haben. Es ist leider nichts dabei, was ihn interessieren könnte, oder es ist bereits ausverkauft.

Also entschließt er sich für den Abend mit Irmi zuerst ins Kino und danach bei seinem Lieblingsitaliener Essen zu gehen.

»Da sind wir in jedem Fall von 18 bis 22 Uhr voll beschäftigt«, stellt er zufrieden fest, beendet damit seinen ereignisreichen Arbeitstag und fährt zu Irmi in die Villa.

Den Mittwoch und Donnerstag ist Spotty im Büro. Eigentlich wollte er gar nicht kommen, aber es kann ja sein, dass noch irgendeine unverhoffte Nachricht eingeht, auf die er reagieren muss. Er malt sich da auch die wildesten Geschichten aus.

»Wir können leider keine Fotos machen, unsere Kamera ist defekt«, ist nur so ein Beispiel seiner blühenden Fantasien.

Letztlich sitzt er aber vor dem Computer und versucht sich ein Bild über seine Gesprächspartner der nächsten Wochen zu machen. Auch eignet er sich so viel wie möglich Wissen an über die Börse, festverzinsliche Wertpapiere, Aktien, Warentermingeschäfte und alles was damit zusammen hängt.

So erfährt er zum Beispiel, dass er von den durch Curt aus welchen Gründen auch immer im Tresor gelagerten Wertpapieren, die Zinsscheine bei Fälligkeit abtrennen und bei einer Bank einlösen muss, um an die ihm zustehenden Zinsen zu kommen.

»Ich muss auch mal schauen, was die für eine Laufzeit haben. Mit Ablauf kann ich mir da auch den Nominalwert von der Bank holen. Das ist jetzt nur etwas für meinen Terminkalender, dann aber für mein Sparbuch.«

Die unter der IP-Adresse notierten Firmen und Namen hat Spotty noch längst nicht alle bearbeiten können, doch schon sticht für ihn eine Person aus der Masse heraus.

Silvio Agnoli.

Er ist Börsenmakler, wird aber von Curt als Spekulant bezeichnet, der wie verrückt nach Insider Informationen jeder Art ist. Sein Augenmerk an der Börse richtet er neben dem klassischen Aktienhandel auch auf die Warentermingeschäfte, also den An- und Verkauf von Kaffee, Schweinehälften, Orangen, Gold, eigentlich auf alles, was sich zu festgelegten Preisen und Lieferterminen handeln lässt.

»Na ja, Irmi wird ihn einladen, ich hoffe mal, dass er kommt, dann werde ich ihn ja kennen lernen«, sieht Spotty der Begegnung erwartungsfroh entgegen.

Am Donnerstag gegen 17:45 Uhr gehen Irmi und Ido ins Kino.

»Das finde ich so lieb von dir, dass du mich mal ins Kino einlädst«, schwärmt Irmi, »und dann auch noch eine Hochzeitskomödie, kein Krimi oder Spionagefilm. Ich bin begeistert.«

Den wahren Grund für diesen Kinobesuch hat Ido ihr nicht erzählt. Zum einen sammelt er dadurch Pluspunkte, zum anderen würde es sie im Vorwege nur belasten, und morgen kann er sie vor vollendete Tatsachen stellen.

Einen anderen Film hätte er natürlich viel lieber gesehen, aber was soll er machen, wenn nichts anderes an diesem Tag angeboten wird.

»Das war wirklich ein lustiger Film«, begeistert sich Irmi am Ende der Vorführung.

»Genau«, bestätigt ihr Ido, »jetzt weiß ich auch wieder, warum ich nie heiraten wollte.«

»Du stehst halt mehr auf schwarzen Humor«, sagt Irmi, als sie das Grinsen in Idos Gesicht sieht.

Die beiden kabbeln sich noch ein bisschen weiter auf dem Weg zum Italiener, wo sie für 20 Uhr einen Tisch reserviert haben.

Beim Essen selbst ist alles andere vergessen, da wird nur noch geschwärmt.

»Allein wegen der Antipasti lohnt es sich, hierher zu kommen«, behauptet Ido, »und natürlich wegen der Cannelloni und wegen seinem Valpolicella.«

»Ich habe keine Ahnung, woher er den Fisch bezieht, aber ich bin begeistert und finde, dass er in unserer Region nirgendwo besser schmeckt«, fügt Irmi noch hinzu.

Die beiden haben jedenfalls einen wunderschönen Abend und zeitweise kann Ido sogar abschalten, ohne an Hans denken zu müssen.

Ido überlegt, ob er noch einmal kurz ins Büro fahren soll, vielleicht sind ja schon Fotos angekommen, oder was auch immer.

Er fährt aber nicht.

»Warum fahre ich ausgerechnet heute Abend noch ins Büro, etwas was ich sonst nie mache. Was muss ich der Polizei antworten, falls ich verhört werden sollte«, ist dafür seine logische Erklärung.

Irmi war jedenfalls von den ganzen weißen Kleidern und Schleiern noch so angetan, dass es sich auch für Ido noch gelohnt hat, an diesem Abend zuhause zu bleiben.

Als am nächsten Morgen die Zeitungsfrau die Tageszeitung in den Briefschlitz der Haustür steckt, steht Ido schon im Flur und zieht ihr die Zeitung quasi aus der Hand.

Aber auf der Titelseite steht nichts.

Auf den nächsten Seiten sowieso nicht.

Im Lokalteil findet er auch nichts.

Ido wirft die Zeitung in die Ecke.

»Wenn der örtliche Landrat ermordet ist, dann muss man das in der Zeitung nicht suchen, das springt einem dann von alleine entgegen«, analysiert Ido die Situation völlig richtig.

»Aber was ist schief gelaufen? Wo habe ich einen Fehler gemacht?«

Ido ist verzweifelt und geht seinen Plan zum gefühlten hundertsten Mal durch.

»Kann ich denn jetzt überhaupt ins Büro gehen, oder steht da vielleicht schon die Polizei, um mich zu verhaften?«

Ido erlebt an diesem Morgen einige der unangenehmsten Stunden seines bisherigen Lebens. Er ist so verunsichert, weiß absolut nicht, was er machen soll. Ohne Frühstück verabschiedet er sich und Irmi hat für einen Moment den Eindruck, als würde er nie wieder kommen.

Ido fährt in die Stadt, parkt den Wagen weit vom Büro entfernt und macht sich zu Fuß auf den Weg. An einem Zeitungskiosk fallen ihm in anderen Blättern auch keine diesbezüglichen Nachrichten auf, Sonderausgaben existieren ebenfalls nicht.

Je näher er seinem Büro kommt, desto langsamer und kürzer werden seine Schritte.

»Friedrichstraße«, steht auf einem Straßenschild.

Ido bleibt stehen, schaut wie ein Fremder in alle Himmelsrichtungen, als müsse er sich orientieren. Natürlich sieht er auch in die Straße, in der Frau Schneider wohnt.

»Nichts, absolut alles leer. So wie immer«, denkt er sich und geht noch ein paar Meter weiter bis zu einem Hauseingang. Hier setzt er sich die Perücke und die Hornbrille auf und geht dann bis zur Straße, in der sich sein Büro befindet.

Hier geschieht wieder das gleiche Spiel. Erst einmal Brummkreisel spielen und in alle Richtungen inklusive des Himmels schauen. Aber auch jetzt ist niemand zu sehen. Spotty holt noch einmal tief Luft, gibt sich einen Ruck und bemüht sich dann, wie gewohnt in sein Büro zu gehen.

»Irgendwie gespenstig ist die Atmosphäre hier schon«, sagt er sich, als er dort ankommt und die Türen hinter sich verschließt und verriegelt.

Spotty schaltet seinen Computer an und wartet bis das Betriebssystem hochgefahren ist.

»Die E-Mail von der Detektei an Veronika«, reibt er sich die Hände und liest den üblichen Konversationsschmus mit dem Hinweis auf die Rechnung und die Fotos in der Beilage.

Er öffnet die Fotodatei und schaut sich ein Bild nach dem anderen aufgeregt an, denn noch besteht ja Hoffnung.

»Keine Ahnung, wer das ist.
18:45 Uhr, das Auto vom Landrat kommt.
18:46 Uhr, der Landrat steigt aus.
18:46 Uhr, der Landrat geht ins Haus.«

Es kommen einige Fotos von Anwohnern, die ihr Auto dort geparkt haben, aber dann in einen anderen Eingang gehen.

»Ich dachte schon, das wäre er.
Aber jetzt, das ist er.
19:22 Uhr, Hans steigt aus dem Auto.
19:22 Uhr, Hans schaut zum Auto vom Landrat.
19:23 Uhr, Hans geht ins Haus.
Den kenne ich nicht.
19:32 Uhr, Hans kommt aus dem Haus.
19:33 Uhr, Hans steigt in sein Auto
19:33 Uhr, das Auto von Hans mit Kennzeichen«

Es kommen danach noch ein paar Fotos, aber alle ohne weitere Bedeutung. Der Landrat kommt zumindest in dieser Fotoserie nicht mehr aus dem Haus.

Spotty sitzt auf seinem Stuhl, starrt immer noch auf den Bildschirm und kann es trotzdem nicht glauben.

»Alles wie geplant und abgelaufen wie geschmiert. Es ist alleine noch niemandem aufgefallen«, freut er sich, »es sei denn, Hans hat die Tür nicht öffnen können. Aber wenn er dazu nicht in der Lage ist, dann wäre er sicher gleich zu Hause geblieben.«

Spotty überlegt, ob er irgendetwas unternehmen soll, um einen der beiden als vermisst zu melden.

»Veronika jetzt diesbezüglich anzurufen ist nicht ratsam. Eigentlich hätte sie heute ihren Mann suchen müssen. Schade, daran habe ich nicht gedacht. Vielleicht hat die Schneider ja Arbeitskollegen, die sie vermissen.«

Und während Spotty noch so überlegt, hört er Sirenen näher kommen und dann stoppen. Und das nicht nur einmal.

»Ich denke mal, dass sich das jetzt von alleine erledigt hat.«

Spotty wartet noch eine viertel Stunde, dann schlendert er auf einen Spaziergang in die Parallelstraße. Vor dem Haus stehen mehrere Polizeifahrzeuge, Krankenwagen und auch die Presse ist schon vor Ort. Auch hat sich bereits ein ansehnlicher Menschenpulk versammelt.

»Was ist denn hier los?« fragt er den erst besten der neugierigen Zuschauer.

»Ich habe gehört, dass sie da jemanden erschossen haben sollen«, gibt der bereitwillig Auskunft.

»Zwei«, mischt sich eine Frau ein, »zwei haben sie umgebracht, ein Pärchen. Wahrscheinlich von einem eifersüchtigen Ehepartner erschossen.«

Die letzten Worte haben Spotty wach gerüttelt.

»Es darf erst gar nicht ein Verdacht auf den Ehepartner fallen«, denkt er sich, dreht sich mit einem kurzen Gruß an seine Gesprächspartner um, und geht wieder zurück in sein Büro.

Er druckt zwei E-Mails und die relevanten Fotos von gestern aus, die Fotos sogar ein zweites Mal.

Das erste E-Mail ist von Hans an die Detektei mit der Aufforderung, ihm umgehend Kennzeichen und Anschrift mitzuteilen.

Das zweite ist das von ihm selbst verfasste E-Mail an Hans, mit den Antworten auf seine Forderungen und dem Treffen am Donnerstag ab 19 Uhr.

Alle Stellen, die einen Hinweis auf ihn oder die Detektei liefern, schwärzt er unleserlich, sodass in dieser Hinsicht nur noch E-Mail, Name und Firmenanschrift von Dr. Herbert Kesselhoff zu erkennen sind. Die so präparierten Ausdrucke kopiert er noch einmal.

Jeweils die beiden E-Mail-Ausdrucke und neun gedruckte Fotos mit Datum und Uhrzeit versehen, steckt er in zwei Umschläge und versieht diese mit einem bedruckten Aufkleber mit dem Text:

Von einem aufmerksamen
und anonymen Beobachter

Er meldet sich am Computer ab, nimmt die beiden Umschläge, verlässt das Büro und begibt sich auf den Weg in die Stadtmitte. Er geht jetzt wesentlich schneller als noch auf dem Hinweg, vergisst auch nicht bei passender Gelegenheit sich wieder in Ido zu verwandeln.

Einen der Umschläge legt er unbeobachtet aber dennoch gut platziert auf dem Tresen des Polizeireviers nieder. Es ist kein Kunststück, da bis auf die Notbesetzung alle Beamten wahrscheinlich in der Friedrichstraße im Einsatz sind.

Den zweiten Umschlag lässt er durch einen Jugendlichen gegen ein Trinkgeld im Büro der Tageszeitung abgeben.

»Die fünf Euro für den Jungen sind gut angelegt«, sagt er sich, pfeift fröhlich ein Liedchen und geht zu seinem Auto.

»Für den Rest des Tages mache ich frei. Und mal sehen was morgen in der Zeitung steht.«

Kapitel 22

Doppelmord in der Friedrichstraße

Es ist nicht nur der Leitartikel, der sich heute mit dem Mord an einem Liebespaar beschäftigt, seitenweise wird darüber berichtet, sowohl im internationalen, wie auch im lokalen Teil der Zeitung. Was gestern in der Welt noch die große Katastrophe war, ist heute bestenfalls noch zweitrangig.

»Die Zeitung ist heute aber gut informiert« sagt Ido und legt sie Irmi auf den Frühstückstisch.

»Das ist doch Dr. Kesselhoff, oder?« zeigt Irmi auf eines der abgebildeten Fotos, sieht Ido mit verkniffenen Augen so leicht schräg von unten an, und beginnt die vielen, sich mit diesem Thema beschäftigenden Berichte und Artikel zu lesen.

»Ich wollte dich nicht schon bei der Planung damit belasten«, rechtfertigt sich Ido bereits, obwohl Irmi ihn noch gar nicht wegen seinem Schweigen gerügt hat.

»Ich bin mir nicht sicher, ob ich das gut finde, das müssen wir später einmal besprechen«, belässt es Irmi erst einmal mit ihrer Anklage, »jetzt bin ich allerdings neugierig, warum Hans, der ja eigentlich dich im Visier hat, nun auf die Idee kommt, ausgerechnet unseren Landrat zu erschießen.«

»Für den Landrat war das einfach nur Pech.«

»Doppeltes Pech«, unterbricht Irmi, »denn auf eine Party kann ich ihn jetzt auch nicht mehr einladen.«

»Er war auch nur ein einziges Mal bei uns, wenn ich mich nicht irre, oder?«

»Stimmt, ich habe ihn eigentlich von der Liste gestrichen, weil er mit irgendeinem Büromädchen gekommen war, und die Villa dann mit einem Swingerclub verwechselt hat«, gesteht Irmi kleinlaut, um dann aber geschickt wieder auf das alte Thema zurück zu kommen, »jetzt weiß ich aber immer noch nicht, warum er erschossen wurde.«

»Du weißt, dass mich Hans, der ja offiziell jetzt Herbert ist, beschatten ließ.«

»Noch bin ich ja nicht senil«, geht Irmi zickig dazwischen, weil ihr die Erklärung jetzt schon viel zu lange dauert.

»Na ja, ich habe die von Hans beauftragte Detektei kontrolliert und dabei festgestellt, dass der Landrat von seiner Frau auch beschattet wird.«

»Und dann hast du die Ergebnisse der Observationen halt so ein bisschen durcheinander gebracht«, erkennt Irmi sofort Idos Plan und streichelt ihn am Hinterkopf, »du bist mir schon ein pfiffiges Kerlchen.«

»Gut, wegen mir hätte Hans auch jeden anderen erschießen dürfen, aber so ein Landrat, der passt natürlich perfekt«, erklärt Ido mit geheimnisvollem Unterton.

»Inwiefern?« stimmt Irmi in die Tonlage ein, bereit jedes Geheimnis zu lösen.

»Ein Mord an einer Person des öffentlichen Lebens erregt natürlich mehr Aufsehen, als ein normales Verbrechen.«

«Deswegen auch eine intensivere Suche nach dem Täter, keine Möglichkeit etwas unter den Teppich kehren zu können, und so weiter. Ich verstehe was du dir gedacht hast«, unterbricht ihn Irmi sofort und unterstreicht damit erneut, dass sie gedanklich ein Herz und eine Seele sind.

»Aber da ist noch etwas.«

Irmi sieht Ido erwartungsfroh an, ist aber nicht erpicht darauf, hier ein Ratespiel mit einseitig verteilten Rollen zu veranstalten.

»Etwas für dich.«

»Nun spann mich hier nicht so auf die Folter, sonst falle ich gleich über dich her und hole mir die Antwort auf meine Art und Weise«, haucht sie darum wie die Schlange Kaa aus dem Dschungelbuch.

»Bei einer Scheidung hätte Frau Landrat die Hälfte des Vermögens bekommen, jetzt hat sie alles«, lässt sich Ido aber nicht aus der Ruhe bringen.

»Und?«

»Und die Lebensversicherungssumme.«

»Ich packe dich gleich«, faucht Irmi, »du weißt genau was ich meine. Du hast gesagt, da ist auch etwas für mich.«

»Ach so, Entschuldigung«, beginnt Ido aufreizend zögerlich, »das meinst du. Na, wir bekommen davon eine Million ab, wenn die Police ausbezahlt ist.«

Irmi wird still. Am liebsten würde sie jetzt über Ido herfallen. Sie sieht auch schon den umstürzenden Tisch, die zerberstenden Teller und Tassen, sie erinnert sich wieder an das himmlische Gefühl, das einmalig ist und welches sie mit Ido erleben durfte.

Ein Lächeln, nein, ein Strahlen zieht über ihr Gesicht und sie öffnet ihre Bluse.

Ido sieht dieses Geschenk, dieses Wunder der Natur, und Ido ist ein artiger Junge. Er bedankt sich, nimmt das Geschenk entgegen und packt es aus, auch wenn dabei der Frühstückstisch zu Boden fällt. Aber das realisieren sie beide erst Stunden später.

Gegen Mittag sitzt Spotty im Büro. Sein Computer verzeichnet keinerlei neue Meldungen und ihm ist es langweilig.

»Was wohl die Polizei machen wird oder schon unternommen hat, schließlich ist Dr. Kesselhoff eindeutig auf den Fotos zu erkennen und zumindest ein Tatverdächtiger«, denkt er sich und es reizt ihn, sich doch einmal auf den Arbeitsplatz von Hans einzuloggen.

»Ach, was soll's, sonst habe ich ja doch keine ruhige Minute mehr«, redet er sich ein und setzt seine Idee in die Tat um.

»Wenn die Polizei schon da sein sollte, dann kann ich die Webcam ja sofort wieder ausschalten«, beruhigt er sich und positioniert seine Finger bereits auf der entsprechenden Tastenkombination.

Seine Sinne sind so angespannt, dass er unwillkürlich in dem Moment zusammenzuckt, als der Blick durch die Kamera von der Vorderseite des Bildschirms in das fremde Büro freigegeben wird.

Seine Finger sind bereit auf die Tasten zu drücken, während seine Augen versuchen, sich erst einmal einen Überblick über die Lage zu verschaffen. Da von ihnen keine bedrohlichen Situationen gemeldet werden, löst sich die Verkrampfung seiner Finger schnell wieder.

»Da ist nur Hans«, sagt sich Spotty ohne sich auch zu hinterfragen, ob das beruhigend oder besorgniserregend ist.

Hans sitzt vor seinem Bildschirm, schaut mit dem Kopf angestrengt auf die Tastatur und tippt auch irgendetwas ein. Neben dem Rechner steht eine Tasse mit frisch gebrühtem, dampfendem Kaffee auf dem Schreibtisch.

»Und was ist das?«

Spotty ist schon in Versuchung, die Webcam auf eine Schachtel zu richten, die neben der Kaffeetasse liegt. Er verzichtet aber darauf, aus Angst vor einem eventuellen kleinen Geräusch, das die Kamera dabei abgeben könnte.

Aber je länger er auf die kleine Verpackung schaut und je mehr Buchstaben er meint entziffert zu haben, desto sicherer ist er sich.

»Das ist das Medikament, das wir damals Thorsten Bertmann bei dem vorgetäuschten Suizid verabreicht haben.«

Er schaut noch einmal genau hin und ist sich definitiv sicher.

»Will der sich umbringen?« schießt es Spotty in den Kopf, »das wäre nicht schlecht.«

Spotty hat sich sowieso schon gefragt, was noch alles auf ihn zukommt, wenn Hans bei der Polizei erst einmal aussagt. Wenn er denen erzählt, dass er nicht Herbert heißt, dass Hans nie entführt wurde, dass er einen Ido Vermolen erschießen wollte, und wer weiß, was noch alles.

»Aber was tippt er da, doch nicht etwa einen Abschiedsbrief, eine Beichte?«

Spotty sucht in den Dateien nach einem heute neu angelegtem Dokument und seine Bemühungen werden auch schnell von Erfolg gekrönt.

»Mist, außer der Überschrift steht da noch nichts«, hadert er.

Spotty weiß zwar genau, dass Hans einen Abschiedsbrief verfasst, aber er kann nicht lesen, was auf dem Bildschirm steht, erst wenn Hans das Geschriebene abspeichert, ist es für Spotty in der Datei auch zu sehen.

»Was soll ich bloß machen?«

Spotty fällt auch auf, dass Hans jetzt bereits zweimal in Richtung seiner Bürotür geschaut hat.

»Ob die Polizei schon an der Tür steht?

Verdammt, ich brauche eine Idee.

Warum fällt mir um alles in der Welt nichts ein?

Soll ich einen Systemabsturz provozieren? Dann ist der Bildschirm leer.«

Aber die Idee verwirft er auch schnell wieder, da die Systeme heutzutage alle einen automatischen Wiederanlaufpunkt generieren, das heißt, bei einem Neustart würde vielleicht die letzte Zeile auf dem Schirm fehlen, wenn überhaupt.

»Himmel herrje, jetzt nimmt Hans tatsächlich das Medikament mit dem Kaffee ein. Wenn er nun auch noch den Brief ausdruckt, dann kann ich sowieso nichts mehr machen.«

Aber genau in dem Augenblick, als er das Wort 'ausdruckt' sagt, kommt ihm der rettende Gedanke und es dauert keine zehn Sekunden, bis er Hans seinen Drucker über das Betriebssystem auf 'Offline' geschaltet hat.

»Das war knapp«, denkt er sich mit Recht, denn Hans hat seinen Abschiedsbrief gespeichert und versucht ihn jetzt auszudrucken.

Da der Drucker sich nicht bewegt, sucht Hans nach der Ursache. Aber zum einen ist er nicht der Fachmann, der auf den ersten Blick den Fehler findet, zum andern schwinden ihm jetzt die Kräfte und auch die Sinne. Als er endlich bemerkt, dass der Drucker nicht eingeschaltet ist, versucht er verzweifelt sich noch einmal aufzurichten.

Aber er sackt zurück in seinen Chefsessel, seine Arme gleiten in Richtung des Fußbodens und er verdreht zum letzten Mal seine Augen.

Spotty hat keinen Blick für das tragische Ende seines Kontrahenten. Wenn die Polizei schon an der Tür sein sollte, muss er sich beeilen. Darum öffnet er sofort das gerade gespeicherte Dokument von Hans und liest es sich durch.

Abschiedsbrief
Ich habe in meinem Leben so viele Dinge falsch gemacht, und je mehr ich versucht habe, die Fehler zu korrigieren, desto mehr ging daneben.
Es reicht jetzt. Ich kann die Menschheit nur noch vor mir selbst schützen.
Ich bin auch nicht Dr. Herbert Kesselhoff, obwohl ich hier auf seinem Platz sitze, sondern Dr. Hans Kesselhoff. Aber der Reihe nach.

Angefangen hat alles mit einem gewissen Curt Svensson. Er hat mich und meinen Zwillingsbruder um reichlich viel Geld betrogen, wodurch meine Träume von einem Häuschen in der Karibik abrupt beendet wurden.
Das sollte er büßen und ich wollte ihn erschießen. Als ich in seine Wohnung trat, habe ich vor Aufregung auf die erste Person geschossen, die ich dort sah. Leider war das eine fremde Person, Curt Svensson war zu dem Zeitpunkt bereits tot.

Dann war da die Fusion der beiden Pharmakonzerne. Bei der Übernahme habe ich einen Betrag von fast 25 Millionen Euro veruntreut, meine Entführung vorgetäuscht und meinen Bruder unter meinem Namen das Geld in die Schweiz bringen lassen.
Ich war schon auf Curacao, als ich erfuhr, dass er am Matterhorn ermordet wurde. Ich musste zurück, sitze hier auf dem Stuhl von meinem toten Bruder und an das Geld in der Schweiz komme ich auch nicht mehr.

Mir sind insbesondere im letzten Punkt einige Dinge nicht erklärbar, scheinen manipuliert zu sein. Und da habe ich Ido Vermolen in Verdacht, seine Finger im Spiel gehabt zu haben.

Ich habe ihn aufspüren lassen und erfahren, dass er gestern Abend eine Verabredung bei dieser Frau Schneider hatte. Also bin ich dort hin.
Eine Tür zu öffnen, habe ich schon als Teenager gelernt, wie man einen Schalldämpfer auf eine Pistole setzt, muss man nicht lernen. Ich bin ins Schlafzimmer gegangen und habe die beiden in der Missionarsstellung angetroffen.
Dadurch konnte ich nicht ihn, aber die Frau erkennen. Durch ein Foto, das ich von ihr hatte, habe ich mich davon überzeugt, dieses Mal die richtigen zu erschießen. Die Frau war zu diesem Zeitpunkt leider am falschen Ort.
Jetzt sehe ich in der Zeitung, dass ich unseren Landrat erschossen habe. Mir reicht es jetzt.
Auf Grund meiner Position im Pharmakonzern war es mir ein leichtes, um an entsprechende Medikamente zur Selbsttötung zu kommen.

Ich entschuldige mich bei den Hinterbliebenen meiner unschuldigen Opfer, möchte ihnen aber mein Vermögen hinterlassen, welches sich auf rund zwei Millionen Euro beläuft und sich auf dem Nummernkonto 4744471118 bei der Schweizerischen Nationalbank mit dem Kennwort ffohlessek befindet.
Herbert, ich komme jetzt zu dir.
Dr. Hans Kesselhoff

Spotty kopiert sich natürlich das Dokument auf seinen Rechner, dann überlegt er, welche Änderungen er unbedingt im Original vornehmen muss. Um den Brief neu zu verfassen, ist logischerweise nicht ausreichend Zeit vorhanden.

Er entschließt sich für nur zwei Veränderungen, welche sich auch schnell und problemlos durchführen lassen.

Erstens: Er ersetzt seinen eigenen Namen durch den des Börsenmaklers Silvio Agnoli. Eine andere Person fällt ihm auf die Schnelle nicht ein.

Zweitens: Er löscht den kompletten Rest des Schreibens mit der Entschuldigung bei den Hinterbliebenen, mit den Vermögensangaben und den Bankdaten in der Schweiz.

»So jetzt noch schnell den versuchten Ausdruck von Hans aus der Warteschlange seines Druckers entfernen, den Drucker wieder auf 'Online' schalten, und seinen geänderten Abschiedsbrief drucken.«

Spotty klatscht sich auf die Schenkel, als er das Papier aus dem Drucker kommen sieht.

»Bingo, was für ein Glück.«

Dann löscht er der Einfachheit halber, bis auf den neuen Abschiedsbrief, alles was er finden kann aus den Dokumenten und den E-Mails. Auch an den Papierkorb denkt er.

»Vielleicht ist da ja noch irgendwo ein Schreiben der Detektei oder wem auch immer zwischen gewesen, das nicht in dieses Konzept passt. Das wäre damit auch eliminiert.«

Spotty löscht noch alle auf dem Bildschirm gestarteten Prozesse, damit dort jetzt nur noch das Hintergrundfoto des Startbildschirms zu sehen ist.

Es ist alles getan und erst jetzt findet Spotty die Zeit, um einmal auf Hans zu blicken.

»Armer Kerl«, denkt er sich, »aber warum bist du auch so geldgeil gewesen. Hast doch zwei Millionen gehabt, hätten die nicht gereicht? Von mir wären auch noch sechs Millionen dazu gekommen.«

Spotty grübelt noch ein bisschen und sagt sich dann:

»Wer weiß, wo du die zwei Millionen her hast und wer dafür daran glauben musste, und Curt wegen einem Zehntel des Betrages umbringen zu wollen, ist nicht fein.«

Mit einem Mal kommt Bewegung in das Kamerabild. Die Tür zum Büro ist aufgestoßen, Polizisten untersuchen Hans, Sekretärinnen halten sich kreischend die Hände vor den Kopf, jemand fällt in Ohnmacht, der Abschiedsbrief wird gelesen, kurz gesagt, alles geht seinen Gang.

»Das war es wohl«, sagt Spotty und beendet die Verbindung mit dem Industriekonzern.

Spotty erteilt noch einen Umbuchungsauftrag bei der Schweizerischen Nationalbank, und zwar über zwei Millionen Euro von Hans seinem Konto, dessen Daten er ja aus dem Abschiedsbrief kennt, auf das Konto von Irmi.

»Wenn ich an das heutige Frühstück denke, da habe ich Irmi eine Million Euro avisiert, die sie frühestens in vier Wochen erhält. Jetzt bin ich auf das Abendessen gespannt, da sie nun schon zwei Millionen mehr auf ihrem Konto hat«, freut sich Spotty in Erwartung des Abends, meldet sich aus seinem Rechner ab, räumt den Schreibtisch noch ein bisschen auf und fährt nach Hause.

Kapitel 23

Das Ende der Kesselhoff-Trilogie

Den nächsten Tag sind die Zeitungen natürlich wieder voll mit Meldungen über den Selbstmord von Dr. Hans Kesselhoff. Dabei geraten sie aber gehörig unter Erklärungsnot, denn so mancher aufmerksame Leser fragt sich sofort:

»Wie oft stirbt der Mann denn noch?«

Die fehlerhafte Berichterstattung des ersten Todesfalls wird selbstverständlich korrigiert, aber nicht der mangelhaften, eigenen Recherche angelastet. Im Gegenteil, durch sensationell neu aufgemachtes Halbwissen werden alte Fehler einfach überlagert.

»Manche Geschmacklosigkeiten sind nicht mehr zu überbieten«, regt sich Ido beim Lesen der Zeitung auf, »fragt tatsächlich ein Reporter die Ehefrau von Herbert, welche Konsequenzen sie daraus ziehen will, dass sie die letzten Wochen mit ihrem Schwager geschlafen hat.«

»Unglaublich«, bestätigt Irmi, »in einem Artikel vertritt auch ein Redakteur die These eines politischen Mordes, nur weil Hans ein Parteibuch der Opposition besitzen soll.«

»Lass sie schreiben, so lange sie da Interessantes finden, müssen sie nicht weiter suchen.«

»Und vielleicht sogar auf die Wahrheit stoßen«, ergänzt ihm Irmi den Satz.

»In der Presse, in der Politik, es wird doch überall nur noch gelogen«, echauffiert sich Ido, »aber was das bedenkliche daran ist, dass wir die Lügen akzeptieren und niemand ihnen widerspricht.«

»Warum sollten wir auch? Wenn die Obrigkeit die Gebote missachtet, dann haben wir wenigstens allen

Grund, unsere eigenen Unwahrheiten als allgemein üblich zu rechtfertigen«, argumentiert Irmi, »außerdem bekommst du mit einer gut aufgebauten Lüge vor Gericht vielleicht eher dein Recht, als mit der simplen Wahrheit.«

»Du meinst, dass die Lüge bei uns schon salonfähig geworden ist?«

»Ich fürchte, ja.«

Beide müssen noch einen Moment über die zunehmende Verrohung unserer Sitten nachdenken, bevor Ido versucht, wieder zum Ursprungsthema zurück zu finden.

»Wie auch immer, mit dem nächsten Unglück, Flugzeugabsturz, Überfall, Bombenanschlag oder was weiß ich für einem Drama, ist sowieso alles über die Kesselhoffs vergessen. Ab dem Augenblick hörst du kein Wort mehr über sie.«

»Aus den Augen, aus dem Sinn«, philosophiert Irmi weiter, »wenn du heute in vier Wochen dein Geld bei Frau Landrat abholst, dann wird sich kaum noch jemand daran erinnern können, dass sie einmal verheiratet war.«

»Das ist jetzt zwar etwas überzeichnet, aber im Prinzip hast du Recht«, bestätigt ihr Ido.

Die beiden debattieren noch eine Weile, während sie dabei die Zeitung lesen und gemütlich ihren Kaffee trinken.

»Wie weit bist du denn mit den Einladungen für das nächste Wochenende«, wechselt Ido endlich das Thema, »hast du schon Zusagen?«

»Ja, einige. Ich schätze, dass wir so zwischen 25 und 30 Personen werden. Und da wir darüber gerade sprechen. Ich möchte gerne einen anderen Catering Service bestellen. Ist dir das Recht?«

»Aber der bisherige war doch nicht schlecht, oder?«

»Nein, das nicht. Aber die bringen im Prinzip immer das gleiche Essen, also bei den Vorspeisen, Beilagen, dem Nachtisch. Du weißt, was ich meine?«

»Mir ist das jetzt nicht so aufgefallen, aber wenn du das sagst, wird es schon stimmen.«

»Du kannst es mir glauben und einige Gästen haben es das letzte Mal auch bemerkt. Außerdem holen die ihre Sachen den nächsten Tag immer so spät wieder ab.«

»Das ist dein Ressort, du bist die Gastgeberin, ich esse sowieso alles, was du mir hinstellst«, schmeichelt Ido und sammelt wieder Bonuspunkte, »Hauptsache der Discjockey bleibt, der ist nämlich gut.«

»Er hat extra für uns eine andere Veranstaltung beziehungsweise Party abgesagt.«

»Er ist ja auch bei niemand anderem so oft, wie bei uns. Aber in dem Zusammenhang noch etwas anderes. Du solltest auch einen Silvio Agnoli einladen, hat der vielleicht schon zugesagt?« wechselt Ido aus gutem Grund erneut das Thema.

»Ja, der hat gestern per Telefon seine Zustimmung gegeben. Das ist bestimmt ein lustiger Vogel, Herzensbrecher und Charmeur.«

»Kommt er alleine, oder mit Partnerin?«

»Bei einer Gastgeberin mit so einer charmanten Stimme, kommt Silvio immer alleine«, versucht Irmi dabei den leichten italienischen Akzent des neuen Gastes nachzusprechen.

»Hat er das gesagt?«

»Ja, ich habe ihn danach gefragt«, und als sie Idos irritierten Blick sieht, ergänzt sie schnell, »natürlich nur wegen der Personenzahl fürs Catering.«

»Ich wollte dich gerade bitten, dich bei ihm einzuschmeicheln«, gibt sich Ido ganz gelassen, als wäre er weit davon entfernt, eifersüchtig zu sein, »aber wie du ihn beschreibst, wird er dir die Möglichkeit dazu ja bestimmt bieten.«

»Was macht ihn denn für dich so interessant und was muss ich ihm aus den Hoden kitzeln?« wird Irmi jetzt aber neugierig.

»Er arbeitet an der Börse, hat dort den direkten Zugang, spekuliert gerne und viel, hat Beziehungen und Drähte zu wichtigen Persönlichkeiten und ein dementsprechendes Netzwerk«, holt Ido erst einmal weit aus, »und was ich von ihm möchte, nein, nicht möchte. Was ich von ihm will, dass ist der Zugang zu seinem Computer.«

Irmi zweifelt und wiegt ihren Kopf hin und her.

»Ein Schäferstündchen mit ihm lass ich mir ja gefallen. Aber ich glaube, ich könnte wie Frau Kesselhoff tot in der Sofaecke hängen und er würde mir den immer noch nicht gegeben haben.«

»Du sollst ihn auch nur heiß und scharf auf dich machen, und wenn du dabei auch scharf wirst, darfst du gerne zu mir kommen.«

»Muss ich aber nicht, oder?«

Das sitzt erst einmal und Ido muss sich sammeln, nachdenken über seine eigenen, schnell daher gesagten Worte, die scherzhaft gemeint waren, aber machohaft klingen.

»Nein, musst du natürlich nicht«, entschuldigt er sich, »aber du musst mit ihm ein bisschen kommunizieren, und zwar über E-Mails.»

»Und du meinst, dass er da heiß und scharf von wird?« muss Irmi anfangen zu lachen, wobei sich im Lachen auch die Freude über Idos Reaktion und seine Entschuldigung versteckt.

»Naja indirekt, so halt, dass du ihm irgendwann ein Foto von dir schicken musst, ob nackt oder nicht, überlasse ich dir. Jedenfalls will ich das Foto vorher mit einem Virus, einem Trojaner präparieren. Dann bekomme ich das, was ich haben will.«

»Das dürfte doch nicht so schwer sein, da muss ich ihm nichts aus den Hoden kitzeln, da reicht meines Erachtens schon die Nase«, möchte Irmi ihrem doch etwas leidenden Ido entgegen kommen.

»Vorsichtig«, und Ido hebt seinen Zeigefinger in die Höhe, »er hat bestimmt ein Anti-Virus-Programm und er muss dann sicher abwägen, ob er der Software trauen, oder dein Bild sehen will.«

»Also doch ein Nacktfoto«, begreift Irmi.

»Auf das er sicher scharf ist, es sei denn, er hat dich schon einmal nackend gesehen.«

Irmi springt auf, stürzt sich auf den völlig verdutzten Ido, reißt ihn zu Boden und trommelt mit ihren Fäusten auf seinen Brustkorb.

»Soll das heißen, dass ich nackend so hässlich bin, dass niemand mehr ein Nacktfoto von mir haben will«, faucht sie ihn an.

Ido ist echt verzweifelt. Er weiß zwar, was er eigentlich ausdrücken wollte, kann sich an den genauen Wortlaut seines Satzes aber schon nicht mehr hundert Prozent erinnern. Hat er etwas falsches gesagt? Er probiert es noch einmal.

»Ich meine, du hast so einen schönen Körper, jeder Mann sehnt sich danach, dich einmal nackend sehen zu können.«

»Und wenn er mich so gesehen hat, ist alles vorbei, sagst du«, und Irmis Wutanfall ist damit noch lange nicht verraucht.

»Nein, aber wenn ich dich nackend berühren und sogar lieben darf, bin ich nicht mehr wild auf ein Foto von dir, dann will ich dich.«

»Da merke ich aber nichts von«, haucht Irmi und bietet Ido damit die Möglichkeit, diese Diskussion liebevoll zu beenden.

Und wieder wird an dem Morgen der wunderschöne Sonnenschein, die zwitschernden Vögel und die klare Luft ignoriert, dafür bleibt aber dieses Mal der Esstisch stehen.

»Mit dir ist es so schön, da würden selbst hundert kleine italienische Silvios sich vergeblich bemühen«, setzt Irmi dann irgendwann ihre Unterhaltung wieder fort.

»Da ist aber noch etwas, was du über ihn unbedingt wissen musst«, sagt Ido, als auch er wieder zu den Lebenden zurückgekehrt ist.

»Immer raus mit der Sprache, mich kann heute überhaupt nichts mehr erschüttern.«

»Hans hat ja in seinem Abschiedsbrief geschrieben, dass er eigentlich mich erschießen wollte, dann aber erfahren hat, dass er den Landrat erwischt hat und sich deswegen jetzt das Leben nimmt.«

»Aber deinen Namen hast du doch abgeändert, hast du gesagt«, erschrickt Irmi und sieht ihren Ido erwartungsvoll an.

»Das schon. Ich hatte aber wirklich nur wenige Sekunden Zeit, um das alles abzuändern, zumal ich den ganzen Brief ja auch nur einmal lesen konnte«, bittet Ido quasi jetzt schon um Verzeihung.

»Ja, nun mach es mal nicht so spannend«, unterbricht ihn Irmi.

»Ich musste also meinen Namen durch einen anderen ersetzen, und mir viel so schnell niemand ein.«

»Und da hast du meinen Charmeur genommen?« will es Irmi nicht glauben.

»Über den hatte ich erst gerade Informationen gesammelt, sein Name viel mir in dem Moment als einziger ein. Tut mir Leid«, entschuldigt sich Ido nun mehr oder weniger.

»Ist gerade nicht so vorteilhaft für deine weiteren Ambitionen«, klagt Irmi, »vielleicht kommt er ja auch gar nicht. Wenn die Polizei ihn wegen irgend einem Verdacht verhört, und er eventuell kein Alibi hat, wer weiß.«

»Er wird schon kommen, man kann ja niemanden grundlos verhaften. Aber er wird dir sicher über die Verhöre berichten. Vielleicht kannst du mich da ja als Retter in der Not ins Spiel bringen, falls er irgendwelche Schwierigkeiten erwarten sollte.«

»Stets zu ihren Diensten, Herr Direktor Notnagel«, scherzt Irmi und die beiden kabbeln und ärgern sich noch ein bisschen weiter.

In der Woche vor der Party sitzt Spotty an einigen Tagen noch für ein paar Stunden im Büro. Er wird mit dem Fall des ermordeten Liebespaares oder dem Selbstmord von Hans in keiner Weise konfrontiert, was für ihn aber völlig logisch ist, da er mit diesen Angelegenheiten ja auch nichts zu tun hat.

Veronika, die so schamlos betrogene Witwe, wird sicherlich von allen Seiten kondoliert und bedauert werden, aber die Details wird er erst später erfahren.

Und so überweist er im Namen von Veronika den Rechnungsbetrag an die Detektei. Die Bezahlung von Hans seiner Rechnung erübrigt sich, denn Tote stellen sich für gewöhnlich damit selbst im Mahnverfahren immer sehr stur an.

Des weiteren geht Spotty in die Computer einiger Firmen aus Curts Liste. Nur eine Firma muss er aus dieser Aufstellung streichen. Dort wird versucht, Fremde oder Eindringlinge zu identifizieren und dieser Gefahr entdeckt zu werden, will er sich nicht aussetzen. Bei allen anderen Unternehmen kann er schalten und walten, wie er es gerne möchte.

»Es ist schon sensationell wie manche mit ihrem Know-how umgehen. Im Betreff eines E-Mails am Anfang GEHEIM schreiben, reicht ihnen.«

Aber Spotty freut sich, so weiß er wenigstens was zum Lesen von Interesse ist, und was nicht.

So erfährt er zum Beispiel, dass bei einem ausländischen Autobauer sich wegen Streiks in der Zulieferindustrie, die ersten Auslieferungen eines neuen Modells um bis zu drei Monate verzögern werden.

»Ich habe zwar noch keine Ahnung, ob ich mit dieser Information etwas gewinnbringendes anfangen kann, aber probieren geht über studieren und nur so lerne ich ja etwas«, versucht Spotty sich selbst zu motivieren.

Eine Entdeckung bei einem anderen Autohersteller stellt aber alle bisher gefundenen Ungereimtheiten ganz klar in den Schatten. In internen und geheimen Unterlagen findet er unter anderem die folgenden Hinweise:

... eine Umweltbehörde scheint uns so allmählich auf die Schliche zu kommen ...

... wenn erst publik wird, dass wir die Daten manipuliert haben, dann rollen hier Köpfe ...

... kommt eine Welle von Schadensersatzforderungen in Milliardenhöhe auf uns zu ...

»Das ist der Hammer, aber das brauche ich überhaupt niemandem erzählen.«

Um sicher zu gehen, nicht etwas falsch zu interpretieren, liest Spotty die Berichte mehrmals, läuft auch noch einige Male im Büro auf und ab, und entscheidet für sich:

»Das glaubt mir keiner. Diese Unverfrorenheit nimmt mir niemand ab, hält man nicht für möglich, da mache ich mich höchstens lächerlich. Jedenfalls werde ich diese Aktien sofort verkaufen, falls ich davon welche im Depot haben sollte.«

Spotty kopiert sich diese brisanten Unterlagen und setzt sich auch mit der Bank in Verbindung, die sein Wertpapierdepot verwaltet. Er verkauft sämtliche Autoaktien und lässt den Erlös direkt auf Irmis Konto transferieren.

Die Party, zu der Irmi und Ido wieder einmal in die Villa eingeladen haben, ist ab der ersten Minute ein voller Erfolg. Die beiden feiern hier im Prinzip ständig irgendwelche Partys, aber durch die neuen Gäste ist dieses Mal sogar etwas Abwechslung in die sich wiederholenden, immer gleichen Gesprächsthemen gekommen.

Aktiengeschäfte stehen ganz neu und gleich obenan auf der Liste der geführten Unterhaltungen.

»Die Wirtschaft in Deutschland boomt gewaltig, und Deutschland ist ein Autoland, ich kann Ihnen nur empfehlen, in Autoaktien zu investieren«, heißt es aus berufenem Munde.

»Ich möchte ja keine Marke nennen, aber ein Hersteller bringt ja jetzt ein neues Modell auf den Markt, Sie haben deren Werbung sicher im Fernsehen verfolgt. Die Aktie wird dadurch einen gewaltigen Schub nach oben erfahren, den man unbedingt mitnehmen sollte«, ergänzt ein zweiter Gast.

»Ich würde Ihnen raten, mit einem Kauf der Aktie noch wenigstens zwei Wochen zu warten«, wirft Ido seinen Satz ganz trocken in die Runde der bisher nur mit dem Kopf nickenden Zuhörer und Ratlosigkeit und Schweigen bricht auch bei den bisher so redseligen Experten aus, als er noch hinzufügt:

»Und wer Aktien davon im Depot hat, sollte sie Montag früh schnellstens verkaufen.«

Selbstverständlich wird das Schweigen in der Runde auch schnell wieder durchbrochen, denn die Neugierde fragt nach ihrem Recht.

Jeder möchte natürlich wissen, wieso und warum Ido diesen völlig von der Norm abweichenden Ratschlag erteilt, aber Ido bleibt stur.

»Ich sage Ihnen nichts weiter. Seien Sie froh, dass ich Ihnen überhaupt einen Tipp gegeben habe. Entscheiden Sie, was Sie wollen.«

»Ja und jetzt?« fragt ein höchst irritierter Gast dazwischen.

»Auf der nächsten Party sehen wir uns wieder. Da werden wir wissen, wer Recht gehabt hat und wer dann erneut einen Rat von mir haben möchte, darf diesen gerne käuflich erwerben«, ist das kurze, einzige und eindeutige Statement, das Ido zu diesem Punkt noch abgibt.

Natürlich wird an dem Abend noch still und leise weiter über diesen Ratschlag getuschelt, es kristallisieren sich auch zwei Gruppen mit unterschiedlichen Auffassungen heraus, aber das ist alles normal, gehört irgendwie auch zu einer Party.

Weit nach Mitternacht, als sich die meisten Gäste für den schönen Abend bedankt und verabschiedet haben, auch der Discjockey seine Musikanlage auf Automatik umgestellt hat, macht sich der harte Kern der Gesellschaft daran, die Tanzfläche in Richtung Sauna und Schwimmbad zu verlassen.

Auch Silvio Agnoli gehört zu den späten Gästen. Den ganzen Abend flirtet er schon mit Irmi und als er hört, dass es noch in die Sauna geht, da ist er kaum zu halten.

»So eine schöne Frau einmal unbekleidet zu sehen, muss der Traum eines jeden Mannes sein. Ich bin in jedem Fall dabei«, flötet er Irmi ins Ohr.

»Gib mir deine E-Mail-Adresse, dann schicke ich dir ein Nacktfoto von mir. Das kannst du dir über dein Bett hängen, dann lässt es sich noch besser träumen«, antwortet ihm Irmi ganz abgebrüht auf ihre burschikose Art.

Der arme Silvio weiß in dem Augenblick nicht, wie er das einordnen soll. War das ein Kompliment oder eine Abfuhr für ihn? Jedenfalls nennt er Irmi seine E-Mail-Adresse, nicht ohne die Bemerkung, jetzt schon sehnsuchtsvoll auf ihr Foto warten zu würden.

»Aber das bleibt unter uns, nicht weiter sagen«, fügt Irmi dann doch noch hinzu, als sie sich etwas unsicher ist, ob sie zuvor nicht doch zu hart mit ihm umgegangen ist.

Und dieser kurze Hinweis lässt den jetzt stolzen Italiener um mindestens zwanzig Zentimeter an Größe zulegen.

Später in der Sauna wendet Ido einen geschickten Schachzug an, indem er das Gespräch ganz unauffällig auf das Zeitungsthema der letzten Woche bringt.

Den Seitensprung vom Landrat und den Mord an ihm, und den Selbstmord von einem dieser beiden Dr. Kesselhoffs.

»Welcher das von den Zwillingen jetzt auch immer gewesen sein mag«, fügt er dann am Ende seiner Rede bedeutungsvoll hinzu.

»Ja, das war der Hans, so wie es auch in der Zeitung gemeldet wurde«, bestätigt Silvio, ohne die Folgen dieser Bemerkung zu erkennen.

»Das kann doch nur der Herbert gewesen sein, seine Sekretärin und erst recht seine Frau werden doch wissen, wen sie vor sich gehabt haben«, bezweifelt Ido die Aussage von Silvio, »und überhaupt, woher wollen Sie das denn wissen?«

Aber Silvio erhält für seine Antwort einen zeitlichen Aufschub.

Da man nun schon seit etwa fünfzehn Minuten in der Sauna ist, steht der erste schwitzende Gast auf und verlässt diese hastig. Und wie das meistens der Fall ist, folgen ihm die anderen Saunagänger umgehend und erleichtert.

Vor der Sauna löst sich die Gruppe in unterschiedliche Richtungen auf, die einen gehen erst duschen und laufen danach an die frische Luft, die anderen machen es genau umgekehrt, aber irgendwann trifft man sich wieder im Pool.

Silvio nutzt die Gelegenheit zu einem Gespräch, als er Ido auf der anderen Seite des Schwimmbeckens alleine stehen sieht. Er geht zu ihm und bittet ihn, dieses Thema nicht erneut aufzugreifen.

»Kein Problem«, gibt Ido nach, »Sie werden sicher Ihre Gründe dafür haben.«

»Ja, die Polizei war deswegen bei mir. Das muss aber nicht jeder wissen. Da ich Sie sowieso ganz gerne einmal wegen der Autoaktien unter vier Augen sprechen wollte, kann ich Ihnen, wenn Sie möchten, dann auch über den Besuch der Polizei berichten.«

Natürlich möchte Ido und sie verabreden sich für die nächste Woche, während die Party noch mit viel Champagner und Tanz bis zum frühen Morgen fortgesetzt wird.

Kapitel 24

»Die Fotos werde ich an den Playboy schicken.«

Irmi soll ja von sich ein Nacktfoto per E-Mail an Silvio verschicken und Ido möchte es vorher noch mit einem Trojaner versehen, welcher Silvios Computerdaten auskundschaften muss.

Nur Irmi besitzt von sich leider keine entsprechenden Fotos und so fotografiert Ido sie schon den ganzen Morgen, und dass diese scherzhafte Bemerkung von ihm nicht ohne Folgen bleibt, ist auch klar.

Wie eine Furie springt sie Ido an und reißt ihn mit sich auf den Boden. Erst hier stellt sie fest, dass diese Bemerkung sie nur provozieren sollte und dass sie unbekleidet für einen Kampf ziemlich schutzlos ist. Also ändert sie ihre Taktik.

»Super«, sagt sie, »dann werden all die schönen Brad Pitts und George Clooneys hier Sturm klingeln und dann muss ich mich mit dir nicht mehr herum ärgern.«

»Die mögen vielleicht alle schöner sein als ich, aber ob die auch wissen, wie man die schönste Frau der Welt ganz schnell nackend auf den Fußboden bekommt?« kontert Ido.

Irmi ist überwältigt, sie schüttelt verneinend noch zaghaft ihren Kopf, während sie dahinschmilzt wie ein Stückchen Schokolade in der Sonne und Ido sie zu küssen beginnt.

Erst eine Stunde später suchen die beiden ein Foto aus, welches Spotty noch präparieren muss und dann an Silvio schicken darf.

An dem Tag, als Ido mit Silvio verabredet ist, sieht Spotty noch einmal nach, ob der im Foto installierte Trojaner schon erfolgreich gewesen ist.

Und in der Tat, Spotty kann nicht nur ohne Probleme in den Rechner von Silvio, sondern er hat auch die Zugangsdaten von anderen Rechnern, wahrscheinlich auch vom Börsencomputer, und er hat die Daten für das Online-Banking.

Selbstverständlich probiert er sofort aus, ob der Zugang auf Silvios Rechner funktioniert, soviel ist er seiner Berufsehre schuldig.

Aber er hat in Anbetracht der bevorstehenden Verabredung nicht die Zeit, sich in Ruhe umzusehen. Und ehe er hektisch beim Schnüffeln einen Fehler begeht, kopiert er sich vorsichtshalber dessen Dokumentenordner und lässt es für heute genug sein.

»Dann kann ich mir auch ganz unvoreingenommen anhören, was er mir zu sagen hat«, beschließt Spotty und Ido macht sich auf den Weg zu der Verabredung mit Silvio.

»Das ist schön, dass Sie wirklich gekommen sind«, beginnt Silvio die Begrüßung.

»Ich heiße übrigens Ido«, fällt dieser ihm direkt ins Wort, »ich glaube, dass wir uns sicher öfter begegnen werden, und ein 'du' macht die Konversation doch wesentlich einfacher, oder?«

»Ja, gerne doch. Ich heiße Silvio, aber das wirst du bestimmt auch so wissen.«

Die beiden nicken zustimmend und lächeln sich mit dem typischen 'Logisch' Gesicht an. Jedenfalls ist das Eis zwischen ihnen gebrochen, etwas was Ido auch sofort erreichen wollte.

Es ist Kaffeezeit und man bestellt sich Cappuccino und Käse-Mohn-Torte, plaudert über Gott und die Welt, das Wetter und schließlich auch über die letzte Party in der Villa.

»Da wir gerade bei der Party sind«, beginnt Silvio mutig aber durchaus nervös, »du hast uns allen da einen bemerkenswerten Ratschlag erteilt in Bezug auf den Autokonzern.«

»Und? Hatte ich nicht Recht?« verkündet Ido mit stolz geschwellter Brust.

»Du hattest. Ich wollte heute darüber mit dir reden«, kommt Silvio fast ins stottern, »ich möchte gerne wissen, wie konkret und abgesichert deine Informationen, die du ja unweigerlich gehabt haben musst, denn sind. Mit dir eventuell auch so etwas wie einen Beratervertrag abschließen.«

Silvio nimmt ein Stückchen vom Kuchen, in der Hoffnung, dass Ido zu irgendetwas Stellung bezieht. Aber der hüllt sich in Schweigen, harrt der Dinge, die da noch kommen mögen und so muss Silvio zwangsläufig fortfahren, was für sein Selbstvertrauen nicht unbedingt förderlich ist.

»Nun steht es ja heute überall in den Zeitungen, dass das neue Modell erst in drei Monaten auf den Markt kommt. Der Kurs der Aktie fällt gehörig und er wird auch noch weiter fallen. Also erübrigen sich meine Fragen oder gar Zweifel.«

Silvio hat sich jetzt endlich gefangen, hat sich von seiner eigentlich untypischen Nervosität frei geredet und nimmt wieder seine gewohnte Charakterrolle des Charmeurs an.

»Ich sehe, dass ich einen diesbezüglich mit hervorragenden Kenntnissen ausgestatteten Experten vor mir habe«, schwärmt er so überschwänglich, dass man an der Ehrlichkeit seiner Aussage fast zweifeln könnte, »auch deiner Empfehlung, in zwei Wochen die Aktie wieder zu kaufen, kann ich nur zustimmen. Bis dahin hat sich der Markt wieder beruhigt und der Aktienkurs kehrt dann allmählich auf seinen tatsächlichen Wert zurück.«

»Deine Wertschätzung ehrt mich«, beginnt Ido seine Antwort nach einer Pause reiflicher Überlegung, »ich habe schon so meine Informationen. Logischerweise nicht jede Woche oder gar jeden Tag, aber dafür sind sie definitiv aus erster Hand und auf dem Markt noch völlig unbekannt.«

»Genau so etwas suche ich«, unterbricht Silvio vor Aufregung.

»Ich kann dir gerne das nächste Mal die Info verkaufen, so wie ich die auch an andere Interessenten veräußern werde.«

Nur scheibchenweise wird Silvio von Ido gefüttert, die Pausen genau so lang gewählt, dass es nicht arrogant wirkt.

»Ich für meinen Teil, suche aber eigentlich etwas anderes.«

Ido trinkt den letzten Schluck vom Cappuccino und winkt den Ober zu sich, um eine erneute Bestellung aufzugeben. Aber diese Pause und die dadurch künstlich aufgebaute Spannung ist für Silvio kaum noch erträglich.

»Einen Partner?« fragt er hoffnungsvoll, als der Ober außer Hörweite ist.

»Ja, jemanden, der mit den Informationen auch etwas anzufangen weiß, mit anderen Worten, damit auch Geld machen kann. Dann gebe ich dir die Infos natürlich nicht mehr, denn die schmälern dann nur meinen Gewinn«, gibt sich Ido gegenüber Silvio jetzt doch etwas großspurig.

Doch Silvio ignoriert die auf ihn abgeschossenen Spitzen und reißt seinen ganzen Mut zusammen:

»Und wenn ich dein Partner wäre?«

Ido zeigt sich richtig überrascht und tut so, als hätte er sich verschluckt.

»Ja, natürlich«, sagt er etwas herablassend, »nur weißt du, ich meine es wirklich ernst mit dem Geld verdienen.«

»Meinst du etwa, ich nicht?« ist Silvio nun leicht erregt und meilenweit vom Charmeur entfernt.

»Was kannst du mir denn bieten?« lässt sich Ido endlich zu der Frage herab.

»Wie du vielleicht weißt, ist mein Platz an der Börse. Ich verwalte ein Wertpapierdepot meiner Kunden im Gesamtwert von über einer Milliarde Euro, davon etwa zehn Prozent Warentermingeschäfte, der Rest Aktien«, verkündet Silvio mit erhobenem Haupt und stolz wie ein Italiener.

»Das ist in der Tat beachtlich«, nickt Ido beeindruckt mit dem Kopf.

»Meine Kunden verdienen durch diese Art von Insider Informationen, welche ich auch in der Vergangenheit immer beziehen konnte, eine Menge Geld. Deswegen sind sie mir auch treu, zumal sie auch nie etwas verlieren.«

Silvio versucht es auch einmal mit einer Kunstpause, die ihn aber nur selbst nervös macht.

»Natürlich bleibt gut die Hälfte des eigentlichen Gewinns bei mir, und wenn wir uns den teilen, ist das sicher lukrativer, als ein paar einzelne Verkäufe an dubiose Interessenten, von denen du nicht einmal weißt, ob sie dich als Tippgeber nicht sogar verraten.«

Dafür spricht er jetzt so schnell, wie ein Italiener nur schnell sprechen kann, redet sich richtig in Rage, aber Ido sagt ganz ruhig:

»Sorry, das wusste ich nicht. Aber du hast meine Fähigkeiten heute überprüfen können. Lass uns diesen Fall doch einmal als Beispiel durchspielen.«

»Du meinst, wie viel wir ungefähr verdienen würden, wenn ich die Infos von dir angenommen und die Aktien verkauft hätte, und in zwei Wochen wieder kaufen würde?«

»Nur grob gerechnet«, bestätigt Ido, »aber vorsichtig, ich nehme dieses Beispiel als Maßstab für spätere Berechnungen. Begebe dich also damit nicht ins Wolkenkuckucksheim. Ich mache mit Partnern, die mich betrügen, kurzen Prozess.«

»Hat das denn schon einmal jemand versucht?« fragt Silvio beiläufig ohne eigentlich auf eine Antwort zu warten.

»Ja, jemand hat einmal versucht, mit meiner Frau anzubändeln, der lebt heute nicht mehr«, sagt Ido, als wäre es die selbstverständlichste Sache der Welt.

Nur Silvio haut es beinah von seinem Stuhl. Er weiß zwar, dass er jetzt etwas sagen muss, hat aber vergessen, wo es weiter geht, und als er es wieder weiß, kann er nicht mehr rechnen. Also beschließt er spontan, erst einmal dringend die örtliche Toilette aufsuchen zu müssen.

Selbst als er zurück kommt, kann sich Ido das Grinsen über seine indirekt ausgesprochene Drohung noch nicht verkneifen.

»Gehen wir einmal davon aus«, beginnt der sich in der Zwischenzeit wieder erholte Silvio, »dass der Kurs der Aktie um zehn Prozent fällt. Ich schätze, dass der Kurswert dieser Autoaktie in meinem Kundendepot etwa fünfzehn Millionen Euro beträgt.«

»Ob es stimmt, werden wir sehen«, wendet Ido sofort ein, »aber so lässt es sich jedenfalls einfach rechnen, was du dir jetzt weiter sparen kannst.«

»Dann eben nicht«, denkt sich Silvio ohne sich hinterfragen zu können, ob das positiv oder negativ zu bewerten ist, denn:

»Was mich viel mehr interessiert«, verlangt Ido um volle Aufmerksamkeit, »wie betrügst du deine Kunden, ohne dass die es merken?«

»Ganz einfach, bleiben wir bei unserem Beispiel«, fängt Silvio voll Enthusiasmus an zu erzählen, »du gibst mir die entsprechende Info und ich verkaufe sofort alles aus dem Depot, gebe den Verkauf aber nicht an die Kunden durch.«

»Musst du ja auch nicht, im Gegenteil, die würden schimpfen, weil sie die Notwendigkeit ja überhaupt nicht einsehen«, bestätigt ihm Ido, der so langsam hinter das Geheimnis des Systems kommt.

»Richtig«, freut sich Silvio, der auch merkt, das er Ido begeistern kann, »dann kommt der Crash, der Kurs fällt, ich halte die Kunden noch etwas hin, weil sich angeblich keine Käufer für die Aktien finden und was für Ausreden auch immer.«

»Ganz schön clever, aber auch abgebrüht und skrupellos«, nickt Ido anerkennend.

»Jedenfalls verkaufe ich für die Kunden dann irgendwann offiziell und wenn der Kurs unten angekommen ist, kaufe ich wieder ein. Die obere Kursdifferenz ist für uns, die untere für den Kunden«, beendet Silvio seine Rede mit der Zuversicht, Ido voll und ganz überzeugt zu haben.

»Und wenn ich dir falsche Informationen liefere«, wendet Ido völlig überraschend ein, »der Kurs überhaupt nicht fällt, sondern steigt, dann musst du die Aktien mit Verlust wieder einkaufen.«

»Und da ich den Verkauf nicht an die Kunden gemeldet habe, muss ich den Verlust selbst tragen.«

»Und bist danach vielleicht so was von Pleite, dass du da nicht einmal von träumen möchtest«, beendet Ido dieses hypothetische Gedankenspiel.

»Stimmt«, bestätigt ihm Silvio, »darum nehme ich die Infos auch nicht klaglos von dir an. Ich muss schon wissen, worum es sich genau handelt und wie sicher du die Infos einschätzt, damit ich mir ein Urteil über die Situation machen kann. Dann entscheide ich, ob ich das Risiko eingehe.«

»Das heißt, wenn du es nicht eingehst, der Crash aber trotzdem stattfindet, dann haben wir halt Pech gehabt.«

»So sind die Regeln«, bestätigt ihm Silvio, »und an andere Personen werden auch keine Tipps weiter gegeben.«

Es ist einen Moment still am Tisch im Café. Der Ober kommt und möchte gerne kassieren, da Schichtwechsel ist. So hat jeder etwas mehr Zeit, die Situation noch einmal zu überdenken.

»Den Gewinn aus der oberen Kursdifferenz teilen wir uns?« nimmt Ido das Gespräch wieder auf.

»Da solltest du ganz einfach von ausgehen.«

»Dann nehme ich einmal an, dass wir jetzt Partner sind.«

»Ich freue mich«, sagt Silvio und reicht Ido die Hand zur Besiegelung, »schriftlich müssen wir sicher nichts festlegen. Wer den anderen betrügt, hat es nicht besser verdient, als sich die Radieschen von unten anzusehen.«

»Ich sehe, dass wir uns verstehen«, bestätigt Ido und nimmt Silvios Hand mit festem Druck entgegen.

Die Stimmung am Tisch kann nicht besser sein. Auch die bei solch wichtigen Unterredungen oft festzustellende Verkrampfung, insbesondere wenn die Gesprächspartner das erste Mal miteinander sprechen, ist einer fröhlichen Lockerheit gewichen.

»Du, ich habe auch ein Wertpapierdepot mit einer Million Kurswert«, berichtet Ido nun und möchte das auch als Vertrauen erweckende Maßnahme verstanden wissen, »das verkümmert so vor sich hin und ich werde es dir zur Verwaltung übertragen.«

»Ich danke dir«, freut sich Silvio, »und natürlich werde ich bei dir alles korrekt abrechnen.«

»Die Bemerkung hättest du dir jetzt auch sparen können«, gibt Ido etwas echauffiert zu bedenken, »denn davon bin ich mal ausgegangen.«

Der allgemeinen Bestätigung und dem erneuten 'Logisch' Gesicht folgen der Austausch von gegenseitigen Daten, wie Anschrift, Telefonnummer, E-Mail-Adresse und allem was dazu gehört.

»Was mir jetzt gerade einfällt«, beginnt Ido ein neues Thema, nachdem der Gesprächsstoff auch so allmählich zu versiegen scheint, »du hast auf der Party erwähnt, dass die Polizei wegen den Dr. Kesselhoffs bei dir gewesen ist. Das würde mich schon interessieren, wieso die da ausgerechnet auf dich kommen.«

Man merkt Silvio sichtlich an, dass er gehofft hat, um dieses Thema herum zu kommen, sich nun aber seinem Schicksal ergeben muss.

»Das ist ganz einfach, weil Dr. Hans Kesselhoff«, beginnt er, »und die Polizei hat bestätigt, dass er es war und nicht sein Zwillingsbruder Herbert, in seinem Abschiedsbrief hinterlassen hat, dass er eigentlich nicht den Landrat, sondern mich erschießen wollte.«

»Das ist ja ein Ding«, unterbricht ihn Ido, »warum das denn?«

»Das hat die Polizei auch gefragt, und ich muss ehrlich sagen, ich habe keine Ahnung warum.«

Ido will ihm das auch aufs Wort glauben, aber dann denkt er sich:

»Die Kesselhoffs haben mit Curt zusammen gearbeitet und der hat sie irgendwie betrogen. Curt hat aber auch mit Silvio zumindest zu tun gehabt, sonst hätte ich ja nicht seinen Namen von ihm erfahren. Was ist nun, wenn ...«, bevor er aber zu Ende gedacht hat, sagt er schon:

»Vielleicht wegen Curt Svensson?«

Ein gewaltiger, krampfartiger Ruck schießt durch Silvios Körper.

Und dass Ido mit seiner Vermutung irgendwo ins Schwarze getroffen hat, bestätigt ihm die darauf folgende, entrüstete Frage von Silvio:

»Wie kommst du denn darauf?«

»Jeder andere hätte *'Wer ist das denn?'* oder so ähnlich gefragt«, denkt sich Ido, sagt aber:

»Weil der die Kesselhoffs halt um reichlich Geld betrogen hat, und vielleicht sind sie jetzt dahinter gekommen, wer der wirkliche Übeltäter war.«

Wer in diesem Moment Silvio sieht, wird sich mit Sicherheit fragen, was eigentlich in seinem Gesicht am größten ist, der offene Mund oder die aufgerissenen Augen.

Silvio muss sich jedenfalls am Tisch fest halten, um nicht vom Stuhl zu rutschen. Auch ein Mauseloch hätte er jetzt bedingungslos akzeptiert.

»Der wird mir langsam unheimlich, da muss ich verdammt aufpassen und gut Kirschen essen ist mit ihm bestimmt auch nicht«, denkt sich Silvio und stottert sich seine Ausrede dann zurecht:

»Na, das war das erste Mal so eine Situation, wie wir sie vorhin beschrieben haben. Der Kurs ging erst runter, aber bevor ich wieder neu kaufen konnte, war er schon höher, als bei meinem Verkauf.«

»Und den Verlust wolltest du natürlich nicht selbst tragen.«

»Ich war relativ neu im Geschäft, und hätte das finanziell nicht überlebt.«

Ido war jetzt klar, dass Curt die selben Tricks mit Silvio veranstaltet hat, wie er sie jetzt mit ihm vor hat. Dann erinnert er sich aber daran, dass er Curt in Ruhe lassen soll und sagt zur völligen Überraschung und Freude von Silvio:

»Na ist ja auch egal, was interessiert schon die Vergangenheit, wenn wir eine gemeinsame Zukunft vor uns haben. Hauptsache, die Polizei lässt dich jetzt in Ruhe.«

»Ja, das verläuft im Sande«, beschwichtigt Silvio und atmet erleichtert auf.

Da soweit alles geklärt scheint, vereinbart man, in Kontakt zu bleiben und verabschiedet sich, nicht ohne sich gegenseitig auf die Schultern zu klopfen, so wie Männer das halt machen, die keine schriftlichen Vereinbarungen benötigen.

Kapitel 25

»Was hast du denn mit meinem Charmeur angestellt?«

Irmi ist ganz aufgeregt, als sie das E-Mail von Silvio liest und stellt Ido sofort zur Rede.

»Nichts, wieso?« spielt dieser das Unschuldslamm, nachdem er intensiv nachgedacht hat, wen sie damit wohl meinen könnte.

»Na, er schreibt mir, dass er mein Foto gelöscht hat«, berichtet Irmi und analysiert dann, »vielleicht findet er es ja nicht mehr romantisch, von mir zu träumen. Ich denke allerdings, dass ihm das Foto Schweißperlen auf die Stirn treibt.«

»Ich habe ihm nur gesagt, dass ich mit Partnern, die mich betrügen, kurzen Prozess mache«, erinnert Ido sich wieder.

»Und weiter?«

»Dass es mal jemand versucht hat, mit dir anzubändeln, und dass der heute nicht mehr lebt«, gesteht er jetzt kleinlaut.

»Würdest du echt einen Mord begehen, wenn jemand mit mir schläft?«

»Nein, das habe ich auch nicht gesagt, aber wenn derjenige versucht, dich mir wegnehmen zu wollen, kann er die Sekunden zählen.«

So emotional aufgeladen sieht man Ido nur selten und er versucht auch sofort, seine Selbstbeherrschung wieder zurück zu gewinnen, indem er Irmi durch ihr Haar streichelt.

»Du bist so süß«, haucht sie und lehnt sich an Idos Schulter, um zu schmusen.

Aber Ido möchte ins Büro und verdirbt Irmi alle aufkommenden Gefühle indem er sagt:

»Im übrigen hat das Foto seine Schuldigkeit getan, ich habe alles von ihm, was ich brauche.«

»Ihr arbeitet aber jetzt zusammen, oder?« möchte Irmi wissen.

»Wir sind Partner und machen das, was du am liebsten magst«, und Ido ergänzt noch schnell, »arbeitstechnisch gesehen natürlich.«

Irmi überlegt krampfhaft, hat aber keine Idee, was Ido gerade meint.

»Natürlich den Reichen und Mächtigen das Geld wegnehmen.«

»Damit ich es wieder gerechter verteilen kann. Na klar, super, aber was stehst du hier eigentlich noch herum, los, an die Arbeit«, schimpft sie scheinbar darauf los, nimmt Ido dabei aber in die Arme und küsst ihn zärtlich.

Spotty sitzt im Büro und probiert die Zugangsdaten von den Rechnern aus, die ihm der Trojaner bei Silvio geliefert hat. Dass er Silvios Rechner hacken kann, hat er ja schon festgestellt, aber er kommt auch tatsächlich in die Rechner der Börse und einer Großbank, gibt sich jedoch damit zufrieden, dass es funktioniert. Auch vom durchaus möglichen Online-Banking macht er keinen Gebrauch.

»Gut, die Partnerschaft mit Silvio muss sich erst noch beweisen, aber solange da nichts negatives vorgefallen ist, werde ich nicht derjenige sein, der ihn in Schwierigkeiten bringt, indem ich unter seinem Namen dort irgendetwas manipuliere.«

Spotty besucht jetzt den Autokonzern, der die Welle von Schadensersatzforderungen befürchtet, findet aber auch keine neuen Erkenntnisse.

»Das wird sicher ein Fall für Silvio werden, aber nicht jetzt, dazu ist es noch zu früh, alles noch nicht konkret genug. Den Verkauf der Aktien kann er vor den Kunden nicht wochen- oder monatelang geheim halten, bis der Fall endlich publik wird und dadurch die Kurse fallen.«

Spotty merkt, dass dieses Spiel nicht so einfach ist. Wenn er auf der anderen Seite zu spät reagiert, es erst einmal in den Zeitungen steht, dann fällt der Kurs bereits und die Kunden drängen darauf, dass ihre Aktien verkauft werden.

»Ich werde hier mehr oder weniger täglich mein Auge darauf halten müssen.«

Dann entschließt er sich aber, Silvio schon einmal einen Tipp per E-Mail zu geben, dass es gut sei, wenn möglichst viele Kunden diese Aktie in ihrem Depot halten würden.

Da auch diese Aufgabe erledigt ist und es ihm jetzt langweilig wird, meldet er sich auf Irmis Rechner an und schaut durch die Webcam.

»Himmel, Arsch und Wolkenbruch! Was ist denn da los?« schreit Spotty, haut mit der Hand auf seinen Schreibtisch und springt auf.

Der Stuhl kippt um und rutscht auf dem Fußboden durch das Büro. Die Arbeitsplatte des Schreibtischs überlegt noch, ob sie durchbrechen soll. Zumindest ist sie erheblich beschädigt, denn Spotty hat nicht berücksichtigt, dass einige Gürtel der Sportart Karate in seinem Schrank hängen.

Ihm ist aber alles egal. Wütend und mit blutunterlaufenen Augen, wie man sie bei ihm noch nie gesehen hat, starrt er auf seinen Bildschirm, welcher sich der Schieflage des Schreibtischs mittlerweile auch angepasst hat.

»Die entführen Irmi!« brüllt er und springt herum wie ein Stehaufmännchen.

Seine ganze Hilflosigkeit macht sich in diesem Moment dadurch bemerkbar, dass er einmal kurz in Richtung der Tür rennt, um Irmi schnell zur Hilfe zu eilen, dann aber wieder zum Bildschirm zurückkehrt, um sich noch möglichst viele Details zu merken.

»Drei Männer, tätowiert bis zu den Haarspitzen, wenn sie Haare hätten, schwarze, lederne Hosen und Springerstiefel. Verdammt, Aufnahme«, ruft er jetzt mit den Armen fuchtelnd.

Blinde Wut, oder Wut macht blind.

Er hat für einige Sekunden keine Ahnung, wie er die Webcam auf den Aufnahmemodus schalten muss. Er ist so mit Adrenalin vollgepumpt, da funktioniert nur noch handeln, nicht mehr nachdenken oder konzentrieren.

Zum Glück wird gerade noch aufgenommen, wie diese Männer die mittlerweile betäubte Irmi aus der Villa tragen. Dann bietet der Schirm nur noch des Zimmers Stillleben an.

Spotty hebt den Stuhl auf, setzt sich vor den Schreibtisch, stützt seine Ellenbogen auf die schiefe Arbeitsplatte und legt seinen Kopf in die Hände. Er hat erkannt, dass operative Hektik fehl am Platze ist, er muss jetzt Entscheidungen treffen, und zwar genau die richtigen.

»Wenn ich in die Villa fahre, finde ich keine Irmi, sondern wahrscheinlich eine Nachricht mit irgendwelchen Forderungen. Die kann ich aber nicht erfüllen, solange ich sie nicht gelesen habe«, ist seine erste logische Folgerung.

Spotty spielt selbst für einen Augenblick mit der Idee, überhaupt nicht in die Villa zu fahren, sondern sich im Hochhaus aufzuhalten. Aber Irmi hockt dann die ganze Zeit in irgend einem Verlies und das hätte ja auch nur Zweck, wenn die Entführer beobachten würden, dass er noch nicht in der Villa war. Sicherlich gehen sie aber davon aus, dass er heute Abend zurückkommt.

»Gut, bis dahin wiegen die sich aber in Sicherheit, diese Zeit muss ich nutzen. Wenn ich in der Villa bin, muss ich zur Recherche doch wieder ins Büro fahren, da kann ich auch gleich hier bleiben.«

Diese Entscheidung ist erst einmal getroffen und Spotty beginnt auch sofort mit der weiteren Analyse der Lage und Situation.

»Dieser Anschlag gilt nicht Irmi, sondern mir, und was stand noch auf Curts Zettel, der im Banksafe lag? Verlasse auch Familie, Frau oder Freundin. Curt hatte Recht. Ich konnte mir nicht vorstellen, warum er das gefordert hat, aber jetzt weiß ich es.«

Spotty schlägt sich mit der hohlen Handfläche vor die Stirn und schreit durch das Büro:

»Ich bin nun erpressbar.«

Aber Irmi nun fallen zu lassen, ist für Spotty keine Option, sie sind doch Bonnie und Clyde. Dann fällt ihm ein, dass er heute morgen noch gesagt hat, er würde jeden umbringen, der sie ihm wegnehmen will.

»Es ist aber nicht, dass ich nur zu meinem Wort stehen will, ich fühle auch so, und wenn ich selbst dabei vor die Hunde gehe, da kommt keiner mehr ungeschoren davon«, spricht er sich selbst Mut zu und kann einen erneuten Schlag auf den Schreibtisch, was für die Arbeitsplatte den endgültigen Untergang bedeutet hätte, gerade noch verhindern.

Als Spotty das für sich geklärt hat, beginnt er nach potentiellen Feinden zu suchen und notiert sich alle Personen und Personenkreise, die dafür in Frage kommen könnten.

»Thomas Bertmann, die Kesselhoffs, die Pharmakonzerne, die Detektei Stabinsky, Fred Vandenbocke, den Landrat mit Freundin, Silvio Agnoli.

Ich glaube, das müssten alle sein.«

Spotty schaut auf die kleine Aufstellung und schüttelt eigentlich bei jedem Namen den Kopf.

»Nein, das kann nicht. Warum sollten die.«

Diese und ähnliche Äußerungen trifft er überall, alleine bei einer Person hat er so seine Zweifel und er beschließt, sich da doch einmal zu erkundigen und zu vergewissern.

Spotty ruft einen der ständigen Partygäste, einen Lobbyisten aus dem Bundestag an, und kommt auch schnell zum Kern seines Anrufes.

»Sag mal, ich habe doch da einmal diesen Fred Vandenbocke für euch diffamiert. Weiß du, wie es dem ergangen, und was aus dem geworden ist. Ich habe mich da überhaupt nicht mehr mit befasst.«

»Ja der Vandenbocke, so weit ich weiß, haben die Beweise nicht oder noch nicht ausgereicht, um ihn zu verhaften oder gar zu verurteilen. Aber er ist aus seiner Partei ausgeschlossen worden und mit Lobbyarbeit war es natürlich auch vorbei«, gibt der Partyfreund zum Besten.

»Und hast du eine Idee, was er heute macht?«

»Ich habe mal gehört, dass der ganz schön abgerutscht sein soll, hat sich irgendeiner rechtsradikalen Gruppierung beziehungsweise Hooligans angeschlossen«, weiß sich der Partyfreund nach kurzer Überlegung noch zu erinnern.

Spotty bedankt sich höflich und legt auf. Er hat genug gehört.

»Den Vandenbocke also. Und Hooligans. Das macht es nicht einfacher«, stöhnt er.

Spotty entsinnt sich, dass Vandenbocke eine Homepage hat, über die er damals den Zugriff auf seinen Rechner bekam. Er probiert selbstverständlich diese Möglichkeit sofort aus.

Eine Homepage findet er auch noch, auf den Rechner kommt er aber nicht mehr, der ist vielleicht sogar noch beschlagnahmt.

»Die Homepage ist mittlerweile völlig neu gestaltet. Da ist nichts mehr von Pharmaindustrie zu erkennen, nur noch Glatzköpfe«, schimpft Spotty wütend vor sich hin.

Im Impressum der Homepage findet er zwar eine Anschrift vom Vandenbocke, aber er bezweifelt, dass ihm die weiter helfen wird.

»Man wird ja nicht sein Entführungsopfer unter seiner gemeldeten Adresse verstecken, ich glaube nicht einmal, dass er selbst dort wohnt.«

Spotty probiert es auf Facebook und er hat Erfolg. Natürlich hat Fred, wie er ihn nur noch nennt, dort auch einen Eintrag, außerdem kann er sich hier alle Freunde von ihm ansehen.

»Und ich will Karl-Gustav heißen, wenn dieser Typ hier nicht auch auf dem Video von Irmis Entführung zu sehen ist.«

Spotty ist in seinem Element. Er sucht und sucht und hat Glück. Es ist klar, dass sich diese Sorte von Facebook Benutzern nicht mit ihrem eigenem Namen registrieren lässt, sondern ein Pseudonym verwendet. Aber unter den Kommentaren eines Fotos, hat ihn jemand wahrscheinlich mit seinem richtigen Namen angesprochen, Bernd Keeseberg.

»Dann wollen wir mal sehen, ob wir unter diesem Namen bei Google etwas finden«, macht Spotty hoffnungsvoll weiter.

Und er wird nicht enttäuscht. Hier findet er nicht nur die Bestätigung, dass dieser Name zu seiner gesuchten Person aus dem Video passt, sondern er findet auch die dazu gehörende Adresse.

»Dann werde ich diesen Typ gleich mal aufsuchen«, entschließt sich Spotty ganz spontan.

Aber kaum hat er ausgesprochen, kommen ihm die ersten Bedenken.

»Dass sie Irmi mit drei Mann entführt haben, heißt nicht, dass sie nur zu dritt sind, schließlich war der Vandenbocke selbst nicht einmal dabei. Und dort nur hin zu gehen, um mich abschlachten zu lassen, da hat Irmi auch nichts von. Sie lebt sicher nur so lange, wie die mich nicht gefunden haben.«

Also denkt Spotty über Verstärkung nach. Da ist erst einmal die Polizei. Aber bei aller Ehre. Was soll er ihnen erzählen?

»Meine Frau geht nicht mehr ans Telefon, können Sie mal mit da und dahin kommen?«

Oder noch schlimmer:

»Meine Frau ist entführt worden, ich war aber noch nicht zuhause, kenne die Forderungen auch nicht, weiß aber vielleicht, wo die Entführer wohnen.«

Also die Freunde und Helfer der Polizei kann er, zumindest noch zu diesem Zeitpunkt, aus verständlichen Gründen erst einmal vergessen.

»Was habe ich denn überhaupt für Freunde?« stellt er sich die berechtigte Frage, »einen Haufen scheinheiliger Partygäste, die dir vor Neid bei der nächstbesten Gelegenheit am liebsten ein Messer in den Rücken stecken würden, aber sonst?«

Doch Spotty realisiert auch, dass er sich das Leben so ausgesucht hat. Er wollte keine Freunde, er wollte Saus und Braus und rauschende Partys. Er wollte nicht einmal eine Freundin, die hat er aber und deswegen sind jetzt die Probleme.

»Was ist mit Silvio? Er ist immerhin mein Partner. Hier kann der sich gleich als solcher beweisen.«

Spotty überlegt noch einen Augenblick, aber der Gedanke mit Silvio gefällt ihm.

»Er muss ja nur im Hintergrund bleiben. Falls mir etwas passiert, damit er die Polizei benachrichtigen kann, und die Typen dann nicht ungestraft davon kommen«, versucht er, für sich selbst den Fall zu bagatellisieren.

Seit dem Überfall auf Irmi und ihrer Entführung sind noch keine dreißig Minuten vergangen, als Spotty bei Silvio anruft und auch direkt mit der Tür ins Haus fällt.

»Hey Silvio, hier ist Ido. Ich habe ein Problem. Irmi wurde gerade entführt«, rattert er ohne Luft zu holen ins Telefon.

»Du glaubst doch aber nicht, dass ich da etwas mit zu tun habe«, empört sich Silvio.

»Nein, natürlich nicht, ich möchte wissen, ob du mir helfen kannst?«

»Na klar, was soll ich machen?«

»Keine Ahnung«, ist erst einmal das letzte was Spotty sagen kann, bevor sich alles in seinem Kopf anfängt zu drehen.

Er hört Silvio irgendetwas rufen und das ist auch gut so, denn alleine dadurch versucht sich Spotty noch aufrecht zu halten, sich nicht einfach der Schwerelosigkeit hinzugeben. Schließlich gelingt es ihm, sich wieder zurück zu melden.

»Sorry, mir war gerade nicht gut«, sagt er und ist sofort wieder bei der Sache, »ich hoffe zu wissen, wo sie gefangen gehalten wird. Wir müssen uns dort in der Nähe treffen.«

Für Silvio ist das kein Problem und die beiden verabreden, sich in zwanzig Minuten an einem Platz zu treffen, der nur etwas mehr als hundert Meter von Bernds Anschrift entfernt liegt.

Spotty druckt sich noch ein Foto von Bernd aus und macht sich auf den Weg zum vereinbarten Treffpunkt.

»Es tut mir Leid, dass ich unsere junge Partnerschaft gleich so auf die Probe stellen muss, aber ich weiß mir sonst keinen Rat«, beginnt Ido das Gespräch zwischen den beiden.

»Und ich freue mich, dass du unserer Partnerschaft schon so viel Vertrauen entgegen bringst«, returniert Silvio.

Das reicht an Smalltalk.

Ido erzählt Silvio jetzt alles, was er bisher in Erfahrung bringen konnte. Er macht den Vorschlag, dass er versucht die Lage zu erkunden und wenn es geht auch Irmi zu finden. Silvio soll sich im Hintergrund halten, um Rettung zu holen, falls Ido entdeckt oder erkannt und angegriffen wird.

Silvio hört sich alles an und sagt:

»Ich bin zwar nicht groß, aber das war Al Capone auch nicht, und ich bin Italiener. Was ich damit sagen will, ich schnipse einmal mit den Fingern und zwanzig meiner Leute legen diesen Kahlköpfen die Lederjacken in Streifen.«

Und als Ido etwas sagen will, geht Silvio schon wieder dazwischen:

»Und Irmi ist so eine schöne Frau, da ist sowieso jeder, der sie auch nur unerlaubt anfasst, sofort mein Feind.«

»Ich habe ihr erst heute morgen gesagt, dass jeder, der sie mir wegnimmt, ein Toter ist«, sagt Ido, um seinem neuen Partner in diesem Punkt noch einmal alles deutlich vor Augen zu führen.

Aber der hat das mit dem Löschen von Irmis Foto schon längst begriffen, nickt nur und sagt:

»Meine Leute kann ich immer noch rufen, wenn wir konkrete Ergebnisse haben, das mit dem Auskundschaften und Suchen von Irmi ist zum jetzigen Zeitpunkt ein guter Plan.«

Silvio macht eine kleine Redepause, die er aber dazu nutzt, um etwas dichter zu Ido zu gehen. Dann verkündet er den endgültigen Plan:

»Der eine sucht, der andere gibt Deckung.

So machen wir das.

Nur umgedreht, du hältst mir den Rücken frei und ich gehe Irmi suchen.

Mich kennt hier keiner.«

Und bevor Ido noch irgend einen Einwand vorbringen kann, hat Silvio sich das Foto von Bernd geschnappt, sich umgedreht und auf den Weg zu Bernds Unterkunft gemacht.

Ido hat keine andere Wahl, als Silvio mit entsprechendem Abstand zu folgen.

Kapitel 26

»Na Madame, ausgeschlafen?«

Irmi kommt so langsam wieder zu sich und blickt unauffällig aber entgeistert ins Rund. Sie versucht sich zu erinnern, wo sie hier ist und wie sie hier her gekommen ist.

Das einzige, was sie bisher definitiv weiß, ist die Tatsache, dass sie sich nicht bewegen kann, weil sie gefesselt ist.

»Wieso ausgeschlafen«, fragt sie sich, »habe ich denn geschlafen?«

Und so ganz allmählich kommen die Erinnerungen über das, was vor einigen Minuten, Stunden oder Tagen passiert ist, wieder zurück.

»Ich wurde betäubt, narkotisiert oder was auch immer. Genau, jemand hat mir dieses Tuch vor die Nase gehalten.«

Irgendwer spricht auch ständig mit ihr, sie ignoriert das aber, denn sie will erst wieder vollständig klar im Kopf sein, will sich erst an alles erinnern können.

»Es hat geklingelt«, kommt ein Puzzlestück in ihr Gedächtnis zurück.

Doch dann erschrickt sie, zuckt auf ihrer Liege zusammen, will schreien, wieder weglaufen, immer wieder und immer wieder. Aber es geht nicht.

Da ist dieses Bild mit den drei Glatzen im Türrahmen zum Eingang der Villa. Es ist eingebrannt in ihren Kopf und lässt sie nicht mehr los. Und sie erinnert sich, dass sie die Tür zuschlagen wollte, doch irgend ein Arm oder Fuß war ständig im Weg.

»Ich bin zum Computer gelaufen, habe nach Ido gerufen«, fällt es ihr wieder ein und mit einem Schlag ist sie wieder hellwach.

»Ido wird meinen Angstschrei hören. Er wird die Webcam einschalten und alles sehen«, war das letzte, an was sie da gedacht hat.

Und das er sie gesehen hat, da ist sich Irmi jetzt hundert Prozent sicher. Sie ist schließlich Bonnie und er ist Clyde. Alle Ängste oder Sorgen, die sie sich in den ersten Sekunden nach dem Aufwachen gemacht hat, sind wie weggeblasen.

Sie realisiert jetzt deutlich, dass sie entführt wurde, aber auch, dass Ido sie nicht nur retten, er wird ihre Entführer auch bestrafen, vielleicht sogar töten.

»Das hat er mir erst heute morgen gesagt, und diese Kahlköpfe haben mich bei ihm weggenommen«, konstatiert sie wild entschlossen, schlüpft gedanklich in die Rolle von Bonnie und beginnt darum sofort, ihre Lage zu analysieren.

»Dies ist ein Kellerraum, 12 bis 15 m² groß, darin dieses metallene Klappergestell von Bett oder Liege, und in der anderen Ecke ein Campingtisch mit Plastikstuhl, auf dem diese Glatze sitzt und ständig versucht, mich anzuquatschen.«

»Ja, Glatze, ich bin wach«, ruft sie ihrem Zimmergenossen zu und versucht, sich trotz ihrer Fesseln etwas aufzurichten.

»Ich habe auch einen Namen«, raunzt dieser zurück.

»Vielleicht Renate?« erwidert Irmi ganz ruhig und nimmt Bezug auf das Namens-Tattoo auf Glatzes Arm, »aber wenn ich dich so nennen würde, dann hättest du sicher auch was zu meckern.«

Glatze will schon vor Wut aufspringen, erinnert sich aber, dass sie sich untereinander nicht mit Namen ansprechen sollen.

Da er sich nicht sicher ist, ob das auch für die Gefangene gilt, belässt er es einfach dabei.

»Ich habe Durst«, beschwert sich Irmi.

»Ich habe hier nichts zu trinken«, entschuldigt sich Glatze mehr oder weniger.

»Dann musst du etwas besorgen, und Essen auch gleich mit.«

»Ja aber woher«, ist Glatze völlig überfordert.

»Das ist mir doch egal, und vergiss den Nachttopf nicht, sonst pinkele ich dir in deine Stiefel«, kommt Irmi richtig in Fahrt, als sie bemerkt, mit welcher geistigen Größe sie sich hier abgeben muss.

Glatze erinnert sich an das Smartphone, über das seine ganze Gruppe per WhatsApp miteinander verbunden ist.

Hallo Chef, brauche Essen, Trinken und ein Klo

tippt er ganz stolz ins Handy, obwohl er mit diesem Ding noch keine echte Freundschaft geschlossen hat.

Du hast doch heute morgen erst geschi.....

kommt es mit einigen Smileys wieder zurück.

Nee, nicht für mich, für die Frau

schickt er wieder in den Äther, wütend über diese zusätzliche Anstrengung.

In der Hafenstraße, nur einmal um die Ecke, ist ein Aldi. Geh da kaufen, was du brauchst.

Da steht Glatze nun mit seinem Talent. Sie haben ihm heute morgen eingeimpft, dass er die Frau nicht alleine lassen darf, aber jetzt soll er plötzlich einkaufen gehen.

»Was denn nun?« denkt er sich, »und das Geld gibt mir auch keiner zurück.«

Glatze hat sich eigentlich schon entschieden, den Keller nicht zu verlassen, überlegt es sich aber anders, als Irmi wie eine Furie schreit:

»Ich habe Durst!«

Glatze springt auf in Richtung Tür, aber so leicht lässt Irmi ihn nicht laufen.

»Ich hätte gerne Mineralwasser, aber Medium bitte, dann Erdbeerjoghurt, Vollkornbrot mit Sonnenblumenkernen, gesalzene Butter, Gouda, aber mit maximal 30 % Fettanteil, Frischkäse, ein paar Tomaten, Salatgurke, und zum Dessert lasse ich mich einfach von dir überraschen«, zählt sie ihm ihre Wünsche in schwindelerregender Geschwindigkeit auf.

»Du kriegst ein belegtes Brötchen und eine Cola«, denkt sich Glatze und will gehen, da hört er noch:

»Und vergiss den Nachttopf nicht, und bring für dich am besten gleich einen mit, denn dein Hintern kommt nicht auf meinen Topf.«

Glatze ist mit seinen Nerven am Ende.

»Aldi und Nachttöpfe, das geht gar nicht«, wird es ihm deutlich, »die haben nicht einmal belegte Brötchen.«

Und so verlässt Glatze den Kellerraum, ohne einen genauen Plan zu haben über das, was er benötigt, und woher er es besorgen soll.

»Die Entführung hat bestimmt aus einer Laune oder günstigen Gelegenheit heraus stattgefunden«, stellt Irmi fest, als sie da jetzt so alleine auf ihrem Bettgestell liegt, »geplant und organisiert ist hier absolut nichts.«

Sie ist an ihren Armen und Beinen gefesselt, indem man ein Paketklebeband einige Male darum gewickelt hat. Dieses Band kann man unmöglich durch ziehen zerreißen, aber unter Spannung gehalten, genügt dazu ein Schnitt oder Stoß mit einem spitzen Gegenstand.

Irmi muss diesbezüglich nicht groß suchen, ihr als Bett bereitetes Metallgestell wird allein von spitzen Drähten, Schlingen, Schlaufen und Federn zusammen gehalten. Keine zwei Sekunden und sie war einmal gefesselt.

Sie durchsucht vorsichtshalber ihre Kleidung. Aber wie sie es befürchtet hat, alle Taschen sind leer. Kein geheimes Telefon zu finden.

Also was nun?

»Okay, ich kann jetzt wie ein Tiger im Käfig auf und ab laufen, das war es aber auch schon. Tür und Fenster sind leider versperrt und mich unter dem Bett zu verstecken, das wird auf Dauer auch nicht von Erfolg gekrönt sein.«

Also setzt sich Irmi auf den Stuhl, legt ihre Beine provokatorisch auf den Tisch und wartet. Den Plan, Glatze bei seiner Rückkehr anzugreifen, hat sie auch schnell verworfen.

»Glatze hat zwar wenig Hirn, aber viele Muskeln. Da habe ich keine Chance. Und so kann ich mir die Zeit bis Ido kommt, doch viel angenehmer gestalten.«

Doch alleine in einem kleinen Keller zu sitzen, ist kein echter Zeitvertreib. Irmi sieht alle gefühlte halbe Stunde auf ihre Uhr, aber jedes Mal sind nur drei, vier oder fünf Minuten vergangen.

Endlich Geräusche.

Glatze kommt wieder zur Tür herein, sieht Irmi auf seinem Platz sitzen und ist verwirrt. Er hat die eine Hand voll mit seinen Einkäufen, mit der anderen hält er noch die Tür.

Wild fuchtelnd versucht er instinktiv, seinen sich befreiten Gefangenen festzuhalten, Fluchtversuche von ihm abzuwehren, oder was auch immer. Es dauert, bis er merkt, dass da nichts kommt.

»Ich tue dir nichts«, sagt Irmi, als sie die Verunsicherung bei Glatze spürt, »wenn du mich auch in Ruhe lässt.«

»Ja, aber du bist gefangen und du musst ...«

»Ich muss gar nichts, außer dir nicht weglaufen«, unterbricht ihn Irmi direkt, »oder willst du mich an Händen und Füßen gefesselt mal pinkeln sehen?«

Glatze huscht das erste Mal seit er in diesem Keller ist, ein Lächeln über sein Gesicht.

»Hast Recht«, gibt er nach, »aber wehe dir. Ich bin nicht gerade für meine Feinmotorik bekannt.»

»Komm, fass mal mit an«, ignoriert Irmi einfach die Bemerkung, »wir stellen den Tisch ans Bett, dann können wir gemeinsam essen. Ist doch viel gemütlicher, oder?«

Im Nu stehen Tisch und Stuhl am Bett und die zwei sitzen sich gegenüber, während Glatze seinen Einkauf auspackt.

»Was willst du denn mit den Rührschüsseln?« ahnt Irmi schon die Antwort von Glatze und muss sich das Lachen verkneifen.

»Nachttöpfe mit Henkeln waren alle, die bekommen sie erst morgen wieder rein«, sagt Glatze trocken, »und meine Stiefel sind mir zu schade.«

Glatze hat zwei kleine Flaschen Cola und zwei belegte Brötchen gekauft, so wie er es sich ja auch selbst in den Bart genuschelt hat.

Irmi sieht sich ihr Brötchen an und ist begeistert:

»Ich finde es ganz lieb von dir, dass du meine Bestellung zum Teil berücksichtigt hast. Immerhin sind Käse, Tomaten und Gurken auf dem Brötchen.«

»Was anderes gab es auch nicht«, hat Glatze das Kompliment leider nicht verstanden, »ich habe aber noch Nachtisch für uns.«

Und aus der Einkaufstüte holt Glatze noch eine Tafel Schokolade hervor.

»Die können wir uns hinterher teilen.«

Irmi bedankt sich, denkt sich aber, wie gemein und unverantwortlich es doch ist, solch eine gutmütige Seele den Händen von Hooligans zu überlassen.

Aber trotzdem will sie sich den Verlauf des heutigen Abends oder der Nacht nicht mit ihm vorstellen. Wenn sie dabei nur an die unweigerlich auftretenden Probleme denkt, die ihr so nach und nach durch den Kopf gehen, dann laufen ihr jetzt schon Schauer den Rücken herunter.

»Will der die ganze Nacht auf dem Stuhl hocken, oder schläft der mit im Bett?

Oder kommt eine Ablösung, die mich vielleicht wieder fesselt?

Muss ich mich tatsächlich auf diese Schüssel setzen und wo ist das Papier?

Wann und wo kann ich mich denn waschen, oder die Zähne putzen?«

Irmi hat nur einen Wunsch, dass Ido jetzt bald erscheint, und diesem Spuk ein Ende bereitet.

Das unfreiwillige Pärchen ist bereits beim Aufteilen der Schokolade, da signalisiert Glatzes Handy durch einen Piepton den Eingang einer Nachricht.

Bei mir ist alles ruhig. Bei euch auch?

»Dusselige Frage«, denkt sich Glatze, »was soll schon sein, oder machen die sich jetzt schon beim warten vor Angst in die Hose.«

»Probleme?« fragt Irmi.

»Nein, aber die wollen wissen, ob alles okay ist«, gibt Glatze bereitwillig Auskunft, »dabei haben wir abgesprochen, dass wir das Ding nicht wegen jedem Mist benutzen sollen.«

Irmi wird mit einem Mal das Gefühl nicht los, dass Ido sie sucht und ihre Hilfe braucht.

»Er sucht den Kellereingang«, sagen ihr übersinnliche Gedanken ganz deutlich.

Sie muss nur antworten, dann ist die Rettung nah. Aber sie kennt die Antwort selbst nicht, doch ist ihr bewusst, dass sie etwas unternehmen muss.

»Warst du mal bei der Bundeswehr?« fragt sie den verdutzten Glatze.

»Wie kommst du denn darauf?«

»Ich stelle mir das lustig vor, wenn du anstelle 'alles okay' zurückschreibst: 'Hausnummer ....'«

Irmi stutzt.

»Äh, was ist das hier für eine Nummer?«

»Fünf«, sagt Glatze völlig ohne Argwohn.

»Also du schreibst: 'Hausnummer 5, mit 2 Mann belegt, keine Probleme'.«

»Nein, das kann ich nicht machen. Der Chef tritt mich sonst wo hin. Ich antworte überhaupt nicht«, lehnt Glatze diesen Vorschlag entschieden ab.

Aber Irmi hört ihm schon gar nicht mehr zu.

»Nummer 5, Nummer 5, Nummer 5, Nummer 5, Nummer 5, Nummer 5, Nummer 5«, sagt sie sich mit geschlossenen Augen immer wieder.

Sie öffnet den Mund, damit diese Zahl sie auch verlassen kann, pustet hinterher, damit sie ihr Ziel schneller erreicht.

»Was ist denn mit dir los«, fragt Glatze, dem dieses Schauspiel natürlich auch aufgefallen ist.

»Ich übe mich in Telepathie«, antwortet ihm Irmi ganz ehrlich.

»Mach mal«, murmelt Glatze unverständlich vor sich hin, »ich habe genug gegessen, ich bin jedenfalls satt.«

Irmi verdreht ihre Augen, denn sie hat zwar nicht genau verstanden, was Glatze gesagt hat, aber sehr wohl begriffen, dass sie ihm mit Fremdwörtern nicht kommen darf.

Es war zwar kein üppiges Mal, aber Glatze fühlt sich wohlgenährt, möchte am liebsten die Augen etwas schließen. Er rutscht tiefer in seinen Stuhl und lehnt sich nach hinten.

Da piepst sein Handy erneut.

Kapitel 27

»Eine Frau musst du verführen, nicht entführen.«
Mit unbändiger Wut im Bauch biegt Silvio in die Straße ein, in der Ido die Wohnadresse von Bernd ausfindig gemacht hat.

»Das sieht hier nicht gerade einladend aus, wie sagt man doch so schön:

Da möchte ich nicht tot über dem Gartenzaun hängen.«

Dabei untertreibt Silvio höchstens noch, denn wem dafür noch ein Beispiel zum Vorzeigen fehlt, der muss nur hierher kommen.

Die Häuser in der gesamten Straße sind durch ihren identischen Baustil geprägt und stammen aus den ersten Nachkriegsjahren des zweiten Weltkriegs. Sie sind nach heutigen Kriterien sehr klein, quadratisch, Spitzdach, nur verputzt, den Giebel zur Straßenseite und auf jedem dieser ebenso kleinen Grundstücke stehen mindestens drei weitere Gebäude.

Was heißt Gebäude, es sind Garagen, Schuppen, Gartenhäuschen, Kaninchenställe, Fahrradunterstände, Müllcontainerplätze, Gartenzwergpaläste und noch hundert andere Varianten von selbst gezimmerten, dubiosen Immobilien.

Dazu kommen jetzt noch die üblichen Klettergerüste, Rutschen, Baumhäuschen, Hollywoodschaukeln und sonstige Gartenbestuhlung.

Und wenn man glaubt, einen freien Platz gefunden zu haben, an dem man einen Fuß vor den anderen setzen kann, dann ist da sicher schon wieder ein Gartenzwerg aus seinem Palast entlaufen.

Was fehlt ist grün. Kein Baum oder Strauch, kein Rasen oder Fischteich, dafür aber Asphalt und Beton, verrostete Autos, Motorräder, Fahrräder, Kettcars, Gokarts und Bobbycars.

Keine Puppenwagen, reine Männergegend.

Und die Fußwege menschenleer und verlassen, Rollos und Gardinen an den Fenstern zugezogen.

»In diesen kleinen Hütten kannst du doch niemand mehr verstecken, der gesamte Grundriss eines Hauses ist ja kleiner als mein Wohnzimmer, und das ist nicht groß«, sagt sich Silvio während er an den ersten Häusern vorbei gegangen ist.

Er kommt jetzt zur Hausnummer 17, unter welcher Bernd gemeldet ist.

»Ist das Graffiti, oder hat er das Haus auch tätowiert?« fragt sich Silvio, »das provoziert nicht mehr, das schmerzt schon. Fürchterlich.«

Silvio schaut sich nach allen Seiten auf dem Grundstück um, sieht selbst in die Fenster, kann aber nichts auffälliges entdecken. Darum geht er zunächst wieder weiter.

Ido folgt Silvio so mit 20 bis 30 Metern Abstand, aber auf der anderen Straßenseite. Seit er diese Straße betreten hat, ist es für ihn im Prinzip klar, dass er Irmi hier nicht finden wird. Allerdings ist dies der einzige Anhaltspunkt, den er hat und diesen Strohhalm wird er auch nutzen.

Als Silvio am Haus mit der Nummer 17 weiter geht, bleibt Ido stehen.

»Silvio wird ja wieder zurück kommen, dann gehen wir da rein. Wenn es sein muss, mit Gewalt, und wenn er nicht mit möchte, gehe ich auch alleine«, sagt er sich, »aus irgendeinem von denen prügele ich das Versteck von Irmi schon heraus.«

Aber es kommt wieder einmal anders.

Einer von den Hooligans kommt völlig unerwartet aus einem Erdloch oder irgendeiner anderen Ecke des Hauses und probiert, Silvio unauffällig zu folgen. Auch Ido geht auf seiner Straßenseite wieder weiter und wenn die Angelegenheit nicht so ernst wäre, würde er sich richtig amüsieren.

Jedes Mal wenn Silvio stehen bleibt oder sich gar umdreht, dann springt der Lederne hinter ein Auto, eine Mülltonne oder was er gerade findet.

Ido erkennt, dass Silvio seinen Verfolger schon längst bemerkt hat und sich ebenfalls belustigt. Aber zur gleichen Zeit reift bei beiden derselbe Plan und es ist schon erstaunlich, wie blind sie sich bereits verstehen, denn auch zur Umsetzung bedarf es dafür keinerlei Zeichen oder Worte.

Silvio geht soweit die Straße entlang, bis er aus dem Haus von Bernd nicht mehr beobachtet werden kann. Der Lederne folgt ihm mit Abstand und mit diesem Abstand folgt dem Ledernen auch Ido, aber immer noch auf der anderen Straßenseite.

Dann überquert Silvio die Straße, geht auf der anderen Seite wieder zurück, direkt auf Ido zu.

Der Lederne folgt Silvio nach wie vor und so kommen die beiden allmählich bei Ido an.

Silvio geht normal an ihm vorbei und sie begrüßen sich freundlich durch ein Kopfnicken.

Die gleiche Prozedur findet statt, als der Lederne an Ido vorbeigehen will, sie endet allerdings etwas anders. Der Lederne kommt nach dem Nicken mit seinem Kopf nicht mehr hoch, sondern legt ihn in die Gosse. Ein Schlag aus Idos Karatekiste hat gereicht, um 120 Kilo Muskelmasse außer Gefecht zu setzen.

Im Nu ist auch Silvio zurückgeeilt, um Ido im für ihn unvermeidlichen Kampf zu unterstützen. Seine Bewunderung kennt beinah keine Grenzen, als er sieht, wie schnell der Koloss auch ohne ihn bezwungen ist.

»Der Schlag war geil, wo hast du das gelernt?« fragt er ohne eine Antwort zu erwarten, während er sich hinter die Autos hockt, hinter denen auch der Lederne unfreiwillig sein Lager aufgeschlagen hat.

»Den können wir hier nicht liegen lassen«, sagt Ido zu Silvio, »hol dein Auto hier her, pass aber auf, dass du von der Nummer 17 nicht gesehen wirst, wenn du da vorbei gehst.«

Ido hat noch nicht ausgesprochen, da ist Silvio auch schon weg. Er will Ido eigentlich noch fragen, ob er alleine klar kommt, verkneift es sich aber.

Es dauert etwa eine Minute, bis der Lederne seine Augen wieder öffnet und natürlich sofort versucht, sich irgendwie aufzurichten, denn er liegt immer noch bäuchlings auf dem Boden.

Allerdings sind das vergebliche Bemühungen. Ido hält ihn über dessen gedrehten Arm so in Schach, dass keine Bewegung möglich ist, oder ihm immense Schmerzen bereitet werden. Auch ein lautes Schreien ist nicht von Erfolg gekrönt, denn bei entsprechenden Versuchen drückt Ido dem Ledernen einfach sein Gesicht in den Asphalt.

»Wo habt ihr die Frau versteckt, die ihr heute morgen entführt habt?« fragt Ido und erhöht den Druck und Schmerz beim Ledernen.

»Ich weiß nicht, wovon du sprichst«, röchelt der.

Ido dreht und schraubt noch etwas mehr am Arm vom Ledernen, bis der sagt:

»Ich weiß nicht, wohin sie sie gebracht haben, und wenn ich es wüsste, ich würde es dir nicht sagen, auch wenn du mir den Arm brichst.«

Da Ido Silvios Auto um die Ecke kommen sieht, sagt er zum Ledernen:

»Dann will ich dir mal glauben.«

Dabei lässt er dessen Arm los. Doch als der Lederne versucht sich aufzurichten, bekommt er erneut einen Schlag verpasst, sodass er sich notgedrungen wieder hinlegen muss.

Ido durchsucht die Taschen vom tief schlafenden Hooligan und findet ein Smartphone, welches er sofort an sich nimmt.

Mittlerweile ist Silvio da, hat das Auto auch bereits gedreht. Die beiden heben den Ledernen in den Kofferraum und fahren erst einmal um einige Häuserblocks auf einen Parkplatz.

Dort fesseln sie den Ledernen mit dem Abschleppseil und verbinden ihm den Mund mit einem Tuch.

»Wenn er jetzt wach wird, kann er uns zumindest nicht stören«, sagt Ido während sie wieder im Auto Platz nehmen.

»Willst du ihn jetzt als Austauschgefangenen verwenden?« fragt Silvio.

»Kann sein, wenn sich nicht noch etwas besseres anbietet«, antwortet Ido und holt das Handy vom Ledernen aus der Tasche.

»Mist, der Zugang ist durch einen Pincode gesperrt«, flucht Ido und will das Gerät schon in die Ecke werfen, »halt, Touch ID, also Fingerabdruck akzeptiert es auch.«

Erfreut steigt er aus, öffnet den Kofferraum kurz, hält den rechten Zeigefinger vom Ledernen ans Handy, und der Zugang ist genehmigt.

»Das war unser Glück«, sagt Ido, als er wieder auf dem Beifahrersitz Platz nimmt, »den Code hätten wir von ihm nie und nimmer bekommen.«

Er durchsucht sofort das Handy, findet zunächst nichts besonderes, bis er sich die Berichte von WhatsApp ansieht.

»Die Jungen haben untereinander einen Gruppenkontakt«, und als Silvio in verständnislos ansieht, ergänzt er, »wenn innerhalb der Gruppe jemand etwas schreibt, sehen das alle aus der Gruppe, so müssen sie das nicht von einem zum anderen weiter leiten.«

»Toll, und was haben wir davon«, bezweifelt Silvio jeglichen Nutzen dieser Einrichtung.

Ido scrollt in den Nachrichten der Gruppe, schlägt sich vor Freude auf die Schenkel und sagt:

»Hier zum Beispiel, der Aufpasser von Irmi meldet an den Chef, also wahrscheinlich an Bernd, dass er Essen, Trinken und ein Klo benötigt.«

»Das ist jetzt nicht dein Ernst«, wundert sich Silvio, »haben die die Entführung nicht geplant?«

»Vielleicht nicht, aber es wird noch besser. Weißt du was Bernd zurückschreibt?«

»Hast du so viel Zeit, um mir noch Quizfragen zu stellen?«

»Sorry, er schreibt, dass in der Hafenstraße, für ihn nur einmal um die Ecke, ein Aldi ist.«

Die beiden sehen sich an und wissen nicht, ob sie wach sind oder träumen. Aber dieses Problem ist nach zwei Sekunden auch gelöst.

Silvio startet seinen Wagen und dreht mit quietschenden Reifen eine Kehre um 180° in die andere Fahrtrichtung. Der Lederne im Kofferraum dreht sich unfreiwillig mit.

»Aldi ist von hier doch keine fünf Minuten entfernt, oder?« möchte Ido wissen.

Silvio hat gar nicht die Gelegenheit, die Frage groß zu beantworten, da sehen sie in der Ferne auch schon das Aldi-Logo auf einer Werbesäule.

»Ich würde nicht auf dem überlaufenem Parkplatz anhalten. Wenn der Lederne anfängt zu stöhnen, hört ihn vielleicht jemand.«

»Du hast Recht. Zum Aldi war es nur einmal um die Ecke«, erinnert sich Silvio, »es gibt dort zwei Straßen, in die ich einbiegen könnte. Also, welche Ecke soll ich nehmen?«

»Nach rechts«, sagt Ido.

Silvio gehorcht, und parkt den Wagen nach vielleicht hundert Metern am Straßenrand. Die beiden steigen aus und sehen sich um.

»Ich würde sagen, das ist schon einmal die richtige Straße«, bemerkt Silvio, »hier sind mehr oder weniger Industriegebäude, während an der anderen Abzweigung nur Wohnhäuser stehen.«

»Und ein leerstehender Lager- oder Kellerraum bietet sich besser als Unterkunft für einen Gefangenen an, als irgendein Wohnhaus, mit hinter den Gardinen stehenden Nachbarn«, weiß Ido.

Sie gehen die Straße bis zum Ende und auch wieder zurück, begutachten dabei jedes Haus, und bei jedem treffen sie gemeinsam eine Entscheidung.

Kann es als Versteck in Frage kommen, oder nicht.

Es bleiben fünf Häuser übrig.

»Zu viele«, entscheidet Ido und betrachtet sich diese Häuser noch einmal.

»Es müsste schon dunkler sein, dann könnte man beleuchtete Kellerräume noch als Entscheidungskriterium dazu nehmen«, fachsimpelt Silvio.

»Da haben wir jetzt nichts von, solange können wir nicht warten. Wenn die erst ihren Kumpel aus dem Kofferraum vermissen, dann rollen die hier alle an«, drängt Ido zur Eile.

Schließlich entscheidet er sich für zwei Häuser.

»Für jeden ein Haus. Jedes hat einen separaten Kellereingang. Du stellst dich dort vor die Tür und ich vor diese.«

»Okay«, unterbricht Silvio etwas ratlos, »und was soll ich da?«

»Lauschen«, wundert sich Ido, dass Silvio seine Gedanken nicht erraten kann, »ich sende vom Handy des Ledernen eine Nachricht an die Gruppe, und dann hoffen wir mal, dass es auf dem Handy eines Aufpassers hinter einer der beiden Türen piept.«

Aber so schnell und einfach geht es dann doch nicht. Das vom Ledernen beschlagnahmte Handy hat sich mittlerweile automatisch wegen Inaktivität wieder ausgeschaltet.

»Ich brauche erst einen erneuten Fingerabdruck«, ruft Ido und rennt zum Auto.

Dort angekommen hört er den Ledernen schon randalieren. Dieser tritt gegen den Kofferraumdeckel und schreit so laut aus der Kehle, wie ein geschlossener Mund nur schreien kann. Zu allem Überfluss biegt ein Pärchen in die Straße ein.

»Mist, wenn ich die verjage, rufen sie vielleicht die Polizei. Wenn ich es nicht mache, und sie hören die Randale, rufen sie mit Sicherheit die Polizei. Und für eine Kopfnuss beim Ledernen sind sie schon zu dicht am Auto.«

Ido steigt schnell ins Auto, startet es und schaltet das Radio an, und zwar so ziemlich auf volle Lautstärke, in der Hoffnung, dass dadurch die Zappelei vom Ledernen übertönt wird. Auch lässt er den Fuß noch gehörig auf dem Gaspedal stehen.

»Hauptsache die Musik ist nicht so laut, dass die Kunden von Aldi hier her kommen, um auf der Party mitfeiern zu wollen«, denkt sich Ido.

Aber seine Befürchtungen treten nicht ein. Das Pärchen geht am Auto vorbei, nicht ohne ein Kopfschütteln, aber sie bemerken nichts. Je weiter sie vom

Auto entfernt sind, desto leiser dreht Ido die Musik aus dem Radio.

Endlich kann er nach hinten zum Kofferraum. Ido sieht sich noch einmal um, aber alles scheint jetzt in Ordnung zu sein. Der Lederne hört vor Schreck auf zu strampeln, als sich der Kofferraumdeckel öffnet. Mit groß aufgerissenen Augen sieht er den kurzen, harten Schlag auf sich zukommen.

Dann schließt er die Augen und gibt Ido bereitwillig seinen Fingerabdruck.

»Ich denke, dass für die nächste halbe Stunde wieder Ruhe im Auto herrscht«, sagt Ido und läuft zu Silvio.

Der hat die Musik auch gehört und sich solange versteckt gehalten, bis das Pärchen an ihm vorbeigegangen ist.

»Los, jeder auf seinen Platz«, befiehlt Ido, »wer ein Handy piepsen hört, gibt dem anderen Bescheid.«

Ido tippt in das Handy vom Ledernen den Text:

Bei mir ist alles ruhig. Bei euch auch?

Dann geht er vor seine zugewiesene Kellertür und drückt am Handy auf die Funktion 'Senden'.

Ido hört auf zu atmen, aus Angst, dass das Luft holen den Piepton überlagern könnte. Aber nichts. Absolute Stille.

Panik will sich schon bei ihm breit machen, denn dieses Haus hatte Ido als Versteck eigentlich favorisiert, da sieht er Silvio mit den Armen rudernd auf der Straße stehen. Im Nu ist er bei ihm.

»Bei mir hat es gepiept. Ganz deutlich, und ich meine sogar, Stimmen gehört zu haben«, berichtet Silvio aufgeregt.

»Super«, freut sich Ido und nimmt seinen Partner vor Begeisterung zum ersten Mal überhaupt in den

Arm, »Hausnummer 5, dein Schicksal ist besiegelt, jetzt geht´s dir an den Kragen.«

Hier ist Bernd, mach mal die Tür auf.

Diesen Text tippt Ido ins Handy. Da sie nicht wissen, ob ein oder zwei Bewacher im Raum sind, postieren sich die beiden an jede Türseite. Dann drückt Ido auf die Senden-Taste.

Nur einige Sekunden später hören jetzt beide einen Piepton, es dauert aber eine gefühlte Ewigkeit, bis sich die Kellertür einen Spalt breit öffnet.

Sofort springt Ido mit voller Wucht und all seiner Kraft gegen die Tür. Diese stößt Glatze gegen den Kopf und er stürzt zu Boden.

Ido springt über ihn hinweg, überlässt ihn Silvio, und läuft Irmi in die Arme. Er hebt sie hoch, dreht sich mit ihr im Kreis und küsst sie.

»Was soll ich mit dem hier machen?« fragt Silvio, »oder wollen wir warten, bis seine Kollegen kommen und wir alle drei hier eingesperrt werden?«

»Nein, schnell«, sagt Ido und lässt Irmi wieder los, »leg ihn eine Weile schlafen und nimm ihm sein Handy ab. Wir müssen uns in der Tat beeilen. Die können ja meinen Text auch lesen und kommen sicher auf dem schnellsten Weg hierher.«

Die drei laufen sofort zum Auto und fahren damit wieder zur Hausnummer 5. Der Lederne wird ebenfalls in den Kellerraum zur Glatze gelegt, die Tür abgeschlossen und der Schlüssel in einen Straßengully geworfen.

»Wenn die jetzt kommen, dann sind sie wenigstens eine halbe Stunde damit beschäftigt, die Tür irgendwie zu öffnen.«

Erleichtert und glücklich über die erfolgreich ausgeführte Befreiung, fahren die drei auf den Aldi-Parkplatz und stellen das Auto so ab, dass sie die Straße gut beobachten können.

Kapitel 28

»Wenn ich mich nicht irre, dann sind sie das.«

Ido und Silvio starren gespannt auf die zwei Fahrzeuge, die in die gegenüberliegende Straße einbiegen.

Irmi nimmt nicht wirklich noch irgendetwas war. Die ganze Anspannung der letzten Stunden hat sich gelöst, Tränen der Erleichterung und Freude stürzen kaskadenähnlich über ihre Wangen. Sie hält den vor ihr sitzenden Ido samt der Kopfstütze seines Sitzes im Arm und streichelt ihn.

»Ich habe keine Sekunde daran gezweifelt, dass du mich findest«, flüstert sie ihm ins Ohr, »du bist mein Held.«

Die zwei Autos halten in der Tat bei der Hausnummer 5, und aus jedem Wagen steigen drei Männer und laufen in Richtung des von hier nicht mehr einzusehenden Kellereingangs.

»Los, zu meinem Auto«, ruft Ido und Silvio, der schon seinen Wagen gestartet hat und auf eine Anweisung wartet, fährt mit quietschenden Reifen weg vom Parkplatz.

Ido löst sich vorsichtig aus der Umklammerung von Irmi und erklärt ihr:

»Du fährst jetzt mit Silvio in die Villa und dort wartet ihr auf mich.«

Und mehr zu Silvio gerichtet, sagt er:

»Ich will mal sehen, ob ich hier noch etwas regeln kann, dann komme ich nach.«

»Komm, lass das sein«, versucht Silvio zu intervenieren, »du alleine hast doch gegen die keine Chance. Ich versammele meine Leute und dann kommen wir morgen zurück.«

»Wenn mir nichts einfällt, können wir den Bandenkrieg immer noch starten«, wiegelt Ido ab, »ich würde aber heute Nacht ganz gerne in Ruhe schlafen.«

Ido dreht sich nach hinten zu Irmi.

»Darf ich mich auch in deinem Namen rächen?« fragt er liebevoll.

Irmi putzt sich die Tränen aus dem Gesicht und ein kleines, verschmitztes Lächeln huscht kurz von einem Ohr zum anderen.

»Ja, Clyde«, sagt sie heftig mit dem Kopf nickend.

Als sie beim geparkten Mercedes ankommen, legt Ido zum Dank seine Hand auf Silvios Schulter und steigt mit den Worten aus:

»Wir sehen uns in der Villa.«

»Sei vorsichtig«, und, »pass auf dich auf«, wird ihm mit auf den Weg gegeben.

Ido läuft die Straße entlang bis zu dem tätowierten Haus von Bernd. Niemand kommt ihm entgegen und auch auf dem Grundstück scheint alles menschenleer zu sein. Die Haustür ist verschlossen und Ido geht um das Haus herum, dorthin, wo sich in anderen Wohngegenden der Garten befindet.

Hier ist stattdessen liebevoll eine Mülldeponie angelegt, durch die aber ein schmaler Pfad zu einer ehemaligen Terrassentür führt, und diese Tür lässt sich öffnen.

Ido betritt vorsichtig einen Raum, der im ersten Augenblick zur Speicherung von Pizzaschachteln vorgesehen ist, früher aber sicher einmal als Küche herhalten musste.

Ido lauscht, hört jedoch keinerlei Geräusche. Er öffnet einige Schranktüren und Schubladen, doch entdeckt nichts besonderes. Durch einen Türrahmen, bei dem die eigentliche Tür entfernt wurde, kann er in einen Raum sehen, der vermutlich das Wohnzimmer des Hauses sein muss.

Es dauert einen Moment, bis sich Idos Augen an diesen schrillen Anblick gewöhnt haben und sich nur unter Protest wieder richtig öffnen lassen.

Graffiti da, wo man sonst Tapete sieht, an drei Wänden fast nur Sitzkissen, Sofas und Sessel, bei denen die Beine abgesägt wurden, damit man tiefer sitzen kann. An der vierten Wand zwei Reihen mit Bierkisten. Die dazu gehörenden Flaschen verteilen sich in der Zimmermitte auf dem Fußboden. Und dann steht da noch eine Holzkiste.

»So ein Ding stand bei meiner Oma in der Küche«, erinnert sich Ido, »da drin wurde das Anmachholz für den Herd gelagert.«

Gedankenversunken öffnet er den Deckel der Truhe und lässt ihn vor Schreck beinah wieder fallen.

»Eine Waffentruhe«, ruft er durch den Raum und hält sich sofort die Hand vor den Mund.

Es scheint aber auch in der oberen Etage niemand zu sein, denn nach wie vor bleibt alles still.

»Ich wusste nicht genau, was ich hier wollte, jetzt weiß ich es aber«, sagt sich Ido und untersucht den Inhalt der Kiste etwas genauer.

»Wahnsinn! Munition und Bomben, Handgranaten und Pistolen.«

Ido nimmt eine der selbstgebauten Bomben in die Hand und untersucht sie.

»Okay, diese hat einen Fernzünder und wenn ich jetzt noch lange zögere, dann haben die mich bald selbst am Kragen.«

Wie in Trance packt Ido den Zünder in die Tasche, stellt die Bombe scharf und legt diese an ihren alten Platz in die Holzkiste.

Er geht den gleichen Weg wieder zurück, den er gekommen ist. Auf der Straße ist nach wie vor niemand zu sehen, also begibt er sich vorsichtshalber laufend zum Auto, und die Entscheidung ist richtig.

Ido hat die Autotür gerade geschlossen, da sieht er die zwei Wagen der Hooligans im Seitenspiegel. Er kann sich noch klein machen, da rauschen die Autos auch schon an ihm vorbei.

Da Ido das Haus von seinem Standort nicht einsehen kann, wartet er vielleicht fünf Minuten, auch noch einen Augenblick bis die Straße soweit frei ist, dass er sofort losfahren könnte.

Idos Herz rast vor Aufregung, er schließt die Augen und drückt auf den grünen Knopf vom Fernzünder der Bombe.

Die Spannung weicht der Enttäuschung.

Keine Explosion, kein Knall, nicht einmal ein kleines Plopp-Geräusch.

Ratlosigkeit breitet sich aus, als sich am Resultat auch nach mehrmaligem drücken des grünen Knopfes nichts verändert.

»Vielleicht stehe ich zu weit weg, irgend ein Problem mit der Reichweite des Zünders«, denkt und hofft Ido.

Er wartet erneut, bis die Fahrbahn frei ist und fährt dann bis zur Einmündung von Bernds Straße. Dort stoppt er und sieht hinunter.

»Die Hütte steht tatsächlich noch«, murmelt sich Ido in den Bart und drückt in Gedanken versunken erneut auf diesen grünen Knopf.

Ein ohrenbetäubender Knall durchtrennt die Stille des Tages.

Der Fernzünder fliegt durch das Auto, denn Ido schreckt zusammen, wie er es am eigenen Leib bisher noch nie erlebt hat, Mund und Augen sind weit aufgerissen.

Natürlich, er hat den grünen Knopf gedrückt, aber mehr oder weniger mutlos, ohne Hoffnung auf einen Erfolg, und um so größer ist jetzt die Überraschung.

Es gibt mehrere Detonationen, dass selbst noch im Mercedes die Scheiben vibrieren. Das Haus hebt sich gut zwei Meter in die Luft, fällt wieder nach unten und löst sich in seine Bauteile auf, von denen einige durch die Nachbargärten, auf die Straße und die parkenden Autos fliegen.

Ido fährt sofort weiter, während sich in einigen anderen Häusern die Fenster und Türen öffnen.

Auf dem Weg zur Villa fällt eine Fernzündung an der Stelle ins Wasser, an der auch schon ein Handy und zwei Kameras liegen.

Zuhause angekommen ist die Freude über sein Eintreffen groß.

»Ich wusste, dass du zurück kommst«, strahlt Irmi und springt Ido sofort um den Hals, »trotzdem habe ich mir große Sorgen gemacht.«

Silvio ist auch erleichtert über die Rückkehr. Beim Gedanken, Irmi bei einem Scheitern eventuell trösten zu müssen, ist es ihm doch komisch in der Magengegend geworden.

»Soll ich meine Jungen zusammen trommeln?« beginnt er aber immer noch voller Elan.

»Nein danke, ich glaube, das Problem hat sich in Luft aufgelöst«, sagt Ido und macht nicht die Anstalten noch weitere Auskünfte zu geben.

»Silvio«, beginnt er stattdessen ein anderes Thema, »deine Hilfe und Bereitschaft heute kann man nicht mit Geld aufwiegen, ich stehe da immer in deiner

Schuld. Ich hoffe aber, dass ich dir auch mal eine Freude bereiten kann.«

Ido geht an den Schrank und holt einige bedruckte Papierseiten aus einer Schublade.

»Ich habe dir schon kurz von den Problemen eines Autokonzerns berichtet. Lies dir das zuhause gut durch, bewahre es geheim auf und behalte es für dich. Du hast das richtige Näschen dafür.«

Silvio hält die Papiere zunächst so in der Hand, als hätte er eine Sahnetorte geschenkt bekommen und Ido erklärt ihm noch:

»Wenn wir da im richtigen Moment zuschlagen, haben wir vor lauter Geld keinen Platz mehr zum Schlafen. Ich halte dich diesbezüglich, und wenn es sein muss täglich, auf dem Laufenden.«

Ido wartet und macht eine kurze Redepause, aber Silvio reagiert nicht, im Gegenteil, er beginnt jetzt die Blätter zu lesen.

»Silvio, sei mir nicht böse«, beginnt Ido erneut, »schau dir das zuhause an, in der Zeitung liest du morgen früh sicher auch Details über die Hooligans. Den Rest erzähle ich dir bei unserem nächsten Treffen, auf das ich mich jetzt schon freue.«

Aber Silvio sieht um sich, als hätte ihn gerade jemand aus dem Schlaf geweckt.

»Silvio, ich melde mich morgen, aber jetzt möchte ich mit Irmi gerne alleine sein«, wird Ido nun mehr als deutlich.

Nun hat es sogar Silvio begriffen und er läuft vor Scham über seine Tollpatschigkeit rot an.

»Wenn du dir sicher bist, heute hier ungestört die Nacht verbringen zu können, dann bin ich schon weg«, sagt er, macht eine tiefe Verbeugung, gibt Irmi einen Handkuss, lässt sich von Ido sogar richtig fest drücken, und verlässt die beiden.

»Feiner Kerl«, sagt Ido, »den musst du nicht fragen, dem musst du nichts erklären, der macht das einfach. Da herrscht zwischen uns blindes Verständnis und Vertrauen, richtig toll.«

Für Irmi ist diese Freundschaft natürlich noch Neuland und sie lässt sich erst einmal erzählen, wie diese zustande gekommen ist. Auch muss Ido berichten, wie er Irmi gefunden hat.

Dann geht Ido eine Flasche von seinem besten Champagner holen, denn Irmi möchte ihre Erlebnisse erzählen, die sie mit Glatze hatte. In der Küche findet er am Kühlschrank klebend einen handgeschriebenen Zettel.

Einer Deiner lieben Party-Lobbyisten hat mir gestanden, dass Du mich diffamiert hast.
Mein Karriereende habe ich also Dir zu verdanken.
Die Rechnung dafür präsentiere ich Dir jetzt:
2 Millionen Euro
in bar und in nicht durchnummerierten Scheinen.
Wenn Du das Geld hast, hänge ein weißes Tuch an die Haustür, maximal gebe ich Dir dafür 5 Tage Zeit.
Die Übergabemodalitäten erfährst Du dann.
Und hier noch das Kleingedruckte:
Hältst Du Dich nicht daran, oder Polizei usw., dann hast Du mal eine Freundin gehabt.
Und Geld reicht dann auch nicht mehr, danach bist Du selbst dran.

Ido entfernt den Zettel, zerreißt ihn in klitzekleine Stückchen und wirft diese in den Müll. Dann nimmt er sich die Flasche und zwei Gläser.

»Konntest du die Menschen bestrafen, die mich dir wegnehmen wollten?« fragt Irmi noch einmal ganz zaghaft, als Ido aus der Küche zurück kommt.

»Alle, du liest es morgen in der Zeitung«, bekommt sie zweifelsfrei die Antwort und während sie danach ihre Geschichte erzählt, wird sie von Ido gestreichelt und geherzt.

Nur langsam weichen die Schrecken des Tages der Freude über die Rettung. Die Schleier der Angst lösen sich auf, Gefühle der Lust und Liebe beziehen den Raum.

Irmi entkleidet sich und legt sich auf das Sofa während Ido ihr den Rücken massiert und kontrolliert, ob er auch jeden Zentimeter von seiner Irmi unversehrt zurück erhalten hat.

»Jetzt, wo ich dich spüre, wird mir erst bewusst, wie kurz unser Leben ist und wie schnell es vorbei sein kann, und um so intensiver habe ich das Verlangen, jede Sekunde mit dir und in mir zu genießen«, verlangt Irmi nach Ido.

»Diese Nacht, in der andere Menschen mit dem Feuer spielen wollten, diese Nacht gehört uns ganz alleine. Wir werden jede Sekunde auskosten, aber nichts so überstürzen, als wären es unsere letzten«, elektrisiert sich Ido und nimmt die Flasche Champagner.

Vorsichtig lässt er das prickelnde Nass zwischen Irmis Schulterblätter tropfen, bis sich ein kleines Bächlein formt, welches sich den Weg entlang dem Rücken ohne Widerstand bis zum Po bahnt.

Vor dieser Pracht hält es inne und bildet einen kleinen Teich, um von hier diesen Anblick genießen zu können. Als der Teich langsam zu einem See anschwillt, und sich rechts und links der Taille zwei kleine Flüsschen bilden, um sich als Wasserfall die Hüften hinunter zu stürzen, stoppt der tropfende Nachschub an den Schultern.

Nie dagewesene Gefühle durchdringen Irmis Körper. Es fordert viel Beherrschung, um sie auszukosten und genießen zu können. Aber jeder, und auch wirklich jeder einzelne Tropfen ist es Wert, dass sie liegen bleibt und nicht schreiend aufspringt.

Aber was dann kommt, lässt ihren Körper erbeben, lässt sie die Lust nur noch ertragen, indem sie in das Sofakissen beißt.

Idos Zunge folgt dem Lauf des Bächleins, ganz zart, ganz vorsichtig, bis zu dem kleinen See, welcher noch immer sehnsuchtsvoll hofft, die Hügellandschaft des prächtigen Pos erklimmen zu können, um nicht als Wasserfall enden zu müssen.

Vorsichtig wird der See durch den Mund aufgesogen und den Po hinauf transportiert bis zu der Stelle, wo sich Himmel und Hölle scheiden, und eine tiefe Schlucht senkrecht ins Unendliche führt.

Hier öffnet sich der Mund langsam, und der See fließt wie neu geboren wieder als Bächlein über Wiesen, Wälder und Auen.

Und kurz bevor das kleine Bächlein in dem Feuchtbiotop für immer zu versickern droht, ist die Zunge wieder da, saugt es leidenschaftlich und begierig auf und durchforstet das Biotop auch noch nach dem letzten Tropfen.

Ein Schrei der Wollust und des Verlangens, ein Schrei nach Liebe und Geborgenheit sowie ein Schrei des Glücks und des Danks durchdringen die Villa, lassen Scheiben bersten und Gläser klirren.

Irmi schwebt wieder weit über ihrem siebten Himmel.

»Das musst du öfter mit mir machen«, flüstert Irmi Stunden später in Idos Ohr.

Als Ido nicht sofort in Euphorie ausbricht, ärgert sie ihn liebevoll:

»Und wenn du das nicht freiwillig machst, muss ich mich leider wieder entführen lassen.«

Kapitel 29

»Da haben wir ja richtig Glück gehabt.«
Irmi liest nach dem Frühstück die Tageszeitung.
»Eine Gruppe jugendlicher Hooligans hat wohl einen Bombenanschlag geplant, sich dafür eine Bombe gebastelt oder besorgt, und die ist dann vorzeitig explodiert.«
»Und warum haben wir dabei Glück gehabt?« fragt Ido kopfschüttelnd.
»Na, die Bombe haben die doch sicher für unser Haus gebaut. Aber das weiß ja die Presse nicht«, argumentiert Irmi.
»Wenn du es so siehst«, und Ido fragt sich, ob Irmi das jetzt ernst oder ironisch meint.
»Immerhin sieben Tote und ein Schwerverletzter, ein Haus unbewohnbar und bei zwei weiteren muss die Statik überprüft werden. Von den Schäden an Autos und so weiter mal ganz zu schweigen.«
»Diese Leute haben dich ja nun nicht bekommen und ich habe keine Ahnung, ob das für die jetzt ein Trost ist«, wechselt Ido mit dieser merkwürdigen Frage das Thema.
»Was soll sie denn trösten?« fragt Irmi auch artig zurück.
»Dass sie jetzt vielleicht im Himmel nach Jungfrauen suchen dürfen.«
»Das wird schwer werden«, lacht und zweifelt Irmi, »welche Frau geht heute noch freiwillig ungeöffnet zurück?«
Die beiden debattieren und albern noch eine Weile, Irmi muss auch versprechen, niemand mehr ins Haus zu lassen, dann fährt Ido ins Büro.

Spotty setzt sich natürlich sofort telefonisch mit Silvio in Verbindung und der weiß vor lauter Aufregung und Bewunderung gar nicht, womit er zuerst anfangen soll.

»Sag mal, alter Schwede, wie hast du denn das hinbekommen? Jagst denen die ganze Hütte um die Ohren. Mein Kompliment, dafür kann man schon mal seinen Hut ziehen.«

»Aber einer hat es überlebt und damit muss das Kapitel noch nicht abgeschlossen sein«, gibt Spotty zu bedenken.

»Ich habe schon versucht, den Namen des Überlebenden heraus zu bekommen. Also im Krankenhaus, da wollten ...«

»Ah, nun sag schon was du weißt«, unterbricht ihn Spotty, der es vor Neugierde nicht mehr aushält.

Leicht gekränkt, weil seine mühevolle Recherche im Krankenhaus, bei der Polizei und der Presse nicht gewürdigt wird, sagt Silvio:

»Ich habe nur die Initialen heraus finden können: F. und V.«

Ein Fluch geht durch die Leitung und Silvios Gemütslage schwenkt sofort um, und zwar von gekränkt auf besorgt.

»Sagen dir die etwas?« fragt er.

»Fred Vandenbocke.«

»Ja und?«

»Es wäre besser gewesen, wenn die anderen im Krankenhaus liegen würden, und er das Zeitliche gesegnet hätte.«

»Das mag ja alles sein, aber darf ich auch erfahren warum das so ist?« hat Silvio keine Lust, seinem Partner jedes Wort einzeln aus dem Mund ziehen zu müssen.

»Sorry. Natürlich. Ich habe ihn einmal diffamiert, ihn der Pädophilie bezichtigt. Dadurch wurde seine Karriere zerstört und darum wird er die Entführung initiiert haben. Er ist derjenige, der mich anfeindet«, erklärt Spotty bereitwillig.

»Soll ich wen schicken, der ihm im Krankenhaus den Hahn zudreht? Ich meine, er liegt zwar im Koma und wie ich gehört habe wird ihm auch irgendetwas amputiert werden, aber er schwebt nicht mehr in Lebensgefahr«, hat sich Silvio wieder beruhigt und bietet sofort seine Hilfe an.

»Nein, das möchte ich nicht. Das ist alleine mein Problem«, wiegelt Spotty sofort und eindringlich ab, »ich rechne es dir sehr hoch an, dass du alles dafür unternimmst, um mich und auch Irmi am Leben zu halten, aber du musst nicht für mich in den Rachefeldzug ziehen.«

»Na gut, dann beenden wir das Thema«, erkennt Silvio, dass jetzt jede weitere Diskussion überflüssig ist.

Beide gehen sie ihren Gedankengängen nach, jeder der festen Überzeugung, selbst auf dem richtigen Weg gewesen zu sein.

»Übrigens hast du wahrscheinlich einige Anschläge von denen vereitelt«, deutet Silvio dann an, will sich bei diesem Punkt aber auch einmal um die Erklärung bitten lassen.

»Ich? Inwiefern?«

»Im Keller des Hauses hat die Polizei noch reichlich Sprengstoff gefunden, der sich zum Glück nicht entzündet hat«, löst Silvio das Rätsel auf.

»Wäre doch auch egal gewesen, oder?«

»Nicht unbedingt«, wendet Silvio ein, »denn dadurch haben sie ein Fremdverschulden sofort ausgeschlossen.«

»Wer weiß, was bei einer Nachbarschaftsbefragung herauskommen wäre«, gibt Spotty kopfnickend zu, »vielleicht hat mich ja doch jemand dort lang laufen sehen.«

»Oder beobachtet, dass wir den Ledernen ins Auto gepackt haben«, ergänzt Silvio.

Es ist eine Weile still in der Leitung und jeder der beiden realisiert, dass sie gestern bei der ganzen Aktion eine gehörige Portion Glück gehabt haben. Und auch damit muss man sich erst einmal anfreunden, denn normal ist das nicht, meistens steckt dann immer ein Haken dahinter.

»Ich habe gestern Abend noch deine Ausdrucke durchgelesen«, wechselt Silvio dann das Gespräch, »ich bin immer noch schockiert. Wenn das ans Licht kommt, gibt es einen Crash mit der Aktie, der sich gewaschen hat.«

»Das ist mir auch klar. Nur wann kommt das ans Licht. Das läuft schon monatelang oder gar jahrelang so, ohne dass das jemand bemerkt und die gehen wohl davon aus, dass es auch jahrelang noch so weiter läuft.«

»Man müsste das selbst publik machen«, tritt Silvio damit, ohne sich dessen bewusst zu sein, eine Lawine los.

»Ein bemerkenswerter Vorschlag«, beginnt Ido nach einer gefühlten Ewigkeit des Nachdenkens seine Idee vorsichtig durch hinterfragen zu festigen, »wenn du heimlich Aktien verkaufen würdest, wie lange könntest du das vor deinen Kunden verbergen, bis du sie offiziell verkaufen musst?«

»Wie sagt man so schön? Das kommt darauf an«, zögert Silvio keine Sekunde, »je größer der Crash, desto früher drängen die Kunden selbst auf einen Verkauf der Aktie.«

»Und in diesem Fall?«

»Ich denke maximal eine Woche, denn da geht es jeden Tag um Millionen.«

»Zöger doch die Sache so lange raus wie es geht. Wenn dir die Kunden hinterher abspringen, macht das doch nichts. Mit zwanzig Millionen in der Tasche musst du doch nicht mehr arbeiten, oder?« stellt Spotty eine naive These auf.

»Und warum arbeitest du noch? Du müsstest dir den ganzen Stress doch auch nicht mehr antun. Habe ich Recht?«

»Schon, aber vielleicht macht es ja Spaß«, vollzieht Spotty schon den ersten Rückzieher.

»Das ist das eine. Wenn ich den Bogen bei meinen Kunden aber überspanne, und herauskommt, dass ich die Verkäufe schon vorher ohne Auftrag vorgenommen habe, können sie storniert werden«, klärt Silvio seinen Partner auf.

»Und dann haben wir gar nichts«, erkennt Spotty jetzt seine komplette Fehleinschätzung.

»Und ich bin im günstigsten Fall nur meinen Job los, lande vielleicht sogar im Knast.«

»Also bleiben wir ehrliche Schwindler«, beginnt Spotty nach einem Moment der Besinnung und lässt dann seine Idee wie eine Bombe platzen, »trotzdem, fang heute an, und werfe alles auf den Markt, was du von der Aktie verkaufen kannst.«

»Wie kommst du denn darauf«, empört sich Silvio lautstark.

»Du hast es vorhin selbst vorgeschlagen.«

»Die Aktie zu verkaufen?«

»Nein, den Schwindel publik zu machen.«

Es ist still in der Leitung, man kann die berühmte Feder fallen hören. Und es ist lange still.

Spotty weiß auch, dass er jetzt nichts mehr zu sagen braucht, Silvio muss eine Entscheidung fällen, und da kann er ihm nicht mehr bei helfen.

»Die Aktie steht relativ niedrig, dem Konzern geht es hervorragend, jeder empfiehlt dir im Moment, diese Aktie zu kaufen, denn der Kurs wird wieder steigen«, beginnt Silvio sein Plädoyer, »wenn ich jetzt alles verkaufe, du es aber nicht schaffst, den Kurs zusammenbrechen zu lassen, sprich den Schwindel an die Öffentlichkeit zu bringen, dann können wir uns nächste Woche alle beide die Kugel geben.«

»Das ist mir völlig bewusst. Dies ist kein Spiel, bei dem man halt mal etwas riskiert«, beginnt Spotty seine Antwort, »aber ich habe gestern gelernt, was Vertrauen bedeutet.«

Spotty macht eine kurze Pause und Silvio horcht unwillkürlich auf.

»Als ich zu Beginn die Lage bei diesem tätowierten Haus sondieren wollte, und du mir Deckung geben solltest, da hast du gesagt, genau so machen wir das, nur umgekehrt.«

»Stimmt. Ja und?« fragt Silvio.

»Wenn ich kein Vertrauen zu dir gehabt hätte, dann hätte ich dich mit Sicherheit nicht gehen lassen, und wenn du ...«

»Wenn ich nicht sicher gewesen wäre, dass du dich auf mich verlassen kannst, dann wäre ich nicht losgegangen«, vollendet Silvio die Rede.

»Und wenn ich mir nicht sicher wäre, in dieser Angelegenheit den Stein ins Rollen bringen zu können, dann würde ich dir den Vorschlag nicht unterbreiten«, fügt Spotty daraufhin vehement hinzu.

»Na gut, Partner, dann wollen wir mal. Gib mir einen Tag Vorlaufzeit. Morgen nach Börsenschluss kannst du anfangen, mit dem Schwindel Schluss zu machen. Ist das jetzt endgültig abgesprochen?« fragt Silvio zur Sicherheit noch ein letztes Mal.

»Eindeutig ja, und sonst darfst du mir als erster die Kugel geben.«

»Dann mal ran an den Speck. Ich mache mich jetzt an die Arbeit, rufe dich morgen aber nach Börsenschluss an, um dich bei deinem Einsatz noch einmal anzufeuern.«

»Viel Glück und bis dann.«

Das Gespräch mit Silvio ist gerade beendet, da erarbeitet Spotty sich auch schon ein Konzept, um bei der Aufdeckung des Schwindels möglichst effektiv vorgehen zu können.

Da sind einmal die Fakten und Tatsachen, die ihm ja aus den geheimen Unterlagen des Konzerns vorliegen. Dazu stellt er selbst einige Hypothesen und Vermutungen auf, ohne sie als solche zu kennzeichnen.

Und wenn die ersten Punkte eindeutig belegt sind, wird der Rest auch schon der Wahrheit entsprechen. Es wird zumindest etwas Wahres daran sein und außerdem befasst sich sowieso niemand mehr damit, um Lügen zu entlarven und zu widerlegen.

»Hauptsache Sensation und damit Auflagenstärke und Einschaltquote.«

So stellt Spotty einen Block an Informationen zusammen, den er dann nur noch per E-Mail versenden muss.

Dafür legt er sich eine neue E-Mail-Adresse mit fingierten Benutzer-Daten an. Das ist nicht schwer und jederzeit und überall möglich.

»Aber von welchem Rechner versende ich die E-Mails?«

Spotty überlegt, wen er noch denunzieren kann, denn vom eigenen Rechner könnte diese Aktion für ihn gefährlich werden. Man wird ihn unweigerlich als Absender identifizieren und dann sicherlich wegen Betriebsspionage anklagen.

Aber im Moment fällt ihm niemand ein, den er hiermit noch belasten könnte.

»Dr. Herbert Kesselhoff, dem kann ich zwar nichts mehr anhängen, aber der lebt nicht mehr, und einen Toten kann man nicht anklagen.«

Spotty probiert direkt, ob der Rechner überhaupt noch existiert, sieht auch durch die Webcam und blickt in ein leeres Büro.

»Perfekter kann es nicht sein. Wer hat wohl diese E-Mails verschickt, wenn das Büro seit Wochen nicht mehr betreten wurde?« freut sich Spotty über seinen Einfall, »daran darf sich die Justiz später einmal die Zähne ausbeißen.«

So, Spotty hat den Text, den er verschicken will, die E-Mail-Adresse über die er ihn versendet, und jetzt auch den Rechner, über den alles abläuft.

»Fehlen nur noch die Empfänger.«

Spotty sucht erst gar nicht die Adressen der einzelnen Zeitungen heraus. Bis auf drei große überregionale Blätter, schreibt er sonst nur an Nachrichtenagenturen, und zwar weltweit.

»Da beziehen die Medien sowieso alle ihre Infos und Artikel her.«

Etwas Aufwendiger wird die Suche, um die Adressen der relevanten Umweltbehörden ausfindig zu machen. Hier bemüht sich Spotty insbesondere darum, auch einen Ansprechpartner zu finden, denn ohne persönliche Anrede verschwinden viele E-Mails einfach ungelesen im Papierkorb.

Gegen Abend hat Spotty seine Hausaufgaben beendet. Er geht noch einmal auf den Rechner des Autokonzerns, sucht bei den entsprechenden Accounts und wird dort erneut fündig, unter anderem unterstützt durch eine interessante These.

... warum sollte man uns vorwerfen, dass wir unsere Daten manipulieren ...

... beim Stromverbrauchstest ist der Kühlschrank auch leer und hat nichts zu kühlen ...

... und der Staubsauger hat keinen Filterbeutel ...

... und der Fernseher kein Bild zu senden ...

... das schon, aber wir setzen eine Software ein, die ein völlig anderes Ergebnis liefert ...

Spotty fügt dieses neue Material noch seinem Informationsblock hinzu, ist mit seiner Arbeit soweit zufrieden und hofft, dass Silvio ebenso erfolgreich sein wird.

Den nächsten Abend meldet sich Silvio wie vereinbart nach Börsenschluss.

»Ein hartes Stück Arbeit«, beginnt er zwar gut gelaunt aber doch etwas erschöpft, »ich hoffe, du bist startklar. Was denkst du, wie viele Aktien ich verkauft habe?«

»Hunderttausend?« schätzt Spotty, der diesbezüglich überhaupt keine Vorstellungen hat.

»Über 800.000 Stück«, erklärt Silvio voller Stolz, »und trotz dieser enormen Verkaufszahl, ist der Kurs nicht gefallen.«

»Und zu welchem Kurs hast du verkauft?«

»Der ist natürlich für jede Aktie individuell, aber gemittelt liegt er genau bei 170 Euro.«

»Das hört sich gut an, und ich habe noch in Erfahrung gebracht, dass sie bei der Manipulation irgendwelcher Tests eine Software einsetzen, die völlig andere Ergebnisse anzeigt«, berichtet Spotty ebenso stolz.

»Weißt du was ich glaube, dass das gar nicht mehr schief gehen kann.«

»So sehe ich das eigentlich auch.«

»Na also, dann will ich dich nicht von der Arbeit abhalten. Zeig, was du kannst, ich baue auf dich. Wir sprechen uns morgen.«

Ohne auf weitere Abschiedsfloskeln zu warten, legt Silvio auf und Spotty macht sich an die Arbeit.

Er hat ja alles perfekt vorbereitet und so meldet er sich auf dem Arbeitsplatz von Dr. Herbert Kesselhoff an, kopiert einmal seinen vorbereiteten Text mit den Gesprächsauszügen in das E-Mail Formular, setzt rund dreißig verschiedene Empfängeradressen ein, und sendet jedes E-Mail entsprechend ab.

»Und Feierabend«, sagt er zu sich selbst und meldet sich bei dem Industriekonzern ab.

Irgendwie fühlt er sich erleichtert. Jetzt ist nichts mehr zu ändern, alles geht seinen Gang, das heißt aber auch, dass man sich keine Gedanken mehr zu machen braucht.

Und doch schwirrt ihm ständig etwas durch den Kopf. Es ist kein sorgenvoller, aber doch ein nicht unerheblicher Gedanke.

»800.000 Aktien hat Silvio jetzt verkauft, die er offiziell aber erst später verkauft, wenn der Kurs viel niedriger ist«, ruft er sich noch einmal alles ins Gedächtnis, »und 800.000 Euro wären dann der Gewinn, wenn der Kurs nur um einen Euro fällt, ... und bei zehn Euro wären das 8 Millionen ..., bei zwanzig Euro ...«

Spotty ist es schon bewusst, dass es hier um viel Geld geht, aber das es so viel werden könnte, damit hat er nicht gerechnet.

»Ich denke, dass dies noch ein paar aufregende Tage und Nächte werden. Aber ich werde mir zuhause auf unseren Erfolg schon einmal einen guten Schluck gönnen.«

Kapitel 30

»Was macht eigentlich Frau Landrat?«

Spotty sitzt im Büro und weiß nicht so recht, was er mit sich anfangen soll.

Irmi sitzt zuhause tatsächlich vor ihrem Computer und verteilt Geld.

Von Silvio weiß er, dass der Kurs der Autoaktie sich kaum verändert. Ein, zwei Punkte gefallen, aber das hat nichts zu bedeuten. Ein Nachrichtensender traut sich, und es werden ein paar Andeutungen hinsichtlich eines Manipulationsversuchs gemacht, diese werden aber vom Pressesprecher des Fahrzeugherstellers sofort entschieden dementiert. Also auch hier ist noch alles im grünen Bereich.

»Ich muss doch mal nachfragen, ob die Lebensversicherungspolice schon ausbezahlt ist. Wie heißt die gute Frau noch? Ach ja, Veronika.«

Spotty nimmt kurz entschlossen das Telefon in die Hand und ruft an.

»Ja bitte?«

»Hallo Veronika, hier ist …«, ein prusten, krächzen und husten folgt diesen Worten und bevor Spotty die Leitung unterbricht, haucht er noch mit scheinbar letzter Kraft, »ich melde mich gleich noch einmal.«

Spotty sitzt wie angenagelt auf seinem Bürostuhl und versucht, sich die Vergangenheit ins Gedächtnis zurückzurufen.

»Verdammt, das wäre beinah danebengegangen. Ich habe das doch nicht mehr auf dem Schirm gehabt. Stimmt, ich bin ja für sie ein Detektiv. Und wie heiße ich noch mal?«

Spotty muss schon intensiv nachdenken, um sich seines Namens bei Veronika sicher zu sein. Es ist in der letzten Zeit so viel geschehen, dass das bereits weit in den Hintergrund gerückt ist.

»Hallo, hier ist Ferdinand«, probiert er einen neuen Anlauf, »sorry für eben, mir ist da ein Krümel in die Luftröhre gekommen, ich musste mich erst einmal wieder frei husten.«

»Aber das macht doch nichts. Ich habe schon so auf deinen Anruf gewartet. Wie geht es dir?« flötet Veronika ins Telefon, sodass Spotty befürchtet, sein Telefon könnte vor Hitze zu schmelzen beginnen.

»Nur wer die Sehnsucht kennt, weiß wie ich leide«, haucht er im selben Tonfall zurück und ein dumpfes Geräusch lässt ihn vermuten, dass Veronika in Ohnmacht oder ihr zumindest das Telefon aus der Hand gefallen ist.

In der Tat dauert es etwas, bis Veronika wieder in der Lage ist, zu sprechen.

»Seit ungefähr zwei Wochen ist hier alles ruhig, keiner interessiert sich mehr für mich. Aber seit diesem Zeitpunkt wartet hier etwas, was sich für deine Bemühungen bedanken möchte und dessen Lustfaktor sich mit jedem Tag verdoppelt hat.«

»Na, dann wollen wir die Zeit doch nicht vertrödeln. Lass die Lust schon mal aus dem Zwinger, ich bin gleich bei dir«, sagt Spotty und legt auf.

Er freut sich, denn die letzten Tage waren hart und die nächsten werden zumindest spannend. Da kommt eine kleine Abwechslung gerade richtig und darum zögert er auch nicht lange und macht sich auf den Weg zu Veronika.

Als sie ihm die Tür öffnet, schauen ihre Augen zunächst über seine Schultern und suchen nach potentiellen Beobachtern seiner Ankunft. Als diese niemanden entdecken, zieht sie ihn ins Haus und schließt die Tür.

»Ferdinand«, haucht sie und fällt über ihn her.

Ido kann sich gerade noch an eine Situation erinnern, bei der er auch nicht ungeschoren aus dem Flur gekommen ist.

»Nun denn, sei es drum«, denkt er sich und packt ebenfalls zu.

Wer wie Veronika so lange warten muss, hat keine Zeit, keine Lust und auch kein Gespür für ein Vorspiel. Wie ein Vulkan überzieht sie Ido mit ihrer glühenden Lava, eine Eruption folgt der nächsten.

Erst als der Druck genommen ist, gewinnen Zeit, Lust und Gespür wieder die Oberhand. Spaß und Freude lassen Nach- und Vorspiel miteinander verschmelzen.

Irgendwann wird sogar Zeit gefunden, eine Flasche Champagner zu öffnen und auf den geglückten Ablauf ihres Plans anzustoßen.

»Mich würde schon einmal interessieren, wie du das angestellt hast, dass dieser Dr. Dingsda die zwei erschießt«, beginnt Veronikas Neugierde so langsam die Oberhand zu gewinnen.

»Der wollte eigentlich jemand anders erschießen«, beginnt sich Ido alles ins Gedächtnis zurückzurufen und gleichzeitig zu sondieren, was er davon auch erzählen darf, »ich sollte herausfinden, wo derjenige sich aufhält.«

»Und als wir uns einig waren, hast du ihm die Adresse von der Frau durchgegeben. Wann mein Mann da zum Hoppeln vorbeikommt, dürfte dir ja auch nicht unbekannt gewesen sein«, ergänzt Veronika folgerichtig.

»Und als der gemerkt hat, dass er den falschen erwischt hat, da hat er sich selbst umgebracht. Damit war der Kreislauf geschlossen, der Fall erledigt, alle weiteren Untersuchungen beendet.«

»Das war ein genialer Plan«, bestätigt Veronika, »den hätte ich schon viel früher in Erwägung ziehen müssen, dann hätte ich vorher noch seine Lebensversicherung erhöht.«

»Lass mal gut sein«, unterbricht Ido, »du hast auch so genug Geld, verkaufe eine Immobilie und mache dir ein schönes Leben.«

»Du wirst Lachen, das habe ich schon getan, und in zwei Monaten begebe ich mich auf eine Kreuzfahrt um die halbe Welt. Neun Wochen, erste Klasse in einer Suite«, strahlt Veronika in freudiger Erwartung.

»Bei deinem Aussehen und Charme wird dir dort die Männerwelt inklusive Kapitän zu Füßen liegen«, schmeichelt Ido.

»Und ich werde sie nicht enttäuschen. Du hast mir da die nötige Sicherheit und das Selbstvertrauen zurückgegeben, welches mir mein Mann durch seine Affären genommen hat.«

»Ich habe da nichts zu beigetragen«, widerspricht Ido, »sieh in den Spiegel, du bist eine Vollblutfrau, du kannst dir die Rosinen aus der Männerwelt herauspicken.«

»Ich werde aus diesem Rosinensemmel ein Weißbrot machen, das verspreche ich dir. Aber unabhängig davon, welchen Prinzen ich mir angeln werde, für dich wird immer eine Tür offen stehen«, kommt Veronika ins Schwärmen und muss selbst mit ein paar kleinen Kullertränen kämpfen.

Ido ist noch ein bisschen Kavalier beim Trocknen der Tränen, auch sonst gibt er sein bestes, aber dann ist unwiderruflich der Zeitpunkt gekommen, um sich zu verabschieden.

Veronika schaltet ihren Computer ein und startet das Homebanking während Ido zuschaut und nicht umhinkommt, sich die Prozedur des Einloggens mit ansehen zu müssen.

»Sag niemals nie, hat James Bond schon gesagt«, denkt sich Ido und merkt sich alles.

Die vereinbarte eine Million Euro lässt Ido direkt auf Irmis Konto überweisen.

»Es war mir ein Vergnügen, mit dir Geschäfte zu machen«, gibt er ehrlich zu.

Die beiden wünschen sich für die nächste Zeit viel Glück und Erfolg, verabschieden sich mit der Zusage, in Verbindung zu bleiben und sich in nicht allzu ferner Zukunft wieder einmal zu treffen.

Im Auto notiert sich Ido sofort den gesehenen Benutzernamen und das Passwort vom Homebanking.

»Ich will ihr ja die paar Kröten nicht wegnehmen, aber wer weiß, mit welchem Ölscheich sie von der Kreuzfahrt zurückkommt.«

Ido fährt noch ins Büro, denn Spotty muss unbedingt noch einmal bei dem Autokonzern nach dem Rechten sehen.

Und was er dort findet, das setzt dem Fass die Krone auf.

... wie kann so eine dusselige Nachrichtenagentur behaupten, dass wir manipulieren ...

... gibt es bei uns vielleicht eine undichte Stelle ...

... hoffentlich sickert das nicht auch noch bis zu den Umweltbehörden durch ...

... das gäbe einen Skandal, wenn die Wahrheit ans Licht kommen würde ...

Spotty setzt sich sofort mit Silvio in Verbindung, um ihn über diesen Schriftwechsel innerhalb des Konzerns zu informieren.

»Junge, du bist Spitze«, ereifert sich Silvio sofort, »und wir haben mit unserer Entscheidung die Manipulation zu veröffentlichen, unbewusst auch genau den richtigen Wochentag erwischt.«

»Wenn du meinst.«

»Ja, es rumort zwar schon an der Börse, die Aktie fällt auch etwas, obwohl sie eigentlich steigen sollte, aber die Kunden erkennen das nicht.«

»Sollten sie das?« fragt Spotty immer noch mehr oder weniger gelangweilt.

»Nein, natürlich nicht, die Kurse gehen immer mal ein bisschen hoch und runter. Niemand schreit deshalb schon nach dem Verkauf der Aktie«, versucht Silvio zu erklären, aber für Spotty bedeutet das alles noch Bahnhof.

»Heute ist Donnerstag und ein Euro Kursverlust sind da kein Problem. Morgen auch noch ein oder zwei Euro Verlust, auch kein Problem für die Kunden.«

Silvio wartet einen Augenblick, um bei Spotty die Spannung aufzubauen und genau in dem Augenblick, als Spotty tief Luft holt, um etwas zu sagen, fährt Silvio in rasantem Tempo in seiner Ausführung fort:

»Aber morgen mit Börsenschluss schickst du diese Info, die du mir eben vorgelesen hast, an die Agenturen und Umweltbehörden hinterher.«

»Und dann?«

»Und dann bricht unweigerlich das Chaos aus. Aber dann ist Wochenende und die Börse ist geschlossen«, ereifert sich Silvio.

»Das heißt, das Verlangen, um die Aktie zu verkaufen, hat sich bis zum Montag auch beim letzten Aktionär eingestellt«, kommt jetzt auch Spotty dahinter.

»Genau, Montag und Dienstag wird der Kurs so in den Keller gehen, das würde sich ohne das Wochenende, sonst auf vier oder fünf Tage verteilen.«

»Und dann hättest du das Problem, deinen Kunden vier oder fünf Tage lang erklären zu müssen, warum du nicht verkaufst«, unterbricht Spotty, der jetzt ihr Glück endlich auch versteht.

»Genau, Montag bin ich aber nicht zu erreichen, oder ich finde keine Käufer für die Aktie. Erst Dienstag verkaufe ich sie offiziell für die Kunden zum Schlusskurs. Danach steht unser Gewinn fest.«

»Und eine Woche später, wenn der Kurs unten angekommen ist, kaufst du wieder ein, und die Kunden haben auch noch Geld mitgenommen«, entwickelt sich Spotty jetzt so langsam zum Börsianer.

»Genau so ist es«, freut sich Silvio, »wichtig ist nur, dass du diese Zusatzinformationen erst morgen wegschickst.«

»Hast wohl keine Lust, am Wochenende zu arbeiten«, flachst Spotty.

»Wenn du die heute verschicken würdest, wäre der Crash morgen. Die Kunden würden mich das Wochenende nerven und umbringen, wenn ich Montag früh nicht direkt verkaufe. Und dann heißt es für uns, adieu schöner Gewinn.«

»Keine Sorge, ich habe es verstanden. Ruf mich morgen am besten an, wenn du meinst, dass ich das Paket versenden soll.«

»So machen wir das«, sagt Silvio und verabschiedet sich, nicht ohne noch einen schönen Abend zu wünschen und Grüße an Irmi auszurichten.

Spotty bereitet noch alles vor, um morgen auch diese Zusatzinformationen über den Manipulationsskandal reibungslos versenden zu können. Dann fährt er nach Hause.

»Mein Schatz war heute bei Frau Landrat«, wird Ido von Irmi empfangen.

Ido sieht unwillkürlich an seiner Kleidung herunter, kann keinen Lippenstift oder sonstige Auffälligkeiten entdecken, fährt mit der Hand durch sein Haar und zuckt mit den Schultern.

»Homebanking, auf meinem Konto ist Zahltag«, gibt Irmi die Erklärung, »und ich wollte mich dafür so gerne bei dir bedanken.«

Die Anspannung auf Idos Gesicht weicht einem erleichtertem Lächeln, doch Irmi ist mit ihrer Rede noch nicht fertig:

»Aber du bist sicher 'out of service', musstest bestimmt nachhelfen, um das Geld auch von ihr zu bekommen, oder?«

»Das schon, aber für dich bin ich doch immer im Dienst, das weißt du doch«, flirtet Ido und nimmt Irmi in den Arm.

»Wächst da für mich eine Konkurrenz heran?«

»Ach was. Erstens bist du konkurrenzlos, und außerdem geht sie jetzt auf Kreuzfahrt und angelt sich einen Prinzen.«

»Vorsichtshalber möchte ich dir meine Vorzüge und die damit verbundene Konkurrenzlosigkeit noch einmal unter Beweis stellen«, flüstert Irmi in Idos Ohr, während sie am Ohrläppchen knabbert.

Ido ist schon lange nicht mehr zum Karate- oder Langlauftraining gekommen, aber so hält er sich ja auch fit.

Am nächsten Morgen dauert es allerdings schon etwas länger mit dem Aufstehen. Zwei Frauen, zwei Flaschen Champagner und kein Essen gehen auch an ihm nicht spurlos vorüber.

Dafür schmeckt ihm jetzt das Frühstück um so besser.

Als Spotty endlich im Büro ankommt, ist es Mittag und Silvio bereits am Telefon.

»Ich dachte schon, dir ist etwas passiert«, stöhnt er vor Erleichterung, »das wäre die Katastrophe schlechthin.«

»Nun mach dich mal nicht gleich in die Hose, wenn ich mal eine Stunde aus dem Haus bin, sag mir lieber, was deine Kurse machen«, returniert Spotty.

»Alles wie vorhergesehen, mit gestern zusammen werden wir höchstens drei Euro Kursrückgang zu verbuchen haben«, freut sich Silvio wie ein Schneekönig, »und bisher hat noch nicht ein Kunde um den Verkauf der Aktie gebeten.«

»Na, siehst du, es läuft doch wie geschmiert«, fällt Spotty nichts besseres ein.

»Auch berichten immer mehr Agenturen über einen möglichen Skandal, versehen aber alles noch mit einem dicken Fragezeichen«, kennt Silvios Euphorie jetzt keine Grenzen mehr.

»So nach dem Motto:
Ich kenne einen, der kennt einen, der einen kennt«, gibt Spotty zum Besten.

»Genau, sie beziehen sich immer noch auf eine imaginäre andere Agentur, um bei einer eventuellen Fehlmeldung nicht den 'Schwarzen Peter' dafür zu erhalten.«

»Sag mir jetzt lieber mal, wann ich auf diesen Topf voller Manipulationen und Betrügereien den Deckel setzen soll«, hat Spotty jetzt genug von dem Gerede um den heißen Brei.

»15:00 Uhr«, sagt Silvio kurz und knapp nachdem er sich noch einmal alle Eventualitäten durch den Kopf hat gehen lassen.

»Okay, alles klar«, bestätigt Spotty, »hast du heute Abend schon etwas vor, oder hast du Lust, mit zum Essen zu kommen.«

»Aber gerne doch, du kannst dir gar nicht vorstellen, wie ich mich auf so eine Einladung von dir freue«, sprudelt es nur so aus Silvio, »zeigt es mir doch, dass du eine gewisse Wertschätzung für mich und meine Arbeit hegst.«

»Sag mir lieber, ob du alleine oder in Begleitung kommst«, bremst Spotty die Lobhudelei.

»In Begleitung, wenn es recht ist.«

Sie vereinbaren noch ein Restaurant und einen Zeitpunkt und verabschieden sich bis zum Abend.

Spotty wartet noch bis kurz nach drei und sendet dann mit der gleichen Prozedur wie vorgestern, also aus dem leeren Büro des Industriekonzerns, seine Zusatzinformationen zum Manipulationsskandal des Automobilherstellers an die Nachrichtenagenturen und die Umweltbehörden.

Dann freut auch er sich auf einen schönen Abend und ein verdientes Wochenende.

Kapitel 31

»Ich möchte jetzt nicht in Silvios Haut stecken.«
Ido sitzt am Montag Morgen beim Frühstück und blättert in der Tageszeitung. Das ganze Wochenende war schon nichts anderes in den Nachrichten zu hören, und die Zeitung beschäftigt sich zentral natürlich auch nur mit diesem Thema:
Dem vermeintlichen Manipulationsskandal des Autokonzerns.
Und der Begriff Skandal ist noch mild ausgedrückt. Frevel, Sünde, Schande und Betrug werden neben traditionellen Schimpfwörtern am häufigsten benutzt.
Und Ido kann es schwarz auf weiß lesen.

*Wer will schon von diesem Konzern Aktien
in seinem Depot haben?*

»Die Leute werden regelrecht dazu animiert, diese Aktie zu veräußern«, erklärt er Irmi.
»Im Radio haben sie eben berichtet, dass sich der Kurs der Aktie im freien Fall befindet nachdem bestätigt worden ist, dass die Abgaswerte der Fahrzeuge durch eine Software manipuliert werden«, unterstützt sie Idos These.
»Dann können wir nur hoffen, dass Silvio dem Druck seiner Kunden, die Aktie sofort zu verkaufen, noch bis morgen Abend stand hält.«
»Ich halte mich da raus«, winkt Irmi mit beiden Armen fuchtelnd ab, »wenn aber etwas für meine Hilfsorganisationen abfallen sollte, stehe ich natürlich voll dahinter.«
Ido fährt ins Büro, vielleicht kann er Silvio ja ein bisschen moralisch unterstützen, vielleicht findet er auch Neuigkeiten im Autokonzern.

Aber so oft Spotty auch probiert, Silvio zu erreichen, es ist immer besetzt.

»Im gesamten Autokonzern findet heute scheinbar überhaupt keine Kommunikation statt, oder die Leute sind in Anbetracht des Medienrummels vom Wochenende, erst gar nicht zur Arbeit erschienen.«

Dort gibt es also nichts neues und so ist Spotty mit seiner unverkennbaren Nervosität alleine gelassen. Es ist ihm auch unmöglich, sich auf eine andere Arbeit zu konzentrieren.

»Dann mache ich es mir halt etwas gemütlicher, als im Büro zu sitzen und fahre ins Hochhaus. Da kann ich über die Stadt blicken, hier sehe ich nur die kahlen Wände oder das, was der Bildschirm hergibt.«

Er aktiviert die Rufweiterleitung auf sein Handy und macht sich auf den Weg.

Lars ist relativ häufig in seiner Wohnung im Hochhaus, mindestens jedoch einmal pro Woche. Manches Mal kommt er auch nur, um die Werbung aus dem Briefkasten zu entnehmen, der einen Blume Wasser zu geben oder um die Gardinen je nach dem auf- oder zuzuziehen.

Auf dem Weg ist er noch in den Supermarkt gefahren, um sein Rotweinlager aufzufüllen und sich ein Fertiggericht zu kaufen.

»Komisch, Ido trinkt Champagner und isst Steaks, während Lars sich mit Rotwein und Lasagne begnügt«, stellt er belustigend fest.

Lars sitzt auf seinem Sofa mit den Füßen auf dem Hocker und sieht aus dem Fenster über die Dächer der Stadt. So bekommt er seine Nervosität etwas unter Kontrolle.

»Es ist schon eigenartig«, sinniert er vor sich hin, sein Rotweinglas in der Hand schwenkend, »normalerweise müsste ich mich nicht mehr aufregen, Geld ist so viel da, dass wir es schon wieder verteilen.

Aber trotzdem mache ich mir Sorgen, ob jetzt alles funktioniert. Wahrscheinlich hört das erst auf, wenn man den Überblick über seine Einnahmequellen oder Einkünfte verloren hat.«

Dann denkt er wieder an die Qualen und Querelen, die er auf sich nehmen musste, um diesen Status zu erreichen, an die toten Frauen in den Pharmakonzernen, an Bertmann und die Kesselhoffs, die Kofferdiebe, den Landrat und seine Geliebte, die Hooligans.

»Ist es das alles Wert?«

Lars zweifelt und beginnt sich selbst seine Maßlosigkeit vorzuwerfen.

»Ich habe durch Curt diese Wohnung, den BMW und genug Geld erhalten, um leben zu können, ohne arbeiten zu müssen.

Und war ich damit zufrieden?

Nein, Ich wollte ein größeres Haus, ein größeres Auto und noch mehr Geld.

Ich wollte Ruhm und Anerkennung, wilde Partys und schöne Frauen.«

Lars realisiert, dass er das eigentlich auch erreicht hat.

»Aber warum bin ich immer noch nicht zufrieden?

Niemand zwingt mich, noch weiter zu machen.

Warum höre ich nicht einfach auf?

Warum kann ich das nicht?«

Lars legt die Lasagne in die Mikrowelle und er muss an den Tresor dahinter denken.

»Warum muss ich um jeden Preis diesen vierten Umschlag unbedingt auch noch öffnen.

Das kann doch nicht allein nur Neugierde sein.

Da müssen doch irgendwelche, mir nicht bekannten Zwänge dahinter stecken.«

Die Mikrowelle wird eingeschaltet, aber Spotty hat seine Probleme noch nicht ausgebrütet.

»Oder bin ich des Lebens als solches überdrüssig, egal ob arm, reich oder steinreich?

Bis zum Finale nur noch mal richtig die Sau raus lassen, und zwar so lange es nur geht.

Stehe ich mit dieser Philosophie alleine da, oder machen das viele so, oder gar alle?«

Während Lars grübelt und die Mikrowelle die Lasagne erhitzt, wird aus dem Tresor der Umschlag mit der Nummer 4 entnommen.

»Nach dem Essen möchte ich nur mal nachsehen, was mich noch so erwartet«, versucht er seine Handlung vor sich selbst zu rechtfertigen, »das darf ich ja. Die Anweisungen muss ich ja noch nicht ausführen, außerdem habe ich ja die Nummer 3 noch nicht vollständig abgearbeitet.

Und es kommt noch hinzu, dass ich sowieso erst einmal Urlaub machen möchte.«

Wie nicht anders zu erwarten, sitzt Lars nach dem Essen wieder auf dem Sofa, die Füße auf dem Hocker, nimmt einen Schluck vom Rotwein und öffnet den Umschlag Nummer 4.

Hallo Ido,
schön, dass Du immer noch dabei bist.
Ich denke, dass Du auch schon genug Geld verdient
haben wirst, um Dich zur Ruhe setzen zu können.
Aber wäre das nicht langweilig?
Oder fehlt Dir der Pfeffer auf Deinen Partys?
Hier kommt die Abwechslung.
Aber vorsichtig!

Überlege es Dir gut.
Wenn Du es bisher mit Kriminellen zu tun gehabt hast, dann warst Du meistens der Größte unter ihnen.
Jetzt kommen aber richtige Kaliber.
Drogenbosse, Geldwäscher, Schutzgeldeintreiber, Terroristen und Bankiers.
Du darfst ihnen ins Handwerk pfuschen, das macht auch Spaß, aber sie nehmen es Dir übel und sie sind sehr nachtragend.
Diese Tatsache erübrigt auch einen Umschlag mit der Nummer 5.
Du weißt, was ich meine.
Du kannst auch jederzeit aufhören, niemand zwingt Dich zu irgendetwas.
Falls Du weiter machen möchtest, hier noch ein Tipp: Nimm sie Dir nicht alle gleichzeitig vor, dann hast Du eventuell länger etwas davon.
Wenn Du Nervenkitzel brauchst und meinst, Dein Leben gelebt zu haben, dann gehe auf IP-Adresse 13.635.269.36
Für immer Tschüss.
Dein Curt

Lars sagt überhaupt nichts. Ihn hat es nicht nur die Sprache verschlagen.

Ausgerechnet heute. Heute, wo sie viel Geld verdienen werden, was so sicher wie das Amen in der Kirche ist.

Wo er trotzdem diesen kleinen moralischen Durchhänger hat, was bei diesen Erfolgsaussichten ja nicht unbedingt normal ist.

Wo er sich nach dem Sinn seines Lebens fragt, da öffnet er diesen Umschlag.

Lars schreibt sich die IP-Adresse auf, den Brief packt er aber schön wieder in den Umschlag, legt diesen in den Tresor und verschließt ihn.

»Am liebsten möchte ich die Mikrowelle vor dem Tresor so festnageln, dass man ihn nie mehr öffnen kann. Die Aufgabe des Briefes ist sicherlich reizvoll und interessant, sein Inhalt stimmt mich jedoch sehr nachdenklich«, Lars muss kräftig schlucken und tief Luft holen, um den Satz vollenden zu können, »denn er hat so etwas endgültiges.«

Es ist gut, den Inhalt des Umschlags bereits zu kennen, aber so weit ist Lars noch lange nicht, um ihn auch bearbeiten zu wollen.

Lars war sowieso schon in leicht depressiver Stimmung, dieser Brief hat ihn noch mehr herunter gezogen. Er braucht unbedingt eine Aufmunterung, etwas positives.

Er probiert noch einmal Silvio zu erreichen und er hat Glück.

»Silvio Agnoli«, meldet sich dieser mit einer Stimme, die viel Frust und Ärger erahnen lässt.

»Ich bin es, Ido.«

»Schön, dass du anrufst und bitte, bitte leg nicht mehr auf. Sprich mit mir bis zum Börsenschluss«, redet er sofort los, »ich kann nicht mehr, die Leute nerven mich bis aufs Messer.«

»Es gibt dafür eine gute Medizin.«

»Welche, sag schon.«

»Schau nur auf den Aktienkurs«, gibt Ido lachend zur Antwort, als wäre das die logischste und normalste Sache der Welt, denn warum soll etwas, was ihn hoffentlich gleich aufmuntert, nicht auch für Silvio gut sein.

»Du hast gut reden, aber im Grunde genommen hast du Recht«, sagt Silvio nach kurzer Enttäuschung, »morgen noch einmal diesen Stress, dann noch zwei Wochen in Ruhe alles abarbeiten und dann für immer Feierabend.«

»Nimm den nächsten Anruf unter diesen Gesichtspunkten entgegen, und du wirst sehen, dass es dir nur noch einen Bruchteil so viel ausmacht«, versucht Ido seinen Partner aufzumuntern.

»Wenn du einen Rock an hättest, würde ich sagen, du bist ein Schatz«, nimmt Silvio die Anregung gerne entgegen, »aber so sage ich nur Danke, du hast mir wirklich geholfen.«

»Bevor ich jetzt aber wieder auflege, damit du dieses positive Gefühl auch austesten kannst, möchte ich gerne den aktuellen Kurs wissen«, lästert Lars noch ein bisschen.

»Du hast tatsächlich Recht, ich sehe da viel zu wenig nach«, bestätigt Silvio und holt sich die aktuellen Daten auf seinen Rechner, »er ist jetzt bei 141,12 Euro, fällt aber heute bestimmt noch um zehn Punkte.«

Lars braucht keine drei Sekunden, will sich vor Freude auf die Schenkel klopfen, hält aber doch ungläubig eine Hand vor den Mund.

»Dann haben wir schon über zwanzig Millionen im Sack?«

»So ist es«, wird es auch Silvio erst in diesem Moment so richtig klar.

»Ruf mich nach Börsenschluss an. Bei dem Verdienst gehe ich jetzt ein Eis essen, das muss das Geschäft doch abwerfen, oder?«

»Hau ab, bis nachher«, lacht Silvio und wieder mit frischem Mut versehen beenden die beiden ihr Gespräch.

Bevor Lars ins Parkhaus fährt, um die Autos und die Identität zu wechseln, geht er tatsächlich erst in eine Eisdiele und isst einen Becher Schokoladeneis mit Eierlikör und Schlagsahne.

»Erfolge muss man feiern, wenn sie fallen«, toastet er sich selbst zu.

Danach fährt Ido aber nach Hause, um auch Irmi die gute Nachricht zu überbringen. Als Silvio später anruft, um den Tagesendkurs der Aktie durchzugeben, ist dieser auf 132,04 Euro gefallen.

»Und was bedeutet das für uns«, fragt Irmi, der das fröhliche Telefongespräch zwischen den Männern natürlich nicht entgangen ist.

»Um es vereinfacht auszudrücken«, beginnt Ido zu erklären, »wir haben schon 800.000 Aktien zu einem Festpreis verkauft, die wir im Prinzip aber morgen Abend erst einkaufen müssen.«

»Das heißt, mit jedem Euro, den ihr günstiger einkaufen könnt, habt ihr schon 800.000 Euro Gewinn gemacht«, resümiert Irmi richtig, »für wie viel Euro habt ihr denn verkauft?«

»170 Euro.«

Irmi hat den Gewinn im Nu ausgerechnet, aber die Zahl will nicht über ihre Lippen. Das kann nicht sein, sie macht noch einmal eine Gegenprobe, aber das Resultat bleibt bestehen.

»Dann habt ihr heute rund dreißig Millionen Euro eingenommen?«, fragt sie mehr als ungläubig.

»Da musst du aber noch den Kursverfall vom morgigen Tag dazu rechnen«, bestätigt Ido, »und wieder einen Eisbecher von abziehen, den ich vorhin gegessen habe.«

»So! Einen Eisbecher hast du gegessen«, kommt Irmi angeschlichen, setzt sich auf Idos Schoß und sieht ihn mit großen, bitterbösen Augen an, »ohne mich zu fragen?«

Ido ist perplex, und bevor er weiß, wie er die Situation einzuordnen hat, knöpft ihm Irmi das Hemd auf, schimpft dabei aber weiter.

»Ich muss zusehen, wie ich mit dem Haushaltsgeld zurecht komme, habe nichts zum Anziehen, muss deswegen den ganzen Tag nackend in der Küche stehen und frieren.

Aber der Herr isst Eis. Hat wohl zu viel Hitze. Na, dem können wir doch abhelfen.«

Ab diesem Moment verläuft der weitere Abend wie bereits mehrfach dargestellt und auch ohne dass ein Tisch umfällt.

Also: Ido muss zur Strafe in der Küche abwaschen und Irmi kauft sich im Internet ein Kleid. So ungefähr läuft das doch immer ab, oder?

Den nächsten Tag bleibt Ido zuhause in der Villa und beschäftigt Irmi.

»Wenn du den ganzen Tag nackend im Haus herum läufst, muss ich das doch ausnutzen. Wo bekommt man sonst so eine preisgünstige Show geboten«, ärgert er Irmi, »und solange dein Kleid noch nicht da ist, möchte ich da gerne von profitieren.«

Das war wieder einmal zu viel des guten, erneut fällt Irmi über Ido her und sie landen auf dem Fußboden. Von kurzen Essenspausen ausgenommen, geht das im Prinzip den ganzen Tag so.

»Ich habe bestimmte Stellen an meinem Körper, die musst du nur berühren, dann bin ich wie elektrisiert, schmelze dahin, wie eine Eiskugel in kochendem Wasser und bin dir völlig wehrlos ausgeliefert«, flüstert Irmi bei einer Gelegenheit freudig erregt in Idos Ohr.

Nachdem Ido sich stolz über das Kompliment mit einem Küsschen bedankt, haucht Irmi noch:
»Und du kennst alle diese Stellen.«

Als gegen Abend das Telefon klingelt und Silvio aufgeregt und erleichtert seinen Bericht abliefern will, ist Ido noch in einer anderen Welt und muss sich erst orientieren, dann ist er aber hellwach.
»Ich habe alle genau 802.179 Aktien jetzt offiziell für die Kunden verkauft«, beginnt Silvio, indem er weit ausholt.
»Super, aber jetzt spann mich nicht auf die Folter. Ist da noch ein Kleid für Irmi drin, oder nicht? Sie hat doch wieder nichts zum anziehen«, lästert Ido und legt sogleich noch nach, »ich würde ja so gerne mit ihr in Urlaub fliegen, aber unter diesen Umständen?«
Silvio kann sich gut vorstellen, wie es momentan bei den beiden zugeht, und möchte am liebsten auch mit herum albern.
Er muss mit seiner Antwort auch noch warten, denn Irmi hat Ido offensichtlich ein Kissen über den Kopf gestülpt, von dem er sich erst befreien muss.
»Wir fliegen in den Urlaub«, trällert sie ins Telefon, »pack deine Freundin in den Koffer und dann kommt einfach mit.«
»Lust hätte ich schon«, ruft Silvio zurück ohne zu wissen, ob ihn überhaupt jemand hört.
Irgendwann hat sich Ido von dem Kissen und den Küssen befreit und sich auch wieder des Telefons bemächtigt.
»Nun sag schon den Kurs.«
Silvio wartet noch einen Moment, konzentriert sich erst, um die Reaktion auf seine Antwort voll auskosten zu können und verkündet dann stolz:
»106 Euro gemittelt.«

Stille. Ungläubige Stille.

Doch dann der erlösende, jubelnde Aufschrei.

»Das heißt, wir haben 64 Euro Gewinn pro Aktie gemacht?« ruft Ido vor Glückseligkeit und beginnt durch das Zimmer zu hüpfen.

»Zusammen über 51,3 Millionen Euro«, lässt auch Silvio seiner Freude endlich freien Lauf und sich durch Idos Euphorie anstecken.

Es dauert lange bis die Freudentänze, Jubelgesänge und Glückwuncharien abklingen und Silvio noch einmal beginnt, sich seriös mit ihrem Clou zu befassen. Nachdenklich sagt er:

»Wenn der Kurs jetzt noch ein bisschen weiter fällt, sodass die Kunden auch noch etwas abbekommen, dann ist alles in trockenen Tüchern.«

»Wie lange brauchst du ungefähr noch, bis du alles abgewickelt hast und dich dort abmelden kannst«, möchte Ido wissen.

»Ich denke eine Woche, maximal zehn Tage. Dann dürfte ich alle Aktien wieder günstig eingekauft haben und wenn der Konzern nicht in Konkurs geht, und davon ist ja nun wirklich nicht auszugehen, dann steigt der Kurs auch wieder.«

»Na super, dann gib mir mal den genauen Namen deiner Freundin und eure Geburtsdaten durch«, wird Ido ganz geheimnisvoll.

»Was willst du denn damit?« fragt Silvio logischerweise.

»Urlaub buchen.«

Weiter kommt er im Moment nicht, weil Irmi ihn schon wieder vor lauter Freude umreißt.

»Ich lade euch ein. Sieh zu, dass ihr genau in 14 Tagen die Koffer gepackt habt«, vollendet er dann seinen Satz.

»Und wohin und wie lange?« fragt Silvio zögerlich und ungläubig.

»Ach, wieder nach Barbados, da waren wir schon einmal und da ist es schön, da brauchen wir nicht groß zu suchen.«

»Und für wie lange?« wiederholt Silvio.

»Mindestens vier Wochen, das hängt davon ab, ob und wann wir Flüge bekommen.«

Die Freude ist nicht nur bei Irmi groß, auch Silvio und seine Freundin sind hellauf begeistert. So macht Silvio die Arbeit auch in der letzte Woche noch richtig Spaß, in der er die ganze Aktion noch zum Ende führen muss.

Seine Kunden sind auch noch zufrieden mit ihm. Das ganze Aktienpaket, welches er ja ihnen gegenüber für 106 Euro verkauft hat, kauft Silvio gemittelt wieder für 92 Euro ein.

So können seine Kunden auch noch einen Gewinn von 14 Euro pro Aktie, also insgesamt von über 11,2 Millionen Euro mitnehmen.

Mit so viel zufriedenen Kunden und mit so einem Polster auf dem Bankkonto fliegen die vier Freunde endlich in den Urlaub, wie gehabt nach Bridgetown, auf die Insel Barbados, in die Karibik.

Kapitel 32

»Hier ist es traumhaft, hier gehe ich nicht mehr weg.«

Silvio ist begeistert von Barbados, von den wunderschönen Stränden, von den Menschen, von den exklusiven Villen, vom Wetter, eigentlich von allem.

Seine Freundin schließt sich ihm vorurteilslos an, was wiederum auch nicht verwundert, ist sie doch bis zum Abflug noch nicht wesentlich aus ihrer Zweizimmerwohnung heraus gekommen.

Als Silvio erfährt, dass ein erfolgreicher Golfprofi seine Villa verkaufen will, da diesem gerade eine andere Region auf der Welt interessanter erscheint, entschließt er sich, für immer auf der Insel zu bleiben und dieses Anwesen zu kaufen.

»Komm, bleib auch hier. Du musst deine Villa in Deutschland doch nicht gleich verkaufen. Wenn die Zeit der Hurrikans kommt, fliegst du halt solange zurück«, versucht Silvio Ido zu überzeugen, es ihm gleich zu tun.

Irmi würde am liebsten auch dort bleiben und unterstützt Silvio in seinen Bemühungen kräftig mit Worten und Taten.

»Ich werde dem sicher irgendwann zustimmen«, lässt sich Ido nicht erweichen, »aber im Augenblick möchte ich es lieber noch umgekehrt machen. Wenn es zuhause für uns zu kalt wird, dann kommen wir euch besuchen.«

Damit ist dieses Thema, zumindest für den Augenblick, ohne weitere Diskussion erst einmal für beendet erklärt.

Während Silvio die eigentliche Urlaubszeit fast ausschließlich mit Anwälten und Notaren, oder in Möbelgeschäften und sonstigen Einrichtungshäusern verbringt, genießen Irmi und Ido die Zeit am Strand und im türkisfarbenen Meer.

»Schade um deren Urlaub«, bemerkt Irmi, korrigiert sich aber direkt, »na ja, sie haben später ja genug Zeit, um hier alles zu genießen.«

Allerdings hört Ido im Moment überhaupt nicht zu, er ist mit seinen Gedanken weit weg, lässt gerade ihre Beziehung Revue passieren.

»Kannst du dich noch daran erinnern, wie wir uns kennengelernt haben?« fragt er für Irmi völlig unvorbereitet.

»Das hört sich an, als ob du dich vom Leben verabschieden willst, und mir noch mal etwas Liebes sagen möchtest«, erschrickt sie.

»Quatsch«, protestiert Ido, »ich sehe nur gerade vor mir, wie du dir vor dem Bildschirm deine Brüste massiert hast.«

»Das mache ich auch immer noch gerne, nur habe ich damals echt geglaubt, überhaupt keinen Mann mehr zu brauchen und alles alleine machen zu können.«

»Das war mein schönstes Erlebnis, als ich dich da vom Gegenteil überzeugen konnte«, träumt Ido und nimmt Irmi in den Arm.

»Ich möchte nicht mehr Bonnie sein«, sagt sie unverhofft und mit Tränen in den Augen, »ich möchte mit dir hier auf der Insel alt werden, ohne Partys, ohne Trubel, ganz ruhig, nur mit dir im Arm.«

Ido ist so zwei, drei Minuten am nachdenken, für ihn waren es nur gefühlte Sekunden, für Irmi aber Stunden.

»Gut, das ist genau das, was ich auch möchte, mit dir in Ruhe alt werden«, beginnt er dann mit seiner Antwort, »wir lassen die beiden jetzt hier wohnen, lassen sie Erfahrungen sammeln.«

»Was für Erfahrungen denn?« unterbricht ihn Irmi, die sofort ahnt, dass ihr Wunsch damit schon wieder abgelehnt wird.

»Worauf man beim Kauf achten soll, wie man mit den Behörden umzugehen hat, was man alles bedenken muss, was sie falsch gemacht haben und all diese Dinge, weißt du was ich meine?«

»Ja und dann?«

»Dann brauchen wir alle diese Fehler nicht mehr zu wiederholen.«

»Ja und dann?« wird Irmi ungeduldig.

»Dann können wir uns viel stressfreier ein vielleicht sogar besseres Haus kaufen.«

Irmi löst sich aus Idos Armen, setzt sich breitbeinig auf seinen Bauch, beugt sich nach vorne, nimmt seinen Kopf in ihre Hände und sieht im in einem Abstand von vielleicht fünf Zentimetern in die Augen.

»Und wann ist das?«

»Wenn die beiden über ihre Erfahrungen berichten können«, zögert Ido seine eigentliche Antwort so lange wie möglich heraus.

»Und wann ist das?«

»Also ich denke, in maximal sechs Monaten.«

Wenn die Antwort nicht akzeptabel gewesen wäre, hätte Irmi ihm seine Ohren lang gezogen, aber so küsst sie ihn.

Zwei, drei Minuten lang, für sie waren es nur gefühlte Sekunden, für Ido aber Stunden.

Unter diesen neuen Voraussetzungen vergeht die restliche Urlaubszeit wie im Flug und die Koffer müssen wieder gepackt werden. Auch Silvio und seine Freundin fliegen mit zurück.

Es gibt zuhause für sie jetzt noch viel zu erledigen, Jobs und Wohnungen kündigen, sich bei den Behörden abmelden, bei den Freunden Lebewohl sagen, die Habseligkeiten einpacken und verschiffen und was sonst noch alles dazu gehört.

Die vier verabschieden sich nach der Ankunft in Deutschland kurz voneinander, man bleibt ja telefonisch sowieso in Kontakt und wird in den nächsten Tage ohnehin gemeinsam Essen gehen.

In der Villa angekommen, schnappt sich Ido erst einmal das Handgepäck aus dem Auto, während Irmi die Haustür aufschließt. Ahnungslos betritt sie die Eingangshalle und Ido folgt ihr auf einen Meter Abstand, beladen mit den Taschen.

Ein dumpfes Geräusch lässt Irmi sich umdrehen und sie sieht, dass die Handtaschen jetzt auf dem Fußboden liegen und Ido seine Arme in die Höhe streckt.

Vorsichtig dreht sie sich in die Richtung, in die Idos aufgerissene Augen starren.

Ein Schrei durchbricht die Stille und Irmi hält erschrocken ihre Hand vor den Mund, als sie realisiert, dass dieser Schrei von ihr kommt.

Da steht ein Mann mit Glatze, Lederjacke, Lederhose und Stiefeln. Das linke Bein ist irgendwie eingeschient, der linke Arm hängt schlaff herunter, beziehungsweise nur noch der Ärmel der Jacke, und in der rechten Hand hält er eine Pistole.

»Fred Vandenbocke«, sagt Ido mit einem Kloß im Hals.

»Erraten«, antwortet er, »auf diesen Augenblick warte ich schon eine Woche, und nur die Aussicht darauf, dich erwischen zu können, hat mich überhaupt noch am Leben gehalten.«

»Dann hätte ich dir im Krankenhaus doch den Hahn zudrehen sollen«, schreit Ido und macht Anstalten, auf ihn los zu laufen.

Was jetzt in den nächsten Sekunden passiert, lässt sich nur schwer beschreiben.

Fred Vandenbocke richtet seine Pistole jetzt genau auf Ido während Ido und Irmi auf ihn zulaufen. Ein Schuss fällt und Ido zuckt zusammen, hält sich kurz den linken Arm, läuft dann aber weiter.

Irmi ist bei Fred angekommen und schmeißt sich auf ihn, während ein zweiter Schuss fällt. Irmi sackt zusammen, doch sie krallt sich fest und bevor der einarmige Fred sich von ihr befreien und erneut schießen kann, ist auch Ido da und schlägt zu.

Betonplatten hätte er mit diesem Schlag zerbrochen, keine Chance mehr für Fred.

»Neiiiiiin!«

Ein Schrei durchdringt die Villa, lässt die Fensterscheiben klirren und Gläser zerspringen.

Irmi liegt auf dem Fußboden und Ido dreht sie auf den Rücken, bemerkt hier schon die aufkommende Leblosigkeit in ihrem sonst so straffen Körper.

Dann sieht er dieses rote Loch in ihrer Bluse, einige Zentimeter neben der Knopfleiste, die sie sich immer so gerne geöffnet hat.

»Irmiiiiii!«

Ido bückt sich über ihr Gesicht und Tränen des Schmerzes und der Wut lassen ihm jedes weitere Wort im Keim ersticken.

»Wir sehen uns in meinem Himmel«, haucht sie während sie sich noch einmal aufbäumt, »es war schön mit … dir …. ich ……. liebe ………. dich.«

Er küsst sie ein letztes Mal, fühlt dieses kurze Zucken in ihrem Körper und er verflucht die Welt.

Als er seine Tränen wieder etwas unter Kontrolle hat, schließt er küssend ihre Augen und möchte sie auf den Arm nehmen. Erst jetzt bemerkt er den Schmerz in seinem linken Arm und das Blut, das durch seinen Ärmel tropft. Es interessiert ihn nicht.

Er beißt die Zähne aufeinander, hebt Irmi auf seine Arme, tritt mit dem Fuß die aufgehebelte Terrassentür auf und teilt der Welt seinen Verlust mit.

»Neiiiiiin!«

Ein Schrei, der auch den letzten Vogel verstummen lässt. Ido legt Irmi in ihre geliebten Blumen. Dann ruft er Silvio an.

»Na, hast du schon Heimweh nach uns?« kommt frohgelaunt Silvios Frage, da er Ido als Anrufer erkennen kann.

Da keine Antwort kommt, lauscht Silvio intensiver ins Telefon und hört nur schluchzende Geräusche und tiefes, schweres Atmen.

»Hey, was ist los?«

Wieder dauert es eine Weile, bis dann diese drei Worte gnadenlos wie ein Donnerhall den Frieden und die Zukunft zerstören.

»Irmi ist tot!«

Silvio fällt das Telefon aus der Hand, er sucht nach Halt.

»Das kann nicht sein, er muss sich verhört haben«, denkt er sich, wohl wissend, dass dies nur ein trostloser Hoffnungsschimmer sein kann, »wir waren doch vorhin noch alle frohen Mutes zusammen.«

»Nein, das kann nicht sein!« schreit er zurück.

Aber Silvio bekommt keine Antwort mehr, Ido ist wieder von Tränen übermannt und Schreie der Wut lassen Silvio erschaudern.

»Ich komme, bin gleich bei dir«, ruft er, obwohl er weiß, dass ihn niemand mehr hört.

Als Silvio bei der Villa ankommt, sieht er den Mercedes mit offenem Kofferraum vor dem Haus stehen.

Die Koffer sind nicht ausgeladen und die Haustür steht offen.

Er läuft hinein und weiß von der einen auf die andere Sekunde nicht, ob er erst stehen bleiben und sich dann übergeben muss, oder umgekehrt.

Ein dunkelrot verschmierter Fußboden und ein am Arm blutender Ido, der ständig gegen den kahlen Kopf eines in der Blutlache liegenden Mannes tritt.

Der Kopf scheint nur noch pro forma am Hals befestigt zu sein, nach jedem dieser Tritte wackelt er drei, vier Mal hin und her.

Silvio verschiebt den Brechreiz auf später, läuft durch und reißt Ido zur Seite. Im selben Moment identifiziert er den am Boden liegenden Toten.

»Der letzte Hooligan?«

Ido nickt nur und weist mit dem Kopf nach draußen zur Terrasse.

Da liegt Irmi in den Blumen. Die weiße Bluse, die Silvio im Flugzeug noch bewundert hat, rot verfärbt. Er läuft nach draußen und holt das nach, was er vorhin gerade noch verschoben hat.

Dann sieht er in Idos Augen und weiß, dass es keinen Zweck hat, mit ihm noch irgendetwas konstruktiv zu besprechen.

Er ruft bei der Polizei an, meldet zwei Tote und einen Verletzten und bittet um schnelle Ambulanz.

Letztlich bindet er Idos Arm ab, damit die Blutung gestoppt wird. Ido kann sich kaum noch auf den Beinen halten, wirkt wie ein blutleerer Zombie, verliert auch kurz das Bewusstsein, noch bevor die Sanitäter und die Polizei eintreffen.

Ido hat zum Glück nur einen Streifschuss abbekommen. Er hat zwar viel Blut verloren, aber keine Verletzungen an den Knochen davongetragen. Als man ihn wieder aufgepäppelt hat, erzählt er die Geschehnisse unter Tränen der Polizei.

In deren Bericht steht später, dass ein noch unbekannter Einbrecher, der sich Zugang über eine von ihm aufgehebelte Terrassentür verschafft hat, unglücklicherweise auf das gerade heimkehrende Paar getroffen ist, und sofort um sich geschossen hat.

Es dauert Stunden bis die Spurensicherung ihre Arbeit verrichtet hat, ein Beerdigungsunternehmen die Toten abtransportiert hat, und der Tatort gereinigt ist. Dann sind Ido und Silvio alleine.

Es herrscht eine fassungslose, gespenstige Stille. Was sollen die zwei sonst so skrupellosen Männer, die erst kürzlich die Welt um über 50 Millionen Euro erleichtert haben, auch machen.

Sich heulend in den Armen liegen?
Über den Urlaub oder das Wetter plaudern?
Sich Vorwürfe machen mit hätte, wenn und aber?

So beschäftigt sich Silvio mit einer völlig veränderten Zukunftsperspektive, während Ido sein Leben an sich vorüber ziehen lässt und ebenfalls versucht, einen Blick in seine Zukunft zu werfen.

In seinen Gedanken stellt Ido erneut an Irmi diese eine Frage:

»Kannst du dich noch daran erinnern, wie wir uns kennengelernt haben?«

Er erinnert sich dabei an das Gespräch am Strand auf Barbados und er erinnert sich ebenfalls an ihre letzten drei Worte, welche sie ihm soeben noch gehaucht hat.

Ido springt auf und Silvio wird aus seinen Visionen gerissen. Er schaut Ido starr vor Schreck an. So hat er ihn noch nie gesehen.

»Das ist nicht mehr der Ido, den ich kenne«, sagt er sich leise, »da muss gerade etwas bei ihm zerbrochen sein.«

»Das hat sie noch nie gesagt«, ruft Ido durch die Villa, »und sie wollte doch auch gar nicht mehr Bonnie sein.«

Silvio versteht überhaupt nichts, schüttelt nur mit seinem Kopf.

»Du hast mir mein Leben gerettet«, flüstert Ido zunächst zärtlich mit dem Blick zum Himmel gerichtet, um dann immer eindringlicher und energischer fortzufahren, »ich liebe dich auch und ich werde dich so rächen, dass die richtigen Bonnie und Clyde zu Hänsel und Gretel verblassen werden, und zwar so lange, bis auch ich in deinen Himmel kommen darf.«

Ido muss sich seine Tränen mit einem Tuch aus dem Gesicht wischen bevor er zwei Finger der rechten Hand zum Schwur in die Höhe hebt.

»Richte deinen Himmel schon mal so ein, wie du dein Traumhaus auf Barbados einrichten wolltest, denn in spätestens sechs Monaten werden wir dort wieder gemeinsam wohnen.

Das verspreche ich dir.«

Silvio läuft es eiskalt den Rücken herunter, er wünscht sich nichts sehnlicher, als so schnell wie möglich auswandern zu können und Ido errät seine Gedanken.

»Silvio, mein Freund«, sagt Ido liebevoll und legt den gesunden Arm auf seine Schulter, »du bist noch jung, du hast dein Leben noch vor dir. Es ist mir eine Ehre mit dir Geschäfte gemacht und dich als Freund gewonnen zu haben.«

»Das beruht auf Gegenseitigkeit«, fällt Silvio auf die Schnelle nichts weiter ein, denn er erahnt schon den aufkommenden Abschiedsschmerz, aber Ido fährt unbeirrt fort.

»Aber was jetzt noch kommt, willst du nicht einmal im Albtraum erleben. Nimm deine Freundin und zieh in deine Villa nach Barbados.

Du brauchst auch unseren Gewinn nicht zu teilen, ich will das Geld nicht mehr.«

»Aber ich muss doch noch alles kündigen, und ...«, will Silvio einbringen.

»Mit 50 Millionen musst du gar nichts. Melde dich hier bei den Behörden ordnungsgemäß ab und alle anderen lass dir den Buckel runter rutschen. Nach der Beerdigung von Irmi bringe ich euch zum Flughafen. Basta.«

Ido sieht nicht so aus, als ließe er mit sich verhandeln und Silvio hat nicht den Mut zu widersprechen, im Gegenteil, er wäre froh, wenn er schon zum Flughafen fahren könnte.

»So, und jetzt geh nach Hause, Koffer nicht auspacken, sondern nur umpacken«, befiehlt Ido.

Silvio will leicht verstört in Richtung Tür gehen, doch Ido hält ihn am Arm fest.

»Danke«, sagt er, »und komm mich bitte morgen kurz besuchen, ich brauche bestimmt noch einen Blitzableiter.«

»Natürlich, mache ich«, freut sich Silvio erleichtert, als er einen Funken vom alten Ido wieder erkennt.

Die nächsten Tage bis zu Irmis Beerdigung sind nicht einfach.

Ständig stehen irgendwelche Reporter von Funk oder Presse an der Tür und möchten Exklusivberichte, was sie bekommen sind leichte Schläge auf den Hinterkopf gepaart mit Fußtritten.

Von den so zahlreichen Partygästen, die Irmi immer so vorbildlich beköstigt hat, erscheinen viele um zu kondolieren. Doch die sich darunter befindlichen Lobbyisten werden ebenso wie die Reporter behandelt, nur dass diese noch zu hören bekommen:

»Euch verlogenem Pack habe ich den Vandenbocke vom Hals gehalten und ihr schickt ihn mir zum Dank ins Haus. Schert euch zum Teufel.«

Bei der Beerdigung selbst sind außer Ido nur Silvio und seine Freundin anwesend, die restliche Trauergemeinde lässt Ido vor den Toren stehen.

Vor dem Grab stehend fasst Ido in sein Jackett, entnimmt den Ausdruck eines Webcam-Fotos, küsst es inständig und lässt es mit zitternden Händen auf den Sarg fallen.

»Damit du nicht vergisst, wie wir uns kennengelernt haben«, schluchzt, schnieft und heult er auf eine Art, dass Silvio sich genötigt sieht, ihn zu stützen.

Das Foto zeigt genau den Moment, als er das erste Mal sah, wie Irmi sich die Bluse aufgeknöpft hat.

Eine Amsel zwitschert ihr Liedchen und verleiht der minutenlangen Andacht und Stille einen würdigen Rahmen.

»Bist du so weit?« fragt Ido danach gefasst und unbeirrt Silvio.

Der nickt nur.

Sie steigen in den Mercedes, die Koffer sind bereits eingeladen, und Ido fährt Silvio mit seiner Freundin zum Flughafen.

Der Abschied ist kurz aber schmerzhaft.

»Innerhalb von einer Woche seine zwei einzigen Freunde zu verlieren ist hart«, sagt Ido, »aber so ist es und so soll es wohl sein. Genießt euer Leben, denkt hin und wieder mal an mich, aber lasst mich mein Leben alleine zu Ende leben.«

»Mach dir um uns keine Sorgen und pass auf dich auf«, sagt Silvio.

Die zwei umarmen sich und Silvio und seine Freundin verschwinden im Flughafengebäude.

Als sie nicht mehr von Ido gesehen werden können, bricht Silvio in Tränen aus.

Kapitel 33

»Das sind doch keine normalen Bankgeschäfte.«

Ido sitzt zuhause und liest die Zeitung. Er würde gerne an einem schön gedecktem Frühstückstisch sitzen, so wie er es mit Irmi immer genossen hat, aber für sich alleine hat er keine Lust, einen Tisch zu decken. Also schmiert er sich ein Toastbrot und isst es im Stehen, dann kocht er sich einen Kaffee und holt die Zeitung.

»Dieses Jahr bereits mehrere Milliarden Verlust, aber letztes Jahr noch zig Milliarden Gewinn«, regt er sich auf, »wo soll das denn herkommen? Wenn der kleine Mann mit seiner fünfzig Euro Rate für seinen Kredit nur einen Monat im Verzug ist, dann hat er gleich das Inkassobüro oder gar ein Mahnverfahren am Hals. Davon können die Milliardenverluste der Bank nicht kommen.«

Ido schlägt mit dem Handrücken in die Zeitung, zerknüllt diese dann und wirft sie in die Ecke.

»Also, was sind das für dubiose Geschäfte, mit denen die Manager der Banken ihre Schäfchen zu Lasten von uns ins Trockene bringen?«

So wie fast immer seit Irmis Tod, hat sich Ido wieder richtig in Rage geredet.

Er weiß auch, dass er sich als Ido zusammenreißen muss. Er hat die Frau vom Discjockey jetzt als Haushälterin fest eingestellt, und wenn er hier so schlechtgelaunt herum tobt, dann kündigt sie ihm vielleicht und er muss dann wieder selbst putzen, einkaufen und kochen.

»Im Umschlag Nummer 4 geht es um großkalibrige Kriminelle, das habe ich zumindest so gelesen. Zu ihnen zählt Curt auch die Banker, ich finde, sehr hellseherische Qualitäten von ihm. Mit den Bankiers werde ich darum demnächst beginnen.«

Ido hat sich beruhigt und er beginnt auch wieder konstruktiv zu denken.

»Mal sehen, was mich bei ihnen erwartet und von welchem Kuchen ich etwas abschneiden kann. Bei Milliarden Verlusten kommt es auf ein paar Millionen mehr oder weniger bei denen doch sowieso nicht an.«

Da Ido sich in der Villa in Anwesenheit der Haushälterin nicht aufregen darf und ihn das Leben hier auch überall an Irmi erinnert, beschließt er, die nächsten Tage im Hochhaus zu wohnen.

»Dort ist es für mich alles etwas überschaubarer, es ist kleiner und ich fühle mich nicht so verloren. Da stört mich definitiv niemand in meiner Trauer und ich werde sie dort mit Sicherheit auch schneller überwinden.«

Irgendwann kommt dann der Tag, an dem Spotty wieder im Büro sitzt und sofort damit beginnt, die im Umschlag Nummer 4 stehende IP-Adresse zu bearbeiten. Auch hier findet er die bereits aus Nummer 3 so vertraute Anordnung der Informationen.

»Ich habe ja schon beschlossen, mit den Bankern anzufangen, aber die anderen bearbeite ich gleich hinterher. Curt meinte zwar, ich hätte länger etwas davon, wenn ich nicht alles gleichzeitig in Angriff nehmen würde, aber so lange habe ich gar keine Lust und auch keinen Nerv mehr dazu.«

Spotty liest in Curts Informationen über eine Bank, dass hier Millionenbeträge an Abfindungen für Mitarbeiter gezahlt und Milliarden für Abschreibungen auf dubiose und ruinöse Investitionen vorgenommen werden müssen.

Mit Skrupeln hat Spotty eigentlich noch nie richtig zu kämpfen gehabt, durch seine aufgestaute Wut und Erregung ist er davon jetzt völlig befreit und so dauert es nur ein paar Sekunden, bis in ihm ein spektakulärer Plan reift.

»Hat Frau Dr. Irmgard Volkert nicht auch bei der Bank gearbeitet?

Müssen ihre aufgenommenen Kredite nach ihrem Tod nicht auch abgeschrieben werden?«

Das sind doch zwei Fragen, die es erst einmal zu beantworten gilt.

»Aber bitteschön, die Bearbeitung läuft jetzt nach meinen Regeln ab.«

Spotty hat keine Probleme, um in den Rechner der Bank zu gelangen, die von Curt dafür zur Verfügung gestellten Angaben sind alle noch korrekt.

Es dauert allerdings schon einige Tage, bis Spotty sich mit den Programmen der Bank und deren Funktionen so einigermaßen vertraut gemacht hat, schließlich kann er niemanden danach befragen.

Als er sich das nötige Wissen angeeignet hat, speichert er dort auf Irmis Namen einen Kreditantrag mit einem Datum ab, bei dem sie noch unter den Lebenden weilte. Schließlich muss die Bank ja erst einmal einen Kredit genehmigen und ausbezahlen, bevor sie ihn abschreiben kann.

Die Höhe des Kredits muss er auf 500.000 Euro begrenzen, da über diese Summe hinaus leider weitere Funktionen und persönliche Maßnahmen zur Genehmigung erforderlich sind, auf die er aber keinen Einfluss ausüben kann.

Das Konto, auf das der Kreditbetrag überwiesen werden soll, ist Idos eigenes Konto in der Schweiz. Er kennzeichnet alle durchzuführenden Kontrollen und

Genehmigungen als erledigt und stellt den Kredit zur Auszahlung bereit.

Alles weitere läuft durch die Programme der Bank automatisch ab.

Um eine Abfindung für einen ausgeschiedenen, qualifizierten Mitarbeiter zu erhalten, muss er Irmi erst einmal als solchen in den Personalstamm eintragen. Da alle Felder mit kumulierten Daten aus der Vergangenheit logischerweise noch leer sind, füllt Spotty diese mit Werten eines ausgeschiedenen Mitarbeiters auf, der eine Abfindung von über einer Million Euro erhalten hat.

Bis auf Irmis Namen und Spottys Kontonummer ähnelt das Personalblatt jetzt exakt dem Blatt dieses Mitarbeiters. Fehlen nur noch die Kennzeichen 'Gekündigt' und 'Abfindung ermitteln'.

Den Rest erledigen jetzt auch hier die Bankprogramme.

»Das war es schon. Wenn in ein paar Tagen das Geld auf meinem Konto ist, muss ich Irmis Kredit nur noch als 'Kreditnehmer verstorben' kennzeichnen und ihn zur vollständigen Abschreibung freigeben. Damit entfällt auch die Rückzahlung des Darlehns«, freut sich Spotty ein klein wenig, »und damit habe ich finanziell auch schon den Grundstock für meinen Nachfolger gelegt.«

Es dauert genau drei Tage, bis auf Spottys Konto zwei Geldbeträge eingehen. Einmal eine Kreditauszahlung in Höhe von 500.000 Euro, und dann eine Entlassungsabfindung in Höhe von 1.225.000 Euro.

»Das ist zwar schön, aber damit seit ihr mich noch nicht los«, frohlockt er.

Spotty hat nämlich eine Datei entdeckt, in der bereits gebuchte Geldausgänge fertig aufbereitet zur

Überweisung stehen. Das besondere daran ist die Höhe der Überweisungsbeträge, denn diese liegen alle im ein- oder gar zweistelligen Millionenbereich.

Die Empfänger sind ausschließlich andere Banken, wahrscheinlich die Rückzahlung oder Gewährung von durchaus üblichen und untereinander vereinbarten Tagegeldern.

»Die Beträge ändern geht nicht«, sagt sich Spotty, »wenn in der Gesamtsumme zwischen Buchung und Überweisung eine Differenz auftritt, suchen die bestimmt jeden Cent. Das ist etwas anderes als Irmis Kredit, denn der war ja genehmigt und hier würde es sich um einen Buchungsfehler handeln, den es zu finden gilt.«

Aber Spotty hat eine andere Idee. Er tauscht nur die Empfängerdaten, wie Name und Kontonummer untereinander aus. So erhält jede Bank zwar Geld, aber entweder zu viel oder zu wenig, jedoch nicht den vereinbarten und vor allem gebuchten Betrag. Jedenfalls bleiben die Endsummen identisch, es entsteht keine Differenz, und das ist entscheidend.

»Ich bin einmal gespannt, wie sich das im Laufe der nächsten Tage entwickelt«, ist Spotty aufgeregt, »und wenn ihr lieben Banker dann meint, alle Fehlbeträge wieder korrigiert zu haben, dann lege ich erst richtig los.«

Nachdem sich Spotty sicher ist, bei den Banken bereits eine kleine Lawine von Chaos losgetreten zu haben, betrachtet er sich die nächste Gruppe seiner Kriminellen.

»Das ist schon auffällig, wie viele Adressdaten Curt hier gesammelt hat. Links- und Rechtsradikale, Autonome und Hooligans, selbst Terroristengruppen sind dort versammelt«, stellt er erst einmal ganz sachlich fest, »nur um alles in der Welt, was soll ich mit denen anfangen?«

Genau wie bei den Bankiers hat er keine Lust, auch nur einen von ihnen in die Villa einzuladen, um dann eventuell noch weitere nützliche Informationen zu bekommen. Mal ganz abgesehen davon, dass sein Verhältnis zu Hooligans sowieso mehr als nur gestört sein dürfte.

»Ich kann die verschiedenen Gruppen höchstens gegeneinander ausspielen«, hat Spotty dann die Idee, »egal ob als Gegner oder Konkurrenten. Lass die sich doch untereinander dezimieren, dann sind sie beschäftigt und fallen der restlichen Bevölkerung nicht zur Last.«

Er beginnt sofort, sich in die verschiedenen Rechner einzuloggen und falls er dort oder bei Curt keine Informationen über den politischen Hintergrund und den Wohnort findet, sich diese über das Internet zu beschaffen.

»Wenn die sich bekriegen sollen, dann müssen ihre Interessen schon identisch sein und ihre Reviere auch etwas in der Nachbarschaft liegen, zumindest bei Konkurrenten«, erkennt Spotty und macht sich daran, verschiedene Gruppen jeweils pärchenweise zusammen zu stellen.

Dann setzt er bei allen Gruppen den folgenden, fast gleichlautenden und als E-Mail getarnten Text in deren Postfächer.

Nur mit verschiedenen Treffpunkten und unterschiedlichen Absendern, und zwar so arrangiert, dass die von ihm gebildeten Paare jeweils von dem anderen Pärchenteil diesen Text erhalten, ohne zu wissen, dass sie ihnen diesen Text selbst auch zugeschickt haben.

Hört zu.
Uns ist zu Ohren gekommen, dass Ihr mit Eurer Anwesenheit die schöne Landschaft verschandelt.
Das kann sich ja keiner mehr länger mit ansehen.
Wir wollen Euch also aufräumen.
Macht Euch darum aus dem Staub und haut hier ab.
Wenn Ihr die Hosen doch nicht voll habt, kommt zum Treffpunkt, dann gibt es was aufs Maul.
Nächsten Dienstag, morgens 02:00 Uhr
Treffpunkt : _____
Vergesst nicht, Euch für 02:30 Uhr auch ordnungsgemäß entsorgen zu lassen.
Absender : _____

Dass diese Aktion von Erfolg gekrönt ist, zeigen die Nachrichten in Funk und Fernsehen am Dienstag, und die Zeitungen am Mittwoch.

... Eine neue Welle der Gewalt rollt über unser Land ...

... Bandenkriege zerstören die nächtliche Ruhe ...

... Ein Toter und mehrere Verletzte bei Rockerkrieg ...

Und wenn so eine Welle einmal ins Rollen gekommen ist, dann entwickelt sie auch eine gewisse Eigendynamik, das heißt, das weitere provozierende Texte nicht mehr erforderlich sind, damit sich auch zukünftig die befeindeten Gruppen bekämpfen und sich nur noch miteinander beschäftigen.

Bei den Bankern gibt es nach Spottys Eingriff reichlich Schuldzuweisungen zwischen den Buchhaltern und den Programmierern. Es werden Testläufe von den Revisoren durchgeführt und überprüft, aber alles funktioniert, eine Fehlerquelle ist durch sie nicht auszumachen.

Bis dass die nächsten Überweisungen ins System geschickt werden.

Wieder das gleiche Chaos. Keine einzige Zahlung kommt beim richtigen Empfänger an.

Aber was die Angelegenheit noch verschlimmert, dass ist die Tatsache, dass jetzt auch Korrekturüberweisungen an Banken dabei sind, die das letzte Mal zu wenig Geld erhalten haben. Doch wieder stimmt der Betrag nicht, sodass jetzt eine Korrektur der Korrektur erforderlich wird.

»Wenn das so weiter geht«, sagt sich Spotty, der mit seiner Arbeit zufrieden ist, »dann kann sich jeder selbst ausdenken, wohin das führt.

Irgendwann verlieren die vollständig den Überblick, zumal ja alles korrekt gebucht ist.«

Die Bank ist diesbezüglich auf die Beschwerden der anderen Institute angewiesen. Manche melden sich natürlich nur, wenn sie zu wenig erhalten haben, aber niemand kann sagen, wer dafür das Geld zu viel bekommen hat.

Einige Institute schweigen einfach, die meisten schicken die unberechtigt empfangenen Gelder aber wieder zurück.

»Allerdings wird die Bank das selten merken, denn sehe ich diese Gelder, werde ich sie immer in die Schweiz auf mein Nummernkonto weiterleiten.«

Eine interessante These entdeckt Spotty, welche ein Mitarbeiter der Bank im internen E-Mail-Verkehr aufgestellt hat.

... wir haben zwar bereits einen Schaden in Höhe von circa einer Million Euro, aber zum Glück tritt der Fehler nur bei bankinternen Überweisungen auf ...

... so ist der Schaden zu verschmerzen ...

... wenn der Fehler beim Überweisungsverkehr der Geschäftskunden auftritt, können wir unsere Schalter schließen ...

... so nach dem Motto: ich überweise dir jetzt 1 Euro, mal sehen, wie viel Euros bei dir ankommen ...

»Hunderte oder gar tausende von Überweisungen der Bankkunden durcheinander zu bringen, ist schon eine Aufgabe, die mit Arbeit verbunden ist, aber man kann sich die Idee ja mal im Hinterkopf notieren.«

Als nächstes konzentriert sich Spotty jetzt auf eine Gruppierung, die er bisher noch ignoriert hat. Radikale mit der Neigung zum Terrorismus.

»Diese Leute haben den Staat zum Feind, für die ist eine andere Gruppe weder Gegner noch Konkurrent«, erkennt Spotty und behandelt sie deshalb getrennt von den anderen Radikalen.

Er kontrolliert schon seit Tagen den E-Mail-Verkehr dieser Gruppierung, hat bisher aber nichts verdächtiges entdecken können.

Doch heute ist alles anders.

»Das ist ja der Hammer«, schreit er durch sein Büro, »die planen doch tatsächlich einen Bombenanschlag.«

Aufgeregt kennzeichnet er sich die wichtigsten Passagen des E-Mails.

... holst du dir bei mir am Sonntag Mittag den Sprengstoffgürtel ab ...

... du kannst dich ja schon in Frankfurt aufhalten ...

... du zündest den Gürtel in der Abflughalle vom Terminal 1 im Check-in Bereich ...

... am besten da, wo die meisten Leute sind ...

... den Tag und die Uhrzeit des Anschlags gebe ich dir noch bekannt ...

»Nächste Woche auf dem Frankfurter Flughafen, der genaue Zeitpunkt wird noch durchgegeben«, ist Spotty fassungslos vor Wut.

Wie ein Tiger im Käfig läuft er in seinem Büro von einer Ecke in die andere.

»Es hilft nichts. Wie auch immer. Da kann ich alleine nichts unternehmen. Ich muss das der Polizei mitteilen.«

Spotty sucht sich die E-Mail-Adresse der Bundespolizei heraus und will direkt vom Rechner des Verfassers dieses E-Mail nach dort weiterleiten. Aber er hat noch eine Idee.

»Ich habe ja noch drei weitere mögliche Terroristen hier auf meiner Liste. Auch wenn ich bei denen bisher nichts gefunden habe und die hiermit vielleicht nichts zu tun haben, aber wenn die auch so ein ähnliches E-Mail von diesem Typ hier erhalten, dann sind die gleich mit in Polizeigewahrsam.«

Spotty rechtfertigt und bestätigt sich noch einmal seinen Plan:

»Besser ist besser, oder?«

Darum kopiert er das E-Mail drei mal und ändert die Kopien geringfügig ab. Er schickt darin einen der drei Leute in die Ankunftshalle vom Terminal 1, den zweiten zum Terminal 2 und den dritten zur S-Bahn Haltestelle des Flughafens. Die E-Mails speichert er bei ihnen direkt auf dem Rechner als gelesen ab.

Dann leitet er diese vier Schreiben an die Bundespolizei weiter.

Es dauert zwei Tage, bis die Nachrichten in allen Medien unter anderem vermelden:

... geplanter Terroranschlag vereitelt ...

... an mehreren Stellen des Frankfurter Flughafens wollten sich Personen in die Luft sprengen ...

... bei Hausdurchsuchungen in verschiedenen Orten des Landes wurde Beweismaterial sicher gestellt und wurden Personen festgenommen ...

... die GSG 9 Staffel der Bundespolizei hat uns vor einer Katastrophe bewahrt ...

Lars sitzt im Hochhaus auf dem Sofa und schlägt zufrieden die Zeitung zu.

»Hin und wieder eine gute Tat hat auch etwas für sich«, stellt er zufrieden fest.

Kapitel 34

»Habe ich mein Leben wirklich so gewollt?«

Lars kommen Zweifel an seiner guten Tat, die sicher nur ein Alibi für andere missratene Aktionen sein kann. Aber warum sitzt er jetzt hier, abgeschottet in einem Hochhausappartement, spielt einmal den Ido und dann wieder den Spotty? Er fragt sich erneut, ob sein Leben nicht mehr Wert war?

Lars versucht, sich dieses Leben noch einmal in Erinnerung zu rufen, sich vielleicht auch für alles zu rechtfertigen.

»Okay, ich bin ein Einzelkind, das sind heutzutage viele. Ich weiß auch nicht, ob ich mit Geschwistern gespielt hätte, wenn ich welche gehabt hätte. Ich habe nie mit jemandem gespielt, ich war immer nur in meinem Zimmer. Das war meine Welt, dort war ich geborgen und beschützt.«

Lars bewertet seine Kindheit weder als gut noch als schlecht, es war halt so wie es war und von seinen Jugendjahren ist außerdem nicht so viel im Gedächtnis haften geblieben.

»Wenn es keine Computer gegeben hätte, ich würde sie jetzt wahrscheinlich erfunden haben. Es gibt nichts besseres, um sich von der Menschheit zu isolieren, und sich dann nur noch mit sich selbst beschäftigen zu müssen.«

Die Gedanken schlagen aufs Gemüt, darum holt sich Lars ein Glas Rotwein, genießt einen ordentlichen Schluck und folgt dann wieder seinen Erinnerungen.

»Meine Berufswahl, meine Ausbildung, alles eine logische Folge meines sozialen, oder besser gesagt, asozialen Verhaltens. Kontakte zu Arbeitskollegen, zum anderen Geschlecht, das waren alles nur negative

Erfahrungen, die mich weiter in die Isolation getrieben haben.«

Lars bezweifelt aber, dass er sich so abseits der menschlichen Gesellschaft wirklich wohl gefühlt hat.

»Das Verlangen nach menschlicher Nähe und Wärme war ja vorhanden. Gesucht habe ich sie über die Webcam, nur konnte sie mir die nicht bieten. Realisiert habe ich das erst, als mir Curt ein Leben in Saus und Braus angeboten hat.

Kurz aber heftig.«

Lars ist verblüfft über seine eigene Feststellung, überprüft darum noch einmal seine Erkenntnis.

»Stimmt, es ist schon verlockend, nicht bis zum letzten Atemzug irgendwo dahin siechen zu müssen, sondern noch einmal alle Energien zusammen zu ballen und ausleben zu können.«

Lars denkt weiter, wird melancholisch und ringt unweigerlich mit den Tränen.

»Das war der Masterplan.

Irmi ist da nicht vorgesehen gewesen. Sie kann im Plan nur eine Episode gespielt haben. Das muss ich akzeptieren und versuchen, mich wieder auf das Wesentliche zu konzentrieren.

Und das ist: Mein restliches Leben möglichst intensiv zu leben.«

Lars putzt sich die Nase, wischt die Tränen weg und rappelt sich wieder auf.

»Und da ich Irmi geschworen habe, in spätestens sechs Monaten in ihren Himmel einzuziehen, muss ich jetzt nicht mehr lange herum jammern, sondern den Fakten ins Auge sehen.

Ja. Ich habe mein Leben so gewollt.«

Lars trinkt sein Glas leer, packt seine Sachen zusammen, blickt sich in der Wohnung noch einmal um und sieht hinaus aus dem Fenster auf die Dächer der Stadt.

Lars nimmt langsam Abschied.

Spotty sitzt im Büro und ärgert wieder die Bank bei ihren Überweisungen.

»Verluste sind denen ja egal, Hauptsache die Öffentlichkeit wird nicht tangiert und merkt nichts«, stellt er beruhigend fest und sucht nach weiterer Arbeit für den Tag.

Es bleiben aus dem Umschlag Nummer 4 nur noch Drogendealer, Schutzgeldeintreiber und sonstige mafiöse Berufsgruppen übrig.

Spotty schaut bei dem einen oder anderen im Rechner nach, findet aber nichts außergewöhnliches und auch keine Möglichkeit, daraufhin mit jemand in Kontakt zu treten.

»Als Irmi entführt wurde, hat Silvio da nicht gesagt, dass er nur mit den Fingern schnipsen muss, um zwanzig seiner Leute zusammenzurufen?« fällt es ihm wieder ein, »das wären doch sicher keine Börsianer gewesen, oder?«

Spotty sucht in seinem Computer in den Ordnern und Mappen.

»Irgendwo habe ich mir Silvios Dokumente doch auch mal kopiert, aber nie angesehen. Vielleicht sind seine Leute ja das Bindeglied, welches mir zu meiner Gruppe von Mafiosis fehlt?«

Spotty hat Silvios Daten letztlich schnell gefunden, schließlich herrscht in seinem Computer Ordnung. Schon beim Stöbern in den Unterlagen fallen ihm direkt zwei Namen auf, die er schon aus dem Umschlag Nummer 4 kennt.

»Das ist nicht verwunderlich, denn immerhin habe ich Silvio auch aus Curts Umschlägen kennen gelernt, und wer weiß, wie Curt an die Mafia-Adressen gekommen ist«, erklärt sich Spotty diese etwas ominöse Feststellung selbst.

»Don Vicente de Garrucha, dieser Name bleibt auch haften, wenn man ihn nur einmal hört.«

Er ist Spanier und laut Curt für den Drogenhandel mit Ländern aus dem spanisch sprechendem Raum zuständig. Innerhalb dieser Kontaktpersonen scheint er auch der Boss zu sein.

Spotty fragt sich schon, was Silvio wohl mit ihm für Geschäfte abgewickelt hat, nimmt sich aber vor, da nicht weiter nach zu forschen, es sei denn, er stößt quasi von alleine darauf.

»Die zweite interessante Person nennen sie nur den Russen, sprechen ihn persönlich aber mit Sergei an. Er ist eindeutig der Chef einer Schutzgelder eintreibenden Truppe, die laut meinen Unterlagen eigentlich nur aus Italienern bestehen soll.«

Spotty beschließt, dass Ido mal wieder eine Party geben muss und dass in jedem Fall anstelle der Lobbyisten, diese beiden Personen als neue Gäste einzuladen sind.

Da Irmi diesen Part immer so hervorragend erledigt hat, aber nun nicht mehr wahrnehmen kann, die neue Haushälterin damit sicher überfordert ist, muss Ido das Einladen selbst übernehmen. Er entschließt sich dazu, es handschriftlich mit einer Einladungskarte zu probieren.

»Das hat wenigstens Stil und dementsprechend will ich nächstes Wochenende wieder richtig feiern.«

In Anbetracht dieser Tatsache geht Spotty gutgelaunt und frohen Mutes noch einmal auf den Rechner von Don Vicente, wie er von seinen Leuten nur genannt wird. Und mit seinen neu gewonnenen Erkenntnissen dauert es nicht lange, bis er eine interessante Entdeckung macht.

»Ich habe natürlich noch keine Ahnung wie er an das Geld kommen wird, aber Fakt ist, dass er avisiert, in den nächsten Tagen vier Millionen Euro von seinem Konto bei meiner vertrauten Bank, auf sein Schweizer Konto zu transferieren.«

Kaum hat er ausgesprochen, da kommt der Schalk auf Spottys Schultern zum Vorschein.

»Das wäre doch zu schade, wenn ausgerechnet diese Zahlung bei dem richtigen Empfänger ankommen sollte«, frohlockt er und legt sich diese Angelegenheit für die nächsten Tage auf Termin.

Spotty muss etwas warten, bis er diese Überweisung aufbereitet in der Datei bei seiner Bank findet. Aber nach vier Werktagen ist es dann soweit. Es dauert keine halbe Minute, und bei Konto und Name des Empfängers steht jetzt Spottys eigene Nummer und natürlich auch sein Name.

»Vier Millionen in dreißig Sekunden, das nenne ich mal einen Stundenlohn«, ist Spotty stolz auf sich, »das hätte sicher auch Irmi erfreut.«

In Gedanken blättert er weiter durch die Datei mit den Überweisungen, bis er abrupt aufhört.

»Zehn Millionen Euro von einem Privatkonto überweisen, das ist schon eine Hausnummer«, denkt er sich, als er diesen Betrag sieht, »ich dachte eigentlich, dass meine vier Millionen schon den Rahmen des üblichen sprengen würden.«

Spotty betrachtet die Daten genauer und kommt zu dem Entschluss, dass es sich hierbei sicher nicht um ein reguläres Geschäft handelt.

»Das kann nur Schwarzgeld sein, bestimmt aus dem Drogenhandel, denn der Empfänger sitzt in Kolumbien, und der Absender ist im Internet eine völlig unbekannte Firma, was bei der Höhe des Betrages doch eher unwahrscheinlich ist.«

Im Fernsehen und Radio laufen schon den ganzen Tag Werbeblöcke der Sender zu einer Spendenaktion, welche diese in Zusammenarbeit mit der Hilfsorganisation 'Ein Herz für Kinder' durchführen. Auch in diesem Moment wird wieder zur Spende aufgerufen und die Sammelkontonummer für die Einzahlung durchgegeben.

»Tut mir leid, lieber Empfänger, aber ich kann nicht anders. Du wirst auf dein Geld wohl noch etwas warten müssen«, sagt sich Spotty und schon ändert er Namen und Konto des Empfängers auf die der Hilfsorganisation ab.

In den Verwendungszweck der Überweisung trägt er außerdem noch ein:

Von Irmi

Spotty hat die Datei kaum verlassen, da wird sie auch schon von einem Programm zur Abarbeitung herangezogen.

Am darauf folgenden Tag ist Spottys spontane Spendenaktion im Fernsehen und im Radio das zentrale Thema schlechthin und einen weiteren Tag später auch in der Presse.

Eine einzelne Spende in Höhe von zehn Millionen Euro hat es noch nie gegeben und ist der absolute Rekord. Mit dem Geschäftsführer dieses Unternehmens werden Interviews geführt, bei denen dieser nicht weiß, was er sagen soll, sich aber auch nicht traut, diese Überweisung zu dementieren.

Auch zum Verwendungszweck fällt ihm lediglich ein, dass der Name Irmi symbolisch für jeden anderen Namen steht.

Die Überweisung bei der Bank als fehlerhaft zu reklamieren, dazu hat er nach diesem Medienrummel jedenfalls nicht mehr den Mut.

»Armer Kerl«, denkt sich Spotty, »wer weiß, ob er den Ärger, den er mit dem eigentlichen Empfänger zweifelsfrei bekommen wird, überhaupt unbeschadet übersteht. Und der Typ sieht sicher nicht danach aus, dass er die zehn Millionen Euro noch einmal überweisen kann.«

Für den Rest der Woche ist Ido mit den Vorbereitungen für die Party voll ausgelastet. Der vertraute Discjockey, dessen Ehefrau ja bereits als Haushälterin in der Villa arbeitet, hilft ihm bei der Organisation.

Es sind nicht unbedingt zwei verschiedene Klassen von Gästen, die dann zur Party erscheinen, und doch erkennt man die Unterschiede der beiden Gruppen auf den ersten Blick.

Alle Herren sind sehr vornehm gekleidet, im Smoking oder schwarzem Anzug und mit teuren Luxusuhren ausgestattet. Auch die Damen tragen teure Designerkleider, sind mit Schmuck behangen, wie der Weihnachtsbaum mit Lametta.

Hier sind keine Unterschiede festzustellen. Es ist eher die Etikette, welche die beiden Gruppen kennzeichnen.

»So wie früher alter Adel aus Oxford gegen Ölmillionäre aus Texas«, schmunzelt Ido.

Auf seiner Party sind es allerdings alt eingesessene Industriebosse gegen neureiche Geschäftemacher.

Auch bei den Damen gibt es gravierende Differenzen. Während die eine Gruppe versucht, sich auf jung zu schminken, aber dennoch dem Alter ihrer männlichen Begleiter entspricht, ist die andere Gruppe tatsächlich noch jung, wenigstens zwanzig Jahre jünger als die dazugehörenden Männer.

Nicht mehr weg zu schminkende Falten im Bereich des Dekolletés werden auf der einen Seite zugeknöpft, und in der anderen Gruppe kann das Dekolleté prall und offen zur Schau gestellt werden.

Die Dame an der Seite von Sergei, dem Russen, wird Ido als Eva vorgestellt, die von Don Vicente heißt Camilla. Die erste ist so blond wie Stroh, die andere schwarz wie die Nacht.

»Wie bei den Gebrüder Grimm«, denkt sich Ido, »Schneeweißchen und Rosenrot.«

Ido kommt an dem Abend mit Don Vicente in Kontakt, als dieser von der Anwesenheit eines Bankers erfährt und nicht mehr zu bremsen ist.

»Ich habe vier Millionen Euro auf mein eigenes Konto in die Schweiz überwiesen, ich habe auch den Beleg mit Namen und Nummer dafür. Das Geld ist dort aber nicht angekommen«, beteuert Don Vicente lautstark gegenüber dem Bankier.

»Das lässt sich aber recherchieren, wohin das Geld geflossen ist«, verteidigt dieser seine Zunft noch siegessicher.

»Das habe ich veranlasst, und mir wurde gesagt, dass das Geld auf einem anderen Konto eingegangen ist.«

»Dann fordern Sie es doch zurück«, versteht der Bankier die Aufregung nicht.

»Das geht nicht, denn laut deren Unterlagen ist das Geld auf dem richtigen Konto gebucht worden«, ruft Don Vicente vor Verzweiflung.

»Dann muss Ihr Beleg manipuliert sein«, entwischt es dem Banker unüberlegt, womit er einen handfesten Krawall auslöst.

Don Vicente will dem Banker sofort an den Kragen gehen und beschimpft ihn mit Worten wie:

»Im Gegensatz zu euch Bankern verdiene ich mein Geld noch auf ehrliche Art und Weise.«

Oder:

»Wenn hier jemand manipuliert, dann seid Ihr das, bestimmt gehört dieses Konto Eurem Boss.«

Das ist der Moment, an dem Ido eingreift und sich zwischen die beiden Kontrahenten stellt.

»Meine Herren«, beruhigt er sie, »es kann auch sein, dass beide Seiten Recht haben.«

Und als ihn nun vier fragende Augen um eine Erklärung bitten, fällt ihm nur folgendes ein:

»Ja, so etwas gab es schon einmal, ich glaube durch einen Computervirus, oder so. Jedenfalls hatten beide Seiten nicht manipuliert und die Versicherung hat den Schaden dann beglichen.«

Sofort entspannt sich die Situation. Ido bedeutet dem Banker, dass das Thema damit beendet ist, während er kurz seinen Arm um die Schulter von Don Vicente legt und ihn so in den Garten dirigiert.

»Wenn es Probleme mit der Bank geben sollte, ich kenne einen Anwalt, der mit diesen Dingen vertraut ist«, behauptet Ido und setzt gleich noch eine Stufe drauf, »und wenn es finanzielle Engpässe geben sollte, ich kann bis zur Klärung der Angelegenheit gerne in die Bresche springen.«

»Nein Danke, das war eine Einzahlung für mein Altersruhegeld, deswegen kann es keine Schwierigkeiten mit der Liquidität geben«, ist Don Vicente gerührt von so viel Besorgnis ihm gegenüber, »aber ich werde die mir angebotene Unterstützung natürlich zu schätzen wissen.«

Die beiden unterhalten sich weiter, während Ido seinem Gast das Grundstück zeigt. Von Don Vicente kommt natürlich zwangsläufig irgendwann die Frage, wem er denn die Ehre der Einladung für den heutigen Abend zu verdanken hat.

»Silvio Agnoli.«

Don Vicente bleibt stehen und sieht Ido prüfend in die Augen.

»Der ist doch gar nicht mehr im Land«, zweifelt er Idos Antwort an.

»Das nicht, aber wir waren sehr gut befreundet, sogar mit unseren Frauen zusammen im Urlaub.«

»Sie sind das«, unterbricht Don Vicente, »dessen Frau bei der Rückkehr von einem Einbrecher erschossen wurde. Noch mein aufrichtiges Beileid.«

Don Vicente merkt, dass er heilende Wunden wieder aufgerissen hat und versucht sofort, dem Gespräch eine andere Richtung zu geben.

»Silvio hat mir von Ihnen erzählt, auch dass Sie ihm Ihren Anteil an dem Gewinn überlassen haben. Eine noble Geste, welche Sie mir sehr sympathisch macht. Wo gibt es noch Menschen, denen eine Freundschaft wichtiger ist, als die Höhe des Bankkontos.«

Als er von Ido daraufhin keine Antwort erhält und er sowieso der Meinung ist, genug Süßholz geraspelt zu haben, fährt er fort:

»Aber bei aller Lobhudelei, warum Sie mich eingeladen haben, weiß ich immer noch nicht.«

»Ich habe beschlossen, mein Leben wieder fortzusetzen, wieder zu feiern, wie früher, mit Freunden, mit Frauen.«

»Das nenne ich einen guten Start«, wird Ido sofort von Don Vicente unterbrochen.

»Nur schauen Sie sich die anderen Gäste doch an, da sitzt ja kaum noch Leben drin. Darum habe ich frisches Blut gesucht, Entschuldigung für den Ausdruck, aber ich dachte mir, warum sollen denn Silvios Freunde nicht auch meine Freunde sein können.«

»Du hast Recht. Jeder nennt mich Don Vicente, du darfst das 'Don' aber auch gerne weglassen.«

»Ich heiße Ido.«

»Angenehm, und wenn du eine Freundin suchst, dann sag Bescheid, gegen freie Kost und Logis kann ich dir alles bieten, was dein Herz begehrt.«

»Um mal wieder auf andere Gedanken zu kommen, wäre das gar nicht so verkehrt«, stimmt Ido direkt in den Vorschlag ein.

Mittlerweile sind die beiden bei der Sauna angekommen und Ido denkt an vergangene Zeiten.

»Wenn du Lust hast, können wir später noch in die Sauna und den Pool gehen. Die meisten Gäste verabschieden sich gegen Mitternacht sowieso«, schlägt Ido vor.

»Super Idee, das hat dann wenigstens was von einer Party«, freut sich Vicente, »und dann lasse ich gleich mal drei, vier Frauen vorbei bringen. Darunter kannst du dir dann deine Favoritin aussuchen.«

»In der Sauna macht das sogar Sinn«, strahlt Ido, »da sieht man wenigstens vorher, was einen erwartet.«

»Genau«, bestätigt Vicente, »da helfen den Frauen auch keine Tricks mehr. Aber sei unbesorgt, was hier nachher aufläuft, ist auf Tricks noch nicht angewiesen.«

Kapitel 35

»Na, dann such dir mal eine hübsche aus.«

Ido sitzt mit Vicente in der Sauna. An der Ausgangstür haben sich vier junge Frauen postiert, die sich lächelnd und mit allen Körperteilen wackelnd, Ido zur Schau stellen.

Vicente hat Wort gehalten, denn kurz nach Mitternacht sind in der Villa drei Frauen abgesetzt worden. Die meisten der Gäste sind zu diesem Zeitpunkt bereits gegangen, nur drei weitere Paare toben in diesem Moment noch im Pool, unter ihnen auch Sergei und Eva.

»Du darfst sie alle haben«, offeriert Vicente die Freundinnen erneut, »nur Camilla zählt natürlich nicht dazu, wenn du die nimmst, dann gibt es nicht nur ordentlich was auf die Finger.«

»Dabei ist das die einzige, die ich auch unbesehen mitnehmen würde«, denkt sich Ido, sagt aber:

»Na, dann nehme ich am besten ...«, nachdenklich fährt er sich mit seiner Hand durchs Haar, begutachtet die drei Frauen intensiv und bringt dadurch die Spannung bei ihnen auf den Siedepunkt, »... am besten ... erst einmal euch alle drei.«

Quiekend und hüpfend fallen die drei Frauen über Ido her, und der greift zu wo er nur zugreifen kann und genießt.

»Mal schauen, wer am Ende bleiben darf. Wenn ihr wollt und euch vertragt, vielleicht sogar alle drei«, scheint es in diesem Moment für Ido die einzig richtige Lösung zu sein.

»Ich werde alle drei zusammen schneller wieder los, als eine einzelne, die sich Hoffnungen gemacht hat, für immer bleiben zu dürfen«, denkt er sich bei seiner Entscheidung.

»Hurra, ein Leben wie im Harem«, freuen sich die drei Amazonen, bedeutet diese Entscheidung für sie zumindest noch keinen Abschied vom zu erwartenden Luxusleben.

Aber Ido sieht auch Camilla, wie sie neidvoll nach ihren Freundinnen schaut, sicher auch gerne mit gescherzt und gelacht hätte, aber jetzt sittsam neben Vicente sitzen muss.

Sergei und Eva kommen aus dem Pool in die Sauna und gesellen sich zu der übermütigen Truppe.

Schon nach wenigen Sekunden sieht Ido, wie Sergei und Vicente die Frau des jeweils anderen beobachten, fixieren und bewerten. Er sieht auch, wie Neid und Missgunst in ihren Augen leuchten.

»Tauschen will die Frauen sicher keiner von den beiden«, denkt sich Ido, »aber die andere Frau ebenfalls besitzen und in den eigenen Clan aufnehmen, das würden sie gerne.

Echte Machos.«

Ido stellt allerdings fest, dass seine eigenen Gedanken nicht viel besser sind, nur dass er sogar tauschen würde. Seine drei Frauen zusammen gegen irgendeine der beiden anderen. Leider dürfte sich darauf niemand einlassen wollen.

»Camilla und Eva sind natürlich auch tolle Frauen und wer weiß, wozu diese gewonnenen Erkenntnisse einmal gut sind. Vielleicht bin ich ja einmal der lachende Dritte«, denkt er sich noch.

Als Ido endlich ausgeträumt hat, merkt er, dass er die ganze Zeit gestreichelt und massiert wird, ohne es zu genießen, darum konzentriert er sich nun auf seine eigenen drei Errungenschaften.

Es wird in dieser Nacht noch viel gelacht, getrunken, geliebt und irgendwann und irgendwo auch geschlafen.

Gegen Morgen kommen aus allen möglichen Ecken des Hauses verschlafene Gestalten ans Licht gekrochen, teilweise schon wieder mit lüsternen Blicken und Gefühlen, meistens aber nach einer heißen Tasse Kaffee verlangend.

»Das war eine tolle Party«, ist der allgemeine Tenor der Gäste beim Abschied und für jeden steht es außer Frage, dass so eine Feier unbedingt wiederholt werden muss.

Mit Vicente verabredet sich Ido für Mittwoch der kommenden Woche, Camilla wird sowieso vorbei kommen, um ihre Freundinnen zu besuchen. Als letztes Pärchen verbleiben Sergei und Eva, mit denen sich Ido zwischenzeitlich natürlich auch duzt.

»Es hat allerdings die ganze Nacht gedauert, bis Sergeis Zurückhaltung sich gelegt und er etwas lockerer geworden ist«, stellt Ido sachlich fest, »vielleicht liegt es ja daran, dass er Antialkoholiker ist und lediglich Kaffee oder Wasser trinkt.«

Sergei hat jedenfalls einen russischen Vater, deswegen auch der Name 'Der Russe', aber eine italienische Mutter. Er hat nur sein erstes Lebensjahr in Russland verbracht, aufgewachsen ist er in Italien und seit über zwanzig Jahren wohnt er in Deutschland.

Diesen Lebenslauf bringt Ido in der Nacht bei anderen Gästen in Erfahrung. Miteinander geredet haben sie eigentlich kaum, um so größer ist jetzt Idos Nachholbedarf.

»Was machst du eigentlich beruflich, wenn ich dich fragen darf?« beginnt Ido darum noch ein Gespräch, quasi mit dem letzten Schluck Kaffee.

»Ich leite einen Sicherheitsdienst«, windet sich Sergei etwas.

»So richtig mit Wachpersonal?« hakt Ido aber unerbittlich nach.

»Nein, du weißt ja, dass die Kriminalitätsrate in unserer Stadt relativ hoch war, insbesondere die Geschäfte wurden immer wieder überfallen. Seit wir diese nun beschützen, ist quasi keine Kriminalität mehr festzustellen.«

»Kannst du denn davon leben? Ich habe mal gehört, dass die Zahlungsmoral der Geschäftsinhaber doch sehr zu wünschen übrig lassen soll«, lässt Ido keine Ruhe.

»Stimmt, das ist genau unser größtes Problem. Aber wir sind ja keine Mafiosi und hauen dann alles kurz und klein, wir gewähren dann schon einen Zahlungsaufschub, gegen Zinsen natürlich«, gibt sich Sergei ganz sozial.

»Wenn sich die Beträge der Raten ständig ändern, wie wissen deine Leute dann noch, bei wem sie wie viel und wann kassieren müssen?«

»Das läuft alles über Computer, ohne die wären wir in der Tat aufgeschmissen, aber darauf können wir voll und ganz vertrauen.«

Das ist es doch, was Ido hören wollte und dieses Vertrauen auf die Computer wird Spotty bestimmt zu nutzen wissen.

Auch Sergei und Eva verabschieden sich, da Idos drei Frauen anfangen zu nerven. Mindestens eine von ihnen verlangt immer nach Zärtlichkeiten, während dann die beiden anderen etwas zu Essen möchten.

Ido spielt dieses Spiel bis zum Abend mit, dann schickt er alle drei durch einen geschickten Schachzug erst einmal nach Hause.

»Morgen früh kommt meine Haushälterin, und dann müsst ihr natürlich mit helfen, die Villa zu schrubben«, sagt er ihnen und die drei haben für den nächsten Tag direkt schon etwas vor. Sie gehen freiwillig, nicht ohne sich für Mittwoch wieder einzuladen.

Den nächsten Tag sitzt Spotty im Büro und analysiert natürlich sofort die Programme von Sergeis sogenanntem Sicherheitsdienst.

»Ich darf hier nur dann Änderungen vornehmen, wenn sie nicht bemerken, dass der Computer ihnen falsche Daten liefert, sonst kassieren sie willkürliche, aber sicher höhere Beträge«, resümiert Spotty folgerichtig, »und davon hat der Besitzer der Bratwurstbude, bei dem sie kassieren kommen, dann sicher keinen Vorteil.«

Als erstes halbiert er darum nur die aufgelaufenen Schulden der Geschäftsleute, falls sie welche haben. Den Zinssatz für die Berechnung der Schuldzinsen senkt er von fünfzehn auf fünf Prozent.

Die monatlich von den Geschäftsleuten zu zahlende Schutzgebühr senkt er generell auf fünfundsiebzig Prozent des ursprünglichen Betrages ab.

»Wenn die Geschäftsleute sich jetzt nicht beschweren, weil sie weniger bezahlen müssen, dann dauert es schon seine Zeit, bis Sergei merkt, dass da etwas nicht stimmt«, stellt er fest und lehnt sich zufrieden über seine Arbeit zurück in den Bürostuhl.

Ido stochert danach etwas in den E-Mails herum und entdeckt einen Schriftverkehr zwischen Sergei und seinem Steuerberater. Wahrscheinlich scheint das Finanzamt dahinter zu kommen, dass nicht alle eingenommen Gelder auch zur Versteuerung angegeben werden.

... in Anbetracht der Tatsache schlage ich Ihnen den Weg der Selbstanzeige vor ...

... nur so ist eine Strafbefreiung wegen Steuerhinterziehung gewährleistet ...

> *... als geschätzten Betrag der nicht erklärten Einnahmen schlage ich 100.000 Euro vor ...*
>
> *... ein von mir entsprechend vorbereitetes Schreiben finden Sie in der Beilage ...*
>
> *... Ihre Zustimmung vorausgesetzt, müssen Sie es nur noch absenden ...*

Da das E-Mail noch als ungelesen im Postfach gekennzeichnet steht, ist Spottys Entschluss schnell gefasst.

Das E-Mail des Steuerberaters beantwortet er kurz mit den Worten:

> *... Vielen Dank, Ihren Vorschlag habe ich soeben ausgeführt ...*

Die Selbstanzeige in dem vorbereitetem Schreiben leitet er an das Finanzamt weiter, allerdings erhöht er vorher den Betrag der nicht erklärten Einnahmen von 100.000 auf 1.000.000 Euro.

Danach löscht er alle diesbezüglichen E-Mails in den Postfächern.

»An der Steuernachzahlung wird Sergei zu knabbern haben«, sagt sich Spotty, »ob er danach allerdings so knapp bei Kasse ist, dass ihn seine Eva verlässt und sie vielleicht zu mir kommt, bleibt abzuwarten.«

Spotty beschließt heute außerdem, seine Bank ab sofort mit diesen manipulierten Überweisungen in Ruhe zu lassen.

»Ich habe von ihnen genug Geld abgezweigt, ich will den Bogen nicht überspannen, irgendwann reicht es ihnen wahrscheinlich auch, sodass sie Gegenmaßnahmen ergreifen werden.«

Am Dienstag Mittag klingelt es an der Tür der Villa und als Ido öffnet, steht Camilla davor.

»Hallo Ido, ich wollte meine Freundinnen mal kurz besuchen kommen, darf ich eintreten?«

»Aber gerne doch«, sagt Ido und lässt Camilla ins Haus, »nur kommen die erst morgen irgendwann wieder vorbei.«

»Ach, das wusste ich nicht«, stottert Camilla.

»Komm«, geht Ido, dem Camillas Unsicherheit beim Lügen sehr wohl aufgefallen ist, aufs Ganze, »du willst mir jetzt nicht erzählen, dass du nicht weißt, wo deine Freundinnen sind.«

Camilla geniert sich und läuft im Gesicht leicht rot an, was ihr übrigens hervorragend steht.

»Ich hatte gehofft, dass du mich nach allen Regeln der Kunst verführen wirst, wenn ich dich besuchen komme«, flüstert sie mit aufreizenden Gebärden, »aber dem ist wohl nicht so, dann muss ich es halt auf die harte Tour versuchen.«

Ido versteht nur Bahnhof, sieht Camilla mit aufgerissenen Augen an, während die so langsam beginnt, sich ihrer Kleidung wie eine Stripperin zu entledigen.

»Seit gestern morgen schwärmen die drei in höchsten Tönen von dir, während ich einen Mann habe, der nichts als arbeiten kennt«, wirft sie ein Kleidungsstück nach dem anderen durch das Zimmer, Ido dabei immer näher kommend.

»Ich will auch einmal von einem Mann bis zur Bewusstlosigkeit genommen werden. Nicht immer wie bei dem zuhause, der kurz mal seine Duftmarke hinterlässt, welche mich als bereits vergeben kennzeichnen soll, und danach wieder abhaut.«

Mit dem letzten Wort ist auch das letzte Stückchen Stoff gefallen. Camilla steht nackend, breitbeinig und mit den Händen in der Hüfte vor Ido und der genießt diesen Anblick.

Am Wochenende in der Sauna hat er bereits immer versucht, in ihre Richtung zu schielen, um einen Blick von ihrem makellosen Körper einzufangen. Aber jetzt steht sie vor ihm, und zwar nur für ihn alleine. Ein Traum wird wahr.

Frauen zu lieben ist für Ido etwas schönes, etwas was er nicht mehr missen möchte, auch etwas, bei dem er sich jedes Mal leidenschaftlich hingibt. Doch wenn eine Frau nicht möchte, er wird sie nicht überreden. Es gibt für ihn jetzt genügend andere, er muss keine mehr erobern.

Bei Camilla könnte es das erste Mal anders sein. Nicht das er sie erobern will, damit hat er ja überhaupt keine Erfahrung und bisher auch nur Schiffbruch erlitten, aber er könnte gekränkt sein, wenn sie ihn nicht lieben wollte.

Ido fühlt jedenfalls eine Menge für diese Frau.

Er steht auf, geht auf Camilla zu und legt seine Arme um ihre Taille.

»Einen Moment noch«, unterbricht sie die aufkommende erotische Stimmung, »ich möchte noch einen Punkt von vorne herein klarstellen.«

Ido ist leicht irritiert, er hat bisher nichts gesagt oder gefordert, sie nicht animiert oder ermuntert irgendetwas zu machen.

»Was will sie also klarstellen?« fragt er sich, zieht unbewusst seine Schultern, Mundwinkel und Augenbrauen nach oben und nimmt auch wieder seine Hände von der Taille.

»Du kannst mit mir heute machen was du willst, mir beibringen was du kannst. Mich lieben, verwöhnen oder was immer dir in den Sinn kommt, ich bin dabei und gebe dir alles doppelt zurück.«

»Ich bin gespannt«, sind die ersten Worte, die Ido über die Lippen bekommt.

»Allerdings nur bis heute Abend 20:00 Uhr, dann muss ich gehen und dann komme ich auch nicht mehr wieder, das heißt, dass das heute ein einmaliges Erlebnis bleibt. Ich will heute einmal ausreißen, aber ansonsten muss ich Vicente treu bleiben.«

Camilla klimpert ein paar Mal mit ihren Wimpern und haucht wie die zärtlichste Versuchung:

»Kannst du das akzeptieren?«

»Was für eine blöde Frage«, denkt sich Ido, »wenn ich 'nein' sage, dann habe ich da gar nichts von, bei 'ja' immerhin heute einen heißen Tag, und wer weiß, ob sie hinterher ihre Forderung selbst noch akzeptieren kann.«

»Natürlich, ich werde dich verwöhnen und nachher schweigen wie ein Gentleman«, lautet dann allerdings Idos Antwort.

Die Verkrampfung in Camillas Körper löst sich und mit einer schlangenhaften Geschmeidigkeit umschlingt sie Ido und reißt ihm seine Kleidung vom Leib.

Die Begierde lässt keine Zeit für ein Vorspiel, zumindest nicht beim ersten Mal. Beide sind sie geblendet vom Körper des anderen und dessen Proportionen.

Ido insbesondere von Camillas Brüsten, die so straff wie Irmis und so groß wie Veronikas sind.

Beide streicheln, berühren und massieren kurz die nackte Haut des anderen, dann ist die Erregung nicht mehr zu ertragen, sie folgen der Lust, der Leidenschaft und der Liebe bis alle Wahrnehmungen ausgeblendet sind.

Nur langsam führt sie das Bewusstsein wieder zurück unter die Lebenden.

»Ich wusste, dass meine Freundinnen untertreiben und nur die halbe Wahrheit sagen würden«, säuselt Camilla und küsst Ido.

»Und ich weiß, dass alle drei zusammengenommen dir nicht das Wasser reichen können«, flirtet Ido zurück.

Diese kurzen Komplimente genügen, um das Feuer der Lust erneut zu entfachen.

In Anbetracht des Zeitfensters von 20:00 Uhr lassen sie die Flamme auch immer glühen, verzichten beide auf den Champagner und sonstige Annehmlichkeiten des Lebens.

Als sich der Abend andeutet, geht Camilla in Richtung des Badezimmers und sagt:

»Das wird und muss für den Rest meines Lebens reichen.«

»Wer zwingt dich denn dazu?« fällt Ido nichts besseres ein.

Camilla bleibt stehen und dreht sich um, während eine Träne über ihre Wange kullert.

»Du kennst Vicente nicht. Wenn er hinter unser heutiges Geheimnis kommt, sind wir beide tot, und dieses Risiko möchte ich nicht noch einmal eingehen, so schön es heute auch war.«

Sie dreht sich um, verschwindet im Bad und keine halbe Stunde später mit einem kurzen Küsschen aus der Villa.

Zurück bleibt ein fassungsloser Ido, der sich sofort seine Gedanken macht, wie man sich den Tyrannen Vicente vom Leib halten kann.

Als am nächsten Morgen drei junge Frauen vor der Villa stehen und um Einlass begehren, ist Idos Entscheidung eigentlich gefallen, zumindest erst einmal für diesen Moment.

»Das Leben in Saus und Braus genießen, nehmen was kommt, nicht erneut wieder angreifbar, erpressbar oder abhängig machen«, sagt er sich.

Leider ist da der Wunsch der Vater des Gedanken, die Realität sieht im Laufe des Tages doch ganz anders aus.

»Das Gequieke und Gestöhne der Frauen kann ich nicht mehr ertragen. Es kommt mir so aufgesetzt vor, nicht ehrlich, nicht vom Herzen. Da ist überhaupt kein Gefühl bei, nur reiner Sex, keine Erotik.

Dem muss ich über kurz oder lang ein Ende bereiten, allerdings brauche ich die drei jetzt noch, um über sie den Kontakt zu Camilla aufrecht erhalten zu können.«

Kapitel 36

»Da verstehe einer die Frauen.«

Vicente ist abends wie verabredet zu Besuch in der Villa eingetroffen. Allerdings alleine, ohne Camilla.

»Sie hatte keine Lust, ihre Freundinnen zu sehen«, schüttelt Vicente mit seinem Kopf, »sie begreift nicht, wie sich drei Frauen einen Mann teilen können. Wenn sie bei mir nur eine von drei Frauen wäre, würde sie mir und den beiden anderen Frauen die Augen auskratzen.«

»Sie kann sicherlich auch einen Mann ganz für sich alleine beanspruchen«, stimmt ihm Ido zu und reicht die Hand zur Begrüßung.

»Das kannst du laut sagen«, wundert sich Vicente über Idos Kenntnisse.

»Ja, die Frauen von heute hinterlassen jetzt Kratzspuren, Knutschflecken sind unmodern,«, gibt Ido unter anerkennendem Schmunzeln noch zum Besten und Vicentes Argwohn über Idos letzte Äußerung ist damit verraucht.

Die beiden unterhalten sich weiter über allerlei belanglose Dinge, während sie unterdessen im Wohnzimmer in den Sesseln Platz nehmen und sich einen Cognac genehmigen.

»Deine Party letztes Wochenende war echt gelungen», beginnt dann Vicente das Gespräch in eine andere Richtung zu lenken, »ich habe mich echt gefreut, dich kennengelernt zu haben.«

»Das beruht natürlich auf Gegenseitigkeit«, unterbricht Ido sofort.

»Vielleicht können wir ja mal ein Geschäft zusammen auf die Beine stellen«, schlägt Vicente beiläufig vor, »was machst du eigentlich beruflich?«

»Frag mich lieber, was ich nicht mache«, lacht Ido, »nein, eigentlich bin ich im Aufsichtsrat eines Pharmakonzerns und verrichte für diesen die Lobbyarbeit im Bundestag.«

Vicente fällt in seinen Sessel zurück und bleibt mit weit geöffnetem Mund sitzen, was Ido zu der Frage veranlasst:

»Ist damit etwas nicht in Ordnung?«

»Ich weiß es nicht, ich kannte mal jemanden, der hat das Gleiche gemacht.«

»Das soll vorkommen, aber was bringt dich daran so aus der Fassung«, fragt Ido, der noch keine Ahnung hat, worauf das Gespräch hinaus laufen wird.

»Weil ich denjenigen umbringen lassen wollte, aber jemand vorher meinem Mann in den Rücken geschossen hat.«

Bums, das sitzt. Jetzt ist es Ido, der sich wie gelähmt an seinem Sessel festhält und eine gefühlte Stunde benötigt, um zu antworten.

»Curt Svensson!«

»Du kennst diesen Wichser?« echauffiert sich nun wieder Vicente.

»Nicht persönlich, nur dem Namen nach«, beruhigt Ido sofort mit Händen und Füßen, »ich habe nach seinem Tod so mehr oder weniger seine Funktionen übernehmen können.«

»Wenn du ihn nicht gekannt hast, wie kommst du dann an seine lukrativen Posten«, ist Vicente immer noch sehr misstrauisch.

»Durch Irmi, meine Freundin«, sagt Ido und er schaut kurz in Richtung des Himmels, und als er merkt, das diese Antwort Vicente nicht genügt, ergänzt er schnell, »sie war im Vorstand des Pharmakonzerns tätig.«

»Mein Gott, wie klein die Welt ist«, hat sich Vicente jetzt endlich wieder beruhigt.

Aber Ido ist nun neugierig geworden. Sollte er jetzt hinter das letzte Puzzleteil in dem mysteriösen Mordfall kommen?

»Warum wolltest du ihn denn umbringen lassen? Wenn ich mich nicht irre, hat er doch sowieso Selbstmord begangen, oder?«

»Das konnte ich ja nicht ahnen«, entschuldigt sich Don Vicente mehr oder weniger, »der Kerl hat meine damalige Freundin verführt und darauf steht bei mir die Todesstrafe, so einfach ist das.«

»Du sagst damalige Freundin, also nicht Camilla?« fragt Ido zur Sicherheit noch einmal nach.

»Nein, diese Freundin hat sich von uns allen verabschiedet, sie wollte unbedingt ein Bad nehmen.«

Vicente genießt nicht nur sein vermeintliches Recht, Selbstjustiz ausüben zu können, sondern ebenso Idos fragenden Blick.

»Leider war das Badezimmer noch im Rohbau und der Betonmischer lud gerade eine Ladung Beton ab«, ergänzt er dann endlich.

»Da verstehe einer die Frauen«, fällt Ido zu dieser makabren Darstellung nur der Begrüßungssatz von Vicente ein, dem diese Antwort aber sichtlich zu gefallen scheint.

»Wenn ich mich recht entsinne, dann ist der Mord an deinem Mann, und wenn jemandem in den Rücken geschossen wird, muss man ja wohl von einem Mord ausgehen, nie aufgeklärt worden, stimmt´s?« lenkt Ido das Gespräch wieder auf das eigentliche Thema zurück.

»Da hast du Recht und ich hoffe immer noch, den Täter zu finden, aufgegeben habe ich die Suche danach noch lange nicht.«

»Diese Ausdauer ist zwar ungewöhnlich, ehrt dich aber sicherlich«, unterbricht Ido.

»Wer für mich sein Leben lässt, hat ein Anrecht darauf, dass ich ihn bis zu meinem eigenem Tod versuchen werde, zu rächen«, brüstet sich Vicente, »aber du bist gut informiert, fällt mir jetzt auf.«

»Ja, das stimmt, als ich in dem Konzern angefangen habe, hatte ich zunächst nicht viel zu tun. Da habe ich mich natürlich mit meinem Vorgänger beschäftigt und auch etwas recherchiert, bin dabei auch auf merkwürdige Dinge gestoßen.«

»Konnte die Polizei denn damit nichts anfangen?« stellt Vicente listig eine Fangfrage.

»Gehst du zur Polizei, wenn deine Freundin fremd geht?«

»Ich merke schon, dass wir die gleiche Sprache sprechen«, freut sich Vicente über Idos bestandenen Test, »nun sag schon, was weißt du?«

»Ich habe zwei interessante Dinge in seinem Computer gefunden. Da dieser Curt wohl keine Angehörigen hatte, stellte die Polizei dieses Ding seinem letzten Arbeitgeber zur Verfügung.«

»So etwas machen die nicht«, unterbricht Vicente sofort.

»Hast ja Recht«, bestätigt Ido achselzuckend und ohne Widerrede, »ich wollte es nur etwas vereinfacht darstellen. Ich habe den Computer als Firmeneigentum des Konzerns deklariert und nach Beendigung der Recherche um Auslieferung gebeten.«

»Nicht schlecht, und da hast du noch etwas gefunden, was der Polizei entgangen ist?«

»Keine Ahnung, ob es denen entgangen ist, ich habe es jedenfalls gefunden und ich finde es heute immer noch sehr merkwürdig.«

»Und warum hast du nichts weiter unternehmen können?« wird Vicente allmählich ungeduldig.

»Weil es keine konkreten Verdachtsmomente gab, nur für mich unlogische oder zumindest merkwürdige Auffälligkeiten. Aber vielleicht komme ich jetzt weiter, da ich ja nun weiß, wem der Tote mit dem Loch im Rücken zuzuordnen ist.«

Vicente hält es vor Aufregung und Spannung kaum noch in seinem Sessel aus und dieses um den Brei herum reden, geht im sowieso auf die Nerven.

»Nun sag schon was du weißt, spann mich hier nicht so auf die Folter.«

»Ist ja schon gut«, gibt sich Ido mit kurz erhobenen Händen geschlagen, »also, als erstes habe ich eine Art Abschiedsbrief gefunden, in dem er sich vor irgendwelchen Russen fürchtet, soweit ich das noch in Erinnerung habe.«

»Hast du den Brief denn nicht hier?«

»Nein, in der Firma, aber keine Angst, er existiert noch. Gegen den oder die Russen hätte er auch bis zum Umfallen gekämpft, Selbstmord beging er aber, weil er eine andere Tat nicht mehr mit seinem Gewissen vereinbaren konnte«, gibt sich Ido ganz geheimnisvoll.

»Du meinst, weil er mit meiner damaligen Freundin geschlafen hat?«

»Jetzt wo du es sagst«, ist Ido erstaunt und verblüfft, »ich konnte mir jedenfalls bisher keinen Reim darauf machen.«

»Wenn das so ist, dann nenne ich das jedenfalls Anstand und werde über diesen Curt auch kein schlechtes Wort mehr verlieren.«

Irgendwie sitzen die beiden ganz still in ihren Sesseln und bedauern, dass man für Curt das Rad des Lebens nicht wieder zurück drehen kann.

»Und was war der zweite Punkt, der dir aufgefallen ist?« beginnt Vicente dann erneut nach diesem kurzen Anfall von Sentimentalität.

»Zwei Fotos, welche die Webcam von seinem Computer aufgenommen haben muss.«

»Verstehe ich nicht, es sei denn, du wirst noch etwas deutlicher.«

»Dieser Curt saß ja tot vor seinem Computer. Die Webcam hat dann wohl hin und wieder ein Foto gemacht. Sie hat ja, glaube ich, sogar eins an die Polizei geschickt, damit die den Kerl überhaupt finden«, versucht Ido mit einer Erklärung zu beginnen.

»Ja, stimmt, der war ja schon zwei Wochen tot und mein Mann war auch ein paar Tage spurlos verschwunden.«

»So, auf den Fotos siehst du nun, wie ein schon nicht mehr so frisch aussehender Mann in seinem Bürostuhl hängt. Dahinter siehst du einen Tisch. Auf einem der Fotos ist der Tisch leer.«

Ido macht eine Pause, bringt die Spannung bei Vicente damit zum Kochen.

»Auf dem anderen Foto steht auf dem Tisch eine Kaffeetasse mit dampfendem Kaffee.«

»Nein!«

Vicente klopft sich vor Erregung mit der Hand auf den Schenkel, addiert das gehörte zusammen, springt auf und ruft:

»Sergei!«

Ido kann ihm augenscheinlich nicht ganz folgen und darum ergänzt Vicente:

»Curt fürchtete sich vor irgendwelchen Russen und auf dem einen Foto steht eine Kaffeetasse, ist das richtig?«

»Richtig!«

»Sergei heißt draußen nur 'Der Russe' und Kaffee säuft er, wie richtige Russen den Wodka«.

»Ich weiß nicht«, zögert Ido, »bevor wir uns hier in Rage reden, lass mich morgen lieber mal den Brief und die Fotos mitbringen. Dann können wir immer noch sehen, ob wir richtig liegen und entscheiden, was wir unternehmen müssen.«

»Das Thema ruht jetzt schon so lange, auf einen Tag mehr oder weniger kommt es nicht mehr an, da hast du natürlich Recht.«

Aber Vicente rutscht jetzt nervös in seinem Sessel hin und her und Ido merkt, dass er nicht mehr zu halten ist.

»Wir wollten über gemeinsame Geschäfte reden«, beginnt Vicente, »das müssen wir vorerst verschieben, aber dieses Gespräch mit dir war eines der Besten, das ich in letzter Zeit geführt habe.«

Vicente steht dabei auf und Ido erklärt ihm durch ein kurzes Kopfnicken, dass er diesbezüglich mit ihm einer Meinung ist.

»Nur bin ich jetzt viel zu aufgeregt, um hier noch zu sitzen. Ich muss Vorbereitungen treffen, wie auch immer. Wir sehen uns hier morgen Abend wieder, geht das in Ordnung?«

»Natürlich«, ruft Ido hinter Vicente her, der schon lange auf dem Weg zur Tür ist.

Vicente hat die Villa noch keine Minute verlassen, da stehen die drei Freundinnen, wackelnd mit allem was sie zu bieten haben, im Zimmer.

Ido betrachtet sie einen Augenblick, dann setzt er sich in seinen Sessel.

»Ich treffe jetzt eine Entscheidung«, sagt er und sieht ihnen in die Gesichter, »ihr zeigt mir jetzt alles was ihr könnt, fünf Minuten lang. Wer am meisten zu bieten hat, der darf bleiben, die anderen müssen leider gehen.«

Ido beschleicht das Gefühl, zu den Zimmerwänden geredet zu haben, denn es passiert nichts. Darum sieht er nur etwas länger auf seine Uhr, und schon legen die drei Frauen los.

Die Hüften werden geschwungen und es wird getanzt. Nicht viel später fliegen ihre spärlichen Kleidungsstücke durch die Luft und sofort beginnt auch das Gerangel.

Jede der drei Frauen möchte natürlich vorne stehen, von Ido als einzige und am besten zu sehen sein. So kommen sie immer näher und näher. Es wird gedrängelt und geschubst, bis sie schließlich versuchen, zusammen auf Idos Schoß zu sitzen.

Keine gönnt den anderen das Schwarze unter den Fingernägeln.

»Schluss«, ruft Ido und befreit sich unter dem Berg von Fleisch.

Die Freundinnen stehen auf und sehen sich vorwurfsvoll an, eine sammelt bereits ihre Wäschestücke wieder ein.

»Ich will es kurz machen«, sagt Ido, »ich kann mich nicht entscheiden, ihr wart alle drei gleich gut oder besser gesagt, gleich schlecht.«

Er vergewissert sich noch einmal, so spontan und unwiderruflich nicht die falsche Entscheidung zu treffen, und sagt zu ihnen:

»Ihr dürft also alle drei gehen, und zwar auf der Stelle.«

Es dauert keine viertel Stunde bis die drei unter lautem Wehklagen und gegenseitigen Schuldzuweisungen die Villa verlassen.

»Endlich Ruhe.

Das hält auf die Dauer ja keiner aus. Ich muss mich morgen konzentrieren. Den Abschiedsbrief von Curt neu aufsetzen. Da darf nichts schief gehen. Vicente ist ein ernst zu nehmender Gegenspieler, den haut man nicht so leicht übers Ohr.«

Während Ido sich anstellt ins Bad zu gehen, muss er notgedrungen an Vicentes ehemalige Freundin denken und er sagt sich noch:

»Es wäre auch von Vorteil, wenn niemand gesehen hat, dass Camilla bei mir gewesen ist. Ich verstehe jetzt schon, wenn sie das Glück nicht erneut herausfordern möchte.«

Ido liegt noch keine halbe Stunde im Bett, da klingelt es an der Tür. Was heißt es klingelt, es klingelt Sturm.

»Das letzte Mal, als es bei mir richtig geklingelt hat, da stand Camilla vor der Tür«, schießt es Ido freudig erregt durch den Kopf.

Er springt aus dem Bett, rennt in Richtung der Eingangstür, öffnet sie und da steht?

»Eva!«

Eva und Camilla sind vom Körperbau identisch, beide fantastisch, nur Camilla hat schwarzes Haar und braune Augen und Eva hat blondes Haar und blaue Augen.

Und was für blaue Augen.

Zumindest eins.

Ido schaut genauer hin.

»Was ist denn mit dir passiert? Entschuldigung. Komm erst einmal ins Haus.«

»Sergei«, sagt sie nur ganz leise und zeigt auf ihr rechtes Auge, welches inklusive der Wange blau, rot, lila und dick angeschwollen ist.

»Ich konnte von zuhause weglaufen, weiß aber jetzt nicht wohin. Ich will zu meinen Eltern, die Züge fahren aber erst wieder morgen früh.«

»Ja, nun beruhige dich erst mal, natürlich kannst du hier bleiben, aber warum hat er dich denn geschlagen?«

»Er ist heute erst spät nach Hause gekommen und hat dann die Post geöffnet. Da war ein Brief vom Finanzamt dabei, und aus irgendeinem mir unverständlichem Grund soll er 600.000 Euro an sie bezahlen«, schluchzt Eva.

»Ja gut, aber was hast du damit zu tun?« begreift Ido nicht und fühlt sich sogleich auch mitschuldig.

»Frag mich nicht, ich habe es wirklich nicht verstanden. Ich bin aber wohl die einzige, die sein Passwort vom Computer kennt und deswegen kann ich es nur gewesen sein, der beim Finanzamt so eine Anzeige gemacht hat.

Das sagt zumindest Sergei.«

»Aber das hast du natürlich nicht?« fragt Ido, obwohl er die Antwort ja viel besser kennt.

»Wenn ich ehrlich bin, ich würde seinen Computer nicht einmal zum Laufen bekommen, egal ob mit oder ohne irgendwelchen Passwörtern«, gesteht sie, »aber laut Sergeis Aussage kann ja angeblich keiner so blöd sein.«

»Das ist sowieso völliger Schwachsinn«, regt sich Ido auf, »warum sollst du dir den Ast absägen, auf dem du sitzt?«

»So etwas ähnliches habe ich ihm auch gesagt, da hat er zugeschlagen.«

»Komm mit ins Bad, wir müssen das Auge etwas kühlen«, sagt Ido, fasst sie um die Schulter und führt sie in Richtung des Badezimmers.

Als Eva vor dem Waschbecken steht und in den Spiegel schaut, steht Ido hinter ihr und hält ihr einen feuchten und kühlen Waschlappen auf ihr blau angeschwollenes Auge.

In dem Moment, als Ido auch in den Spiegel blickt, sieht und fühlt er zwei Dinge gleichzeitig.

Er sieht, dass er beim Klingeln aus dem Bett gesprungen ist, ohne sich etwas anzuziehen und er fühlt, dass sein bester Freund das auch bemerkt hat und bereits beginnt, diese günstige Position für sich auszunutzen.

Ido will eigentlich sofort einen Schritt zurück treten, wartet aber noch eine Sekunde und bemerkt deutlich, wie Eva ihren knackig runden Po lustvoll ein Stückchen anhebt.

»Was für ein Gefühl, wenn dir eine schöne Frau ihre Gunst erweist, von der du vor fünf Minuten noch nicht einmal zu träumen gewagt hast«, denkt sich Ido während sein Herzschlag zunimmt und er Eva liebevoll verwöhnt.

Ido lernt in dieser Nacht viele Unterschiede zwischen Camilla und Eva kennen. Dabei kommt er zu der Erkenntnis, dass er völlig verschieden die Liebe erlebt hat, obwohl die Körper der beiden Frauen im Prinzip identisch aussehen.

Camilla ist feurig und direkt, sie nimmt sich das, was sie will, egoistisch, vielleicht sogar ohne Rücksicht auf ihren Partner, sicher auch verärgert, wenn sie nicht befriedigt wird.

Eva ist zerbrechlich, zart und sentimental, lässt sich leiten und möchte es in erster Linie ihrem Partner recht machen, liebkosend, wenn auch sie dabei befriedigt wird.

Als Ido sie am nächsten Morgen zum Bahnhof fährt, wissen beide, dass sie sich wohl nie wieder sehen werden.

»Danke für diese Nacht«, sagt Eva als sie geht, »sie entschädigt nicht für alles, aber für sehr viel. Du bist ein sehr einfühlsamer Mann, ich würde gerne bei dir bleiben, aber ich glaube, dass das nur Mord und Totschlag gäbe.«

»Wenn es den mal nicht sowieso gibt«, denkt sich Ido, aber er schweigt lieber dazu.

»Alles gute und viel Glück«, ruft er ihr stattdessen winkend nach.

Ido laufen Tränen über seine Wangen, als er Eva mit seinen suchenden Augen in der Menschentraube des Bahnhofs nicht mehr sehen kann.

Kapitel 37

»Wo ist denn Curts Abschiedsbrief?«

Nachdem Ido Eva zum Bahnhof gebracht hat, ist er direkt weiter ins Büro gefahren und nun sitzt Spotty wieder vor seinem Computer.

»Ich hasse Männer, die ihren Frauen blaue Augen schlagen oder sie sogar einbetonieren lassen.«

Wutschnaubend versucht er sich dennoch, auf die anstehenden Aufgaben zu konzentrieren.

»Wenn alles gut geht, kann ich aber Sergei den Mord an dem Mann mit dem Loch im Rücken anlasten. Dann ist Sergei schon mal weg, da wird Vicente schon für sorgen.«

Als Spotty den Abschiedsbrief gefunden hat, kopiert er ihn, lässt den Anfang und das Ende weg und modifiziert natürlich die entsprechenden Stellen durch den angeblichen Verweis auf Sergei.

Abschiedsbrief
Ich habe mein Leben gelebt, und zwar in Saus und Braus, in vollen Zügen und mit allem Luxus, den man sich nur vorstellen kann. Wie heißt es doch so schön:
Sex, Drugs & Rock`n Roll
Ich habe der Welt meine Regeln aufgedrückt.
Aber irgendwann ist jedes Spiel zu Ende, wird der Boden zu heiß unter den Füßen, wollen die Leute ihr Geld oder ihre Frauen zurück oder sich für was auch immer einfach nur rächen.
Diesen Brief habe ich vorsorglich schon hier hinterlegt, weil ich nicht absehen kann, ob ich in der Lage sein werde, selbst Schluss zu machen, oder ob mir der Russe noch zuvor kommt.
Aber eines ist sicher: Curt Svensson ist tot.
Es war schön bei Euch und ich bereue nichts.

Den geänderten Abschiedsbrief druckt Spotty aus, zusammen mit den mysteriösen Fotos mit und ohne Kaffeetasse, und steckt alles ein.

Nicht nur aus einer Laune heraus geht er danach auf den Rechner von Vicente.

»Ich habe das Gefühl, dass man bei ihm in der Tat über jede Sekunde die er vollbringt oder noch plant, informiert sein muss.«

Und Spottys Gefühl täuscht ihn nicht, es wird bestätigt, als er sich die E-Mails ansieht.

»Der lässt Sergei durch seine Leute schon suchen, tot oder lebendig, nur auf Grund meiner Andeutungen, egal ob die nun gelogen oder wahr sind, ohne jeden Beweis. Der Kerl ist gemeingefährlich.«

... ihr kennt Sergei, genannt 'Der Russe' ...

... bringt ihn mir, egal ob tot oder lebendig ...

... und dann sorgt für neue Betonarbeiten ...

Spotty kopiert sich dieses E-Mail.

»Wenn Vicente Sergei tatsächlich einbetonieren lässt, dann muss ich dieses E-Mail nur an die Polizei weiterleiten, und Vicente sitzt im Knast. Zumindest unter normalen Umständen«, denkt sich Spotty und sucht weiter auf Vicentes Rechner.

Es gibt dort eine ganze Reihe von E-Mails, die völlig normal oder besser gesagt, bedeutungslos aussehen. Nur Spotty addiert die Gefährlichkeit von Vicente mit der Tatsache seiner Drogengeschäfte zusammen, stellt dann noch fest, dass dieser E-Mail-Verkehr mit Ecuador und Kolumbien geführt wird, und weiß dann genau, dass diese E-Mail-Texte noch zu entschlüsseln sind.

Nicht viel später kommt Spotty zu folgendem Ergebnis:

»Wenn ich alles richtig interpretiere, dann war das ein Großauftrag und es sticht irgendwo in Südamerika irgendwann ein Bananendampfer in See, der mit dem europäischen Drogenbedarf für viele Monate beladen ist. Mit einem Marktwert von weit über 100 Millionen Euro.«

Spotty macht selbst in seinen Gedanken eine Kunstpause, um nach Luft schnappen zu können.

»Und es wäre mir ein Vergnügen, nein, eine Herzensangelegenheit, wenn ich ihm dieses Geschäft vermasseln könnte.«

Spotty reicht es für heute, sein Bedarf an schlechten Nachrichten ist gedeckt und er will sich schon auf Vicentes Rechner abmelden, da sieht er noch ein E-Mail mit einer Adresse in der Schweiz. In böser Vorahnung beschließt er, dieses noch zu lesen.

»Der Kerl lässt aber auch nichts unversucht, kennt kein Aufgeben«, schlägt Spotty außer sich vor Erregung und Wut mit der Faust auf den notdürftig reparierten Schreibtisch, »versucht der doch, den Inhaber des Kontos ausfindig zu machen, auf das seine vier Millionen Euro geflossen sind.«

Und einen Augenblick später ergänzt er leise und in sich versunken:

»Für den Namen ist er selbst bereit, 200.000 Euro zu bezahlen.«

Spotty packt im Büro seine Sachen zusammen. Vicente will ihn ja gegen Abend noch aufsuchen und er weiß jetzt mehr denn je, dass er ihm jede Sekunde seiner Aufmerksamkeit schenken muss. Sowohl im persönlichen Kontakt, wie auch im E-Mail-Verkehr.

Ido sitzt in der Villa und wartet auf die Ankunft von Vicente. Die Fotos und den Abschiedsbrief hat er schon auf den Couchtisch gelegt, als es endlich an der Tür klingelt.

Schon mit einem freundlichen 'Hallo' auf den Lippen öffnet Ido die Tür. Aber bevor diese richtig geöffnet ist und er irgendetwas sieht oder sagen kann, wird sie ganz aufgestoßen, sodass sie ihm fast vor die Stirn knallt, und Sergei springt herein.

»Wo ist sie!« brüllt er wutschnaubend.

Ido ist so verblüfft und überrascht, hat immer noch sein 'Hallo' auf den Lippen, dass er zu einer Antwort gar nicht in der Lage ist. Er entschließt sich erst einmal die Tür wieder zu schließen.

»Wo hast du Eva versteckt?« schreit Sergei erneut und beginnt bereits die Villa abzusuchen.

»Hier ist keine Eva«, schreit Ido in der gleichen Lautstärke zurück.

Sergei dreht sich um in Richtung Ido und geht langsam auf ihn zu.

»Ich habe den Taxifahrer ausfindig gemacht, der sie gestern Nacht hier abgeliefert hat«, spricht Sergei jetzt ruhig und leise, »an deiner Stelle würde ich mir jetzt jede Lüge verkneifen.«

»Was hast du ihn gefragt«, verstellt Ido seine Stimme auf genauso freundlich, »wohin er die Frau mit dem blau geschlagenem Auge gefahren hat?«

Sergei beschleunigt sofort seine Schritte und kommt direkt auf Ido zugerannt.

Beim Karatetraining wird oft genug der Angriff durch eine Person simuliert. Dabei ist die angegriffene Person konzentriert und sie geht natürlich davon aus, dass der Angreifer sich gegebenenfalls auch verteidigen kann.

Leider verdrängt Ido in letzter Zeit diese Tatsache oder er glaubt, dass sie außerhalb der Trainingsmatte keine Rolle spielt. Schließlich sind in der Praxis alle seine bisherigen Gegner nach einem Schlag zumindest kampfunfähig gewesen.

Als Sergei ihn fast erreicht hat, geht Ido selbst einen Schritt nach vorne und holt zu einem Schlag gegen Sergeis Hals aus. Zu seiner großen Überraschung wird dieser Hieb aber abgewehrt und Ido muss einen Schlag in Richtung seiner Leber einstecken.

Idos Körper will in die Knie gehen, will sich hinlegen, will den Schmerz auskurieren, aber Idos Kopf will nicht.

Er ignoriert den Schmerz, besser noch, er fühlt keinen mehr.

Ido stellt sich wettkampfmäßig auf, mit Adrenalin vollgepumpt bis in die Haarspitzen, bereit alles zu geben, was er kann und gelernt hat.

Und so wie Ido erst Sergei unterschätzt hat, begeht dieser jetzt den gleichen Fehler. Er glaubt den Kampf bereits entschieden zu haben und lässt sich für seinen nächsten Angriff viel zu viel Zeit.

Als er zu diesem ansetzt, steht Ido längst bereit, und jetzt ist es Ido, der den Angriff abwehrt und seinen eigenen Schlag ins Ziel bringt.

Nur Ido lässt jetzt keine Zeit verstreichen, er nutzt die kurze Verblüffung bei Sergei aus, um eine Serie von Schlägen auf ihn einprasseln zu lassen.

Sergei ist nicht in der Lage, jeden dieser Hiebe erfolgreich abzuwehren, geschweige denn, einen eigenen Angriff vorzunehmen. Je mehr er einstecken muss, um so erfolgloser wird seine Abwehr und je erfolgloser diese wird, desto mehr muss er wiederum einstecken.

Eine tödliche Negativspirale, die erst mit Idos finalem Schlag endet.

»Und der ist für das blaue Auge, du Mädchenschänder«, sagt Ido, als er das letzte Mal ausholt.

Ido setzt sich hin, seine Leber möchte endlich ihren Schmerz auskurieren und seine Hände schmerzen und zittern ebenfalls. Er schließt seine Augen.

»Unter normalen Umständen hat Curt schon nicht Unrecht«, denkt er sich, »alle auf einmal ärgern, kann ganz schön stressig werden.«

Aber als sich die Leber wieder beruhigt hat, geht es auch Ido wieder besser. Er geht an den Kühlschrank, öffnet eine Flasche Champagner, gießt sich ein Glas ein und meint:

»Das ist wenigstens mal ein Grund, dass man auf sich selbst anstoßen kann. Prost Lars, Ido, Spotty, wie du auch immer heißen magst.«

Ido hat sich sein Glas gerade wieder voll geschenkt, da klingelt es erneut an der Tür.

»Sucht jetzt irgend so ein Kerl seinen Boss, oder ist das Vicente?«

Vorsichtig schaut Ido dieses Mal erst durch den Türspion. Es ist Vicente.

»Hey«, ruft dieser beim Eintreten sofort, »ist der Russe bei dir, sein Auto steht vor der Tür.«

»Ich habe ihn dir schon zubereitet«, sagt Ido nur und zeigt mit der Hand auf den auf dem Fußboden liegenden Sergei.

Vicente geht sofort auf ihn zu, dreht ihn um, fühlt die Leblosigkeit und sucht vergeblich nach Blut.

»Hat der sich alleine hingelegt, oder hast du ihm den Hintern versohlt?«

»Letzteres«, sagt Ido und, »möchtest du auch ein Glas Champagner?«

»Ja gerne, und warum hast du mir die Arbeit abgenommen?«

»Schau auf den Couchtisch«, sagt Ido während er zum Kühlschrank geht.

»Zu 95 Prozent steckt Sergei dahinter«, sagt Vicente als er sein Glas in Empfang nimmt und sie sich beide einen Schluck vom Champagner genehmigen.

»Hundert Prozent«, sagt Ido.

»Erzähl!«

»Ich hatte die Sachen hier schon auf den Tisch gelegt, weil du ja jeden Moment kommen musstest. Als es klingelte, war es aber Sergei. Er suchte seine Eva, die ist ihm wohl abgehauen.«

»Ja und dann«, drängelt Vicente, als Ido kurz überlegt, wie es in seiner Story jetzt wohl weiter gehen muss.

»Ich Idiot bitte ihn auch noch Platz zu nehmen. Er sieht die Fotos, weiß natürlich auch sofort etwas damit anzufangen, und schnappt sich dann den Brief.

Ich denke noch so, lass ihn mal lesen, dann hast du wenigstens die endgültige Sicherheit, ob er wirklich der Täter ist, da kommt er auch schon auf mich zugestürzt und die Prügelei beginnt.«

»Wenn ich mich nicht täusche, dann konnte Sergei Karate, oder?« fragt Vicente vorsichtig an.

Ido hebt sein Hemd hoch, betrachtet den sich langsam färbenden Fleck in seiner Rippengegend und sagt trocken:

»Kann schon sein, aber halt nicht gut genug.«

»Aber er gilt in unseren Kreisen quasi als unschlagbar.«

»Willst du mit mir jetzt diskutieren oder endlich anfangen, die Fakten zu akzeptieren«, wird Ido allmählich lauter und Vicente stellt fest, das mit diesem möglichen Partner nicht zu spaßen ist.

»Ich war mir bis vorhin eigentlich sicher, in Sergei den Mörder meines Mitarbeiters gefunden zu haben«, denkt sich Vicente, »aber jetzt kommt mir alles auf einmal irgendwie inszeniert vor.

Ich hoffe nicht, dass wir jetzt das falsche Schwein geschlachtet haben. Mein siebter Sinn sagt mir jedenfalls, vorsichtig zu sein.«

»Entschuldige mal, ich werde ja wohl noch über deine Fähigkeiten angenehm überrascht sein dürfen«, wiegelt Vicente aber ab und erhebt erneut sein Glas zum Wohl, »wo findet man noch jemanden, der einem den Gegner einlochbereit vor die Füße legt.«

»Du kannst ihn mir jetzt wenigstens entsorgen oder auch einlochen, wie du es nennst.«

»Mach dir mal keine Sorgen, und sein Auto lasse ich auch gleich von hier abholen«, sagt Vicente, nimmt sein Handy und lässt sofort die entsprechenden Aktivitäten anlaufen.

Keine Stunde später ist weder von Sergei, noch von seinem Wagen etwas zu sehen.

»Sorry«, beginnt dann Vicente wieder vor Verlegenheit zu drucksen, »ich möchte doch lieber dabei sein, wenn die Jungen das erledigen, nicht das da etwas schief geht. Können wir unsere Geschäftsbesprechung nicht noch einmal verschieben?«

»Selbstverständlich, das ist ja auch in meinem Interesse, dass man Sergei wirklich nicht mehr findet«, bekräftigt Ido das Anliegen.

Ido hat sich sowieso gefragt, über was für Geschäfte Vicente mit ihm sprechen will. Er hat jetzt aber den Eindruck, dass es zu diesem Gespräch niemals mehr kommen wird.

»Irgendetwas muss Vicente misstrauisch gemacht haben. Vielleicht haben ihn ja meine Karatequalitäten verwirrt.«

Dann hat er aber noch eine andere Vermutung, die ihm einleuchtender zu sein scheint.

»Er wird zu dem Schluss gekommen sein, dass Sergei seine Eva nicht umsonst bei mir gesucht hat, und da kenne ich ja seine Einstellung. Bestimmt hat er sich jetzt mit Sergei geistig solidarisiert.

Jedenfalls glaube ich nicht, dass er hierher noch einmal als Freund zurückkommt«, denkt sich Ido, sagt aber zu Vicente:

»Ruf einfach an, wenn es dir besser passt. Ich bin doch die meiste Zeit zuhause. Und gib mir bitte eine Nachricht, wenn Sergei definitiv verschwunden ist, okay?«

»Genauso machen wir das, und nochmals vielen Dank, dass du mir die Arbeit mit ihm abgenommen hast. Das werde ich dir nicht vergessen«, beteuert Vicente und weg ist er.

Kapitel 38

»Wenn das mal alles gut geht.«

Spotty sitzt in seinem Büro und ist überhaupt nicht zufrieden mit dem Verlauf des gestrigen Tages. Er hat ja vorgehabt, Vicente zum Mord an Sergei zu verleiten, um ihm dann später diese Tat auch anzulasten. Nur jetzt ist er selbst der Täter und es gibt noch ein großes Problem.

»Ohne Leiche gibt es auch keinen Mord. Wenn ich nicht herausfinde, wo sie Sergei einbetonieren, dann kann ich Vicente sowieso nichts anhängen.«

Spotty fragt sich, wovon er gestern überhaupt profitiert hat.

»Okay, Sergei ist aus dem Verkehr, aber seine Leute werden auch recherchieren, und seine Spur endet nun mal eindeutig bei mir in der Villa.«

Dass dann Sergeis Männer hinter ihm her sein werden, bedarf keiner weiteren Erwähnung.

Es kommt jedoch hinzu, dass Vicente, der ja sowieso schon misstrauisch geworden ist, ihn jetzt auch jagen könnte.

»Wenn Vicente erfährt, dass sein Geld auf meinem Konto gelandet ist, habe ich ihn definitiv auch noch am Hals.«

Aber alles jammern hilft jetzt nichts, er muss selbst agieren und nicht warten, was andere unternehmen, um darauf irgendwie reagieren zu können.

Darum geht Spotty erst einmal auf Vicentes Rechner, denn noch ist nicht alles verloren, noch fühlt sich jeder seiner Gegenspieler hinter seinem Computer in Sicherheit.

»Glück muss der Mensch haben«, ruft er und seine Stimmung bessert sich mit einem Schlag, »da ist gerade das E-Mail aus der Schweiz angekommen und Vicente hat es noch nicht gelesen.«

Die gute Stimmung verändert sich aber schnell in eine Art Wutausbruch.

»Das ist doch nicht zu glauben, da steht echt mein Name als Empfänger des Geldes. Nicht zu fassen. Für 200.000 Euro ist es dann vorbei mit dem berühmten Bankgeheimnis.«

Aber eigentlich hat Spotty den Inhalt so erwartet, die Wut ist darum schnell verraucht, auch weil er vor Don Vicente den Eingang des E-Mails zu Gesicht bekommt.

»Von dieser Situation konnte ich ja nur träumen, jetzt habe ich alle Möglichkeiten, meinen Kopf aus der Schlinge zu ziehen, zumindest in diesem Punkt.«

Spotty verändert in dem Schreiben schnell seinen eigenen Namen auf den eines Bankiers aus dem Kreis seiner alten Partyfreunde.

»Den mochte ich sowieso nie so richtig, und wenn ich mich nicht irre, lag Vicente mit dem sowieso schon im Klinsch wegen des Geldes. Soll der das doch ausbaden.«

Damit ist eines seiner Probleme zumindest erst einmal vertagt, es kommt darauf an, wie Vicente reagiert. Lässt er sich auf Diskussionen und nochmalige Recherchen ein, kommt das Problem später noch einmal auf Spotty zurück, wenn nicht, dann hat der Bankier seine besten Zeiten jetzt hinter sich.

Spotty sucht in Vicentes Rechner nach neuen Informationen über Sergei, er findet aber nichts.

»Er will mir ja auch eine Nachricht zukommen lassen, wenn Sergei verschwunden ist. Ich glaube zwar nicht, dass er das machen wird, aber solange habe ich zumindest noch die Hoffnung, irgendwelche Anweisungen in seinen E-Mails zu finden.«

Nach diesen erfolglosen Bemühungen sucht er jetzt in der Abteilung Drogenkriminalität nach Neuerungen und hat dort mehr Glück.

Um aus dem Text die wichtigen Elemente herausfiltern und entschlüsseln zu können, muss sich Spotty schon anstrengen. Aber die Mühe lohnt sich, denn jetzt hat er ein wichtiges und interessantes Ergebnis.

»In circa fünf Wochen legt die MS Santa Barbara im Hafen von Rotterdam an. Sie hat die bestellten 'Bananen' definitiv an Bord. Sogar die Kennzeichnungsnummern der Container in denen sie gelagert sind, haben sie mit genannt.«

Spotty beschließt, hier jetzt Nägel mit Köpfen zu machen und diese Informationen an die Drogenpolizei weiter zu leiten. Neben dem Originalschriftverkehr fügt er vorsichtshalber auch noch eine Zusammenfassung seiner eigenen Interpretation hinzu.

... in circa fünf Wochen legt die MS Santa Barbara im Hafen von Rotterdam an ...

... sie wird Drogen im Marktwert von über 100 Millionen Euro an Bord haben ...

... Auftraggeber und Abnehmer ist Don Vicente de Garrucha ...

Natürlich vergisst er auch die Containernummern und Vicentes Adresse nicht, und als Absender schreibt er nur:

*Ein aufmerksamer Bürger,
der Ihnen bei der Bekämpfung der
Drogenkriminalität viel Erfolg wünscht.*

Dann versendet er das E-Mail von Vicentes Rechner, und löscht danach natürlich diesen normalerweise gespeicherten Schriftverkehr.

»So, das geht jetzt seinen Gang. Egal was noch alles geschieht, das ist nun nicht mehr rückgängig zu machen.«

Erleichtert lehnt sich Spotty in seinem Bürostuhl zurück.

»Das ist die absolute Deadline. Danach ist endgültig Schluss. Es wäre nicht nur schön, wenn die Polizei Erfolg haben würde, sondern noch viel schöner, wenn ich noch mit dieser Erfolgsmeldung zu Irmi gehen könnte.«

Er schließt einen Moment die Augen, analysiert kurz seine vorgenommenen Handlungen, bestätigt sich noch einmal seine Entscheidungen und richtet sich wieder in seinem Stuhl auf.

»Das heißt auch, dass es jetzt einiges zu erledigen gilt, denn schließlich will ich meiner Branche ja keine Schande bereiten.«

Am Nachmittag geht Lars durch die Stadt, macht ein paar Besorgungen und besucht auffällig viele Fahrradläden, bis er in einem Geschäft ein altes, aber noch relativ gut erhaltenes Fahrrad für 55 € erwirbt. Als er dann mit seiner Neuerwerbung losfährt und um die Hausecke biegt, da sagt der Angestellte zu seinem Chef:

»Komischer Kunde, der Zustand des Fahrrads war ihm eigentlich völlig egal, Hauptsache es hatte so eine kleine Satteltasche für das Flickzeug.«

Lars fährt mit dem Rad zum einzigen Fahrradparkhaus der Stadt, deponiert es an einer Stelle, die vom Wachpersonal nicht so gut einzusehen ist und schießt von dem Standort und dem Rad noch ein paar Fotos mit seinem Handy.

An der Kasse mietet und bezahlt er den Parkplatz für ein Jahr im voraus. Zufrieden schlendert er wieder zurück ins Stadtzentrum und schließlich ins Büro.

Die frische Luft hat gut getan, Spotty ist wieder voller Tatendrang und Elan.

Voll Optimismus meldet er sich auf Vicentes Rechner an, wirft nur einen Blick in das E-Mail-Postfach und ballt sofort seine Faust.

»Yes«, ruft er, »ich wusste es, das Glück kommt nicht von alleine auf einen zu, man muss schon danach suchen.«

Ein E-Mail-Eingang eines Mitarbeiters und Vicentes Antwort darauf, lassen Spotty beinah Freudentänze ausführen.

... Hallo Chef, wir haben das gesamte Neubaugebiet untersucht, nirgendwo muss in absehbarer Zeit Beton angefahren werden ...

... wir können doch nicht tagelang mit der Leiche im Kofferraum herumfahren ...

... was sollen wir machen ? ...

Vicentes Antwort darauf:

... kommt zurück ...

... bei uns hinter den Garagen ist ja noch diese Arbeitsgrube von der alten Autowerkstatt ...

... die müssen wir doch sowieso zuschütten ...

... legt ihn da rein, nehmt Schutt, rührt euch eine Mütze Beton an und macht das Ding dicht ...

Spotty kopiert diese beiden E-Mails und fügt sie zusammen mit dem schon etwas älteren E-Mail, in welchem Vicente Sergei, den Russen, tot oder lebendig haben will.

Die drei E-Mails fügt er als Beilage in ein neues E-Mail, welches er beabsichtigt, an die örtliche Polizei zu schicken.

Spotty überlegt, welchen Text er der Polizei aufsetzen soll, da sieht er, dass Vicente gerade noch ein E-Mail an einen anderen Mitarbeiter schickt.

... bringt mir diesen Banker her, aber lasst ihn noch solange leben, bis ich weiß, was er mit meinem Geld gemacht hat ...

»Das E-Mail kommt gerade recht, um die Polizei zur Eile aufzurufen«, sagt sich Spotty.

Er fügt es ebenfalls zu den Beilagen und verfasst als Text neben Namen und Adresse von Vicente lediglich:

Bitte handeln Sie schnell, bevor noch mehr unschuldige Menschen ihr Leben lassen müssen. Der Typ ist gemeingefährlich. Ich kann es nicht mehr mit ansehen.

Ein Mitarbeiter.

Zum Schluss verschickt er das E-Mail über Vicentes Rechner an die Polizei.

Ido ist überrascht, als er bereits den nächsten Morgen in der Tageszeitung über Vicentes Festnahme lesen kann.

Don Vicente de Garrucha verhaftet!
Don Vicente, der vermeintliche Boss der hiesigen Drogenmafia, dem bisher aber keinerlei Straftaten direkt nachzuweisen waren, ist gestern Abend von der Polizei wegen Anstiftung zum Mord festgenommen und zusammen mit drei weiteren Komplizen dem Haftrichter vorgeführt worden.

Fast auf der gesamten Zeitungsseite wird über die vermutlichen Schandtaten von Vicente berichtet, über das Motiv der Tat und auch über die Ursachen seiner plötzlichen Festnahme wird spekuliert.

Auch über Sergeis Tod wird nicht getrauert, im Gegenteil, ein Tabu wird endlich gebrochen und die hier in der Stadt so üblichen Schutzgelderpressungen werden erstmals erwähnt und angeprangert.

Es wird zum Schluss auch noch die Hoffnung ausgedrückt, dass der Tod und die Festnahme der beiden Unterweltbosse nicht zu einem Bandenkrieg zwischen den restlichen Mitgliedern führen möge.

»Das war verdammt knapp«, atmet Ido auf, »ich bin gespannt, ob Sergeis Leute das glauben, oder ob sie von Vicentes Männern jetzt zugesteckt bekommen, dass ich Sergei auf dem Gewissen habe.«

Auch ist Vicentes Verhaftung für Ido nur ein schwacher Trost, denn über kurz oder lang wird Vicente auch aus dem Gefängnis seinen Einfluss auf Entscheidungen ausüben können. Sicher fühlen kann sich Ido deswegen jetzt nicht, aber er sieht darin einen großen Vorteil.

»Camilla ist jetzt alleine. Es kann eigentlich nur eine Frage der Zeit sein, bis sie sich unter Vicentes Männern nicht mehr wohl fühlt, eventuell sogar von

Vicentes Stellvertreter bedrängt wird. Vielleicht sucht sie dann Schutz bei mir.«

Über eine Woche schon pendelt Ido zwischen Lars und Spotty hin und her und er verrichtet dabei seltsame Dinge.

So schreibt er Briefe und steckt diese in Umschläge, nummeriert sie dann von Nummer 1 bis 4.

Er kopiert sich Ausweise und Dokumente, speichert sie teilweise im Computer ab oder druckt sie sich aus. Er fügt Fotos hinzu, zum Beispiel vom Fahrrad im Fahrradparkhaus.

Überhaupt der Computer, er wird aufgeräumt.

Alles was im Laufe der Zeit gespeichert oder kopiert wurde, jetzt aber nicht mehr benötigt wird, das wird gelöscht. Andere Dinge werden komprimiert, geändert, umgestaltet und an anderen Orten erneut gespeichert oder einfach nur ausgedruckt.

Curts Datei mit den IP-Adressen wird ganz intensiv bearbeitet, und zwar alle Adressen, unter denen Spotty von Curt Infos erhalten hat.

Hier wird jede Information analysiert, ob sie für die Zukunft noch relevant ist, also so bestehen bleiben kann, verändert oder gelöscht werden muss. Auch völlig neue Erkenntnisse werden hinzugefügt.

»So, jetzt bin ich zufrieden, wenn ich mich nicht irre, dann ähnelt das Innenleben meines Rechners nun dem von Curts ehemaligem Computer.«

Ido, Lars und Spotty sind auch sehr vorsichtig. Jeder von ihnen beobachtet immer genau, ob er eventuell verfolgt wird und achtet auch auf ungewöhnliche Veränderungen in seiner Umgebung. Aber bisher fällt keinem von ihnen etwas auf.

In der Villa klingelt es wieder einmal an der Tür und Ido will schon unbesorgt öffnen.

»Quatsch, der Mörder klingelt immer zweimal«, sagt er sich und lacht, sieht aber trotzdem vorher durch den Spion.

»Camilla, welche Überraschung«, ruft Ido beim öffnen der Tür ohne sich dabei verstellen zu müssen, denn mit ihr hat er eigentlich überhaupt nicht mehr gerechnet.

Camilla tritt in die Villa, stellt einen Koffer ab und wirkt sehr verunsichert. Sie weiß nicht, wie sie Ido begrüßen soll, mit einem Handschlag oder einem Kuss. Auch wollen ihr die Worte nicht so recht über die Lippen kommen.

Ido, der sie am liebsten direkt geküsst hätte, merkt aber, dass dies heute sicherlich der falsche Weg zum Erfolg ist.

»Was führt dich zu mir? Womit kann ich dir dienen oder helfen?« fragt er deshalb und weist ihr den Weg zur Sitzgruppe.

Camilla ist sichtlich erleichtert über Idos Einfühlungsvermögen.

»Was für ein Unterschied zu den ungehobelten Mafiosis«, denkt sie sich und ihre Ängste weichen der Entspannung.

»Sorry«, beginnt sie das Gespräch, »als ich das letzte Mal bei dir war, da war ich unheimlich scharf auf dich, wollte dich um jeden Preis einmal haben, allerdings auch nur einmal.«

»Das war eine sehr egoistische Einstellung«, bemerkt Ido.

»Ich weiß, es tut mir Leid, auch wenn du sicher selbst dein Vergnügen dabei gehabt haben dürftest.«

»Das stimmt. An Temperament und Feuer bist du nicht zu überbieten.«

»Heute möchte ich aber nicht dich, sondern nur deinen Schutz in Anspruch nehmen«, gesteht Camilla kleinlaut.

»Du brauchst Schutz?« fragt Ido überrascht, obwohl er sich den Grund vorstellen kann und auf ihre Ankunft eigentlich schon lange wartet.

»Wenn du tagelang von einer Horde wilder Kerle umlagert und bedrängt wirst, dein Freund und Beschützer im Knast sitzt und seine Warnungen nicht ernst genommen werden, dann sind dein Temperament und Feuer nämlich schnell erloschen«, sprudelt es Camilla jetzt über ihre Lippen.

»Und meinst du nicht, dass deine wilden Kerle ihr Spielzeug zurück haben möchten?«

»Das kann schon sein, aber jetzt noch nicht. Ich bin ja nicht weggelaufen, sondern habe mich für zwei Wochen abgemeldet, um meinen schon lange geplanten Urlaub zu machen«, antwortet sie mit einem verschmitzten Lächeln.

»Um dann was bei mir zu wollen?« fragt Ido ohne Umschweife.

»Vielleicht dich«, entgegnet sie und fügt sofort hinzu, »aber nicht ohne dein Einverständnis, also ich meine, ich wollte das mit dir besprechen. Wir könnten doch mal zwei Wochen testen, ob wir zusammen passen, oder meinst du nicht?«

Ido sieht das Zittern in ihrem Körper, spürt selbst ihre Angst vor einer negativen Antwort und begreift die Hölle, die Camilla durchgemacht haben muss.

»Es ist positiv, dass du mich vorher wenigstens um meine Zustimmung fragst«, sagt Ido, »und wenn eine der schönsten Frauen vielleicht um meine Hand anhalten will, dann bin ich der letzte, der dazu nein sagen kann.«

Vor ein paar Wochen wäre diese Frau mit absoluter Sicherheit Ido vor Freude um den Hals gefallen, heute jedoch schließt sie ihre Augen und sackt innerlich zusammen, etwa so wie ein vor dem Ertrinken geretteter Schwimmer.

»Komm ich bringe dich ins Bett«, sagt Ido obwohl es früher Nachmittag ist, »du hast bestimmt lange nicht in Ruhe schlafen können. Ich werde über dich Wache halten.«

Wortlos findet Camilla den kurzen Weg ins Schlafzimmer, sie legt sich auf das Bett und rollt sich zusammen wie ein Igel.

Als Ido sie zudeckt, ist sie schon in tiefen Schlaf gefallen.

Kapitel 39

»Ich habe geschlafen wie ein Bär.«

Camilla rekelt sich in ihrem Bett, dreht sich zur anderen Seite und sieht, dass diese unbenutzt ist. Leichte Panik macht sich bei ihr breit.

»Bin ich alleine, oder sogar eingesperrt?«

Sie hat Mühe, sich den gestrigen Tag ins Gedächtnis zu rufen, es ist schon so lange her. Aber irgendwie muss alles in Ordnung sein, sonst hätte sie nie so lange und so fest geschlafen.

»Ich rieche frischen Kaffee«, sagt sie und geht vom Schlafzimmer in Richtung der Küche.

Da sieht sie ihn, Ido. Brötchen schmierend dreht er ihr den Rücken zu.

Sie bleibt wie angewurzelt stehen, ist nicht in der Lage, auch nur einen Schritt weiter zu gehen. Alles in ihr schreit nach diesem Mann, möchte ihn umarmen, ihn küssen, mit ihm zärtlich sein.

Aber es geht nicht.

Sie hatte die Schrecken fast vergessen, aber jetzt ist die Blockade plötzlich da. Durch den Anblick eines Mannes sind die Geschehnisse der letzten Woche wieder bei ihr wach gerufen, und die lassen alle ihre Gefühle verstummen.

Wenn Ido sich jetzt umdreht ist das Maximum dessen, was sie sich zutraut, stehen zu bleiben und nicht aus Angst weg zu laufen.

»Hast du gut geschlafen?« fragt Ido ohne sich Camilla zuzuwenden.

»Er sieht dich gar nicht, er benutzt dich gar nicht und er ist doch nett zu dir.«

Eine zweite, fremde und unbekannte Stimme aus Camillas Unterbewusstsein meldet sich bei ihr und versucht, sie zu beeinflussen.

»Er schmiert dir Brötchen und er kocht dir Kaffee. Er sieht dich gar nicht, aber er kennt deinen Hunger und deinen Durst.«

Das macht ihr Mut. Sie wagt es in der Tat und geht auf Ido zu, legt ihre Hand auf seine Schulter und flüstert zärtlich:

»Danke.«

Als Ido sich umdreht, zuckt sie zusammen, aber nur kurz. Sie blickt in ein strahlendes Gesicht und alle ihre panischen Angstattacken sind zumindest für den Moment verflogen.

»Komm lass uns frühstücken«, sagt Ido, der selbst Hunger hat und ihren Zustand richtig einschätzt, »ich habe uns aus lauter Langeweile schon die Brötchen geschmiert. Ich hoffe, dass dir das Recht ist?«

»Ich habe einen Hunger, ich würde sie sogar trocken essen«, gesteht Camilla.

»Es ist nicht viel, aber fein. Es gibt Butter aus Irland, Käse aus Holland, Lachs aus Norwegen, Schinken aus Spanien, Wurst aus Italien, Marmelade aus England, Champagner aus Frankreich, Orangen aus Israel, Kaviar aus Russland, Tomaten aus Griechenland und Kaffee aus dem Supermarkt«, zählt Ido seine Schätze auf, während er jeweils mit der Hand darauf weist.

»Lecker, das darfst du jeden Tag machen.«

»Das glaube ich gerne«, sagt Ido ohne sich groß Gedanken über die Wortwahl zu machen, »aber ohne Arbeit wachsen die Früchte auch bei mir nicht von den Bäumen.«

Camilla bleibt der Bissen im Hals stecken.

»Keine Leistung ohne Gegenleistung«, denkt sie sich, »die Männer sind doch alle gleich.«

»Wir können nicht immer nur essen, wir müssen auch mal zum Einkaufen fahren. Das ist hier so ziemlich der Rest aus dem Kühlschrank«, fährt Ido fort, ohne Camillas Befürchtung überhaupt zu bemerken, »vielleicht können wir heute Abend auch gemeinsam etwas kochen, und außerdem benötigst du für das Bad doch sicher auch noch Kosmetika, oder?«

»Etwas habe ich schon mitgebracht«, ist Camilla erleichtert über den Fortgang des Gesprächs und sie beschließt, nicht mehr jedes Wort misstrauisch zu hinterfragen, »falls ich meinen Koffer überhaupt irgendwo finde.«

Nach dem Frühstück geht Camilla erst einmal ins Bad. Von der Dusche in die Badewanne und von der Badewanne unter die Dusche und wieder zurück und dann noch einmal alles von vorne.

Nach über einer Stunde fühlt sie sich wieder einigermaßen sauber, nicht nur körperlich, und nachdem sie sich auch noch geschminkt hat, kehrt ganz vorsichtig etwas Selbstvertrauen in sie zurück.

»Wir können einkaufen fahren«, ruft sie, als sie aus dem Badezimmer tritt.

»Wau«, rutscht es Ido heraus, der ganz geduldig im Sessel gewartet und auch ein kurzes Nickerchen gehalten hat, »was für ein Auftritt. Da wird einem die Geduld ja endlich mal belohnt.«

In den nächsten Tagen fahren die zwei gemeinsam einkaufen, gehen spazieren, kochen, sind fröhlich und gut gelaunt, machen im Prinzip alles, was man zu zweit machen kann. Es gibt auch mal ein kleines Küsschen, aber weitere Zärtlichkeiten werden von Camilla sofort unterbunden.

Camilla möchte vom Herzen eigentlich gerne mehr, ist aber blockiert, hat wahnsinnige Angst vor körperlichem Kontakt.

Bei beiden kommt dann noch die Ungewissheit über die Zukunft hinzu. Muss oder geht Camilla wieder zurück, dann ist ihr Leben zerstört. Bleibt sie bei Ido, dann wird man sie suchen und alle beide sind ihres Lebens nicht mehr sicher.

Bewusst ist das beiden, daran denken müssen sie von morgens bis abends, nur darüber gesprochen haben sie noch nicht.

So vergehen die Tage ohne entscheidende Veränderungen oder gar Verbesserungen.

Ein echtes Liebespaar sind sie in jedem Fall nicht geworden.

»Können wir hier nicht einfach weggehen und an einem anderen Ort wohnen?« fragt Camilla plötzlich, ohne dass über dieses Thema auch nur annähernd einmal geredet wurde und fällt damit quasi mit der Tür ins Haus.

Ido ist sich schon im Klaren über die Bedeutung dieses Anliegens, ist aber auch etwas pikiert über seine ständig abgewiesenen Annäherungsversuche, stellt sich deshalb dumm und fragt:

»Wieso, ist dir unser Einkaufszentrum denn nicht mehr gut genug?«

Camilla fällt vor Idos Zynismus fast in Ohnmacht, aber noch mehr erstaunt sie ihre eigene Antwort.

»Ich weiß, dass du mit einer Frau, die dich liebt, bis ans Ende der Welt gehen würdest.«

»Bis in den Himmel«, berichtigt sie Ido.

»Meinetwegen«, wiegelt Camilla ab, der diese Berichtigung natürlich völlig belanglos erscheint, »aber glaube mir, ich liebe dich, das weiß ich genau, ich kann es dir nur noch nicht zeigen und ich habe keine Ahnung, ob sich das bis zum Ende meines Urlaubs noch ändern wird.«

Ido fühlt sich geschmeichelt über die Tatsache, dass ihn so eine hübsche Frau liebt. Er mag Camilla auch unwahrscheinlich gerne, aber lieben? Nein, dafür ist sein Herz bereits vergeben. Nur diese Enttäuschung möchte er Camilla noch ersparen.

Zur Lösung ihres gemeinsamen Problems hat Ido beinah gleichzeitig zwei Ideen, verkündet allerdings nur eine davon.

»Wenn dein Urlaub zu Ende ist, müssen wir ja nicht gleich das Haus verkaufen und umziehen, wir können doch zusammen ein paar Wochen wegfahren.«

Gespannt beobachtet Ido die Reaktion auf seinen Vorschlag, doch Camilla hat es vor Überraschung sprichwörtlich die Sprache verschlagen, darum hakt er nach:

»Quasi jetzt richtig Urlaub machen und damit die Testphase verlängern. Was hältst du davon?«

Camilla, die sich schon auf dem Rückweg zu Vicentes Bande gesehen hat, erwacht zu neuem Leben und Hoffnung keimt in ihr auf, als sie nachfragt:

»Du meinst so richtig mit viel Sonne, Strand und Meer?«

»Ja, Malediven, Seychellen, Mauritius oder so, da war ich auch noch nicht.«

Camilla kann es nicht glauben. Sie war in ihrem Leben bisher ein einziges Mal am Meer. Als kleines Kind war sie mit einer Freundin und deren Eltern an der Nordsee.

Sie fühlt deutlich, dass die Blockade in ihrem Körper anfängt zu bröckeln. Sie geht auf Ido zu, gibt ihm einen Kuss und sagt:

»Es kommt alles gut, glaube mir.«

Seine zweite Idee beginnt Ido am Nachmittag in die Tat umzusetzen, als Camilla um eine Kopfschmerztablette bittet.

Gut versteckt in einer Schublade liegen allerlei Tabletten, auch vom aphrodisierenden Mittel, welches einst Thorsten Bertmann entwickeln ließ und das so vielen Frauen schon das Leben gekostet hat.

»Das sind aber nicht die Tabletten vom konkurrierenden Pharmakonzern, die hatten ja die dreifache Dosis des giftigen Stechapfels, und Frau Kesselhoff hat ja gleich drei von diesen Tabletten auf einmal eingenommen.«

Ido versucht seine Idee vor sich selbst zu rechtfertigen, als er eine Tablette des Potenzmittels aus dieser Schublade entnimmt.

»Bei der Versuchsreihe mit nur einer von diesen Tabletten, sind von vierzig Frauen nur zwei gestorben. Das ist doch ein Verhältnis, das man akzeptieren kann, wenn dadurch die Chance besteht, Camillas Blockade zu lösen.«

Eine halbe Stunde nachdem Camilla die vermeintliche Kopfschmerztablette eingenommen hat, beginnt sie nervös zu werden.

»Wie viel Grad sind denn normalerweise auf den Malediven?« fragt sie während ihr allein bei dem Gedanken an Sonne schon heiß wird.

»Dreißig, schätze ich.«

»Viel zu warm«, stöhnt sie und beginnt sich auszuziehen.

Camilla weiß nicht, was mit ihr geschieht. Als hätte sie eine gespaltene Persönlichkeit, betrachtet sie sich selbst und die fremde Stimme spricht auch zu ihr. Mal als schüchterne, ängstliche Frau und mal als verwegene, stürmische Frau.

Zuerst ist sie die Schüchterne und sieht, wie die verwegene Frau sich auszieht, und dann ist sie auf einmal diese verwegene Frau und wundert sich, dass die Schüchterne deswegen nicht protestiert.

»Du meinst ich darf?« fragt die verwegene Frau die Schüchterne, aber diese ist bereits selbst so heiß, dass sie beginnt, sich langsam im eigenen Schweiß aufzulösen, um Schüchternheit und Ängstlichkeit mit sich fort zu nehmen.

Mit einem Satz sitzt Camilla auf Idos Schoß und küsst ihn. Was heißt sie küsst ihn, sie nimmt ihm den Atem vor Leidenschaft. Und Ido benötigt einige Sekunden, bis er begreift, dass er seine alte Camilla wieder zurück hat.

Allerdings liegt da ein kleiner Irrtum vor, denn diese alte Camilla, die Ido meint zu kennen, ist nicht einmal halb so wild gewesen, wie die Camilla, die sich jetzt von ihren Zwängen befreit hat.

Und diese neue Camilla ist wie eine Löwin, die seit Wochen gehungert und jetzt Beute gemacht hat.

Aber auch Ido hat diesbezüglich lange kein Fleisch mehr gesehen und packt so zu, dass die Löwin vor Wollust aufschreit.

Die restlichen Kleidungsstücke werden vom Körper gerissen, nichts anderes ist mehr wichtig, die ganze Welt ist sekundär, es zählt nur noch eins.

Keine Zärtlichkeiten, kein knabbern an Ohrläppchen, kein streicheln von erogenen Zonen, kein fühlen von Liebe.

Geschrei und Gestöhn spornen die Begierden an, wilde Ritte lassen die Grundmauern der Villa erzittern, schweißgebadete Körperteile klatschen aufeinander, Schmerzen werden nicht mehr gespürt, die Schreie werden lauter, jeder verbeißt und krallt sich härter und intensiver in seine Beute, der Blutdruck steigt, die Sinne schwinden und dann ist er da.

Der Urknall.

Für außenstehende nur ein gemeinsamer, lauter Schrei zweier Menschen.

Aber es ist ein Vulkanausbruch, der sich mit seiner glühend heißen Lava wohlig warm über alle Organe der beiden Körper ausbreitet und Befriedigung, Zufriedenheit und Glück suggeriert.

Als sich der Lavastrom abkühlt und die Sinne langsam wieder ihre Funktion aufnehmen, ist von ihren Schreien nichts mehr zu hören.

Erst jetzt beginnt ihre Zeit der Zärtlichkeiten, des knabbern an Ohrläppchen, des streicheln von erogenen Zonen, des fühlen von Liebe.

»Du bist der einzige Mann, der diesen Teufelsritt mit mir gemeinsam erlebt und überlebt hat«, flüstert Camilla in Idos Ohr, »ich will dich.«

»Was ist mit meinen Kollegen passiert?« fragt Ido voller Stolz.

»Sie sind auf halber Strecke zusammen gebrochen, haben sich nicht mehr festgekrallt, wollten fliehen, mich los werden.«

Camilla stockt etwas in ihrer Rede, ein Kloß sitzt fest in ihrem Hals.

»Du kannst dir nicht vorstellen, wie frustrierend das ist, immer kurz vor deinem eigenem Orgasmus, wieder ohne diesen wundervollen Moment ins Leben zurück gerufen zu werden.«

»So wie, Fahrkartenkontrolle, ist jemand zugestiegen?« lacht Ido.

»Ja, genau«, bestätigt Camilla und muss ebenfalls anfangen zu lachen, »als wenn du durch so einen Spruch in die Realität zurück gerufen wirst.«

Doch sie wird schnell wieder ernst und ergänzt leidenschaftlich:

»Aber du kannst deine Fahrkarte jetzt nicht vorzeigen und danach einfach wieder weiter machen. Nein, das war es dann, für die Stunde, für den Tag, für immer mit dem Mann.«

»Das liegt aber teilweise auch an dir, denn eigentlich bis du für die Liebe viel zu egoistisch.«

Idos Bemerkung lässt die sonst so harmonische Atmosphäre anspannen.

»Kein Wunder, dass deine Männer nicht mehr können und sich denken, soll sie doch zusehen, wie sie alleine klar kommt«, hat er mit einem Mal genug von Camillas Klagelied.

»Was muss ich denn anders machen? Ich kenne das nur so«, ist Camilla überraschenderweise gar nicht eingeschnappt, sondern gibt sich ganz gelehrig.

»Wir können gerne die ganze Nacht lang üben«, hat sich Ido schnell wieder beruhigt, »und ich möchte dir zu Beginn gleich das Gegenteil von deinem Teufelsritt beibringen.«

»Ich gehöre ganz dir«, sagt Camilla und sie spürt sofort wieder dieses sehnsuchtsvolle Verlangen in ihrem Körper.

Ido nimmt Camilla auf den Arm, trägt sie ins Schlafzimmer, legt sie auf das Bett und schließt ihre Augen. Dann beginnt er sie zu massieren, erst kräftig, dann vorsichtig und mit der Zeit immer sanfter, bis die Massage in zärtliches streicheln übergeht.

Er streichelt ihre erogenen Zonen und ihr Körper biegt sich, will seiner Hand folgen, ihre Schenkel öffnen sich und sind bereit, ihn zu empfangen. Doch Ido streichelt weiter.

Er bemerkt, dass Camillas Scham und Brüste anschwellen, dass sich in ihren Mundwinkeln Zufriedenheit zeigt. Er streichelt Brust und Scham abwechselnd mit den Fingern und der Zunge. Er streichelt, bis ihr Körper zu zerspringen droht, dann fasst er ihre Scham und hält sie fest.

Camilla windet sich, will fliehen, reibt sich aber doch an Idos Hand, sie schreit, zuckt und bebt bis sich ihre ganze Anspannung löst, sich ihre Augen öffnen, sie Ido zu sich zieht und ihn küsst.

»Das war schön«, haucht sie, »aber jetzt möchte ich dich auch in mir haben.«

So behutsam, wie er Camilla gestreichelt hat, so geht er auch jetzt vor. Sie genießt alles, schließt ihre Augen wieder, hält sich fest und fällt in Trance.

Camilla ist sehr gelehrig, denn kaum, dass sie erwacht, möchte sie etwas neues kennen lernen.

Unterbrechen lässt sie sich in ihrer Gelehrigkeit nur hin und wieder durch ein kühles Gläschen Champagner.

»Zum Glück hat das aphrodisierende Mittel nur seinen ganzen Zauber verbreitet und nicht seine verheerende Wirkung gezeigt«, freut sich Ido über seine Entscheidung, Camilla die vermeintliche Kopfschmerztablette gegeben zu haben.

So verbringen die beiden die halbe Nacht, bis sie sich nur noch in den Armen liegen.

»Ich freue mich schon auf die Malediven«, sagt Camilla, »da werde ich dich im Meer lieben und die kleinen Fischchen dürfen ruhig zusehen.«

»Falls wir irgendwann mal wach werden sollten, nehme ich dich mit in die Stadt. Dann kannst du in ein Reisebüro gehen, dir eine schöne Reise aussuchen und sie buchen.«

Camilla möchte am liebsten wieder über Ido herfallen, aber zum ersten mal sind Neugierde und Reiselust stärker, als ihre Liebeslust.

»Was machst du denn morgen?«

»Ich fahre noch mal für eine Stunde ins Büro, hole dich dort dann wieder ab.«

Mit der Tatsache, dass Camilla alleine eine Reise buchen darf, ergeben sich für sie natürlich sofort einige grundsätzliche Fragen.

»Für wie lange können wir denn in den Urlaub fliegen?«

»Wenigstens für vier Wochen, sonst lohnt sich die ganze Fliegerei ja nicht.«

»Und welchen Flughafen müssen wir nehmen und ab wann können wir losfliegen?«

»Der Flughafen spielt keine Rolle und fliegen können wir meinetwegen ab morgen Abend, wenn du so schnell den Koffer packen kannst«, lacht Ido.

»Was glaubst du, was ich alles kann«, lacht auch Camilla und kriecht wieder ganz vorsichtig unter Idos Decke.

Kapitel 40

»Wie teuer darf der Urlaub denn sein?«

Camilla und Ido sitzen mit kleinen Äuglein am Frühstückstisch, den Ido wieder liebevoll gedeckt hat. Nur frische Brötchen gibt es heute nicht.

Die Nacht war für die beiden schön, aber der Schlaf kam natürlich zu kurz. Sie hätten ja länger schlafen können, aber Camilla möchte ins Reisebüro.

Sie nervt Ido schon den ganzen Morgen, ständig hat sie irgendwelche Probleme. Mal hat sie Flugangst, dann wieder nicht, aber dafür stört sie dann die lange Flugzeit.

Es geht solange gut, bis Ido sagt:

»Okay, ich fliege, du kannst schwimmen.«

Dann ist eine Weile Ruhe, jetzt möchte sie also wissen, wie viel Geld sie ausgeben darf.

»Nimm das teuerste Hotel, dann kannst du nichts falsch machen«, sagt ihr Ido, »alle Zimmer liegen am oder sogar auf dem Wasser, da gibt es kaum Unterschiede. Aber das Essen und der Service sind dann in jedem Fall besser.«

Nach dem Frühstück benötigt Camilla noch ihre obligatorische Zeit im Badezimmer, aber dann sind die beiden startklar, verlassen die Villa und steigen in den Mercedes.

Auf einem weit entfernten Hügel stehen zwei Männer vor einem Auto und schauen in Richtung der Villa. Einer von ihnen sieht durch ein Fernglas und fragt seinen Kollegen:

»Ist der Typ denn verheiratet?«

»Keine Ahnung, warum?«

»Weil da eine Frau mit eingestiegen ist.«

»Dann wird das wohl so sein.«

Kaum sitzt Ido im Auto, da steigt er auch schon wieder aus.

»Ich habe meine Aktentasche noch im Haus vergessen«, erklärt er Camilla.

Die Tasche liegt normalerweise immer im Auto, aber Camilla hat sie gestern nach dem Einkaufen aus Versehen mit in die Villa getragen.

Zum Glück hat Ido im letzten Moment daran gedacht, denn die Tasche benötigt er natürlich dringend. Darin bewahrt er doch seine Tarnungen auf, natürlich auch die Perücke und Hornbrille für Spotty, und er will ja erst noch ins Büro.

Auf dem Hügel wird der Mann mit dem Fernglas richtig nervös.

»Wie wird der Zünder von der Autobombe aktiviert?« möchte er wissen.

»Durch Öffnen der Fahrertür, warum?« fragt sein Kollege, den es ärgert, dass er selbst ohne Fernglas nichts erkennen kann.

»Weil der Typ wieder ausgestiegen ist.«

»Mist.«

»Warum Mist?«

»Weil doch die Zeituhr des Zünders bereits läuft.«

»Auf was hast du sie denn eingestellt?«

»60 Sekunden.«

»Mist.«

Die zwei sehen sich einen Moment lang an, drehen sich um, springen in ihr Auto und fahren mit quietschenden Reifen davon.

Ido sieht noch einmal kurz in die Tasche, stellt fest, dass noch alles vorhanden ist und will wieder zum Auto gehen.

Doch als er die Türklinke in die Hand nimmt, da kommt ihm die gesamte Tür entgegen geflogen. Eine ohrenbetäubende Detonation lässt sein Trommelfell beinah platzen und die Druckwelle der Explosion schmeißt ihn zurück bis ins Wohnzimmer, zum Glück ein Stück weiter als die Haustür.

Panikartig und mit versteinertem Blick rappelt er sich wieder hoch und läuft durch eine Staubwolke nach draußen.

Abrupt bleibt er stehen, reibt sich die Augen, versucht durch den Qualm sein Auto zu finden.

Aber da steht kein Auto mehr.

Die letzten Teile davon fallen noch irgendwo entfernt klappernd auf die Erde.

Seine Augen suchen nach Details und als sie welche entdecken, muss sich Ido übergeben.

»Ciao Camilla, ich wünsche dir alles Gute auf deinem letzten Teufelsritt. Schön, dass wir gestern die Nacht noch gemeinsam erleben durften.«

Ido weiß, dass für mehr Sentimentalitäten keine Zeit ist, wer immer diese Bombe auch angebracht haben mag, der wird auch wissen, dass sie ihr Ziel verfehlt hat.

Ido schwebt in höchster Gefahr. Für zwei, drei Sekunden überlegt er, was er noch alles aus der Villa benötigt.

»Meine Tasche, das Handy und alle Schlüssel habe ich, alles andere ist zu ersetzen. Halt, die Tabletten hätte ich schon gerne mitgenommen.«

Ido geht schnell an die besagte Schublade und steckt sie kurzerhand alle in seine Aktentasche, dann rennt er in den Garten, klettert über den Zaun und läuft in den Wald. Ob er hier schon sicher ist, weiß er nicht, zumindest ist er hier nicht mehr zu sehen.

Er ist hier oft mit Irmi spazieren gegangen, ein wunderschöner Rundwanderweg, zwei Stunden und man ist wieder zuhause.

Außerdem grenzt der Weg nach circa einer Stunde Wanderung für ein kurzes Stück an eine Landstraße. Dort ist für die Wanderer auch ein Autoparkplatz und sogar eine Bushaltestelle eingerichtet.

Ido ruft vom Handy ein Taxiunternehmen an und bestellt sich einen Wagen an die Bushaltestelle.

»Wann kann der Fahrer dort sein?« fragt Ido die Telefonistin.

»Frühestens in einer halben Stunde.«

»Super«, sagt Ido und rennt los.

Langlaufstrecken sind für ihn kein Problem, selbst über eine Entfernung von zwanzig Kilometern würde er nur lächeln. Allerdings ist es schon ein gewaltiger Unterschied, ob man in Sportkleidung, oder im Anzug läuft.

Verschwitzt erreicht er den Treffpunkt, kann ganz kurz verschnaufen, als er auch schon sein Taxi kommen sieht. Er steigt ein und lässt sich in die Nähe des Hochhauses fahren. Auf der Kundentoilette eines Kaufhauses setzt er die Kappe und Brille von Lars auf und geht in sein Appartement.

Erst hier ist er wirklich sicher, erst hier kann er anfangen zu trauern.

»Es ist die zweite Frau, die für mich ihr Leben gelassen hat«, stellt Lars mit Tränen in den Augen fest.

Aber Schuldgefühle und Skrupel verknoten ihm jeden weiteren Gedanken, jeden Blick in seine Zukunft. Lars sieht nur noch einen Ausweg.

So wie einst das Schwert den gordischen Knoten durchtrennt hat, so löst er seine Probleme, indem er mit der Faust auf den Tisch schlägt und schreit:

»Es reicht jetzt.«

Lars ruft seine Haushälterin an und erklärt ihr, dass sie nicht mehr kommen muss. Auch die Dienste ihres Mannes, den Discjockey, wird er nicht mehr in Anspruch nehmen.

»Ich möchte mich aber für Ihre bedingungslose Treue und Ergebenheit bei Ihnen und Ihrem Mann bedanken«, offeriert er ihr, »ich habe ja Ihre Bankverbindung und quasi als Abfindung, werde ich jedem von Ihnen eine Million Euro überweisen.«

Bevor Lars sich irgendwelche eventuellen Danksagungen anhören und Fragen des 'Wieso' und 'Warum' beantworten muss, legt er auf.

Lars geht seine im Kopf geführte Liste der noch zu erledigenden Dinge durch und beginnt diese abzuarbeiten.

»Da ist zunächst die Villa. Die Behörden werden sich an die Erben wenden. Das ist immer noch der alte Mann, und wenn der wieder oder noch stets auf irgendeinem Weltmeer herum schippern sollte, vielleicht wenden sie sich ja dann an seine Kinder.«

Lars ist zufrieden und die durch die Bombe am Haus angerichteten Schäden betrachtet er nicht als sein Problem.

»Der Alte wird jedenfalls seine Villa wieder zurück bekommen. Die Bezahlung seiner Reisen werde ich deswegen jetzt stoppen.«

Nachdem Lars das veranlasst hat, sammelt er alle noch wichtigen und verfügbaren Unterlagen und Papiere zusammen, alles andere vernichtet er, insbesondere Pass und sonstige Unterlagen von oder über Ido Vermolen.

Er bildet zwei kleine Häufchen, einen fürs Bankschließfach und einen für den Tresor hinter der Mikrowelle.

»Für den Banksafe fehlen noch die nummerierten Umschläge, und die liegen im Büro. Also muss ich dort noch einmal hinfahren und sie holen.«

Lars verkleidet sich auf der Toilette des Parkhauses in Spotty. Er ist froh, diesen manchmal doch etwas umständlichen Weg gegangen zu sein. Aber alleine diese konsequente Durchführung hat ihm sicher so manchen Ärger erspart, vielleicht sogar schon sein Leben gerettet.

»Dieses Auto kenne ich doch.«

Spotty bleibt stehen und sieht sich nach allen Seiten um. Soeben hat er seine Verkleidungskünste noch gelobt, aber es scheint, dass man hinter seine Schliche gekommen ist. Zumindest einer.

»Die Detektei Stabinsky. Ich bin gespannt, wer sie beauftragt hat. Aber jetzt kann ich sie noch nicht gebrauchen.«

Spotty dreht sich um und geht zurück in die Stadt. Er kauft sich in einem Secondhandshop einen alten, schwarzen Mantel und einen schwarzen Hut. Dazu besorgt er sich noch einen Spazierstock. Mit diesen Utensilien bekleidet begibt er sich wieder in Richtung des Büros.

Als Spotty aus dem Auto der Detektive beobachtet werden kann, krümmt er sich und geht in gebückter Haltung, sich dabei auf den Stock stützend, an ihnen vorbei ins Haus.

Sie erkennen ihn nicht.

Im Büro geht er natürlich direkt auf den Rechner der Detektei und es dauert nicht lange, bis er findet was er sucht.

»Der Auftrag ist von Vicente. Er muss meine Büroadresse schon länger gekannt haben. Ob er die Autobombe angebracht hat, weiß ich nicht, aber ich kann ja mal auf seinen Rechner schauen.«

In mehreren E-Mails findet Spotty hier die Antworten, die er sucht.

Zunächst schreiben Vicentes Männer:

*... Sergeis Leute haben Idos Wagen und Camilla
in die Luft gesprengt ...*

... Ido ist verschwunden ...

Dann Vicentes Reaktion:

... sprengt Sergeis Laden in die Luft ...

*... lasst Idos Büro von der Detektei überwachen,
seine Adresse habt ihr ja,
ihr selbst habt jetzt wichtigeres zu tun ...*

*... wenn er dort auftaucht, dann macht kurzen Prozess,
nehmt Rache an Camilla ...*

»Da kann man mal sehen, wie leicht die Leute es heutzutage haben, selbst aus dem Gefängnis E-Mails mit solchen Texten versenden zu können. Der hat seine Bande auch von dort noch unter Kontrolle.«

Nach einer Weile des Nachdenkens fügt er noch leise hinzu:

»Nur dass seine Leute Camilla heimlich benutzt haben, hat ihm keiner gesagt, weil wahrscheinlich jeder mal zu ihr durfte.«

Ein Gefühl des Ekels überkommt Spotty. Er stellt seinen Computer aus, packt alle schon zusammengestellten Unterlagen ein, verkleidet sich wieder als alten Opa und verlässt schwerfällig, aber unbemerkt sein Büro.

Bevor er in seine Hochhauswohnung geht, hält Lars nach allen Seiten Ausschau, aber niemand scheint ihn zu verfolgen oder gar auf ihn zu warten.

In der Wohnung verteilt Lars die Unterlagen aus dem Büro auf seine zwei Stapel, am wichtigsten sind natürlich die vier Umschläge und das Schreiben, welches quasi als Bedienungsanleitung in den Banksafe kommt.

Den Stapel mit unter anderem den Grundbuchauszügen des Appartements und den Kraftfahrzeugunterlagen des BMWs, verschließt Lars inklusive des Autoschlüssels in den Tresor hinter der Mikrowelle.

Als er den Tresorschlüssel mit den anderen Schlüsseln auf den Stapel für den Banksafe legt, denkt sich Lars:

»Eigentlich bin ich fertig, Eigentlich könnte ich gehen. Es fehlt noch ein kleines Detail und es wäre so eine Genugtuung, wenn ich darüber noch eine Erfolgsmeldung bekommen könnte.«

Lars ist sich nicht sicher, ob er schon bereit ist, zu gehen, aber entscheidet sich doch relativ schnell.

»Nein, wenn es möglich ist, möchte ich noch ein paar Tage darauf warten.«

Also macht er es sich in seinem Appartement gemütlich, lässt seinen Weinvorrat fast bis zur Neige schrumpfen, sieht ansonsten nur fern oder hört Radio und liest die Zeitung.

Einmal am Tag, morgens, geht er über die Straße in einen kleinen Laden, der eher einem Kiosk ähnelt, holt sich zwei Brötchen zum Frühstück, manchmal bei Bedarf noch andere Lebensmittel für den Tag, aber in jedem Fall die Zeitung.

Diese Prozedur wiederholt sich vier Tage, dann geschehen seltsame Dinge.

Lars springt auf, wirft die Tageszeitung in die Luft und vollführt einen Tanz, der früher jedem Indianerstamm Ehre eingebracht hätte.

Es ist keine Headline, die ihn so erfreut, eher eine Randnotiz, gedruckt auf Seite fünf, klein und bescheiden unten rechts in der Ecke.

Drogendealer gehen ins Netz
Die niederländische Drogenpolizei konnte in Zusammenarbeit mit der deutschen Drogenpolizei im Rotterdamer Hafen in einem Bananendampfer Drogen mit einem Marktwert in Höhe von 100 Millionen Euro sicherstellen. Die Drogen waren für den europäischen Markt bestimmt. Es ist der bisher größte Erfolg, den die Fahnder im Kampf gegen die Drogenkriminalität erzielen konnten. Es wurden sieben Niederländer und fünf Deutsche als mögliche Dealer verhaftet. Ihr Anführer soll nach Angaben der deutschen Polizei bereits in Haft sitzen. Dass er selbst die Polizei auf die Spur gebracht hat, ist anzunehmen, konnte aber bisher noch nicht mit Sicherheit bestätigt werden.

»Natürlich hat er seine Bande verraten, alles andere glaubt ihm doch kein Mensch mehr. Deine Karriere ist vorbei, Vicente. Deine E-Mails wird hier draußen niemand mehr befolgen und im Knast werden sie dir deinen Allerwertesten aufreißen.«

Lars dreht noch eine Freudenrunde um seinen Couchtisch.

»Und weil du ihnen natürlich nichts verraten hast, bekommst du die Strafe dafür auch voll aufgebrummt, keine Kronzeugenregelung oder ähnliches.«

Um seinen Erfolg auch richtig auskosten zu können, holt Lars sich Vicente noch einmal vor sein geistiges Auge und sagt zu ihm:
»Aber du hast es dir verdient.«

Noch eine kleine Siegerpose, danach beginnt Lars sofort das Appartement aufzuräumen.

Alles was sich noch im Kühlschrank befindet, private Gegenstände, einfach alles, was auf ihn zurückgeführt werden könnte, auch Abfälle und so weiter, bringt er zum Container.

Er schaut sich noch einmal um, blickt das letzte Mal aus dem Fenster auf die Dächer der Stadt. Er muss ganz tief Luft holen, um der Attacke seiner Tränendrüsen entgegen wirken zu können.

Dann packt er den Stapel für das Bankschließfach in seine Aktentasche, stellt den Strom ab, verschließt das Appartement, legt den Schlüssel auch zu diesem Stapel und fährt mit einem Taxi zur Bank.

Dort hebt er zunächst 50.000 Euro von einem seiner Konten ab und lässt sich dann zu seinem Schließfach führen.

Seinen Stapel Unterlagen, die Schlüssel und das Geld legt er in die Metallkiste des Schließfachs, auch seinen Pass und seine EC- und Kreditkarten vergisst er nicht.

Als das erledigt ist, verlängert er den Mietvertrag für das Schließfach um ein weiteres Jahr.

Die nächste Station auf seiner Reise führt Lars zu dem Fahrradparkhaus. Auch dafür nimmt er sich ein Taxi.

Hier verstaut er in der Satteltasche seines unlängst erworbenen Fahrrads den Schlüssel des Bankschließfachs. Schön ordentlich eingewickelt in ein kleines

Putztuch, in dem auch schon Flickzeug und ein paar Schraubenschlüssel liegen.

Das Wetter ist schön, also entschließt sich Lars das letzte Stück seiner irdischen Reise zu Fuß zurückzulegen. Unterwegs gibt er sein Kleingeld einem Straßenmusikanten und geht noch bei der Verwaltung des Parkhauses vorbei.

Er kündigt dort die beiden Stellplätze und frequentiert noch einmal die Toilette.

Die Kappe und Brille, die ihm als Lars ihren treuen Dienst erwiesen haben, wirft er in einen Abfallkorb. Mit seiner Perücke und Hornbrille tritt Spotty nun die letzten Meter zum Büro an.

Die beiden Detektive im Auto vor dem Haus vermelden diese Tatsache sofort.

Kapitel 41

»So, dann wollen wir mal.«

Spotty ist im Büro und legt seine Perücke und die Hornbrille an der Garderobe ab. Er schaltet den Rechner ein und überweist seiner Haushälterin und ihrem Mann wie versprochen noch per Homebanking die zwei Millionen Euro.

Dann löscht er nicht nur das Programm für das Homebanking, sondern auch die Antivirussoftware und er öffnet vom Rechner die Firewall, damit eventuelle Hacker ab sofort freien Zugang zu seinem Computer bekommen.

Danach kopiert er Curts Abschiedsbrief und ändert ihn auf seinen eigenen Namen ab. Damit ist der Zyklus Ido-Lars-Spotty abgeschlossen.

Lieber Berufskollege!
Erstaunt, dass ich Dich so anrede?
Mich überrascht es jedenfalls nicht, denn ich glaube, dass kein Branchenfremder in der Lage ist, diesen Entwurf, der als Nachricht an meinen Nachfolger gedacht ist, zu öffnen und zu lesen.
Ich habe mein Leben gelebt, und zwar in Saus und Braus, in vollen Zügen und mit allem Luxus, den man sich nur vorstellen kann. Wie heißt es doch so schön:
Sex, Drugs & Rock`n Roll
Dabei habe ich unsere Fähigkeiten ausgenutzt, wo es nur ging, habe der Welt meine Regeln aufgedrückt. Aber irgendwann ist jedes Spiel zu Ende, wird der Boden zu heiß unter den Füßen, wollen die Leute ihr Geld oder ihre Frauen zurück oder sich für was auch immer einfach nur rächen.
Diese Notizen habe ich vorsorglich schon hier hinterlegt, weil ich nicht absehen kann, ob ich in der Lage sein

werde, selbst Schluss zu machen, oder ob mir jemand zuvor kommt.
Aber eines ist sicher.
Ido Vermolen ist tot.
Und lass die Finger von ihm, zu Deiner Sicherheit.
Aber Lars Kinsley lebt noch, irgendwo hier im Hintergrund.
Ich habe es etwas spannend gemacht, damit es dir nicht langweilig wird. Aber du wirst ihn schon finden, suche ihn in meinen Dateien, er hat all mein Vermögen und mein Know-how.
Aktiviere mit ihm vorsichtig die Beziehungen und Verbindungen von Ido.
Lebe als Lars weiter und halte Deinen eigenen Namen sauber.
Ziehe Dir meine Dateien auf Deinen Rechner und lösche sie dann vorsichtshalber bei mir.
Verwische Deine Spuren.
Bevor du gehst, starte noch das Programm 'Und Tschüss'.
Es gibt meinen Rechner frei, startet die auf mich gerichtete Webcam und die Verbindung zur Polizei.
Damit komme auch ich zur Ruhe.
Es war schön bei Euch und ich bereue nichts.
Ich würde es wieder so machen.
Dir viel Glück.
Dein Hacker Spotty

Diesen Abschiedsbrief platziert er in den Entwürfen seines E-Mail-Postfaches. Alles was sich sonst noch auf dem Rechner befindet und unrelevant ist, wird gelöscht.

Die Webcam im Computer stellt Spotty natürlich so ein, dass sie ihn mit seinem Bürostuhl voll im Bild zeigen kann.

In seiner Aktentasche befinden sich alle Tabletten, die er aus der Schublade der Villa noch schnell eingepackt hat. Eine von den Suizid-Tabletten legt er sich neben die Tastatur, alle anderen, und auch die restlichen aphrodisierenden Mittel, spült er auf der Toilette hinunter.

Spotty geht an seine Küchenzeile und kocht sich eine schöne Kanne Kaffee. Dann setzt er sich auf seinen Bürostuhl, nimmt einen Schluck vom Kaffee und lässt die Highlights seines Lebens als Ido noch einmal Revue passieren.

Die Toten zählt er nicht, denn jeder Vorteil hat auch seinen Nachteil.

Er hat Irmi kennen gelernt.

Er hat mit andere Frauen geschlafen, diesen Kesselhoffs und Veronikas und wie sie alle hießen.

Er hat Irmi lieben gelernt.

Er hat den Reichen ihr Geld genommen und es den Armen gegeben.

Er hat Irmi gerettet.

Er hat Irmi verloren, weil sie ihn gerettet hat.

Er hat Camilla und Eva kennen gelernt.

Er hat Irmi vermisst.

Das Leben als Ido und Spotty war schön und intensiv, so wollte Lars Kinsley es haben.

»Ich habe in relativ kurzer Zeit sehr viel erlebt, viel mehr als die meisten anderen Menschen in einem langen Leben.«

Seine Kaffeetasse ist leer und er gießt sich den Rest aus der Kanne nach, lässt die Tablette in die Tasse fallen und rührt um.

»Im Kaffee ist das Mittel völlig geschmacksneutral, hat Irmi gesagt.«

Lars trinkt den Kaffee in einem Zug aus und setzt die Tasse ab.

»Im Grunde genommen hat sich mein wirkliches Leben aber nur um eine Person gedreht, und diese Person fängt mit 'i' an und hört auch mit 'i' auf«, sagt er, »und allein für diese Person hat sich alles auf der Welt gelohnt.«

Lars schließt seine Augen und holt noch einmal tief Luft für seinen letzten Wunsch, seinen letzten Gedanken, seinen letzten Satz:

»Geliebte Irmi, ich hoffe dein Himmel ist fertig eingerichtet, ich komme jetzt zu dir.«

Es dauert nur noch einige Sekunden, dann rutscht Lars Kinsley etwas tiefer in seinen Bürostuhl und sein Kopf legt sich auf seine linke Schulter.

K. W. Robek, in Deutschland 1947 geboren und gelernter Bankkaufmann, hat nicht nur die Welt bereist, sondern auch in vielen Ländern gelebt.
Heute wohnt er mit seiner Lebensgefährtin, dem Hund und der Katze am Rand des Naturparks Südheide.

Mehr als 30 lehrreiche, lustige und spannende Geschichten für kleine Kinder hat er bisher geschrieben. Sie wurden für Kindergärten im Internet auf der Seite www.so-versteh-ich-das.de zusammengefasst.

»Morgen 17 Uhr« ist sein erster erfolgreicher Roman und Thriller, erschienen im Jahr 2015 im Twenty Six Self-Publishing-Verlag, der ein positives Echo bei Presse, Kritikern und Kollegen erfährt.

»Das Vermächtnis des Hackers« ist sein zweiter Roman, der an Spannung und Scharfsinn, aber auch an Romantik kaum zu überbieten ist.

Lars Kinsley ist ein harmloser Spanner.

Er hackt die Computer anderer Leute, um sie über die Webcam beobachten zu können. Insbesondere Frauen erregen seine volle Aufmerksamkeit.
Bis ein Toter auf dem Bürostuhl vor dem Rechner sitzt.

Der Tote, ebenfalls ein Hacker, will ihm Geld, Beziehungen und die Zugänge auf die Computer von Industrie, Politik und schönen Frauen hinterlassen und verspricht ein Leben mit Sex, Drugs & Rock´n Roll.

Lars geht auf das ungewöhnliche Angebot ein und startet unter anderer Identität ein Leben in Saus und Braus.

Er wird zum skrupellosen und schamlosen Hacker.